늘 건강하세요!

한상범

중증외상센터

GOLDEN
HOUR

골든 아워

한산이가
지음

중증외상센터

GOLDEN
HOUR

골든 아워

III

몬스터

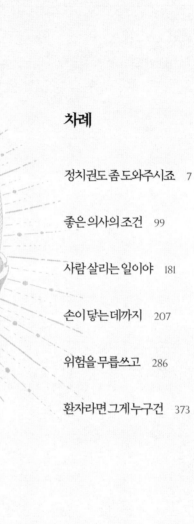

차례

정치권도 좀 도와주시죠

이현종 대위의 상태는 하루가 다르게 좋아지는 중이었다. 아직 수술이 끝난 지 만 하루가 지나지 않았지만, 눈에 띄게 많이 좋아져 있었다.

"역시 배가 문제였군요."

아직 두바이로 돌아가지 않고 환자 옆을 지키고 있던 윤재호 내과 과장이 입을 열었다. 그의 시선은 반만 닫힌 상태로 거즈가 들어가 있는 환자의 배에 닿아 있었다. 갈색 베타딘에 적셔져 있던 거즈의 색이 전혀 변하지 않은 상태였다.

"그렇죠. 어제 보셨잖아요. 엄청 썩은 거."

"아, 네. 냄새가 아직도 나는 거 같습니다."

윤 과장은 쿵쿵거리며 제 몸에서 냄새를 맡는 시늉을 했다. 강혁은 그런 윤 과장을 보며 피식 웃었다.

'꽤 괜찮은 내과 의사야. 이런 사람이 중환자실을 도맡아서 해주면…⋯. 더 많은 사람을 살릴 수 있겠지.'

지금은 강혁과 재원 그리고 경원이 수술 사이 빈 시간을 이용해 틈틈이 환자를 보살피고 있었다. 이걸 누가 맡아준다면 수술에만 전념할 수 있을 것이고, 또 중환자실에서 보살피는 환자 수도 늘릴 수 있을 터였다.

'하지만 이 사람은 안 돼.'

윤재호 과장은 이미 내과 의사로서 쌓아 온 경력이 대단한 사람이었다. 이보단 젊은 사람이 필요했다.

"선생님, 여기."

경원은 장미의 보조를 받아가며 소독을 멈추지 않았다. 아직 상처를 제대로 닫은 부위가 없었기 때문에 소독 자체는 왕립 쉐이크 칼리파 병원에 있을 때와 비교해서 크게 달라진 것이 없었다.

"여기도 뭐 거의 나온 게 없네요."

재원은 흡족한 얼굴로 방금 자신이 뺀 거즈를 바라보았다. 색도 변하지 않았을뿐더러 냄새도 많이 나지 않았다.

"다행이네요."

장미는 그 거즈를 받아다 폐기물 통에 버리며 중얼거렸다. 그녀의 시선은 상처에 잠시 머물다가 곧 이현종 대위의 얼굴로 향해 있었다. 활력 징후만 좋아진 게 아니라 얼굴도 꽤 좋아져 있었다. 일단 부기가 빠져서 보기가 한결 나았다.

"어제는 아이오도 역전됐어요. 혈압이랑 심장 박동도 좋고요."

"라식스(Lasix: 이뇨제) 얼마나 들어갔죠?"

"한 앰풀이요."

"반응 꽤 좋네. 진짜 다행이네……. 신장 망가지면 진짜 골치 아파지는데……."

외상으로 피를 많이 흘린 상태에서 감염까지 발생한 경우, 어느 한 곳이 같이 고장 나기 마련이었다. 그리고 그 부위는 대개 신장이었다.

"다행이죠. 신장 나가면 투석해야 하고……. 투석하면 감염이 또 문제가 되고……."

"게다가 다발성 장기 부전으로 나갈 수도 있죠."

둘은 한동안 두런두런 대화를 나눴다. 강혁은 잠시 둘을 묘한 눈빛으로 바라보고 있다가 다가와서 재원의 정수리를 쥐어박았다.

"억?"

당연하게도 재원은 무척 당혹스럽다는 표정을 지어 보였다.

"왜, 왜요?"

"환자 죽으라고 기도하냐? 왜 자꾸 불길한 소리를 하고 있어. 다발성 장기 부전이라니, 미쳤어?"

"아……."

듣고보니 환자 앞에서 주절거리기에는 상당히 부적합한 얘기이기는 했다.

"위닝은 어떻게 할까요?"

그간 일정이 너무 힘들었는지, 경원으로서는 상당히 멍청한 질문을 던졌다.

"미쳤냐?"

"아직 상처 닫지도 않았는데 뭘 깨워. 이거 보면 무슨 생각 들겠어?"

"아."

"생각보다 중환자실 있을 때 외상 후 후유 장애 앓는 사람 많다고."

강혁은 그 때문에 일상생활마저 위협받게 된 이들을 숱하게 본 바 있었다.

"그리고 재수술도 해야 하잖아. 기억해. 아직 수술 다 안 끝났어."

"네, 교수님. 죄송합니다."

강혁은 중환자실 밖을 내다보았다. 정신없이 환자에 관해 얘기하다보니 어느덧 배가 고파왔기 때문이다. 해서 막 중환자실을 나서려는데, 기분 잡치게 하는 세 명이 떡하니 나타났다. 왼쪽부터 진태림 과장, 최조은 원장, 그리고 홍재훈 교수였다.

"에이, 시발."

강혁은 고개를 절레절레 흔들며 욕을 내뱉었다. 그를 따르던 사람도, 방금 마주친 사람도 귀를 의심했다. 수술실이 아니면 이런 쌍욕이 튀어나올 일은 거의 없었으니까.

'혼잣말이겠지. 아무리 미친놈이라도.'

최조은 원장은 그렇게 자신을 다독이며 입을 열었다.

"백 교수. 어제 찾아왔어야 했는데……. 너무 바쁜 거 같아서 지금 왔어요. 시간 괜찮죠?"

"아뇨. 밥 먹으려고 했는데."

강혁은 단호박처럼 손을 흔들었다. 그러자 진태림 과장이 다 알고 있었다는 듯 손에 쥔 것을 들어 보였다.

"잘됐네요. 이거 드시면서 얘기하죠."

원내 한식당에서 판매하는 도시락이었다. 솔직히 질에 비해 너무 비싸서 아무도 안 사 먹는다는 전설의 메뉴였다.

'저 메뉴가 왜 살아남았나 했더니 원장단이 있었구나.'

대표적인 '남의 돈으로 밥 먹는 부류'의 사람들 아니던가. 그런 사람들은 대개 자기 돈 주고 먹기엔 많이 아까운 것을 먹는 편이었다.

강혁은 잠시 불편하다는 듯한 표정으로 한숨을 쉬다가 이내 고개를 끄덕였다. 딱 시계를 보고 난 후의 행동이었는데, 누구도 눈치채진 못했다. 강혁의 눈은 손보다 빨랐으니까.

"그러죠, 그럼."

"오. 오늘 기분이 좋으신가 보네."

최조은 원장은 별다른 얘기 없이 승낙이 떨어지자 퍽 의외라는 표정을 지으며 강혁을 안내했다. 그들이 향한 곳은 응급의학과 내에 마련된 의국 회의실이었다.

"여긴 처음 와보는데, 되게 크고 좋네."

강혁은 누가 봐도 새 가구가 분명한 책상을 쓸며 중얼거렸다. 외상 외과에 있는 다 쓰러져가는 나무 탁자와는 차원이 달랐다.

"그러게요……. 끈적이지도 않고."

강혁은 재원의 투정에 핀잔을 주려다가 그만두었다. 원래도 병원에서 푸대접받고 있다는 것을 알고 있었지만, 이렇게 사소한 일까지 차별받는 줄은 몰랐기 때문이었다.

"일단 이거 들면서 얘기합시다."

최조은 원장은 그런 강혁에게 도시락을 건넸다. 용기도 퍽 고급스러웠다. 한 끼에 3만 원이 넘는 것이니 당연했다.

"그러죠."

안 그래도 배가 고팠던 강혁은 넙죽 받아서 먹기 시작했다. 이럴 때 보면 자존심도 없는 사람처럼 보이는 것도 사실이었다. 하지만 사실은 자존감이 너무 높아서 다른 사람의 눈을 크게 의식하지 않는 것뿐이었다.

"백 교수."

최조은 원장은 한 숟갈 떠서 먹는 둥 마는 둥 하더니 이내 입을 열었다. 강혁은 입안에 있던 돈가스를 우물거리다 말고 그를 바라보았다.

"어제 보니까…… 병원에 섭섭한 게 아주 많아 보이던데."

최조은 원장은 강혁이 기자들 앞에서 떠들던 것을 떠올렸다.

"그거 꼭 그렇게 말했어야 합니까?"

"그 말 그대로 전해주고 싶네요. 수술 들어가기 전에 꼭 그렇게 말해야 했는지.”

최조은 원장은 정곡을 푹 찔린 기분이었다. 하지만 그렇다고 해서 할 말을 잊거나 하진 않았다.

“그건 개인적인 말이고, 저렇게 공개된 장소에서 한 말이 아니지 않습니까?”

“병원이 중증외상센터 일에 소극적인 건 맞죠. 아니, 방해를 했지. 아예.”

“방해? 그건 또 무슨 말입니까?”

“제가 모른다고 생각합니까? 헬기 관련한 일을?”

강혁은 그리 말하면서 셋을 천천히 노려보았다. 마치 먹잇감을 앞에 둔 뱀과 같은 눈동자였는데, 똑바로 바라보고 있기가 어려울 지경이었다. 그나마 배짱이 있는 진태림 과장만이 대꾸할 수 있었다.

“무슨 소리를 하는지 모르겠네. 그게 병원에서 지시한 사항입니까? 그냥 백 교수님과 그쪽 간의 갈등에서 생긴 일이지.”

“갈등이라. 재밌네, 그런 핑계를 생각하고 말이야.”

“그리고 지금까지 백 교수가 우리 병원에 끼친 손해가 얼만지 생각해본 적 있습니까? 무려 10억이 넘습니다. 지금 저 이현종 대위만 해도 얼마가 될지 모르죠.”

원래대로라면 이현종 대위의 치료비는 전액 군에서 지불해야 마땅할 터였다. 하지만 군은 군이지 않은가. 원칙대로 움직이는 집단이라는 뜻이었다. 딱 심평원 기준에 맞춘 돈만 줄 것이 뻔했다. 나머지는 온전히 한국대학교 병원의 손해가 될 테니, 그리 틀린 말은 또 아니었다. 물론 강혁이 거기 동의하는 건 아니었지만.

“그게 왜 제 잘못입니까? 삭감한 쪽이 잘못이죠. 그걸 병원에서 도왔어야죠.”

"현실적으로 그게 됩니까? 병원이 어떻게 심평원과 싸운단 말입니까?"

"잘못된 게 있으면 고치라고 해야죠. 당장 원장님만 해도 보건복지부 장관님이랑 미팅 가능하잖아요?"

"그건……. 그렇게 간단한 문제가 아닙니다."

"그럼 제 잘못이라고 단정 짓기도 어렵겠네요. 복잡한 문제니까."

강혁의 빈정대는 듯한 말투에 다혈질 홍재훈 교수가 또 한 번 폭발했다.

"뭐가 잘못이 아니야! 손해를 끼친 건 명백한 사실인데!"

강혁은 거기까지 듣고는 자리에서 일어났다. 그의 체격이 상당했기 때문에 맞은 편의 셋은 동시에 움찔했다.

"뭐야! 당신, 물리력을 행사하려고?"

"제가 미쳤습니까?"

"그럼 뭐야! 도망갈 거야? 오늘 담판을 지을 거라고!"

"그 담판 좀 도우려고요."

강혁은 그리 말하며 의국 문을 활짝 열었다. 그 문 앞에는 벙벙한 얼굴의 비서와 박성민 원내대표, 그리고 배석한 기자가 서 있었다. 강혁은 원내대표와 악수를 한 후, 뒤를 돌아보았다.

"지금까지 한 말, 다시 해보죠. 이제 멤버가 다 온 거 같으니까."

'저거……. 야당 원내대표 박성민 의원 아닌가……?'

비록 지금 야당이 만년 야당이라는 소리를 듣고 있기는 했지만, 박성민 의원만큼은 걸출한 인물이었다.

"이거, 백 교수님만 만나 뵙는 자리인 줄 알았더니……."

박성민 의원은 사람 좋아 보이는, 그러나 누가 봐도 가식적인 미소를 지으며 의국 안으로 들어섰다. 그러곤 좌중을 돌아보며 하나하나 인사를 건넸다.

"최조은 원장님도 계셨군요. 전에 최 장관님이랑 골프 모임 할 때 오셨죠?"

"아……. 네, 의원님. 반갑습니다. 최조은입니다."

최조은 원장은 아직 이 상황이 어떤 상황인지 이해가 잘 되지 않았다.

'이 사람이 여길 왜 와?'

단지 이런 의문만 가득할 뿐이었다.

다소 요란한 인사를 마친 박 의원은 아주 자연스럽게 강혁의 옆자리로 향했다. 정치 9단인 그가 보기에 대강 어떤 상황인지 알 것 같았기 때문이다.

'최조은 원장 쪽은 원장단……. 이쪽은 그냥 중증외상센터 팀원들.'

박 의원쯤 되는 사람이 그냥 아무 준비 없이 얘기나 들으러 왔겠는가. 이미 비서진들을 동원해 상황을 알아본 바 있었다.

'꽤 치졸한 짓을 했더군.'

박 의원은 자리에 앉으면서 맞은편에 있는 원장단 일동을 언짢은 눈빛으로 바라보았다. 아주 잠시에 불과했지만 최조은 원장의 가슴을 철렁하게 만들기에는 충분했다.

'뭐야. 왜 저기 앉아…….'

이건 마치 대립하는 구도 같지 않은가. 아니, 조금 전의 표정을 보면 구도 같은 게 아니라, 진짜 대립하러 온 모양새였다.

"자."

강혁은 최조은 원장이 계속해서 생각의 타래를 풀기도 전에 탁자를 툭 하고 두드리며 주의를 환기했다.

"그럼 아까 하던 얘기 계속합니다. 뭐라고 했더라. 그래, 이현종 대위를 왜 살렸냐고 했던가요?"

그러곤 능글맞은 얼굴로 이런 말을 했다. 그러자 배석한 기자가 미리 꺼내둔 노트북에 부리나케 타이핑하기 시작했다. 노트북 옆에 놓여진 작은 녹음기에도 불이 들어와 있는 상황이었다. 원장단 모두의 얼굴이 새빨갛게 물들었다.

"아니……, 그게 무슨 소립니까? 우리가 언제 그렇게 말했어요?"

"생명을 살리느라 생기는 손해는 어쩔 거냐고 했던 거 같은데. 그게 그런 말 아닙니까?"

"아니……. 그게 아니지. 그게 아닙니다, 백 교수."

최조은 원장은 손을 마구잡이로 휘저어대는 것으로 자신의 당혹스러움을 표현했다.

"그럼 무슨 말인데요?"

"그 손해에 대해서 다 같이 고민을 해보자……. 이런 뜻이었지. 살린 것을 탓하다뇨! 의사가 사람 살리는 게 당연하죠."

"웩."

최조은 원장의 말에 장미가 저도 모르게 토하는 시늉을 했다. 내내 강혁이 하던 말을 상황이 바뀌자마자 고대로 읊어대는 꼴이 역겨웠기 때문이었다. 그 모습을 본 홍재훈 교수가 눈을 부라렸지만, 최조은 원장이 곧바로 말렸다.

'함정이야……. 함정에 빠졌어…….'

어쩐지 너무 순순히 따라온다 싶었다. 그때 뭔가 눈치를 챘어야 했는데.

'이미 판을 짜고 유인한 거야…….'

"그렇게 당연한 일에 왜 지원을 안 합니까?"

그가 무슨 생각을 하고 있든 간에 대화는 계속해서 이어졌다. 당연하게도 강혁이 주도권을 쥐고 있었다. 그걸 가능케 하는 사람은 박 의원이었고. 들어와서 별말 없이 고개를 끄덕이고 있는 것만으로도 충분했다. 힘 있는 정치인이라는 건 그런 존재였다.

"지, 지원을 안 하다니……. 지금 병원에서 막고 있는 손해가 얼만데……."

"그거 전부 외과에 배정된 예산으로 틀어막고 있는 거 아닌가요? 병원이 아니라 과 차원에서 도움받고 있는 것으로 알고 있는데. 그거 때문에 한유림 과장님 머리에 흰머리가 늘고 있어요."

아마 당사자가 들었더라면 감동의 눈물을 흘렸을 터였다.

"그……. 그건……."

최조은 원장은 구원을 바라는 눈빛으로 양쪽을 바라보았다. 하지만 둘 모두 얼굴이 벌게진 채 고개를 숙이고 있을 뿐이었다. 단지 제삼자가 끼어든 것만으로. 지금까지 해온 모든 일이 부끄럽게 느껴졌다.

"아무튼, 아까 했던 말 책임지시죠?"

"뭐…… 말입니까?"

"의사가 사람 생명 살리는 건 당연하다는 말. 벌써 까먹었나보네."

최조은 원장은 빈정대는 강혁을 보며 나직이 한숨을 쉬었다.

"아니……. 그……. 원래 선약이 있던 거 같으니, 우린 이만 가겠습니다."

"밥 다 드시고 가시지, 왜."

"아닙니다. 말씀 나누시고, 우린 나중에 봅시다."

최조은 원장은 여기서 얘기를 더 이어 나가는 것은 얻을 거 하나 없는 일이라 판단했다. 진태림 과장은 이미 한참 전부터 그렇게 생각하고 있었기 때문에, 기다렸다는 듯 몸을 일으켰다.

셋이 막 방을 나서려 할 때쯤 내내 침묵을 지키고 있던 박 의원이 입을 열었다.

"아, 최조은 원장님."

아마 강혁이 불렀다면 못 들은 척하고 나갔을 것이었다. 하지만 상대가 누군가. 도저히 그럴 수 없는 사람이었다.

"네, 의원님."

최조은 원장은 내키지 않는 기색으로 뒤를 바라보았다. 박 의원은 그런 최조은 원장을 의뭉스러운 눈빛으로 마주 보며 말을 이었다.

"오늘 백 교수님과 얘기 나누고, 원장님도 따로 봤으면 하는데. 시간 괜찮죠?"

언제 만나자는 말도 없이 대뜸 괜찮냔 말을 하고 있었다. 아마 상대가 의원이 아니라 다른 누구였다면 화를 냈을 것이었다. 내가 그렇게 한가한 사람인 줄 아느냐고.

"네, 제가 맞춰야죠."

"그것 좋은 생각입니다. 그럼 이만 가시죠. 저는 백 교수님과 대화를 나눠야 해서."

일어설 때만 해도 자의로 나가는 느낌이었는데, 이런 말을 듣자 마치 쫓겨나는 듯한 느낌이었다. 박 의원은 강혁의 맞은편으로 자리를 옮겼다. 원내대표씩이나 돼서 엉덩이가 퍽 가벼운 편이었다. 강혁에게는 여러모로 마음에 드는 인간이라 할 수 있었다.

"거참, 가는 날이 장날이라더니. 최조은 원장과 같이 있을 줄은 몰랐습니다."

박 의원은 의자를 책상 앞으로 끌어다놓으며 웃었다.

"저도 몰랐습니다. 자기가 알아서 온 거죠."

박 의원은 강혁을 따라 껄껄 웃다가 웃음을 뚝 그치고는 손을 내밀었다. 그러자 비서가 거의 동시에 들고 있던 서류 뭉치를 건네주었다. 어떻게 입수한 건지는 몰라도, 강혁이 작성했던 자료들이었다. 모두 심평원에 보내긴 했는데 '읽씹' 당했던 바로 그 자료들.

"이게 제가 의사가 아니라 잘은 모르겠지만 말이죠."

박성민 의원은 서류를 주르륵 넘겨 보았다.

"백 교수님이 준비한 자료가 꽤 타당해 보이더란 말입니다."

박 의원은 그런 강혁을 보며 말을 이었다. 딱 강혁이 듣고 싶은 말이었다.

"그래서 제가 심평원장 통해서 다시 한번 제대로 보라고 지시했습니다. 제가 넘겨받았을 때 자료를 보니까, 아예 읽지도 않은 거 같아서요."

"아, 그거 감사한 얘기입니다."

"아뇨. 대수로울 거 없는 일입니다. 이렇게 해서 시정이 된다고 하는 보장은 없거든요."

심평원 삭감 내역은 바로 돈과 직결되는 문제였다. 건강보험 재정은 거의 모든 정권에서 가장 중요하게 생각하는 사안 중 하나였다. 이게 구멍이 나기 시작하면 보험료를 올려야 하는데, 그대로 표를 잃게 되는 일이었다. 이건 원내대표가 아니라 대통령도 보장해 주기 어려운 일이었다.

"하지만 시도가 중요하죠."

"네. 이런 사례가 쌓이면 법을 마련해볼 수 있는 근거가 될 겁니다."

"법?"

강혁은 자신이 잘 모르는 얘기가 나오자 고개를 갸웃거렸다.

"네, 법. 중증외상센터에 한정해서 심평원 지침을 달리 하달하는 방안을 마련하는 것이죠. 교수님 말씀대로 지금 우리나라에서는 살릴 수 있는 사람들이 많이 죽어나가고 있으니까요."

"시간 꽤 걸릴 거 같은데요."

"맞는 말입니다. 병원하고는 달리, 국회에서는 사람 생명이 언제나 최우선이 되지는 않거든요."

슬프지만 그게 사실이었다. 이름 모를 소수의 죽음보다는 다수의 생계가 훨씬 중요했다. 멀리 보면 그게 결국 더 많은 생명과 관계된 일이기도 했고.

"하지만 중진 의원이 책임지고 꿋꿋이 밀어붙이면 언젠가는 빛을 보게 될 겁니다."

박 의원은 실망한 기색이 역력한 강혁을 위로했다. 딱히 큰 도움이 되지는 않았다. 강혁은 '언젠가는'과 같이 불확실한 미래가 아니라 지금 당장 바뀌는 것을 원했으니까. 박 의원은 그런 그의 마음을 안다는 듯 고개를 끄덕이며 말을 이었다.

"그건 그렇고……. 요새 헬기 출동이 어렵다면서요? 그건 지금 당장 도울 수 있습니다."

박성민 의원은 다시 한번 서류를 보며 말했다. 처음 받아 들었을 땐 기가 차서 말이 안 나올 지경이었다. 열심히 일하는 사람에게 격려는 못 해줄망정 모두가 합심해서 가로막고 있었으니까.

"아, 그리고……."

박 의원의 시선은 어느새 서류 뭉치를 떠나 창밖을 바라보고 있었다.

"지금까지 내내 테니스 코트만 사용하고 계셨었죠?"

"아, 네⋯⋯. 그렇죠. 거기를 헬기 이착륙장으로 사용했습니다."

"그것도 제가 어떻게든 해결해보겠습니다. 이건 그냥 힘으로 할 수 있는 일은 아니라⋯⋯. 시간이 걸리긴 하겠지만, 그래도 올해 안에는 어떻게 해보죠."

"정말입니까? 감사합니다. 그렇게만 된다면 상황이 훨씬 나아질 겁니다."

"그런가요?"

"물론이죠. 일단 환자가 안전해지고, 또 이송도 쉬워지죠. 생존율이 지금보다 더 올라갈 겁니다."

강혁의 말 어디에도 의료진의 편의 따위는 담겨 있지 않았다. 박 의원은 잠시나마 그런 생각을 담았던 자신을 반성했다.

'이 사람은 진짜야.'

사람들은 별 뜻 없이 말하곤 했다. 의사는 환자만 생각해야 하는 거 아니냐고. 하지만 그런 사람은 극히 드물기 마련이었다.

'정치도 그렇지.'

국민만 위하는 정치인이 얼마나 될까.

"백 교수님 같은 분이 계셔서 참 다행입니다."

"아뇨. 도와줄 사람이 있어 다행입니다."

박 의원은 자신을 똑바로 바라보고 있는 강혁을 향해 하마터면 '당신과 함께 일하면 차기 대권 주자로 나가기 유리할 것 같아서 온 거'라고 말할 뻔했다. 다소 거칠지언정 이토록 순수한 사람은 실로 오랜만에 보았기 때문이었다. 아까부터 부끄러움이 그의 뒤를 잡은 채 놓아주지 않는 느낌이었다.

"아닙니다. 진심을 다해 돕겠습니다."

그는 죄책감을 덜기 위해, 그리고 강혁에게 받은 감명을 담아 이렇게 말했다. 처음부터 끝까지 그의 속내에 관심이 없던 강혁은 그저 밝게 웃을 따름이었다.

"그럼 기대하죠."

그렇게 박 의원의 손을 마주 잡고 있으려니 가운 주머니 안에 넣어두었던 핸드폰이 부웅 하고 울렸다. 핸드폰을 꺼내보니, 중환자실이었다.

'뭔 일 났나?'

강혁은 철렁 내려앉는 가슴을 애써 다잡으며 머리를 굴렸다. 그곳엔 윤재호 내과 과장도 있고 이동주 대위도 있었다.

"아, 교수님. 환자 얘기는 아닙니다."

신규 황지민 간호사였다. 영리하게도 연결되자마자 강혁을 안심시켰다. 강혁은 다행이라는 표정을 지으며 고개를 끄덕였다.

"말해봐요."

"그……. 한유림 과장님 전화인데요. 오늘 급한 일 있다고 하셔서 개인 전화로는 못 했다고 하십니다."

"과장님? 그 양반이 왜 전화를 했지?"

"다른 게 아니라 소아외과 쪽에서 고어텍스 요청이 있다고 합니다."

"고어텍스? 그걸 왜……. 아, 아직도 안 들어왔나?"

"네. 전국 다른 병원에 수소문했는데 지금 보유분이 남아 있는 곳이 없다고 합니다."

"이런."

그제야 강혁의 얼굴이 굳었다. 이 병원에 남아 있던 고어텍스를 가져다 쓴 사람이 바로 본인이었기 때문이었다. 그 때문에 수술을 받아야 할 아이가 받지 못하게 된다면 자신의 책임이었다.

"수술이 언젠데?"

"늦어도 두 달 안에는 진행해야 한다고 합니다. 혹시 그때 수술하고 남은 게 있는지 물어보셨습니다."

"남은 게 있을 리가 없지……. 그때 어른 대동맥이 터질 지경이었는데."

"그럼……. 어쩌죠?"

강혁은 황지민의 말을 들으며 잠시 입을 꾹 다물었다. 어떻게 생각해봐도 딱히 방법이 떠오르지 않았다. 강혁은 일단 양해를 구하기로 했다.

"이거 어쩌죠? 급한 일이 생겨서요."

강혁의 말에 박 의원은 배석한 기자를 돌아보았다. 기자 또한 말없이 고개를 끄덕였다. 기삿거리 정도는 충분히 나왔다는 뜻이었다.

"괜찮습니다, 가시죠."

"알겠습니다. 그럼, 저는 이만 가보겠습니다. 오늘 감사했습니다."

"네. 오늘 나눈 얘기…… 최대한 좋은 소식으로 만들어서 연락드리겠습니다."

"안녕하십니까, 백 교수님."

"네, 강 교수님."

강혁은 눈앞에 선 강일구 교수의 인사를 정중히 받았다. 그로서는 상당히 드문 일이라 할 수 있었다.

'소아 흉부외과 강일구 교수…….'

하지만 이 사람에게만큼은 초면부터 싹수없게 나갈 수가 없었다.

대한민국 의료계에서 불모지나 다름없었던 소아 흉부외과를 묵묵히 일구어나가고 있는 사람이었으니까. 심지어 미국 의사 면허증을 따고 '스탠퍼드 의과대학 병원'에서 2년 동안 펠로우 과정을 마친 뒤, 그렇게 배운 선진 의료 기술을 혼자만 숨겨두고 쓰기는커녕 학회를 만들어 후진 양성에 뛰어들기까지 한, 아주 훌륭한 사람이었다. 비록 여전히 적자를 면하지 못하고 있어 병원 내에서의 입지까지 대단하지는 않았지만.

"이거…… 환자 보시느라 바쁘신데, 저까지 성가시게 해서 죄송합니다."

강일구 교수는 평생 어린아이들을 살리는 데 써온 투박한 손으로 재원이 타다준 커피잔을 만지작거렸다.

"아닙니다. 이현종 대위는 이제 시간 싸움이라. 감염 제어가 완전히 되었다고 판단되면 그때 3차 수술 들어갈 예정입니다."

"그렇군요. 흠……."

강일구 교수는 커피잔만 만지작거리고 있었다. 둘의 대화가 잠시 끊기자, 중간에 앉아 있던 한유림 교수가 허허 웃었다.

"백 교수. 어제 내가 전화한 거 들었지?"

"네, 들었습니다. 고어텍스…… 인조 혈관 때문에 전화하신 거죠?"

"그래, 그래. 그거 때문에 아주 곤란해졌어……."

한유림 교수는 안색이 하얗게 질린 채 달려온 강일구 교수를 떠올렸다. 아무 생각 없이 두 달 뒤로 수술을 잡았는데 고어텍스 재고가 없다는 것이었다.

"그게…… 아직도 협상이 안 된 겁니까?"

강혁은 얼마 전 ≪메디컬 타임스≫에서 읽었던 기사를 떠올리며 물었다. 기사에 따르면 심사평가원에서 이 인조 혈관의 가격을 2012년부터 계속 삭감해서 마지막에는 22%를 더 삭감했다고 했다. 그 결과 미국에는 80만 원, 중국에는 140만 원에 납품되는 인조 혈관이 대한민국에만 40만 원도 채 안 되는 가격에 납품되었다는 것.

"협상이 되겠습니까?"

강혁의 말에 강일구 교수가 입을 열었다. 소아 흉부외과 교수일 뿐만 아니라 '대한 중재 혈관외과' 학회장까지 역임하고 있는 그였다. 이 문제로 상당히 오랫동안 골머리를 썩여온 만큼, 어조가 상당히 격앙되어 있었다.

"2년이 지나도록 정부에서는 아예 손을 놓고 있어요."

그동안은 재고로 버텨온 셈이었다. 하나의 혈관이 쓰일 때마다 한 생명이 살아났지만 그만큼 수술을 집도하는 의사들의 속은 타 들어갔다.

"정말 2년 내내 복지부와 심평원에 요청했습니다만, 콧방귀도 뀌지 않더군요. 처음에는 서로 자기 소관이 아니라고 하더니, 나중에는 이게 꼭 있어야 하는 거냐고 하더라고요."

"그럼 두 달 안에 정식으로 수입이 될 가능성은……. 거의 없다고 보면 되겠군요."

"그렇죠. 뭐……. 언론사에 얘기 흘려서 압박은 해보겠지만, 아시잖습니까? 의료 수가에 박한 거."

"누구보다 잘 알죠."

강혁은 자조 섞인 미소와 함께 고개를 끄덕였다.

"사실……. 이렇게 만나자고 한 건 말입니다. 백 교수님 탓하려는 게 아닙니다."

강일구 교수는 한숨 비슷한 말을 내뱉었다.

"기록을 보니까, 그때 인조 혈관 안 썼으면 그 환자는 죽었겠더군요. 탓할 게 아니라 칭찬을 해드려야죠."

"감사합니다."

"그냥 이 말을 해드리고 싶었습니다. 죄책감 느끼지 마시라고. 제가 어제는 너무 답답해서 한 과장님 찾아뵈었던 건데……. 밤새 생각해보니 그럴 일이 아니었습니다."

강혁은 회한에 젖은 강일구 교수의 눈을 바라보았다. 말은 그렇게 하고 있지 않지만, 속은 타들어 가고 있을 것이 분명했다. 자신에게 목숨을 맡긴 어린아이의 죽음이 눈에 보일 테니까. 이 자리에 있는 사람 중 잘못한 사람은 아무도 없었지만 죄책감은 이들 모두의 몫이었다.

강혁은 그렇게 갑작스럽게 찾아왔던 두 사람을 배웅했다. 둘의 뒷모습을 바라보던 재원이 걱정스러운 듯 입을 열었다.

"괜…… 찮을까요? 소아 심장이면…… 아직 고어텍스밖에 방법이 없잖아요."

다른 회사라고 해서 왜 개발에 들어가지 않았겠는가. 하지만 모조리 실패했다.

"괜찮을 리가 없지."

"그럼…… 죽는 건가요?"

"혈관 못 구하면 죽겠지."

강혁은 그리 말하며 강일구 교수가 남기고 간 커피를 단숨에 들이켰다.

"교수님은 뭔가 방법 있으시죠?"

그런 강혁에게 장미가 눈을 빛내며 물었다. 그녀가 이런 기대를 하는 것도 무리는 아니었다. 강혁은 지금까지 기상천외한 방법으로

난관을 타개해왔으니까. 심지어 정부 기관에서도 쩔쩔매던 에어 앰뷸런스도 떡하니 자기 힘으로 구해 온 사람이다.

"뭐…… 찾아봐야지."

그리고 강혁은 그런 종류의 기대를 저버리는 사람이 아니었다.

"일단 이현종 대위부터 살리고 봐야 해."

강혁은 여전히 인공호흡 기기에 의해 호흡하고 있는 이현종 대위를 바라보았다. 여기저기 함부로 벌어진 상처 안에는 거즈가 꾸역꾸역 박혀 있었다. 죽을 일은 없다고 호언장담했지만, 아직 온전한 삶보단 죽음에 더 가까운 모양새였다.

"말 나온 김에…… 랩 어떻지?"

강혁은 재원을 바라보며 물었다. 재원은 딱히 컴퓨터를 들여다볼 생각도 하지 않고 줄줄 읊었다.

"중요한 것만 말씀드리겠습니다. 백혈구 수치는 4천, ESR은 22, CRP는 0.6입니다."

"그거 언제 나간 거지?"

"오전 7시입니다."

이 말엔 채혈을 담당하는 장미가 답했다. 지금은 오전 9시였다. 즉 7시에 나간 검사라면 이현종 대위의 최신 검사 결과였다.

"그럼……. 오늘 3차 수술해도 될 거 같은데."

"어……. 이렇게 갑자기요?"

재원은 조금 놀란 기색으로 강혁을 돌아보았다. 물론 염증 수치들이 거의 정상화되기는 했다. 하지만 무슨 수술 결정을 이렇게 번갯불에 콩 구워 먹듯 한단 말인가.

"갑자기는 뭐가 갑자기야. 우리가 언제 예약 잡고 수술한 적 있어?"

"아니……. 그건 응급실로 환자가 오니까 그렇죠. 이 환자는 입원한 상태잖아요."

듣고 보면 재원의 말이 맞기는 했다. 본래 중요한 수술일수록 수술 전 평가를 정확히 하고 진행하는 편이 옳았다.

"괜찮습니다. 할 수 있어요, 선배."

경원은 매일 마취 전 평가가 기록된 서류를 들고 있었다. 흉부엑스레이, 피 검사 그리고 심전도 등을 볼 때 전신마취를 해도 괜찮다는 자신의 소견이 적힌 서류였다.

"그래, 경원아. 잘했다."

강혁은 경원을 바라보며 엄지를 세웠다. 그러고 나서 재원의 목에 팔을 둘렀다. 얼핏 보면 어깨동무인가 싶었겠지만. 헤드록이었다.

"토 달지 말고 수술하자, 알았지?"

"합시다, 해요."

굳이 왜 이렇게 서두르냐는 말은 하지 않았다.

'이현종 대위가 해결되어야 그 아이도 살릴 수 있는가 본데…….'

강혁이 수술 얘기를 꺼낸 지 불과 20분도 채 지나지 않아 이현종 대위의 침대가 중환자실을 빠져나갔다.

"빨리빨리 못 하냐?"

재원과 함께 수술 준비를 하던 강혁은 재원이 조금만 늦어져도 잔소리를 했다. 기회만 생기면 갈구는 강혁이었다.

"그만하시고 옷 입으세요, 옷."

보다 못한 장미가 지겹다는 투로 말하며 수술 가운을 건네주었다. 강혁은 빠르게 가운을 입으며 말했다.

"조폭. 너 왜 애 편드냐?"

"네?"

"이상한데? 두바이 갔다 온 이후로……. 뭔가 좀 다른 거 같아."

강혁은 가운을 걸치고, 장갑까지 끼면서도 눈은 재원과 장미를 번갈아 바라보고 있었다.

"이, 이상하긴요."

정작 장미는 아무렇지도 않다는 얼굴인데, 괜히 재원만 얼굴이 붉어졌다. 재원을 놀리기 좋아하는 강혁이 이런 걸 놓칠 리가 없었다. 게다가 그에겐 그만 따르는 추종자 경원도 있었다.

"그러고보니……. 두 분이 중환자실에서……."

"중환자실? 환자 보는 데서 뭘 했어?"

"아니, 뭘 한 건 아니고요……."

강혁은 아까보다도 더 빨개진 재원을 뚫어져라 바라보았다. 이러다 재원의 얼굴이 터지겠다 싶을 때쯤 장미가 나섰다.

"그만하세요, 그만. 수술해야지!"

"와……. 얘 좀 봐……."

강혁은 쉽게 넘어가지 않을 것처럼 말했다.

"일단 수술이나 하자. 수술하고 말하자고."

재원도 곧 평정심을 되찾은 후, 강혁과 함께 일회용 소독 천을 이용해 이현종 대위의 몸 중에 수술 부위가 아닌 곳만 덮어두었다. 수술 도중 발생할 수 있는 오염을 최소화하기 위해서였다.

그리고 두 사람은 동시에 수술 부위 앞에 섰다. 좌측 팔뚝이었다. 오늘 뭔가 다른 처치를 해야만 했다.

"거즈 빼봐."

"네."

재원은 강혁의 말대로 팔뚝에 들어가 있던 거즈를 쑥 하고 빼냈다. 불과 며칠 전까지만 해도 악취와 함께 딸려나오던 노란 농이 전혀 보이지 않았다. 심지어 갈색 베타딘 액의 색조차 빠지지 않은 채였다.

"이거…… 두 시간 전에 넣은 거지?"

"네. 교수님이."

"그 이후로 손 안 댔다 이거지?"

"네."

"염증 수치가 괜히 떨어진 게 아니네."

이만하면 여기에 뭔가 다른 짓을 해도 괜찮다는 뜻이다.

"그럼 정강이로 갈까요?"

이미 강혁의 수술 계획을 알고 있던 재원이 능글맞게 웃으며 물었다. 눈은 이미 좌측 정강이를 바라보고 있었다.

"그래, 인마. 용케 알았네?"

"전에 교수님이 주신 자료 보니까, 그런 식으로 치료하셨더라고요."

재원은 자신이 봤던 영상을 떠올렸다. 화질은 조악했지만 그 안에 담긴 강혁의 수술 실력은 신묘하기 짝이 없었다.

"그럼 보조도 잘하겠네?"

강혁은 어느새 장미가 건네준 메스를 쥔 채 이현종 대위의 정강이 앞에 서 있었다.

"최선을 다하겠습니다."

"최선 다할 필요는 없는데. 잘해야지."

"본 적만 있고, 해본 적은 없어서요."

"자랑이다, 자랑."

강혁은 이제 정말이지 한 마디도 지지 않는 제자를 보며 고개를 절레절레 저었다. 그러곤 메스로 정강이에 세로로 절개를 넣었다. 주르륵하고 붉은 피가 흘러내렸다. 재원은 그게 강혁의 시야를 가리지 않도록 거즈와 석션을 이용해 즉시 제거했다. 강혁은 그의 보조가 꽤 마음에 들었지만, 굳이 칭찬하진 않았다.

하지만 재원은 단단히 준비를 하고 들어온 모양이었다. 동영상을 마르고 닳도록 봤는지 강혁을 보조하는 데 있어 망설임이 없었다. 강혁은 저도 모르게 칭찬하려는 것을 애써 참아가며 목표로 했던 종아리뼈에 닿았다.

"자, 이거 자르자. 톱 줘봐."

강혁은 장미가 건네준 전기톱을 물끄러미 바라보았다. 발판을 밟는 대로 돌아가는, 정석 그대로의 톱이었다. 날에 다이아몬드 코팅이 되어 있었기 때문에 뭐든지 자를 수 있었다. 제아무리 건장한 성인의 종아리뼈라 해도.

"너도 준비됐냐?"

"네."

재원은 결연한 기색으로 답했다. 그의 손에는 어느새 큼지막한 주사기 하나가 들려 있었다. 그저 생리 식염수일 뿐이지만 절골술에서는 상당히 중요한 역할을 했다.

"네가 잘못하면 뼈가 타. 뼈가 타면 어떻게 돼?"

"안 붙습니다."

재원의 말대로 단면이 타버린 뼈는 그 단면을 제거하지 않는 이상 붙지 못했다.

"그리고 뼛가루 날리겠지? 그럼 어떻게 돼?"

"시야가 가려집니다."

"머리로는 찰떡같이 아네. 손으로도 할 줄 알아야지?"

강혁은 그리 말하면서 사나운 소리를 내며 돌아가고 있는 톱을 천천히 전진했다. 곧 강혁이 들고 있던 전기톱이 종아리뼈를 파고 들기 시작했다. 강혁은 시선은 똑바로 톱 끝에 고정한 채 입을 열었다. 재원을 하루빨리 제대로 된 외상 외과 의사로 만들려면, 가르침을 단 하루도 쉴 수 없었다. 한 가지 다행인 점은 재원도 강혁에게 배우는 것을 단 하루도 거를 생각이 없다는 점이었다. 참으로 잘 맞는 사제지간이었다.

물론 만만한 가르침은 아니었다. 일단 물어보고, 모르면 조지는 식이었다.

"종아리뼈를 채취할 수 있는 이유가 뭐지?"

"정강이뼈가 단단하게 버티고 있어서 기능 저하가 크지 않습니다."

이런 식으로 몸의 어떤 부위에서 살이나 근육, 또는 뼈를 떼서 결손 부위를 재건하는 방식의 수술을 '피판술'이라 했다. 뼈를 완전히 대체할 수 있는 인공 물질이 있으면 좋겠지만. 아쉽게도 현재로서는 원래 자기가 가지고 있던 뼈 이상의 물질은 없었다. 그래서 지금처럼 종아리뼈나 날개뼈 일부를 떼어내서 결손 부위를 메워주고 있었다. 선택 기준은 방금 재원이 말한 것처럼 '떼어내도 기능 저하가 없을 것'이었다.

"흠. 그래. 그럼 얼마나 떼도 안전하지?"

"위아래 10cm 정도만 남겨도 괜찮다고 확인했습니다."

"그래. 취급 기관마다 다르게 보고하고 있지만, 대강 그렇지. 오늘 웬일이냐?"

보통 첫 번째 질문이야 어떻게 넘어간다고 해도 두 번째 질문에서는 어김없이 넘어지는 재원이었기 때문이다.

"좋아. 여기 잘랐고."

곧 뚝 하고 종아리뼈가 잘려나갔다.

"두 조각이 필요하니까, 두 번 더 잘라야 해. 물 준비하고."

"네."

"그 밑에 혈관 혹시 다치면 나중에 진짜 머리 아파. 철판 단단하게 고정된 거지?"

강혁은 어차피 지금까지 단 한 번도 철판에 날을 댄 적이 없음에도 불구하고 장미를 채근했다.

"네, 교수님. 이거 절대 안 빠져요."

장미는 뼈와 그 밑의 혈관 사이에 끼어 들어간 철판을 통통 두드렸다. 강혁이 어찌나 묘하게 꽂아뒀는지, 조직에 손상은 가하지 않으면서도 아주 단단하게 고정되어 있었다. 덕분에 장미가 할 일이라고는 그저 위치가 흔들리지 않도록 살짝 잡아주는 것뿐이었다.

"좋아. 그럼 계속 간다."

강혁은 모든 준비가 완벽한 것을 확인한 후에야 다시 톱질에 들어갔다. 그의 톱질은 절개만큼이나 완벽해서 다들 눈을 뗄 수가 없었다.

"와아……."

그건 조용히 들어와서 숨죽이고 지켜보고 있던 이동주 대위도 마찬가지였다. 이만한 절골술은 정형외과에서도 쉽게 볼 수 있는 게 아니었기 때문이었다.

'대단한 건 알고 있었지만…….'

사실 개방형 골절을, 그것도 총탄에 맞아서 여기저기 조각난 골절을 한 번에 딱딱 맞출 때도 놀라긴 했었다.

"좋아. 절골은 됐고."

정작 그 놀라운 절골술을 해낸 당사자는 무덤덤하기만 했다.

"철판 빼봐."

"네."

장미는 낑낑거리며 철판을 뺐다. 완력이 부족해서가 아니라, 아래 구조물에 해가 되지 않도록 주의를 기울였기 때문이다. 강혁은 뭐든 딱 자기 마음에 들게 행동하는 장미를 흐뭇하게 바라보았다. 그러다 문득 자신과 비슷하지만 조금 다른 눈빛으로 장미를 바라보는 재원을 발견했다.

'저 새끼…….'

암만 봐도 장미는 별생각이 없어 보였다. 하지만 재원은 아닌 거 같았다.

'불쌍한 놈……. 넌 이미 친구 존에 있어…….'

강혁은 고개를 절레절레 흔들며 재원의 손등을 툭툭 두드려주었다. 그러자 재원은 강혁의 의도와는 달리 화들짝 놀랐다.

"죄, 죄송합니다!"

얼마나 혼이 많이 났으면 이럴까 하는 순간이었다.

"뭔 소리야, 인마. 힘내라고 두드린 건데."

"아무튼, 자. 내가 조각낸 뼈 잘 봐."

강혁은 방금 자신이 잘라낸 뼈를 가리켰다. 전기톱 성능이 좋은 것도 있긴 했지만, 정말이지 귀신같이 잘려 있었다. 하지만 중요한 건 날렵해 보이는 단면이 아니었다.

"각각 동맥과 정맥이 하나씩 들어가고 있지?"

강혁은 그 와중에 뼈에 영양과 산소를 공급하는 혈관까지 계산했다. 여기까지는 여태 공부를 열심히 했던 재원도 놓쳤던 부분이었다.

"아…….."

"아는 무슨 놈의 아야. 이게 없으면, 뼈를 왜 이어 붙여줘? 어차피 죽을 거."

"하긴, 그렇네요."

"그 밑으로 이어진 동맥하고 정맥 보이지?"

"네."

강혁은 그 혈관을 귀신같이 집어 들더니, 고무줄로 걸어서 살짝 밖으로 당겼다.

"이걸 떼다가 저기 팔뚝에 끊어진 동맥 있지? 거기다 이을 거야."

"혈관…… 접합술이군요?"

"그래. 혈관 접합술이야. 나름 미세 수술이지. 너 뭐 루페라도 필요하냐?"

강혁은 재원을 보며 이렇게 물었다. 재원은 양쪽 눈의 시력 모두 2.0에 달하는 천연기념물이었기에 고개를 저었다.

"아뇨. 괜찮습니다."

"그래. 집도의도 그냥 하는데."

"그래도 보통 루페는 끼던데요."

"다른 과는 그래도 돼. 근데 외상 외과는 그러면 안 돼. 습관 들면 버릇 나빠져."

외상 외과의 특성상 모든 수술을, 모든 것이 갖춰진 환경에서 할 수는 없지 않은가.

"자, 바로 자르고 위로 옮기자."

강혁은 건네받은 가위로 혈관을 하나하나 잘라버렸다. 이미 실크로 묶은 지 오래였기 때문에 피가 튀거나 하지는 않았다.

"교수님, 바로 올라오시면 됩니다."

그사이 재원은 좌측 팔뚝 쪽으로 이동해 있었다.

"물 뿌렸어?"

"네. 생리 식염수."

"오케이. 그럼 이거 받아라."

강혁은 시원스레 고개를 끄덕이고 있는 재원에게 방금 채취한 피판을 건네주었다. 두 조각이 난 종아리뼈와 각각을 공급하는 핏줄이었다. 자칫 잘못하면 덜렁거리다가 툭 하고 끊어질 수도 있었다.

"어어, 네."

재원은 마치 자신의 생명줄이라도 된다는 듯 조심스럽게 받아들었다.

"그럼 나도 올라가지. 여긴…… 음."

강혁은 흉하게 벌어진 종아리를 보다가 이내 고개를 가로저었다. 위에서 수술하는 도중에 여길 닫게 할 사람이 없었기 때문이었다. 하다못해 레지던트 2년 차 정도만 되어도 가능한 일일 텐데, 외상외과에는 아직 단 한 명의 레지던트조차 배정이 되지 않았다.

"교수님?"

재원은 생리 식염수로 상처와 방금 떼어 온 피판을 충분히 적신 채 강혁을 불렀다.

"아, 그래. 조폭. 여기 식염수 적셔서 거즈 좀 넣어둬. 이렇게 있으면 상처 다 말라서 닫을 수가 없어."

"네, 교수님."

제일 좋은 건 적시는 게 아니라 지금 닫는 것이었지만, 그럴 수 없는 상황이었다.

'노예 2가 빨리 와야지, 이거야 원.'

"일단 혈관부터 이어야 해. 왜지?"

강혁은 좌측 팔뚝 앞에 떡 버티고 서서 물었다. 재원은 이미 오늘 할 수술에 대해 어느 정도 공부를 해 온 참이라 즉시 답이 튀어나왔다.

"다른 곳에 피판이 고정되어 있으면 혈관을 잇는 게 어려워지기 때문입니다."

"호……. 그럼 동맥이랑 정맥 중 어느 것부터 이어야 하지?"

강혁은 이미 혈액이 통하지 않은 지 시간이 지나 하얗게 변해버린 동맥과 정맥을 가리켰다. 재원은 씨익 웃으며 동그란 단면의 동맥을 가리켰다.

"당연히 이놈이죠."

"왜?"

"왜요?"

"그래. 왜 얘부터 이어?"

"피! 피가 가야죠. 피판에."

"호."

강혁은 살짝 늦긴 했지만 꽤 멀쩡한 답변을 내놓은 재원을 바라보았다. 재원은 그런 강혁을 기대감 어린 눈빛으로 마주 보았다. 하지만 그의 입에서 튀어나온 것은 칭찬이 아니었다. 또 다른 질문이었다.

"그것뿐이야?"

"네?"

"그것뿐이냐고."

"어……."

"멍하니 있지 말고, 보조부터 해. 하다보면 답을 알게 될 거니까."

"아…….. 네."

재원은 금세 눈을 빛내며 고개를 끄덕였다.

"그럼 시작한다. 실 줘."

"네, 교수님."

강혁의 말에 장미가 아까부터 준비해두었던 봉합 기구를 전해주었다. 봉합 기구에 물어둔 것은 7번 실. 눈으로 바늘조차 알아보기 힘들 정도로 가는 실이었다.

강혁은 바늘로 혈관 단면을 푹 하고 찔렀다. 그러곤 단숨에 팔뚝에 있던 혈관까지 꿰어서 바늘을 빼내었다. 그 장력에 의해 피판 쪽 혈관이 딸려가듯 툭 하고 붙어버렸다. 어찌나 완벽하게 첫 땀이 들어갔는지, 이거 하나만으로도 벌써 혈관이 이어진 것은 아닌가 하는 착각이 들었다.

"뭐 해, 안 잘라?"

강혁은 순식간에 매듭을 지은 후 재원을 바라보았다. 홀로 경탄에 빠져 있던 재원은 그제야 황급히 고개를 끄덕이며 가위를 움직였다.

"다 됐다."

동맥을 잇기 시작한 지 불과 5분도 채 되지 않아서 강혁이 말했다. 수술실 뒤쪽에 있던 윤재호 과장과 이동주 대위는 그가 거짓말을 하고 있다고 생각했다.

'정말 이은 건가?'

'미쳤나?'

이런 생각들이 그들의 머릿속을 가득 메우고 있을 따름이었다.

"노예. 집게 풀어."

"네, 교수님."

재원은 팔뚝 쪽 동맥에 물려두었던 집게를 툭 하고 풀었다. 그러자 집게 때문에 잔뜩 몰려 있던 동맥혈이 삽시간에 피판을 향해 흘러 들어갔다.

"자, 동맥부터 이어야 하는 이유, 두 번째. 이렇게 해야 우리가 정말 제대로 된 피판 혈관을 채취했는지 알 수 있어."

그러곤 방금 흘러나온 핏물을 가리켰다. 아주 자세히 보면 무언가 엉겨 붙은 조각들이 보였다.

"그리고 혈관 내부에 있던 응고물을 제거할 수 있지. 이제 알겠냐?"

"아……."

재원은 방금 눈앞에서 강혁이 보여준 것을 보며 고개를 끄덕였다. 이것이야말로 참된, 살아 있는 교육이라고 할 수 있었다. 책에서는 가르쳐주지 않거나, 가르쳐줘도 알기 어려운 그런 지식이었다.

뒤에서 지켜보던 윤재호 과장과 이동주 대위는 너무 놀라 팔뚝에 소름이 오소소 돋아나는 걸 느꼈다.

"자, 그럼 정맥을 이어볼까."

강혁은 젖은 거즈로 팔뚝 상처에 흘러나온 정맥혈을 툭툭 닦아낸 후, 재원을 돌아보았다.

"넵."

재원은 씩씩하게 답하며 팔뚝 쪽 정맥을 끌어서 당겨왔다.

'나는 그냥 배우러만 들어온 게 아니야.'

그는 자신의 처지를 아주 잘 알고 있는 편에 속했다. 때문에 그저 제자가 아니라는 것도 잘 알고 있었다.

"좋아. 정맥은…… 조금 어려워. 왜지?"

강혁은 재원이 끌고 온 정맥에 바늘을 걸어 당기며 물었다.

"정맥은 흐물거리고 동맥처럼 모양이 유지되질 않습니다."

"그래. 그럼 어떻게 해야 조금이라도 더 쉬워질까?"

"어……."

이건 교과서에 없는 내용이었다. 교과서에는 단지 정맥을 이으면 된다고만 설명할 뿐, 방법을 가르쳐주진 않았다.

"방금 네가 정맥이 왜 어렵다고 했냐?"

강혁은 집게에 물려 피가 통하지 않게 된 정맥 단면에 식염수를 뿌리며 물었다.

"흐물거려서요."

"그래. 그럼 안 흐물거리게 만들고 이으면 되지."

"그게……. 그게 되나요?"

재원은 말이 되나 하는 얼굴로 강혁을 바라보았다.

"잘 봐."

"어딜요?"

"정맥, 인마. 정맥 얘기하고 있는데 왜 조폭을 봐?"

"제, 제가 언제요!"

"성질내기엔 눈까지 마주치지 않았냐? 방금?"

"아, 아닙니다."

재원은 누가 봐도 어색할 정도로 거세게 고개를 저었다. 그러곤 매우 어색한 눈으로 정맥을 바라보았다.

"잘 보라고. 물을 뿌리면 어떻게 돼?"

"물에 젖죠?"

"어휴."

강혁은 잠시 이놈이 미쳤나 하는 표정으로 재원을 바라보았다.

문제는 장미도 비슷한 얼굴을 하고 있다는 점이었다. 그게 재원의 마음을 아프게 했다.

"잘 보라고."

강혁은 장미에게 받은 새 주사기를 들고 정맥 위로 식염수를 뿌렸다. 아무래도 정맥은 흐물거리는 혈관이었기 때문에 이렇게 물이 차오르면 일시적으로나마 팽팽해졌다. 너무 일시적이라는 게 문제긴 했지만.

"봤어? 방금?"

"설마……. 이게 팁이에요?"

"이 새끼가. 천금을 주고도 못 얻을 팁을 이렇게 심드렁하게 받네?"

"아니……. 1초도 안 되는데 이걸 어떻게……. 으아아아아! 왜, 왜! 발을 밟아요!"

재원은 눈물이 핑 돈 채 비명을 질러댔다. 강혁은 그런 재원을 보며 낄낄 웃었다.

"왜. 1초도 안 밟았는데."

"으아…….."

"충분히 길지?"

강혁은 그런 재원에게 말없이 주사기를 쥐여주었다.

"뿌, 뿌려요?"

"그럼 뭐 하려고. 마실래?"

"아뇨…….."

재원은 울상을 지은 채 물을 정맥에 뿌렸다. 정맥 이을 때 늘 물을 뿌렸지만, 뭔가를 씻어내기 위한 거라고만 생각했었다. 물이 봉합하기 쉽게 만든다는 건 이번에 처음 알게 된 사실이었다.

'듣고보니까…… 진짜 팽팽해지긴 하네…….'

정말 잠깐이지만, 물이 훅 하고 들어간 후에는 팽팽해졌다. 푹. 강혁은 그 틈을 놓치지 않고 바늘을 찔러넣었다. 덕분에 재원은 자신도 모르게 감탄을 내뱉었다.

"봤냐?"

강혁은 같은 바늘로 반대편 혈관까지 단숨에 뚫은 후 물었다.

"네, 네. 봤습니다."

"할 수 있겠지?"

"그건……."

보는 것과 할 수 있는 건 무척 다르지 않던가.

"계속 봐. 감이 올 거야."

"네. 교수님."

'이래서 교수님이 한 재건술에서 조직 괴사가 단 한 번도 없었구나…….'

강혁은 어느새 마지막 매듭을 지어버렸다. 그 어렵다는 정맥 연결마저 채 5분이 지나기 전에 마무리해버린 것이다.

"와……."

"이럴 수도 있구나."

당연하게도 뒤에서 구경하던 이동주 대위와 윤재호 과장 또한 경탄을 터뜨렸다.

"뼈 이어야지. 드릴."

"네."

"오케이. 다 이었고……. 어디 보자."

'이만하면 기능에 문제가 생기진 않겠어. 다리 때문에…… 전력 질주는 안 되겠지만.'

"됐어. 그럼 나머지 상처 싹 닫고 나가자."

강혁은 홀가분한 기색이 되어 상처를 톡톡 두드렸다. 그러자 장미가 강혁과 재원에게 봉합 기구를 각각 하나씩 건네주었다. 그때 수술실 데스크 위에 올려 둔 강혁의 핸드폰이 울리기 시작했다. 발신인은 전 중앙 구조단 팀장 안중헌이었다.

"저거 제발 좀 빨리 받아라!"

스테인리스 위에서 진동하는 핸드폰 소리가 얼마나 컸는지, 강혁으로서는 무척이나 드물게 봉합하던 것을 멈추고 소리를 질렀다.

"네, 전화 받았습니다! 백강혁 교수님 수술 중이십니다!"

다행히 가까이에 있던 신규 황지민 간호사가 전화를 받았다.

"아……. 저 안중헌입니다."

"누구요?"

'아무래도 새로 들어온 사람인 거 같은데.'

"백강혁 교수님께 아주 좋은 소식 있다고만 전해주세요. 자세한 것은 전화 주시면 직접 알려드리겠습니다."

"아, 네. 알겠습니다."

"그럼 수술 힘내시라고 전해주세요."

"네."

지민은 전화를 끊으며 고개를 갸웃거렸다. 강혁의 전화를 종종 받았었지만, 다들 사무적인 태도로 말하거나 적대적일 따름이었다. 이렇게 살가운 목소리는 처음이었다.

'뭐지…….'

강혁과 재원은 순식간에 봉합을 완전히 마무리했다. 어차피 이미 어려운 부분은 끝낸 지 한참이었기 때문에 작업은 무척 수월했다.

"아까 전화 뭐야?"

강혁은 마지막 매듭을 완전히 마친 후, 지민을 돌아보았다. 지민은 강혁이 뭔가에 집중하고 있을 땐 환자 얘기가 아닌 이상에는 끼어들지 않는 것이 원칙이라는 것을 잘 알고 있었다. 그래서 아예 전화에 관한 언급을 하지 않고 대기 중이었다.

"아, 네. 교수님. 안중헌 팀장이라는 분한테 전화가 왔습니다."

"안중헌? 그 친구가 웬일이지?"

강혁은 고개를 갸웃거리며 천천히 수술대에서 몸을 뗐다. 그러곤 피 묻은 장갑을 조용히 벗어다 폐기물 통에 던져넣고는 핸드폰을 확인하러 테이블로 다가갔다.

"통화를 길게는 안 했네."

강혁은 핸드폰을 들여다보더니 그렇게 중얼거렸다. 그러곤 재다이얼을 누르며 재원을 돌아보았다. 재원은 환자에게 덕지덕지 붙어 있던 소독 천을 제거하는 중이었다.

"네, 교수님. 수술 끝나셨어요?"

곧 중헌의 목소리가 수화기 너머에서 들려왔다.

"어, 끝났지. 웬일이야?"

"아, 아직 못 들으셨구나. 어제 소방청 완전히 뒤집혔습니다."

"뒤집혀?"

"대체 언제 그런 백을 만들어두신 거예요? 청장님 어제 국회로 불려가서 된통 깨지고 온 거 같던데."

"아……. 움직였구나."

강혁은 그렇게 중얼거리며 핸드폰에 떠 있는 미확인 문자를 바라보았다.

— 어제 행안부 장관님과 소방청장님과 함께 즐거운 대화 나눴습니다.

청장님이 교수님 뜻에 감동했는지 어제 오후에 바로 인사이동 조치를 했더군요. 조만간 병원으로 교수님 만나러 간다고 합니다. 다만 헬기 이착륙장 설치를 위한 국비 지원은 시간이 좀 걸리겠습니다. 차차 진행해보도록 하겠습니다. 박성민 드림.

문자만 보면 상당히 화기애애한 분위기 속에서 대화를 마친 것처럼 보였다. 하지만 강혁은 그렇게까지 순진한 사람은 아니었다.

'소방청장쯤 되면 자기 고집이 세겠지.'

그런 사람이 감동해서 얘기를 나누자마자 인사이동을 한다? 이건 지나가던 개도 믿지 않을 얘기였다.

"네? 움직여요?"

"아니, 그래서 어떻게 됐는데?"

문자에는 인사이동이 되었다고만 나와 있지 자세한 얘기는 없었다.

"아……. 이번에 제가 중앙 구조단장이 되었습니다."

"오."

기껏해야 팀장으로 복귀시킬 거라 생각했는데 단장이라니. 재량권이 훨씬 많이 생겼다고 보면 되었다.

"그리고 김강률이 팀장으로 오게 되었습니다."

"허. 김강률 팀장도?"

"네."

"잘됐네. 아주 좋아."

강혁은 정말로 만족했다는 얼굴로 고개를 끄덕였다. 안중헌 단장에 김강률 팀장이라니. 박성민 의원에게 크나큰 선물을 받은 셈이었다.

'뭐…… 나를 이용해서 당내 입지도 굳히고, 유명세를 끌어올리겠다는 심산이겠지.'

다시 말하면 단물을 쪽쪽 빨아먹겠단 뜻이었다. 지금 강혁과 이현종 대위는 '핫하다' 못해 너무나도 뜨거운 화제였으니까. 하지만 강혁은 기분 나쁘기는커녕 오히려 반가웠다.

'얼마든지 이용하라지.'

그렇게 해서 사람을 더 살릴 수만 있다면, 강혁은 뭐든지 기꺼이 내어줄 수 있었다.

"음? 근데 주변이 좀 소란스러운데? 벌써 출동인가?"

한참 박 의원을 떠올리고 있던 강혁은 그제야 중헌이 어디론가 이동 중이라는 사실을 깨달았다. 사무실 내부라면 이런 종류의 소음은 절대 전해지지 않을 터였다.

"아, 들리세요?"

"어디로 가?"

"지금……. 한국대학교 병원으로 가고 있었습니다."

사실은 깜짝 놀라게 해주려는 생각이었는데, 이미 대강 들킨 이상에야 어쩔 수 없는 일이었다.

"여길? 왜? 어디 아파?"

"아뇨. 교수님께 인사드리려고요. 다시 팀으로 일하게 되었으니까요."

"뭐 하러 지금 와. 어차피 사건 터지면 자연히 볼 텐데. 아무튼, 알았어. 지금은 환자 없으니까 보려면 빨리 오라고."

"네, 교수님."

강혁은 통화가 끊어진 핸드폰 액정을 바라보며 고개를 갸웃거렸다. 왜 여기까지 온다는 건지 도무지 알 수 없는 일이었다.

'노예가 잘하고 있으려나.'

여기까지 생각이 미치니 발걸음이 좀 더 빨라졌다.

"어때?"

그는 중환자실로 옮겨 온 이현종 대위를 향해 걸었다.

"안정적입니다. 활력 징후도 더 좋아졌고요. 확실히 열려 있던 상처를 닫아서 그런지, 열도 없어졌습니다."

재원이 흐뭇한 미소를 지으며 답했다. 수술을 마친 이현종 대위의 모습은 그저 겉모습만 봐도 한결 나아 보였다. 지금 이현종 대위의 상태는 안정 그 자체였다.

"지금 나온 지 10분 동안 혈압, 심장 박동 수 전혀 변화 없습니다."

지민이 이를 말로 옮겨서 강혁에게 전달해주었다. 그녀는 요 며칠간 급변하는 이현종 대위의 상태에 대처하느라 잠을 제대로 잔 기억이 없었다. 그래서인지 안정되었다고 말하는 그녀의 얼굴은 눈물이라도 왈칵 쏟을 것처럼 보였다.

"좋네. 좋아."

강혁은 연신 고개를 끄덕이며 좀 더 이현종 대위에게 가까이 다가갔다.

'입술 색도 좋아졌어. 발가락 색도 좋고……. 손가락, 귀 모두 색이 좋아.'

남들은 결코 분간할 수 없는 변화였지만, 이상 색각 과민증 환자인 강혁은 알 수 있었다.

'그냥 활력 징후만 좋아진 게 아냐. 말초로의 혈액 순환도 좋아졌어…….'

"좋네. 천천히 위닝 준비하자고. 이제 슬슬 스스로 숨 쉬어야지."

"어……. 위닝이요?"

"그래. 진행해."

'말초 혈액 색도 아주 좋아. 지금 딱히 산소를 많이 주고 있는 것도 아닌데 저렇다는 건……. 호흡의 효율이 굉장히 높다는 뜻이야. 진행해도 돼.'

그가 그만의 근거를 가지고 빙그레 웃고 있는데, 장미가 그의 어깨를 두드렸다.

"교수님, 응급의학과에서 전화 왔습니다."

"응? 환자야?"

"아뇨. 소방청장이 왔다는데요?"

전화를 건네받은 강혁은 소방청장이 올 것을 미리 알고 있었으므로 전혀 당황하는 기색이 없었다. 오히려 그의 머릿속은 이미 계산을 끝낸 상황이었다.

"아, 청장님. 중환자실 앞으로 오죠. 네. 제가 이현종 대위를 보고 있어서, 자리를 오래 비우기가 좀 그렇습니다."

청장은 영문도 모른 채 중환자실 앞으로 오게 됐고, 낯선 사람의 등장에 하나둘 몸을 일으키는 수많은 기자를 보게 되었다.

"우리가 인사 나눌 사이는 아니죠?"

강혁은 어색하게 웃고 있는 청장을 보며 쏘아붙였다. 그 말투가 어찌나 날카로운지 비수로 심장을 푹 하고 찌르는 듯한 느낌이 들었다.

"어……. 그건…… 그렇죠."

"그럼 하기로 한 거나 하고 가시죠."

"여, 여기서요?"

"그럼 어디서 하려고요?"

"아니······."

청장은 무척 곤란하다는 눈빛으로 사방을 둘러보았다. 비록 녹화하고 있는 기자는 없는 듯했지만. 아무튼, 다들 기자들이었다. 들은 내용만 가지고도 얼마든지 논란거리를 만들 수 있는 사람들이란 얘기였다. 청장이 눈알을 굴리며 주저하는 모습을 보고 강혁은 한 발짝 가까이 다가가 속삭이듯 말했다.

"내가 얘기할까? 그럼 청장 당신 인생 끝일 텐데? 난 여과 없이 다 말할 거거든."

그 말을 들은 청장의 안색은 하얗게 질리고 말았다. 이 많은 기자들 앞에서 협박이라니, 누구라도 이런 모습을 보일 수밖에 없을 것이다.

'내가 미쳤지······. 그깟 병원에서 대접 좀 받아보겠다고······.'

왜 그랬을까. 돌아갈 수 있다면 돌아가고 싶었다.

"안녕하십니까, 저는 소방청장입니다. 지금까지 중증외상센터 지원을 소홀히 한 것에 대해 사과합니다. 그간 인력 부족과 민원을 핑계로······."

"확실히 이 양반 참 대단해."

박성민 의원은 새벽부터 비서가 정리해서 올려둔 신문 스크랩을 보며 중얼거렸다. 박 의원은 실로 감탄했다는 듯한 눈빛과 함께 고개를 끄덕였다. 여전히 시선은 기사에 고정한 채 떼지 못하고 있었다. 그도 그럴 것이 강혁의 얼굴이 머리기사에 떡하니 박혀 있었다. 소방청장과 함께 나란히 선 채.

'백강혁 교수와 의기투합한 소방청장'

소방청장이나 행안부 장관이 본다면 놀라 자빠질 만한 제목이었다. 하지만 둘에게는 차라리 잘된 일이라 할 수 있었다. 사건의 경위가 드러났다간 둘 다 끝이었을 테니까.

'사사로운 감정에 휘둘리지 않고……. 이용해먹었다 이거지.'

박 의원은 베테랑 정치인들조차 일순간의 감정을 못 이기거나 눈앞의 작은 욕심 때문에 무너지는 꼴을 여럿 목격했던 바 있었다. 그런데 일개 대학 병원 교수가 이런 수를 쓸 줄이야. 솔직히 놀라웠다.

'이대로만 가면 진짜 경선에서 날 도와줄 수도 있겠어.'

"교수님! 이현종 환자 눈 떴습니다!"

강혁을 애타게 부르고 있는 사람은 장미였다.

"눈 떴다고요!"

그녀의 옆에는 이미 재원과 경원 그리고 이동주 대위, 윤재호 과장까지 죄 모여 있었다. 오직 강혁만 들어오지 못하고 있었다. 뭔가 다른 짓을 하고 있는 건 아니었다.

"야, 벌써 다 나았네."

강혁은 웬 꼬맹이 머리를 훅 하고 쓰다듬는 중이었다. 아이 옆에는 울면서 웃는 아저씨 한 명이 서 있었다. 거칠고 두꺼운 두 손을 가지런히 모은 채였다.

"가서 뭐 문제는 없었죠? 제가 외국 다녀왔더니 외래가 밀려서, 오늘 그냥 따로 불렀습니다."

강혁은 아이의 머리칼을 아무렇게나 헝클어뜨리고는 아이 아빠를 향해 물었다. 아이 아빠는 한참을 말도 못 하고 가만히 있다가 이내 고개를 끄덕였다. 몇 번인가 말을 하려고는 했는데 목소리가 잘 나오지 않는 모양이었다. 그럴 만도 한 게, 강혁이 아이에게 해준 일을 지민에게서 전해 들은 게 바로 10분 전이었다.

'백 교수님이 헬기에서 자기 피 직접 수혈해주셨어요. 그래서 산 거예요, 아이.'

그전에도 이미 강혁에게 아이의 목숨을 빚졌다고 생각하고 있었는데 이제보니 정말로 강혁의 생명 중 일부가 아이의 목숨을 살린 셈이었다. 말을 잇기가 어려울 수밖에 없었다.

"괜찮다는 거예요? 아버님이 아프신가?"

물론 강혁은 정상적인 교감이 잘 안 되는 사람이라 딱히 감동을 전해 받기보다는 이상한 말이나 해대는 중이었다. 하지만 아이 아빠는 강혁이 무슨 말을 해도 좋게만 해석될 따름이었다.

'아, 이 얼마나 훌륭하신 분인가……. 공치사도 전혀 안 하시고…….'

그냥 아무렇지도 않았던 것도 아니던데, 심지어 쓰러져서 만 하루 동안 소변줄까지 꽂고 저기 누워 있었다던데, 그런 일은 전혀 티내지 않고 이런 시답잖은 농담이라니. 아이 아빠는 그만 더욱더 큰 목소리로 울고야 말았다.

"어……. 진짜 어디 안 좋으신 건가……."

"으허헝!"

그 울음은 강혁이 헛소리를 할 때마다 점점 더 커졌다. 약간의 피로감을 느낀 강혁은 이제 그만 보내야겠다는 생각이 들고야 말았다. 이미 눈으로 아이 아빠 상태에 대한 스캔을 마친 상태였다.

'보니까……. 아픈 건 아냐.'

"이제 다치지 말고, 안전한 데서만 놀아야 한다."

강혁은 아이의 머리칼을 다시 한번 엉망으로 만들어준 후 인사했다.

"그럼, 이제 다시는 보지 말자."

제 딴에는 배려 가득하다고 믿는 인사말을 건넸다. 아이는 강혁의 마음을 찰떡같이 알아들었다.

"네, 선생님. 살려주셔서 감사합니다."

아이는 또박또박한 어조로, 준비했던 대사를 멀어져가는 강혁의 등 뒤에 대고 읊었다. 그러곤 준비하지 않았던 대사도 작은 목소리로 덧붙였다.

"저도 선생님처럼 다른 사람 살리는 의사가 될게요."

불행인지 다행인지 강혁은 그 소리를 듣지 못한 채 중환자실 안으로 들어갔다. 그와 동시에 장미가 발을 동동 구르며 외쳐댔다.

"왜 이렇게 오래 걸려요!"

"아……. 애가 왔잖아."

"애?"

"그래. 전에 여기 다쳐서 왔던 애."

"외래…… 로 안 부르시고요?"

"나 요새 외래 좀 밀려. 환자를 제대로 볼 수가 있어야지."

거의 뭐 도떼기시장을 방불케 하는 현장이었다. 외래 밀렸다고 5분에 한 명씩 밀어넣었으니 당연한 얘기였다. 병원이야 외래 비용으로 적자를 조금이라도 메울 수 있어 좋아할는지 모르겠지만, 의사 입장에서는 환자를 어떻게 보고 있는지 모를 지경이 될 수밖에 없었다. 그나마 강혁이야 눈이 좋아 대강 상태를 볼 수 있다고 쳐도, 기분이 그리 썩 좋지만은 않았다. 환자를 본 게 아니라 쌓인 서류를 정리하는 느낌이었으니까.

"아, 그러시구나. 전 또 그런 것도 모르고. 죄송합니다."

"아냐, 괜찮아. 조폭이잖아."

"아니……. 지금 환자 깨신 거 같은데 그런 말을 하시면 어떡해요."

장미는 눈을 끔뻑거리는 이현종 대위를 돌아보며 말했다. 이 정도면 어느 정도 의식도 있을 것 같았다. 제대로 의식이 돌아올지는 의문이었지만.

'차라리 조폭이라고 말한 걸 알아들었으면 좋겠네.'

부상이 심했고, 치료하기까지 시간이 너무 오래 걸렸다. 제아무리 강혁이 나섰다 해도 의식이 완전히 돌아오는 문제에 대해서는 자신할 수 없었다. 강혁은 잠시 장미의 시선을 따라 이현종 대위를 바라보았다. 호흡이 완전히 일정치는 않았다.

"지금 호흡 어떻게 하고 있지?"

"보조 모드입니다."

"산소는 얼마나 들어가?"

"안 들어갑니다."

"오."

강혁은 이현종 대위의 살짝 벌어진 입안을 들여다보며 감탄을 터뜨렸다. 입술을 비롯해 여러 점막의 색이 모두 좋았기 때문이었다.

"그럼 슬슬 뽑아보자."

"아, 네."

경원이 이미 모든 준비를 마쳐둔 참이었다. 덕분에 강혁은 바로 튜브 뽑을 생각을 할 수 있었다. 우수한 아랫사람 하나 뽑아두면 두고두고 편하다더니, 경원은 그걸 체험하게 해주는 녀석이었다.

"이현종 대위, 제 목소리 들립니까?"

강혁은 순식간에 이현종 대위의 머리맡으로 올라갔다. 그러곤 그의 어깨를 툭툭 두드리고는 귓가에 대고 외쳤다. 얼굴은 완전히 마주 보게 만들고서였다. 아주 간단해 보이지만 실은 우리 감각 기관 중 시각, 청각 그리고 촉각을 한 번에 자극하는 수법이었다. 이렇게 하면 의식이 불완전한 사람도 어느 정도 반응을 보이는 경우가 많았다. 곧 이현종 대위는 뭔가 괴로워 보이는 표정을 지었다.

"지금 튜브 들어가 있어서 목소리가 안 나오는 거예요! 그냥 눈만 깜빡이세요!"

이현종 대위는 상당히 영민한 사람이었다. 그렇지 않았다면 테러범들 손에 부하들과 함께 모조리 죽게 생긴 순간에 그런 기지를 발휘할 수 있었겠는가.

끔뻑. 곧 이현종 대위는 강혁의 지시에 따라 눈을 깜빡였다. 강혁은 만족스럽다는 눈빛으로 고개를 끄덕인 후, 말을 이었다.

"자, 이제 튜브 고정하고 있는 풍선에서 바람을 뺄 겁니다. 조금…… 불편할 겁니다. 근데 가만히만 있으면 괜찮아요! 제가 잡을 거니까!"

강혁은 풍선에 있던 바람을 주사기를 이용해 제거했다. 보통 환자들은 이때 어마어마한 자극을 느끼기 마련이었다. 흔들리는 튜브가 기도 안쪽 벽을 사정없이 건드리기 때문이었다.

'조용하네.'

하지만 방금 재원이 생각한 것처럼 이현종 대위는 가만히 있었다. 그가 유독 참을성이 대단해서는 아니었다. 기도 안쪽 벽을 통한 자극은 의지로 참을 수 있는 게 아니었으니까. 그런데 기침이 없다는 건 자극 자체가 없다는 것이었다.

'괴물인가? 뭐 이런 데서도 특출나고 그래.'

사실 기도에서 튜브 빼는 건 딱히 시술이라고 할 것도 없지 않은가. 근데 강혁이 하는 것을 보니 지금까지 자신이 해왔던 것이 쓰레

기처럼 느껴졌다.

'어머니……. 저 마취과인데…… 외과 의사한테 익스투베이션
(Extubation: 발관, 튜브를 빼는 행위)으로 지고 말았습니다…….'

아예 이걸 업으로 삼는 경원도 비슷한 생각을 하고 있었다. 이동
주 대위 또한 크게 다른 반응을 보이진 않았다.

'보통 괴로워해야 하는 거 아닌가?'

윤재호 과장도 그랬다.

'기본부터 탄탄히 해야 한다더니…….'

담담한 사람은 정작 당사자인 강혁뿐이었다.

"이제 숨 참으시고. 뺍니다."

그저 할 일을 할 뿐이었다. 어떤 허세도, 어떤 뿌듯함도 없었다.

"산소 포화도 잘 봐라."

강혁은 그렇게 평정심을 잃지 않았던 덕분에 곧장 필요한 지시
를 내릴 수 있었다. 해서 잠깐 넋을 놓고 있던 경원도 너무 늦지 않
게 활력 징후를 살필 수 있었다.

"조폭. 너는 산소마스크 안 챙기니?"

"아, 아! 네."

"노예. 너는 동맥혈 채혈 나가고."

"아, 넵."

"얘들이 왜 이래? 아마추어같이."

강혁은 답답하다는 듯 혀를 차고는 다시 이현종 대위를 내려다
보았다. 필요한 검사를 싹 지시하기는 했지만, 사실 그는 그런 검사
가 없어도 대강 상태 파악이 가능한 사람 아니었던가. 이현종 대위
의 얼굴만 봐도 어느 정도 산소 포화도가 계산될 정도였다.

'96……. 아니 95 정도일까.'

방금 발관한 상황에서 이 정도면 꽤 괜찮은 편이었다. 물론 그보다 더 중요한 건 따로 있었다.

"숨쉬기 힘들진 않으십니까?"

바로 환자가 주관적으로 느끼는 상태였다. 끔뻑. 이현종 대위는 필사적으로 눈을 깜빡였다. 괜찮단 뜻이었다. 보아하니 자신이 왜 여기에 있는지, 여기가 어딘지도 모르는 것 같은데 상당히 침착했다.

'대단한데.'

강혁은 총상을 입고 전장에서 옮겨진 환자들을 많이 본 바 있는 사람이 아니었던가. 그들 중 대부분은 깨어나자마자 마치 전장에 있는 것과 같이 흥분한 채 발광했었다. 그러다 애써 수술한 부분 중 일부가 뜯어지기도 했었다. 그가 기억하는 건 총에 맞고 쓰러진 순간뿐일 테니.

"말할 수 있을 거예요. 이름 말해봐요."

강혁은 속으로 감탄해대며 침착한 어조로 물었다. 이현종 대위는 뭔가 좀 낯선 느낌이 드는지 뻑뻑하고 건조한 혀를 굴리다가 이내 입을 열었다.

"이…… 현종."

오랫동안 튜브가 들어가 있었기 때문에 목소리는 잔뜩 쉬어 있었다. 튜브에 의해 성대가 눌려 있었으니 자연스러운 일이라 할 수 있었다.

"좋아. 이현종 대위, 여긴 병원입니다. 총 맞았던 거 기억해요?"

"아……. 제 부하들은 어떻게 됐습니까?"

"그게 제일 궁금한 거예요?"

강혁은 최소한 자기 몸 상태에 관해 물을 줄 알았다. 하지만 이현종 대위는 그런 것 따위는 안중에도 없는 듯했다.

"네, 말씀해주십쇼."

그의 단호한 태도에 강혁은 고개를 돌려 이동주 대위를 돌아보았다. 강혁은 단지 이현종 대위를 구하러 갔을 뿐, 다른 사안에 관해서는 전혀 모르기 때문이다. 그의 시선을 느낀 이동주 대위는 금세 의중을 알아차리고 가까이 다가와 답해주었다.

"모두 상처 하나 없이 복귀했습니다. 다친 사람은 이현종 대위 한 명뿐입니다."

"아……. 다행…… 다행입니다."

'진짜……. 대단하긴 하다.'

재원은 아직 자기 몸이 어떤지도 잘 알지 못하면서 부하들 상태부터 물어보는 이현종 대위를 보며 혀를 내둘렀다. 재원도 군의관으로나마 군을 경험하지 않았던가. 이현종 대위는 그때 겪었던 간부들과는 달라도 많이 달랐다.

"일단 누워 계세요. 아직 일어나는 건 무립니다."

재원이 잠시 이현종 대위의 인성에 감탄하고 있을 무렵, 강혁은 슬며시 이현종 대위의 이마를 눌러 자리에 눕혔다. 그렇지 않아도 힘이 장사인 강혁인 데다가 이 대위는 극도로 쇠약해져 있는 상황인지라 별다른 저항도 하지 못하고 누워야만 했다.

"음……."

게다가 부하들의 안전을 확인하자마자 몰려온 통증도 한몫했다. 이현종 대위는 잔뜩 인상을 찌푸린 채로 자신의 팔을 돌아보았다. 침대 난간에 설치한 고정대에 연결되어 있어 아주 불편했다. 골절된 상태였으니 어쩔 수 없는 노릇이었다.

"총 8발을 맞았어요. 양쪽 팔이 부러졌고, 좌측 다리도 부러졌습니다."

강혁은 아주 담담한 얼굴로 이현종 대위를 내려다보며 말했다. 얼핏 생각하면 뭔 놈의 의사가 이렇게 차갑나 하고 생각할 수도 있겠지만, 오랜 경험에서 나오는 태도였다. 애초에 외상 외과에서 배우는 것이기도 했고.

'내가 불안하면 환자는 열 배 불안해진다.'

'공감'은 물론 아주 좋은 태도였다. 암으로 진단된 환자에게 덤덤하게 대하는 것은 자칫 싸가지 없게 느껴질 수 있었다. 하지만 외상 환자의 경우는 어떨까. 사고 당시 의식을 잃고, 이미 치료가 어느 정도 된 상황에서 깬 환자에게는 어떨까. 이럴 땐 치료를 담당했던 의사가 최대한 아무렇지도 않게 대해야 환자도 어느 정도 안심할 수 있는 법이었다. 이것이 주효했는지, 아니면 이현종 대위의 덤덤한 성격 덕인지는 몰라도 이 대위는 상당히 안정된 기색이었다.

"팔이…… 둘 다 부러졌군요."

이 대위는 그나마 손가락은 움직이고 있다는 사실에 안도하며 중얼거렸다. 그 모습을 확인한 강혁은 역시나 담담한 얼굴로, 이번엔 미미한 미소까지 지은 채로 고개를 끄덕였다.

"네. 하지만 신경 손상은 전혀 없었습니다. 이대로 회복되면 움직이는 데 별 지장은 없을 겁니다."

"감사합니다."

이현종 대위는 감사하다는 말을 하면서도 아직 머리가 개운하지 않은 느낌이 들었다. 정확히 어떻게 다쳤고, 그 이후에 어디로 가서 어떤 치료를 받았는지 전혀 기억이 없었기 때문이었다. 그가 기억하는 건 오로지 하나. 자신을 향해 황당할 정도로 거대한 불빛을 내뿜던 테러범의 총구뿐이었다.

"이현종 대위."

다행히 이 자리에는 강혁이 있었다. 숙련된 외상 외과 의사이면서 동시에 수많은 군인을 보아 온 의사. 그래서 전투 끝에 의식을 잃은 환자들의 머릿속을 훤히 들여다볼 수 있는 그였다. 강혁은 오히려 깨어났을 때보다 좌우로 더 흔들리고 있는 이 대위의 어깨를 툭툭 두드렸다. 그러곤 말없이 자신을 올려다보고 있는 그를 향해 말을 이었다.

"이제 괜찮습니다. 여긴 한국이에요. 당신은 안전합니다."

그 모습을 본 재원이나 경원, 장미는 갑자기 왜 이런 말을 하나 싶었다. 이미 깨어났을 때부터 정신이 단단해 보이던 사람에게 굳이 왜 저런 말을 한단 말인가.

"감…… 감사합니다. 그렇군요."

하지만 이현종 대위가 보인 반응은 뜻밖이었다. 그는 진심으로 강혁의 말을 기다렸던 것처럼 보였다. 강혁은 다 안다는 표정으로 이현종 대위의 오른쪽 손을 잡아주었다.

"이미 큰 수술은 다 끝났어요. 이제 나머지 치료만 받으시면 됩니다. 죽을 고비도 넘겼고, 남은 건 회복뿐이에요."

"감사합니다."

"제 할 일을 했을 뿐이죠."

강혁은 진심을 담아 그렇게 말했다. 그는 진정으로 자신이 해야 할 일을 했을 뿐이라고 생각하는 중이었다.

"저, 백 교수님."

그렇게 고개를 끄덕이고 있는 강혁을 향해 윤재호 과장이 말을 걸어왔다. 이현종 대위가 왕립 쉐이크 칼리파 병원으로 이송된 이후 내내 그를 담당해왔던 의사다. 심지어 에어 앰뷸런스를 통해 이송되어 올 때도, 오고 나서도 강혁의 팀을 도와 환자를 돌보고 있었다. 책임감만큼이나 실력도 괜찮은 편이라 아주 큰 도움이 되었다.

"네, 윤 과장님."

그래서 강혁의 대답은 이례적으로 따뜻했다. 재원은 강혁이 팀 이외의 사람에게도 이렇게 말할 수 있는 사람이구나 하는 생각을 하며 둘의 대화를 지켜보았다.

"이현종 대위 깨어나길 기다리는 사람이 한둘이 아닙니다. 알려도 될까요?"

윤재호 과장은 아주 조심스럽게 입을 열었다. 그의 말대로 이현종 대위가 깨어나길 기다리던 사람은 한둘이 아니었다. 아니, 그렇게 표현하는 게 미안할 정도로 많았다. 일단 어머니, 아버지를 비롯한 여러 보호자가 있었다. 거기에 더해 그 덕분에 목숨을 구한 병사들과 다른 부대원들. 그리고 기자, 국민, 대통령을 비롯한 여러 정치인까지. 하지만 윤재호 과장은 독단적으로 그들에게 알리지 않았다. 그들의 기다림보다 훨씬 중요한 것이 있다는 사실을 아주 잘 알고 있었기 때문이었다. 그건 바로 환자의 안위였다.

"음."

강혁 또한 가장 중요한 것을 잊지 않는 사람이었다. 아까보다도 훨씬 신중해진 눈빛으로 환자를 돌아보았다. 이현종 대위는 이제 막 깨어난 사람이라는 것이 믿기지 않을 정도로 괜찮아 보였다.

'하지만 감염은 완전히 다른 얘기가 되지.'

많은 사람과 접촉하게 하는 것은 절대로 무리였다. 그건 그만큼 여러 균과 만나게 하는 것이었다. 여기서 만약 정체 모를 균이 들어오기라도 한다면 어떻게 될까.

'지옥이지. 안 돼, 그건.'

하지만 그렇다고 해서 완전히 면회를 막을 수는 없었다. 딱히 보호자를 생각해서는 아니었다.

'친밀한 사람들과의 만남은 환자 회복에 지대한 영향을 미친다.'

어느 교과서에 나와 있는 문구였다. 거의 진리처럼 받아들여지고 있는 문구이기도 했다. 물론 이 자리에 있는 의료진들 전원은 이현종 대위에 대해 말 못 할 친밀감을 가지고 있기는 했다. 매일 밤잠 설쳐가며 소독한 지가 벌써 열흘을 훌쩍 넘기고 있었으니까. 하지만 환자도 그런가 하면 당연히 아니올시다였다. 적어도 이현종 대위에게 강혁은 낯설기만 한 사람일 뿐이었다.

"가족 면회는 허용하죠. 부모님 정도만."

"아, 그럴까요? 그럼 나머지는……?"

"이거 있잖아요."

강혁은 자신의 핸드폰을 가운 주머니에서 꺼내어 흔들어 보였다. 일반인에 속하는 윤재호 과장으로서는 선뜻 이해가 가지 않는 행동이었다. 당연하게도 재원이나 장미, 경원도 마찬가지였다.

"뭔 소리예요?"

그중에서 제일 촐싹대는 편에 속하는 재원이 이렇게 물어왔다.

"억."

그리고 뒤통수를 얻어맞았다. 강혁은 불만 어린 눈빛으로 자신을 째려보고 있는 재원의 눈을 폭 하고 찌른 후 말을 이었다.

"끄아아아."

재원의 고통 가득한 신음을 배경음 삼아서였다.

"어른들 대화하는데 끼어드네, 이놈이. 아무튼, 이걸로 녹화해서 보여주면 되죠. 지금 보면…… 그 정도는 충분히 가능하지 않겠습니까?"

"아……. 그렇네요. 이렇게 하면 면회로 인한 위험이 없겠군요."

"그렇죠. 아무리 멸균, 멸균, 해도 일반인들은 잘 지키질 못하니까요."

멸균의 중요성은 아무리 강조해도 지나치지 않은 법이었다. 다른거 다 잘해놓고 감염으로 환자를 잃어본 사람이라면 피눈물을 쏟으며 멸균을 외칠 것이다. 하지만 일반인들은 어떠한가. 아무리 얘기를 들어도 공감하지 못할 것이다.

"알겠습니다. 그럼 일단 보호자만 부르죠. 언론에는 교수님께서 말씀하실 겁니까?"

"음……."

강혁은 잠시 중환자실 밖을 내다보았다. 흐릿하게 처리된 간유리 너머로 웅성대는 기자들이 있었다.

'알리긴 알려야지. 알려야 하는데…….'

그렇지 않아도 이현종 대위와 강혁에게 관심이 쏠려 있는 상황이었다. 강혁은 기왕이면 이 관심을 중증외상센터의 발전으로 돌려보고 싶었다. 어차피 곧 먼지처럼 사라질 관심 아니겠는가. 세상의 이목을 계속 붙잡아두기엔 너무 많은 사건 사고가 매일같이 일어나고 있었으니까. 그전에 어떻게든 변화를 끌어내야만 했다.

'가장 효과적으로 알려야 해.'

강혁은 잠시 눈을 감았다 떴다. 그러곤 고개를 끄덕였다.

"네, 제가 알리죠."

"그럼 지금 대기하라고 할까요?"

그 말에 재원이 몸의 방향을 문 쪽으로 틀며 물었다. 강혁은 그런 재원의 어깨를 툭 하고 잡아끌었다.

"아니, 아직 안 돼."

"아직…… 안 돼요?"

재원은 멀쩡히 깨서 장미와 대화를 나누고 있는 이현종 대위를 돌아보았다. 중환자실에 있는 동안에는 침대 위에서 대소변을 봐야 한다는 말을 들었는지 크게 낙담한 표정이 되어 있었다. 다시 말하면 의식은 아예 멀쩡하다는 얘기였다. 즉 공식적으로 발표하기에 전혀 이르지 않았다.

"그래, 안 돼."

"왜요?"

"지금 시각 몇 시냐?"

"네?"

"몇 시냐고."

강혁의 말에 재원은 고개를 갸웃거리며 중환자실 탁자에 놓인 시계를 돌아보았다. 오후 2시가 채 안 된 시각이었다.

"2시요?"

해서 아주 시큰둥하게 말했다. 하지만 강혁은 생각이 전혀 달랐다.

"그래. 사람들 다 일하고 있을 때지."

"으음……?"

"윤재호 과장님. 아직 보호자 안 불렀죠?"

"네? 아, 네. 저도 번호는 몰라서요. 부대에 물어봐야 합니다."

"좋아. 그것도 잠깐 대기하죠."

"네? 왜요?"

윤재호 과장도 나이가 있긴 하지만 그냥 평범한 의사였다. 그저 병원에서 환자 보고, 연구하고, 후진 양성하는 것만 아는 사람이란 얘기였다. 언론플레이니 뭐니 하는 것에는 한없이 어둡기만 했다.

"조금 기다리려고요."

"뭘……. 기다립니까?"

"같이 기다려보시죠. 그럼 왜 기다리게 했는지 잘 알게 될 겁니다. 아, 부대에 보호자 번호 문의하는 건 지금 하세요. 저도 문의하죠."

"부대에 물어보면 바로 가르쳐줄 텐데……. 교수님은 어디로 문의를 합니까?"

"저놈들요."

강혁은 턱으로 밖을 가리켰다. 좀 더 정확히 하자면 중환자실 문 너머에 있는 기자들이었다. 당연하게도 윤재호 과장의 고개가 돌아갔다.

"저 사람들…… 모를 텐데요?"

"적어도 보호자를 찾고 있다는 건 알게 되겠죠."

"으음……?"

강혁은 머리 위에 물음표가 뜬 나머지 의료진을 뒤로한 채 밖으로 나갔다. 터덜터덜, 어쩐지 힘이 없어 보이는 발걸음이었다. 드르륵 소리를 내며 문이 열리자, 기자 중 일부가 강혁에게 모여들었다. 맨날 씹히는 상황이기는 해도 가끔 던져주는 떡밥을 받아 기사로 내면 대박이 났기 때문에 포기할 수 없는 듯했다.

"저."

근데 오늘은 천만뜻밖에도 강혁이 먼저 기자들을 돌아보았다. 기자들은 상당히 흥분한 얼굴로 강혁에게 집중했다. 딱 하나, 박상은 기자만 빼고.

'백퍼 뭐 꾸미는 거 있다……. 저러는 거 보면 백퍼지, 백퍼야.'

당한 사람의 촉 같은 것이랄까? 하지만 다른 기자들은 그렇지가 못해서 강혁 앞에 모여들었다.

"혹시 이현종 대위 보호자 연락처 아는 사람 있습니까?"

"네? 그건 왜요?"

"연락할…… 일이 있으니까 그렇죠."

강혁이 전에 없이 풀 죽은 얼굴로 이렇게 중얼거리니 기자들은 점점 더 파닥거릴 수밖에 없었다. 힘없이 돌아서 들어가는 강혁의 모습을 보며 하나둘 머리를 굴렸다.

'이거……. 뭔 일 난 거 아냐?'

'성질 더러운 놈이 실력도 없었나?'

강혁의 귀에 기자들의 머리 돌아가는 소리가 들리는 듯했다.

'한국대학교 병원 백강혁 교수, 이현종 대위 보호자 찾아'

'군 당국 아는 바 없다고 일축'

'환자 상태에 대해 함구해온 백강혁 교수 책임론 대두'

당연하게도 기자들은 온갖 추측성 보도들을 내보내기 시작했다. 확인되지 않은 사실을 기사화해서 내보내는 데 전혀 망설임이 없었다.

"이놈들이 미쳤나? 아니, 멀쩡히 좋아졌는데 이게 뭔 기사들이래요?"

중증외상센터는 모처럼 한가로운 시간을 보내는 중이었다. 근처에서 사고가 없는지 전화도 울리지 않았고, 이제 막 헬기 출동이 확정된 터라 당장 타고 나갈 일도 없었다. 실로 오랜만에 핸드폰을 들여다보던 재원이 바득바득 이를 갈고 있었다.

"왜 그래요?"

마찬가지로 의자에 반쯤 기대어 쉬고 있던 장미가 질문을 던졌다. 저돌적인 성격답게 바짝 몸을 앞으로 기울이면서였다.

"어어."

예기치 않게 그녀와 너무 가까이 붙게 된 재원이 저도 모르게 뒤로 물러섰다. 얼굴을 붉게 물들이면서였다. 그 모습을 멀리서 지켜본 강혁이 나지막이 한숨을 내쉬었다.

'등신…….'

물론 재원의 짝사랑이 안타까워서는 아니었다. 아무것도 모르고 분노하고 있는 게 안타까웠을 뿐.

재원은 조금 전까지 자신이 보고 있던 인터넷 기사를 가리켰다. 30분 전에 올라온 기사에 댓글이 무려 천 개도 넘게 달려 있었다.

"헐. 교수님 욕하네?"

"그러니까요. 아니, 얼마 전까지만 해도 교수님이 있어서 겨우 살린 거라고 떠들어대더니……. 이런 기사 하나 나갔다고 바로 돌아서네?"

재원은 기가 막힌 제목들을 보며 한숨을 쉬었다.

'그간 환자 상태에 묵묵부답으로 일관한 백강혁 교수, 무엇을 숨기려 했나'

사실 환자 상태에 대해 말을 안 해준 것도 아니었다. 2차 수술 후 회복하고 있다는 걸 한 번 알려준 적이 있으니까.

'물론 기대에 미치진 못했겠지.'

기자들은, 그리고 정부 관계자들은 매일같이 강혁이 이현종 대위의 상태에 대해 브리핑해주기를 원했다. 하지만 강혁이 어디 남들 뜻대로 움직여주는 사람이던가. 이제 죽을 일은 없을 거라는 말을 끝으로 기자들을 상대한 적이 없었다.

'아, 아니지. 소방청장 엿먹일 때……. 한 번 나섰었구나.'

생각해보니까 기자들이 열 받을 만도 했다. 몇 날 며칠을 중환자실 복도에서 먹고 자고 하면서 대기하는데 소득이라고는 없었을 테니.

'그렇다고 이런 구라를……. 아니지. 잠깐만.'

재원은 그제야 비로소 저 멀리 벽에 기댄 채 낄낄거리고 있는 강혁을 돌아보았다. 순간 저 양반이 아까 밖으로 나가서 뭔 짓을 한 게 아닌가 하는 생각이 들었다.

"저, 교수님?"

재원은 빠르게 강혁에게로 다가갔다. 강혁은 새카만 커피가 든 소변 컵을 입에 문 채 재원을 돌아보았다.

"왜."

"혹시 아까 나가서 뭐라고 한 거예요?"

"어딜 나가? 나 계속 병원에 있었는데."

"아니……. 중환자실 나가서요."

"아. 저 양반들?"

강혁은 중환자실 문밖에서 각기 노트북을 필사적으로 두드려대고 있는 기자들을 턱으로 가리켰다. 모조리 강혁에 대해 안 좋은 기사를 쓰는 중이었다. 그걸 잘 알 텐데도 강혁은 전혀 화난 얼굴이 아니었다.

"네. 이 기사……. 이렇게 내라고 하신 거예요?"

재원은 그의 눈앞에 자신의 핸드폰을 들이밀었다.

"오, 열심이네."

"네?"

"내가 이렇게 내라고 했겠니. 자기들이 알아서 하는 거지."

"지금 이현종 대위 멀쩡하잖아요. 근데 이걸 그냥 이렇게 둬요?"

재원은 중환자실 침대에 드러누운 채 TV를 보고 있는 이현종 대위를 돌아보았다. 기사에 나오는 것처럼 절망적인 상황은 결코 아니었다.

그리고 때마침 중환자실 문이 열리고 누군가 목발을 들고 들어섰다. 인턴인가 하고 봤더니 의외로 한유림 교수였다.

"이걸 왜 나보고 들고 오래……? 그리고 지금 기사……. 어? 깼…… 네?"

그는 투덜대며 들어오더니 일어나 앉아 있는 이현종 대위를 보고 눈을 동그랗게 떴다. 강혁은 껄껄 웃으며 놀란 표정의 한유림 교수에게 다가갔다. 이미 문은 닫힌 후였으니 기자들은 그 모습을 볼 수 없었다.

"인턴들은 입이 싸잖아요."

"아니……. 이런 일은 입이 싸도 되지 않나?"

한유림 교수는 현재 원내 여론이 어떠한지 아주 잘 알고 있었다. 강혁이 주도권을 가지고 온 듯했지만, 그가 실수라도 하길 기다리는 사람들이 적지 않았다. 방금 뜬 기사에 악성 댓글을 달고 있는 이들 중 몇몇은 아마 이 병원 사람일 터였다.

"아뇨, 아뇨. 지금은 안 돼요."

"대체 왜 그러는 거야."

한유림 교수가 목발을 내려놓은 채 답답하다는 듯 강혁에게 물었다. 그러자 옆에 있던 재원도 그를 거들었다.

"그니까요. 괜히 욕만 먹고……. 이게 뭡니까?"

"언론 플레이를 해봤어야 알지."

강혁은 그런 둘을 돌아보며 한심하다는 투로 이렇게 말했다.

"교, 교수님은 해봤어요?"

그 말에 재원이 욱했다.

"아니, 안 해봤지. 근데 뭐 꼭 해봐야 아나?"

"뭐예요, 그게."

"간극이라고 혹시 알아? 무슨 말인지?"

재원은 이제 뭐가 뭔지 모르겠다는 표정이었다. 그러다 강혁의 핸드폰을 가리켰다. 전화가 오는 중이었다.

"어, 이건 받아야겠는데요?"

아까 윤재호 과장이 얻어다준 이현종 대위의 보호자 번호가 떠 있었다. 도착한 모양이었다.

"좋아. 네가 가서 모시고 와."

"제가…… 요?"

"그래. 아무 말도 하지 말고 그냥 데리고만 와."

"기자들이 가만 안 있을 거 같은데……."

"그러니까 아무 말도 하지 말라고."

"그럼 더 욕먹을 거 같은데……."

"그래야 좋은 거니까, 잔말 말고 갔다와. 맞고 갈래?"

"아, 아뇨. 지금 갈게요."

"지금 안에 상황이 어떻습니까?"

"보호자까지 왔는데도 입을 다무실 겁니까?"

"이현종 대위, 살아 있는 건 맞습니까?"

아니나 다를까 기자들은 재원을 향해 하이에나처럼 달려들었다. 심지어 여태 뒷자리를 고수하고 있던 박상은 기자도 슬금슬금 앞으로 나서고 있었다.

'진짜 아무것도 없고, 그냥 환자 잘못된 거 아냐?'

이런 생각이 들기 시작한 것이다. 벌써 몇 시간째 언론의 집중포화가 계속되고, 그에 따른 여론도 확 쏠리고 있는데 가만히 있으니 그럴 만도 했다.

'아오.'

반면 재원은 입이 근질거리는 것을 참느라 무척 힘들었다. 딱히 기자들에게 욕을 먹어서는 아니었다.

"우리…… 우리 현종이 진짜 잘못된 거예요?"

이현종 대위의 어머니가 울먹거리고 있었기 때문이다. 그 모습을 볼 때마다 불쑥불쑥 괜찮다는 말이 튀어나오려 했다. 하지만 그때마다 강혁의 우람한 팔뚝과 더러운 성질이 눈앞에서 아른거렸다.

'아니……. 그랬다간 교수님한테 맞아 죽을 거야.'

물론 그 이유만이 재원의 입을 틀어막고 있는 것은 아니었다.

'뭔가 꿍꿍이가 있을 거야.'

잘 생각해보면 강혁은 늘 언론을 휘둘렀지, 휘둘린 사람은 아니니까. 지금처럼 엉망으로 휘둘릴 여지를 주었다는 건 뭔가 있다는 것이 분명했다. 이런 생각으로 재원은 어렵게 어렵게 침묵을 지킨 채 이현종 대위의 부모님을 중환자실로 안내했다. 중간에 어머니의 다리가 풀린 듯 휘청거려 약간 애를 먹기는 했지만, 아버지는 겉으로나마 의연한 태도를 고수하고 있었기 때문에 도움을 받을 수 있었다.

문이 열리고, 두 보호자는 환한 표정으로 그들을 맞이하는 아들을 볼 수 있었다.

"너, 너……!"

"괘, 괜찮은 거야?"

그와 동시에 아버지조차 무너지듯 이현종 대위를 향했다. 중환자실에는 꽤 다양한 의료 장비들이 있었기 때문에 잘못하면 크게 다칠 수도 있었다. 휘청이는 아버지를 강혁이 잡아주었다.

"아버님이 다치시면 안 되죠."

"아…… 백 교수님이시죠……?"

"저는 나중에 보시고, 우선 아드님에게 가보시죠."

강혁은 많은 감정을 담은 표정의 아버지를 이현종 대위의 침대 쪽으로 향하게 해주었다. 강혁 역시 표정이 아주 복잡해 보였다. 비통한 얼굴의 중년 사내를 볼 때면 늘 자신의 아버지가 떠올랐기 때문이다.

'미안하다.'

아버지는 죽기 전 강혁에게 이 말을 했더랬다. 정작 사고를 당해 죽는 사람은 자기 자신이었는데도 홀로 남을 강혁만 걱정했었다.

'적어도 이번엔 그런 슬픔은 없어.'

강혁은 아픈 추억을 애써 털어버린 채 시선을 돌렸다. 중환자실 침대에 누운 아들에게 차마 더 가까이 가지 못하고 주춤거리는 두 보호자가 눈에 들어왔다. 너무나 반갑고, 지금 당장 으스러지도록 안고 싶지만 그럴 수가 없었다. 그랬다가 소중한 아들에게 해가 되면 큰일이니까.

"손은 잡아도 됩니다."

강혁은 이렇게 말하며 두 사람의 손을 잡아다 알코올 소독액으로 박박 닦은 후 이현종 대위 손 위에 올려주었다. 알코올 때문에 까끌까끌한 느낌이 있긴 했지만, 아들의 온기까지 지울 정도는 아니었다.

"살았구나……. 살았어……."

"울지…… 마세요."

"이놈아! 부하들 살리는 것도 좋지만, 네 목숨이 우선이지!"

"군인이잖아요……."

"어이구……."

세 사람은 그 이후로도 반가움을 표현하는 여러 종류의 문장들로 대화를 나누었다. 비록 어조는 화를 내기도 하고, 슬퍼하기도 하고, 웃기도 했지만 안에 담긴 내용은 한결같았다.

"다행이다, 다행이야……. 네가 살아서 다행이야……."

"저도…… 이렇게 다시 만날 수 있어서 다행이라고 생각합니다……."

아들의 생환에 대한 반가움과 기쁨이었다. 강혁은 잠시 그 모습을 지켜보고 있다가 이내 재원을 불렀다. 그러곤 자신의 핸드폰을 보여주었다.

"이거 어떠냐?"

핸드폰에는 방금 이현종 대위와 그의 부모님이 대화를 나누는 모습이 담겨 있었다.

"이거 공개하면 어떻게 될 거 같아?"

"나, 난리가 나겠죠."

강혁이 3차 수술 후 보호자를 찾는 시늉을 한 후 다섯 시간. 그 시간 동안 강혁을 향해 쏟아졌던 온갖 음해성 보도의 수는 셀 수도 없을 지경이었다. 제한된 정보만 가지고 전체를 판단해야 하는 여론은 그에 휩쓸린 지 오래였다. 그런데 여기서 반전이 있다면 어떻게 될까. 늘 그렇듯 여론은 확 돌아서겠지.

'제일 욕하던 사람이 입 싹 씻고 나서는 경우도 허다하지.'

재원은 지금까지 그런 사례를 많이 목격했다.

"아, 근데."

물론 문제가 아예 없진 않았다.

"보호자들이 동의할까요?"

이현종 대위야 공인의 입장이 되었지만, 부모는 아니지 않은가.

거절하면 강혁이 원하는 연출은 불가했다.

"동의 안 할 거 같냐?"

강혁은 재원을 돌아보는 대신 보호자들을 바라보며 말했다.

"안 할 리가…… 없죠."

실제로 그들은 강혁에게 허락을 했다. 보호자 동의까지 얻은 강혁은 윤재호 과장과 경원에게 이현종 대위를 맡기고 중환자실 밖으로 향했다. 그의 양옆에 재원과 장미가 함께였다. 모두 이현종 대위를 처음부터 지금까지 보살펴온 의료진이자 강혁이 가장 신뢰하는 팀원들이기도 했다. 그렇기에 수많은 기자 앞에 선 지금도 어깨를 펴고 설 수 있었다. 강혁의 말을 빌리자면 '꿀릴 게 없는 상황'이었기 때문이다.

"어떻게 된 겁니까?"

"왜 아무 말도 없었습니까?"

그런 그들을 향해 기자들이 질문을 던졌다. 강혁은 희미한 미소와 함께 한 걸음 앞으로 나왔다. 그러자 셋에게 분산되어 있던 스포트라이트가 강혁에게로 집중되었다.

"휴."

그와 동시에 재원과 장미의 입에서 한숨이 흘러나왔다. 아무리 둘이 당차다 해도 이만한 카메라 압박은 부담스러웠기 때문이었다. 반면 강혁은 여유롭기 그지없었다. 그는 자신을 둘러싼 기자들을 천천히 돌아보았다.

'망할 놈들.'

강혁은 속으로 욕설을 내뱉은 채 입을 열었다.

"요 몇 시간 아주 신나서 떠드셨던데……. 다들 그 말에 책임은 질 수 있나, 들?"

당연하게도 지금 이 모습은 저녁 모든 방송을 취소시키고 생중계로 나가는 중이었다. 어차피 전 국민의 관심이 쏠려 있는 사안이었기에 그 누구도 반기를 들지는 못했다. 덕분에 TV 앞에 있던 사람들은 반강제적으로 이 좋은 저녁에 강혁과 대면해야만 했다.

"그게 무슨 말입니까? 이현종 대위는 어떻게 되었습니까? 국민의 알 권리를 더 침해하지 마십시오!"

"자, 잠깐 비켜봐요! 나 좀 지나가게!"

기자들 틈새로 보건복지부 장관 최필두가 나타났다. 어지간히 씩씩대고 있었는데, 강혁이 설마하니 자신의 전화까지 씹을 줄은 몰랐기 때문이다.

"오, 최 장관님. 여긴 어쩐 일입니까?"

강혁은 그런 최필두를 보며 놀리듯 물었다.

"어쩐 일은 무슨 어쩐 일입니까?"

최 장관은 애써 화를 억누르며 말했다. 생중계되는 마당에 성질대로 했다간 난리가 날 게 뻔했다. 대한민국에서 그렇게 해도 멀쩡할 수 있는 사람은 지금 눈앞에 있는 강혁뿐이었다.

"두바이 병원까지 데려다놓은 후로는…… 저 거의 내깔겨두지 않았어요?"

강혁은 그런 최 장관을 보며 한 번 더 푹 하고 찔렀다. 그 바람에 최 장관은 얼굴이 온통 새빨개졌다.

"내, 내깔기다니. 무슨 말을…….."

"갔더니 현지 외과 의사들이 방치하는 바람에 이현종 대위는 거의 죽어가고 있더라고요. 근처 미군 군의관에게라도 요청했으면 그것보단 나았을 텐데."

"그건…….."

물론 그럴 생각을 아예 안 했던 것은 아니었다. 하지만 정치적으로 판단했을 때, 그건 정부의 무능함을 시인하는 셈이라는 결론을 내린 것이다. 이현종 대위가 죽더라도 외국의 도움으로 목숨을 건지는 것보다는 낫다는 것이 그들의 판단이었다. 최 장관이 차마 이런 얘기까지 할 수 없어 우물쭈물하는 사이, 강혁의 말이 계속되었다.

"그걸 살려냈더니 이송은 시늉뿐이고…… 결국, 제가 데려왔죠?"

"그……."

계속해서 입이 열 개라도 할 말 없는 상황만 이어지고 있었다.

"심지어 이 병원에 도착한 이후로는 격려는커녕 닦달하는 전화만 해댔죠. 저는 상관하지 않지만 제 뒤에 있는 두 친구는 얼마나 힘이 빠지는 상황이겠습니까?

"그……."

최 장관은 계속 같은 말만 반복하고 있었다. 그런 최 장관에게 구원이 된 것은 기자들이었다.

"그래서 그것 때문에 이현종 대위를 살려내지 못했다고 말씀하시는 겁니까? 죽을 일은 없을 거라고 했던 사람은 교수님입니다!"

"아……. 언제 이현종 대위가 죽었다고 했죠?"

"네?"

"이현종 대위는 멀쩡히 살아 있습니다. 지금도 안에서 보호자들과 만나고 있죠."

"그, 그걸 어떻게……."

강혁은 의문과 불신으로 가득 찬 기자들 앞에 자신의 핸드폰을 들어 보였다. 화면에서는 이현종 대위와 보호자가 만나는 장면이 재생되었다.

"이미 언론에 노출되는 건 보호자들께서 동의해주셨으니, 다른 말은 하지 마시고."

"어……."

기자들이 어리둥절해하고 있는 와중에도 영상은 전국으로 생중계되고 있었다. 덕분에 시청자들은 강혁의 이어지는 말을 계속 이어서 들을 수 있었다.

"감동적이죠? 자신을 희생해서 다른 사람들을 살린 사람이 무사귀환했으니까. 비록 죽을 고비를 여럿 넘기긴 했지만 살아남았으니까."

어딘지 모르게 힐난하는 듯한 어조였다. 그리고 그렇게 들렸다면, 강혁의 의도가 제대로 먹혀들어가고 있다는 뜻이기도 했다.

"그런데 이현종 대위가 저를 만나지 않았다면 과연 이렇게 살 수 있었을까요? 제 자랑만 하자는 건 아닙니다. 물론 제가 뛰어난 의사인 것은 맞지만…… 저만 뛰어난 의사로 활약할 수 있는 대한민국 의료계가 정상은 아니란 말을 하고 싶은 겁니다."

왜 사람 생명을 살리는 의사는 평생 자기희생을 해야만 하는 걸까.

"지금 이 광경이 감동적이라고 생각하신다면……. 앞으로도 계속 중증외상센터에 관심을 기울여주시기 바랍니다. 그래야 이 감동이 계속될 수 있고, 이현종 대위처럼 죽을 것 같았던 사람이 살아날 수 있을 테니까요."

왜 중증외상센터에는 강혁과 같은 영웅이 필요한 걸까.

"저와 제 동료들이 지치지 않고 나아갈 수 있도록 도와주십시오. 그래야 저희도 계속 이현종 대위와 같은 사람을 살릴 수 있습니다."

TV 앞의 국민들은 감동적인 연설이라도 듣는 것처럼 강혁의 인터뷰를 보고 있었다. 그냥 이현종 대위가 살았다는 결과만 전달했어도 퍽 감동적이었을 상황이지만, 한번 신뢰가 바닥을 친 뒤 반전된 상황은 강혁의 말에 비교하기 어려울 정도의 힘을 실어주었다.

이것이 간극. 의도된 연출 장치의 위력이었다.

"와……. 장난 아닌데요?"

재원은 인터뷰를 마친 뒤 박성민 의원의 도움으로 마련한 후원 계좌를 들여다보았다.

"얼마 모였는데?"

"2억이요. 일주일도 안 됐는데."

재원은 그야말로 잔뜩 들뜬 얼굴이었다. 옆에서 계좌를 함께 바라보고 있던 장미와 경원도 비슷한 얼굴이었다. 심지어 멀리서 모니터를 힐끔거리고 있던 신규 간호사 지민도 기분이 아주 좋아 보였다.

"음."

오직 강혁만이 뚱한 얼굴이었다. 재원으로서는 이해가 되지 않았다.

"왜요?"

"넌 그게 엄청 많은 돈 같냐?"

"네? 당연히…… 당연히 많죠."

세상에 일주일에 2억 가까이 모금이 되었는데 안 많다는 건가? 하지만 강혁은 늘 그렇듯 아주 타당한, 그야말로 재수 없을 정도로 타당한 논리를 가지고 있었다.

"첫날 모금액이 얼마냐?"

"1억…… 이요."

그날은 강혁도 이렇게까지 시큰둥하지 않았었다. 하루 만에 1억이라니. 이대로 이어지면 헬기 이착륙장 정도는 다른 곳의 도움을 받지 않더라도 지을 수 있을 것이 분명했다.

"두 번째 날은?"

"5천이요."

"그럼 오늘은?"

"5백이요."

"어떤 거 같냐?"

"확 줄어든 것처럼 느껴지네요……."

재원은 기분 잡쳤다는 듯한 얼굴로 중얼거렸다. 강혁은 작은 한숨과 함께 몸을 일으켰다.

"모금해주신 분들에게는 액수와 관계없이 모조리 감사 인사 전해야지."

"네? 방금까지는 적다고 해놓고선."

"넌 애가 왜 이렇게 싸가지가 없냐. 돈이 그렇게 중요하냐."

"아니……."

지금까지 좋아하던 사람 기분 잡치게 한 건 강혁 아니던가. 근데 갑자기 이따위 말을 늘어놓고 있다니. 적어도 재원으로서는 강혁의 사고 회로가 잘 이해가 가지 않았다. 아니, 이 자리에 있는 모두가 그러했다. 비단 중증외상 팀원들뿐만이 아니라, 한유림, 윤재호, 이동주 등 외부 인사들도 같은 생각이었다.

"아까 그 말은."

강혁은 이제 완전히 일어선 상태였다. 키가 워낙 큰 사람이었기에 방 안에 있던 모두를 내려다볼 수 있었다. 덕분에 그와 딱히 상하 관계가 아닌 사람들도 그를 올려다봐야만 했다.

"역시 후원만으로는 한계가 있다는 걸 느껴서 한 말이야."

후원은 급한 도움을 받기에 아주 적당한 수단이라고 할 수 있었다. 하지만 현재의 중증외상센터는 밑 빠진 독이었다. 물을 아무리 들이부어봐야 일시적인 효과만 볼 수 있을 따름이었다.

"하지만 액수가 아니라 후원한 사람의 수를 생각하면 희망이 보이지."

한 사람당 후원 금액은 최소 1만 원, 최대 10만 원으로 정해두었다. 인원으로 따지면 무려 8천 명이 넘는 사람들이 중증외상센터에 후원금을 보내준 셈이었다. 강혁은 천장을 가리키며 말을 이었다.

"윗사람들도 무시할 수 없다 이거야."

"그…… 박성민 의원은 이미 우릴 돕고 있잖아요."

강혁의 말에 재원이 대꾸했다. 어지간히 촐싹대는 녀석인데 이상하게 아주 밉지는 않았다.

"그렇지. 하지만 기껏해야 야당 원내대표야. 그것도 10년째 야당이라고. 너 우리나라에서 중증외상센터 정상화하려면 얼마나 많은 법이 필요하고, 얼마나 많은 재정이 투입되어야 하는지 아냐?"

"어……."

재원은 여태껏 눈앞의 환자만 볼 줄 알았지 이렇게 큰 그림은 들여다볼 생각 자체를 못했다. 그뿐만 아니라, 이 자리에 있는 모든 사람이 그러했다. 심지어 외과 과장인 한유림 교수도 그랬다.

"이미 박 의원이 발의할 예정이라고 법안 몇 개를 보내준 게 있어."

"아……. 그런가요?"

재원은 대체 강혁이 언제 시간이 있어서 저런 일들을 처리하고 있는 걸까 하는 생각이 들었다. 당장 기자들 앞에 이현종 대위의 무사함을 알리고, 중증외상 외과를 도와달라고 한 날 새벽에도 환자가 와서 밤을 새우지 않았던가. 그날 밤만이 아니라 지금까지 거의 모든 밤이 그러했다. 그간 얌전히 지나갔던 밤을 보상이라도 하겠다는 듯, 환자는 끝도 없이 몰려들었다.

'괴물인가.'

"검토해봤는데 한국 상황에 아주 잘 짜 맞춰서 법안을 만들어놨더라고."

강혁은 그 말을 하면서 잠시 눈을 감았다. 박 의원이 우수한 것인지, 아니면 그를 모시는 사람들이 우수한 것인지는 몰라도 법안 자체는 아주 잘 만들어져 있었다. 외국의 중증외상센터 시스템을 교묘하게 한국에 맞게 수정 도입하는 방향을 제시하는 느낌이었다.

"오. 그럼 진짜 중증외상센터가 좋아지는 겁니까?"

재원은 대번에 희망찬 얼굴이 되어 물었다. 중증외상센터가 처한 상황은 절망적인 것을 넘어 고사 직전이었기 때문이었다. 지금도 당장 강혁이 어떻게 된다면 한국대학교 병원같이 큰 병원의 센터도 문을 닫아야 할 판국이었다.

"아니, 그런 법안으로는 안 돼. 반려했어."

"네? 아니……. 잘 맞추었다면서요."

"그래. 우리나라 법과 보험 제도에 잘 맞추었지."

"그럼 된 거 아니에요?"

"안 돼. 그건……. 안 되는 거야."

헬기 출동 또는 구급차 출동 여부를 담당 의사가 아니라 심평원 심사 결과를 통해 따르게 되어 있었다. 그래야 한정된 자원을 그나마 효율적으로 투입할 수 있다는 것이 그 근거였다.

'최대 다수에게 이익이 돌아가게 하려면 그게 맞아.'

실제로 대한민국 건강보험 제도는 전 세계에서 유래를 찾아보기 힘들 정도로 성공적으로 돌아가고 있었다. 물론 고소득자에게 너무 많이 뗀다 어쩐다 하는 의견이 있고, 아예 공짜는 아니라 여전히 부담된다는 의견이 있기는 하지만 의료비 자체를 정부 차원에서 지키고 있지 않은가. 대한민국에서 유일하게 사회주의 정책에 따라 돌아가는 것이 의료 정책이란 뜻이었다.

'꼭 필요한 치료는 싸게…… 아주 좋은 생각이지. 그렇긴 해.'

하지만 중증외상 의학에서만큼은 그게 잘 통하지 않았다. 이곳에서는 가성비 좋은 의료란 존재하지 않았으니까. 단 한 사람을 위해 이만큼이나 써야 하느냐는 의문이 들 정도로 많은 돈이 필요했다. 거기에 더해 이송 체계까지 싹 바꿔야만 했다. 그래서 중증외상센터에 대한 법안은 대한민국 실정에 맞추면 안 된다는 것이다.

"외국의 법안과 시스템을 그대로 들여와야 해. 그래야 제대로 돌아가."

"그게……. 그게 될까요?"

재원은 갑자기 손 앞에 있는 것 같던 꿈과 희망이 저만치 도망가 버린 느낌이었다. 강혁은 덤덤했다. 애초부터 목표로 했던 것이 저 멀리 있었기 때문이다.

"되게끔 해야지. 차근차근."

"아……."

"그래서 박성민 의원 하나만으로는 부족해. 전 국민의 도움이 필요해. 이건 돈이 들어가거든."

천문학적인 세금이 투입되어야만 할 것이다. 그 말은 즉 건강보험료를 인상해야 한다는 말로도 이어졌다. 어마어마한 조세 저항이 있을 것이고, 그것을 설득하려면 국민의 합의가 필요했다. 중증외상센터를 제대로 굴리는 것이 반드시 필요한 일이라는 것에 대한

합의.

'그걸 위해서라면 환자들도 이용해야만 해.'

남들 같았으면 2억이란 거금이 모인 것에 만족했을 터였다. 하지만 강혁은 더 많은 돈과 관심을 필요로 했다. 그의 꿈은 비단 한국대학교 병원에만 갇혀 있는 게 아니기 때문이었다.

"슬슬 올라가자. 이제 시간 거의 다 됐어."

강혁은 중환자실에 마련된 회의실로 가기 위해 밖으로 향했다. 중환자실에는 그가 살려낸 이들을 회복시키기 위해 장미와 지민이 고군분투 중이었다. 몇 명 지원이 나오기는 했지만 역시 인력 부족이 문제였다.

'그래. 팀을 위해서 하는 일이야.'

이현종 대위에게는 조금 미안하지만, 세상에는 어쩔 수 없는 일도 있는 법이었다.

"네, 교수님."

재원이 그런 강혁의 뒤를 따라 나왔다. 장미나 지민의 몰골도 형편없긴 했지만, 이 녀석에 비하면 양반이었다.

병동에 도착한 강혁의 눈에 이현종 대위가 들어왔다. 이제 목발 짚고 걷는 연습을 해도 된다고 했더니 정말이지 죽으라고 걸어 다니는 모양이었다.

"이현종 대위."

"아, 교수님!"

"어어. 천천히, 그러다 넘어져요."

"답답해서요."

"죽다 살아난 양반이 답답하긴."

"그래서 이따가 이렇게 달려가면 됩니까?"

이현종 대위는 만 하루도 되지 않아 능숙해진 목발질을 뽐내며 물었다. 강혁은 잠시 씁쓸한 미소를 짓다가 핸드폰 하나를 건네주었다. 재원의 것이었다.

"이거 울리면 오세요."

"알겠습니다."

이현종 대위는 씨익 웃고는 목발을 짚고 병실 안으로 사라졌다. 그로부터 30분가량이 지나자 기자들이 병동 스테이션으로 몰려들었다. 마지막 연설 이후 언론과 접촉을 끊었던 강혁이 웬일로 먼저 연락을 돌렸기 때문이었다. 솔직히 마주쳐서 기분이 좋은 사람은 아니었지만, 조회 수 보장되는 기삿거리를 포기할 수는 없었다.

"지금 상태는 어떻습니까?"

"중환자실에서 일반 병실로 옮겼다고는 하던데……."

기자들이 하나둘씩 질문을 했고, 강혁은 답변을 하기 전 핸드폰을 꺼내 전화를 걸었다. 재원은 강혁의 핸드폰 액정에 '항문 노예'라는 글자가 뜬 것을 보고 작은 목소리로, 그러나 몹시 화난 듯 속삭였다.

"이게 뭐예요!"

강혁은 여느 때처럼 재원의 말은 싹 무시한 채 기자들을 향해 뒤를 돌아보았다.

"이제 곧 알게 되실 겁니다."

조금 뒤, 이현종 대위가 목발을 짚고 다가왔다. 빠른 회복을 증명하기라도 하듯 씩씩한 걸음걸이였다. 사고 후 처음 모습을 드러낸 국민 영웅은 인물마저 잘생긴 데다가 마침 적당한 후광까지 비쳐서 그림 같은 모습이 연출되었다.

얼마 후 박 의원이 흘린 기사가 떴다. 헬기 이착륙장을 짓기에 꼭 맞는 돈이었다.

　'한국대학교 병원 중증외상센터 후원기금, 총 모금액 10억 달성'

"회의 가실 거죠?"

재원의 말에 강혁은 홀가분한 기색으로 고개를 끄덕였다.

"당연히 가야지. 나 때문에 열린 회의인데."

"기분 엄청 좋아 보이시네요."

"그럼 안 좋겠냐? 10억이 모여서 가는 거잖아."

"하긴 그것도 그래요."

며칠 전 이현종 대위가 훤칠한 모습으로 목발을 짚고 빠르게 걸어나오는 영상은 조회수 1억 뷰를 넘어갈 정도로 화제가 되었다. 우리나라뿐만 아니라 외국에서도 줄기차게 재생했기 때문이다. 이 모든 것이 강혁과 그의 중증외상팀이 이뤄낸 성과라는 것 또한 국민에게 강하게 인식되었다. 무려 5만 명이 넘는 사람들이 10억 원이라는 큰돈을 모금해준 것을 보면 알 수 있었다. 거의 재해 시에나 볼 수 있는 천문학적인 수준의 후원금이었다.

"뭐, 좋아할 사람이 많지는 않겠지."

이미 원장단에서는 그렇게 모인 후원금을 외상센터에서 발생한 적자를 메우는 데 사용하는 게 어떻겠냐는 의견을 보내온 바 있었다. 당연하게도 강혁은 일언지하에 거절했다. '심평원 측에 자료 보냈으니 삭감 금액 조정되면 그때 다시 얘기하자'는 말을 덧붙였다.

물론 이 말을 직접 하기는 했지만, 강혁도 알고는 있었다. 심평원에서 삭감 따위 해줄 리 없다는 것을. 하지만 그렇다고 해서 이 천금 같은 돈을 그렇게 써버릴 수는 없었다. 민원 걱정도 없는 데다가 안전하고, 신속하게 이동이 가능한 헬기 이착륙장을 지을 돈이었다.

"어차피 상관 안 하실 거잖아요."

"그렇지. 이제 네가 뭘 좀 아는구나."

"좋아해야 할 일인지 아닌지는 모르겠어요."

"좋아해야지. 아무튼, 나 회의 들어가 있는 동안 환자 잘 보고 있어. 혹시 응급 환자 오면 연락하고."

"네, 교수님."

재원은 강혁의 빈자리를 어느 정도 채울 수 있는 실력자가 되어 있었다. 전부 메우려면야 아직도 한참 멀었겠지만 그래도 초기 처치와 분류 정도는 믿고 맡길 수 있는 수준이었다. 덕분에 강혁은 이전보다는 훨씬 홀가분한 마음으로 회의에 참석할 수 있었다.

"오늘이군요."

회의실로 가는 길에 윤재호 과장과 이동주 대위를 마주쳤다. 둘은 이제 슬슬 원래 있던 자리로 돌아갈 준비를 하고 있었다. 이미 언론을 통해서도 이현종 대위의 상태가 공개된 마당에 더 있을 이유가 없었다.

"아, 네. 윤 과장님. 언제 돌아가십니까?"

"내일모레로 잡혔습니다. 막상 가려니까, 생각보다 비행기 티켓 구하기가 쉽지 않네요."

"그래도 더 늦지 않아서 다행입니다."

"네, 뭐. 그렇죠."

강혁은 짤막한 대화를 나눈 후, 이동주 대위를 바라보았다. 평소와는 달리 군복을 차려입고 있었다.

"저는 오늘 갑니다."

예상했던 대로 다시 파병지로 돌아가는 모양이었다.

"거기 이제 대강 정리는 됐나?"

"뭐……. 보코하람을 추격하지는 않았지만, 일단 근처 미군 부대가 이동해 와서 안전하다고 합니다."

"아……. 아크 부대는 돌아갔고?"

"네. 허가된 파병군은 아니니까요."

"가면 장난 아니게 힘들 것 같은데?"

보코하람이 죽인 소년들의 수만 수백 명이었다. 그 와중에 희생된 민간인들의 수도 적지 않았다. 살아남은 사람들 중에서도 치료와 도움을 필요로 하는 이들이 많을 것이다. 한빛 부대는 애초에 봉사를 위해 창설된 부대였기에, 그들 모두를 떠안아야 할 것이다. 이동주 대위 또한 현지에 주둔 중인 한빛 부대원을 통해 전해 들은 바가 있어 걱정이 되는 듯했다. 거의 아비규환일 테니.

"뭐……. 이럴 때 아니면 제가 또 언제 봉사를 해보겠습니까."

"그래, 좋은 기회지. 그러다 뭐 거기 눌러앉을 수도 있고."

"아뇨……. 그건 좀…….."

어떻게 모든 사람이 평생 봉사만 하며 살 수 있겠는가. 이동주 대위는 진심으로 곤란해하는 얼굴이었다. 그 말을 한 사람이 평생 봉사하고 있는 사람이기에 더욱 그랬다. 강혁은 그런 이동주 대위의 어깨를 툭툭 두드려주었다.

"농담이야. 와서 개원도 하고 돈도 많이 벌어서 나중에 우리 후원이나 좀 해줘."

"아, 그건 해야죠. 안 그래도 생각하고 있었습니다."

"녹음했어. 이건 농담 아니야."

강혁은 자신의 가운 주머니에 펜 모양 녹음기를 툭툭 두드렸다. 설마 농담이겠지 하고 바라보니 진짜로 녹음버튼에 불이 들어와 있었다. 강혁은 아연한 표정의 이동주 대위를 스쳐 지나가며 인사했다.

"그럼, 나중에 또 볼 날이 있겠지."

이동주 대위는 그렇게 잠시 멍하니 있다가 뒤늦게 강혁의 뒤에 대고 허리를 숙였다. 비록 속한 과도 다르고, 가고자 하는 바도 다르지만 존경스러운 사람이었다.

"네, 교수님. 꼭 찾아뵙겠습니다."

이 대위는 진심을 담아 말했다. 강혁은 두 사람을 뒤로하고 곧장 회의실로 향했다. 항상 당당하긴 했지만 그래도 좀 켕기는 게 있었는데, 오늘은 그런 생각마저 들지 않았다. 그저 홀가분하기만 했다.

"어, 백 교수."

누군가 부르는 소리에 고개를 돌아보니 한유림 교수였다. 그 뒤로는 소아 흉부외과 강일구 교수가 걸어오는 중이었다. 조금 전까지 홀가분하기만 했던 가슴에 커다란 돌덩이가 굴러다니기 시작했다.

'아직 못 구했겠지?'

고어 메디컬사에서 인조 혈관 공급을 재개한다는 소식은 어디에서도 들리지 않았다. 그렇다면 구할 방법이 없었다. 재고가 있는 병원이 있기는 할 테지만, 그들 또한 자기 환자를 위해 사용해야 할 테니까.

"회의실 가는 길이지? 같이 가. 요새 왕따 돼서 들어가면 인사도 안 해줘."

"안녕하세요, 과장님."

"하하. 요새 그렇게 불러주는 사람 많이 없는데, 자네가 그렇게 부르니까 기분 이상하네."

한유림 교수는 너스레를 떨며 강혁과 나란히 걷기 시작했다. 슬픈 것은 그가 덧붙인 말이 아주 빈말은 아니란 것이었다. 외과 내부에서도 슬슬 대놓고 무시하는 이들이 나오고 있다고 했다.

제일 잘나가던 시절에는 강혁에게만큼은 개무시당하지 않았던가. 그런데 이빨 빠진 호랑이가 되고 나니 오히려 강혁에게만 존대를 받고 있었다. 아이러니하다는 생각이 들었다.

"그……, 혹시 구하셨습니까?"

강혁은 한유림 교수 옆에서 걷고 있는 강일구 교수에게 질문을 던졌다. 강일구 교수는 어두운 얼굴로 고개를 저었다. 이제 거의 보름이 지나가고 있었다. 다시 말하면 강일구 교수의 환자 목숨이 6주도 채 남지 않았단 얘기였다.

"음. 일단 기다려보시죠. 제가 구해보도록 하겠습니다."

"네? 국내에는 없습니다. 사실 제가 국내 모든 병원하고 의료 도매상에 연락해보긴 했거든요."

강일구 교수는 강혁의 말에도 마음이 가벼워지지 않았다. 당연한 일이었다. 학회 내 위치만으로 따지면 강혁은 아직 강일구 교수의 발치에도 못 미치는 사람이었다. 그런 강일구 교수도 찾지 못한 것을 어떻게 강혁이 구할 수 있을까. 정상적인 방법으로는 절대 불가능했다.

"뭐……. 꼭 거기에만 있는 건 아니니까요."

그 말은 곧 불법을 자행한다면 못 구할 것도 없다는 뜻이었다. 강혁은 다른 의사들과는 달리 그런 방법을 이용하는 데 있어서 거리낌이 없는 사람이었다. 강혁이 너무 대수롭지 않다는 투로 말하는 바람에, 강일구 교수 또한 인사치레겠거니 생각했다.

"네, 뭐……. 말씀만이라도 고맙습니다."

다만 한유림 교수는 조금 생각이 달랐다.

'이 미친놈이 또 무슨 짓을 하려고 이러는 거지?'

그는 그래도 강혁에 대해 어느 정도 아는 사람이었다. 이놈이 하겠다고 하면 진짜로 한다는 것을 알고 있었다. 다만 뭘 하려는 것인지는 몰랐고, 웬만하면 앞으로도 모르고 싶었다.

"들어가시죠."

강혁은 어느새 회의실 앞에 도착해 문을 열어젖혔다. 안에는 이미 기조실장 홍재훈 교수와 마취과 진태림 과장을 비롯해 여러 실세가 앉아 있었다. 남은 자리는 구석뿐이었는데, 셋 중 누구도 딱히 꺼리는 기색은 없었다. 강혁과 강일구 교수는 애초에 그런 것에는 관심이 없었고, 한유림 교수는 진작부터 체념하고 있었기 때문이었다.

"자, 시작하죠."

최조은 원장이 들어오자 곧 회의가 시작되었다. 늘 그렇듯 수익이 난 과를 순서대로 칭찬하고, 그렇지 못한 과를 질책하는 시간이 이어졌다.

"아, 그리고 오늘 회의는 이것으로 끝은 아닙니다."

최조은 원장은 강혁을 노려보듯 바라보며 말을 이었다.

"이번 달 손실액 3억 2천을 기록한 외상 외과 백강혁 교수님?"

그는 군이 구체적인 손실액까지 언급해가며 강혁을 불렀다. 강혁은 워낙 그런 것에 신경 쓰는 타입은 아닌지라 아주 당당하게 몸을 일으켰다.

"네. 원장님."

최조은 원장을 빤히 마주 보면서였다.

'뭘 잘했다고······.'

최조은 원장은 그런 강혁을 향해 속으로 욕할지언정 입으로는 좀 더 세련된 어조로 얘기를 꺼냈다.

"이번에 중증외상센터 이름으로 10억 원이 모였죠?"

"네. 국민의 관심과 사랑이 아주 크더군요."

"그 돈으로 헬기 이착륙장 건설을 하겠다고 기안을 내셨는데……."

"네. 이미 소방청 산하 중앙 구조단의 협조로 거의 격일로 출동에 나서고 있습니다. 그런데 제대로 된 헬기 이착륙장이 마련되지 않아 문제가 아주 많습니다."

강혁은 말을 하면서 임시 이착륙장으로 쓰고 있는 테니스장을 돌아보았다. 솔직히, 말하면서도 쪽팔릴 정도로 형편없는 시설이었다. 아마 외국에 있는 의사들이 이 말을 들으면 믿을 수 없다며 실소를 터뜨릴 것이 분명했다.

"이를테면 뭐 근처에서 민원도 들어오고요. 실제로 고소하겠단 얘기도 돌았던 것으로 알고 있습니다. 구청장께서도 직접 불만을 제기하셨고……, 당시에 잠시 중단이 되기도 했었죠. 다행히 제가 외국에 나간 사이에 벌어진 일이라 직접적인 피해는 없었습니다만."

강혁은 홍재훈 교수와 진태림 교수, 그리고 최조은 원장을 번갈아 바라보며 말을 이었다. 셋의 표정이 거의 동시에 일그러졌다. 강혁의 계획을 방해하기 위해 써먹은 방법이 오히려 헬기 이착륙장 건설의 근거가 되어 돌아왔기 때문이었다.

"그렇죠. 맞아요. 그래서 제가 알아봤더니 우리 병원 옥상이…… 이게 아주 적합하지는 않다고 하더라고요?"

"누가 그럽니까?"

"그……."

최조은 원장은 자기가 답하는 대신, 홍재훈 교수를 바라보았다. 홍재훈 교수는 기다렸다는 듯 큰 목소리로 답했다.

"건축사협회에 문의했습니다. 거기 부회장이 직접 와서 확인해 준 바 있습니다."

이만하면 거의 게임 끝난 셈이었다. 적어도 원장단 생각에는 그랬다.

'여기서 이착륙장까지 만들면 이 적자는 고착화된다, 안 돼. 내가 원장일 때 이런 일이 생겨서는…….'

최조은 원장은 아랫입술까지 깨물며 강혁을 돌아보았다. '어쩔래?' 하는 표정이었다. 하지만 강혁은 여전히 담담한 미소를 짓고 있었다.

"건축사 자격증을 국토교통부에서 발급하던가요?"

그러곤 엉뚱한 질문을 던졌다.

"어……. 그런가?"

당연하게도 이 자리에 있는 누구도 알지 못했다. 의사들은 대개 자기 일 말고는 잘 모르는 편이었으니까. 강혁도 그랬다. 박성민 의원이 귀띔해주기 전까지는.

"아까 그 확인해주었다는 건축사 말입니다."

"그 사람은 왜?"

"지금 다시 전화해서 물어보시죠. 같은 답을 해주는지, 어쩌는지."

"뭐……?"

"저랑 대화했을 때는 아예 다른 말을 해서 말이에요."

"그게 무슨……."

홍재훈 교수는 당황한 기색을 감추지 못했다. 사실 병원 옥상에 헬기 이착륙장 만드는 데 무슨 문제가 있겠는가. 만약 그게 문제가 있을 정도의 건물이었다면 애초에 병원 건설 허가가 나지 않았을 터였다.

'그 친구……. 설마……?'

다만 건축사협회 부회장은 홍재훈 교수의 동네 친구이자 대학 동창인지라 편의를 봐준 것뿐이었다. 그리 놀라운 일은 아니었다. 대한민국에서 한국대학교 출신이라는 것은 단지 공부 잘했구나, 정도의 영향력만 갖는 것이 아니었으니까. 해가 지날수록 같은 대학교를 졸업한 동문의 숫자가 늘었고, 그들의 영향력 또한 기하급수적으로 늘어났다. 그들끼리 서로 돕고 뭉치는 것은 어찌 보면 당연한 일이었다. 한국 사회에서 다양한 분야에 연줄이 있다는 것은 어쨌든 도움되는 일이었다. 하지만 힘이란 언제나 상대적인 법이었다. 홍재훈 교수는 설마하는 얼굴로 핸드폰 버튼을 눌렀다.

'박 의원이…… 힘을 썼나?'

지금 이 자리가 보직 교수들이 죄다 모인 회의실이라는 것도 잠시 잊었는지 아주 당황한 얼굴이었다. 최조은 원장도 그를 탓하지는 못했다. 정도의 차이가 있을 뿐. 그도 무척 놀란 상태였다.

"어, 어어. 나 재훈이야."

홍재훈 교수는 지푸라기라도 잡는 심정으로 상대방이 전화를 받자마자 친한 척했다. 하지만 수화기 너머에서 들려온 목소리에는 전혀 반가워하는 기색이 없었다.

"아, 미안하게 됐다. 원래 위법 소지가 다분했던 일이라……. 상대가 법적으로 나오면 어쩔 수가 없어."

"뭐? 그게 무슨 말이야. 네가 아니라고 하면 반박할 사람 없다며!"

홍재훈 교수는 언성을 높이다가 진태림 과장이 옆구리를 푹 찌르고 나서야 목소리를 죽였다. 고개를 돌려 보니 강혁이 승리자 같은 표정을 지은 채 그를 내려다보고 있었다.

"건축사협회 내에서는 그렇다 이거였지. 근데 너 왜 말 안 했냐?"

"뭘?"

"너 때문에 국토교통부 차관한테 전화 받았잖아……. 상대가 누군지는 말을 해야 나도 끼어들 일인지 아닌지 판단하지."

"차관……?"

"너도 조심해. 고집부리다 훅 간다, 진짜. 그 백 교수란 사람 생각보다 보통이 아니야. 그 헬기 이착륙장은 그냥 짓는 걸로 해. 나는 모른다. 끊는다!"

"어?"

건축사협회 부회장은 홍재훈 교수가 뭐라 말할 틈도 없이 혼자 다다다 내뱉고는 전화를 끊어버렸다. 홍재훈 교수는 전화 끊기는 소리를 들으며 강혁을 올려다보았다. 강혁은 어느새 자기 자리를 떠나 그의 맞은편에 서 있었다. 원래 그 자리에 앉아 있던 신경과 최준용 교수는 알아서 자리를 비켜주었다.

"제 말이 맞죠?"

강혁은 명백한 비웃음을 지으며 홍재훈 교수를 향해 입을 열었다. 홍재훈 교수는 한동안 입을 헤벌리고 있을 뿐 아무런 말도 못했다. 비장의 수라고 생각했던 것이 상대가 보는 앞에서 단박에 박살이 났으니 그럴 만도 했다.

"원장님. 돈도 있고, 허가도 날 겁니다. 소방청에서도 적극 협조하기로 했고요. 제가 올린 서류……. 그냥 결재하시죠."

강혁은 이제 홍재훈 교수에게는 별 볼일이 없다는 듯 방향을 완전히 틀어 최조은 원장을 바라보았다. 최조은 원장은 아까 책상 위에 올려둔 강혁의 결재 기안을 떠올렸다. 애초부터 도장 찍을 생각이 없었기 때문에 거들떠보지도 않았었다. 하지만 상황은 계속 강혁에게 유리하게 돌아갔다. 해서 최조은 원장은 고집을 부려보기로 했다. 이곳은 교수 회의였고, 교수들은 어쨌든 원장의 눈치를 더 볼 테니까.

"이착륙장……. 그게 정말 꼭 필요하기는 한 겁니까? 지금처럼 해도 괜찮은 거 아닙니까? 10억은 큰돈이에요, 백 교수님. 그보다 가치 있게 쓰일 수 있습니다."

"가치라……. 어디에 쓰이면 그렇다는 겁니까?"

"지금 도입 준비 중인 감마 나이프나 하이푸 또는 다빈치 같은 것이죠."

엄청 있어 보이는 이름들뿐이었다. 그리고 모두 신의료기술로 분류되어 병원에 막대한 이득을 가져다줄 수 있는 기기들이었다. 헬기 이착륙장과는 다르게 말이다. 하지만 정작 중증외상센터와 관계 있는 것들은 아니었다.

"말씀하시면서도 느낌 오시죠? 저희 센터랑은 관계없는 것들 아닙니까?"

"아니……. 지금 이건 너무 갑자기 떠올려서 그렇고……. 그렇지 않습니까, 교수님들? 10억이 어디 적은 돈이에요? 그 정도면 웬만한 센터 새로 개설할 수도 있는 돈입니다."

최조은 원장의 말에 몇몇 교수들이 고개를 끄덕였다. 모두 자기 과에 돈이 필요한 이들이었다. 혹시라도 원장이 자기 과에 지원을 해주겠다고 하면 언제든지 백강혁 따위 무시하고 나설 수 있었다.

"나 원 참. 도둑놈들도 아니고⋯⋯."

강혁은 그런 교수들과 최조은 원장을 보며 고개를 절레절레 저었다.

"뭐? 뭐라고요?"

최조은 원장은 자기가 한 일은 생각도 못하고 성을 내었다. 아무리 그래도 이건 아니지 않은가 하는 생각이 들었기 때문이었다. 주변에 있는 모든 이들이 자기에게 절절매고, 의전이랍시고 알아서 비위를 맞춰주는데 이래서야 자기 성찰의 시간을 가질 수 있겠는가.

"도둑놈이라고. 중증외상센터 이름으로 후원받은 돈을 중증외상센터에서 쓰겠다는데 이래라저래라 말들이 왜 이렇게 많아."

강혁은 의전 같은 것과는 아주 거리가 먼 인간이었다. 하고 싶은 말을 참는 사람도 아니었다.

'허이구⋯⋯.'

한유림 교수는 그렇게 말하는 백강혁을 보며 얼굴을 감싸 쥐었다. 명분도 있고, 틀린 말도 아니었지만 교수들은 싫어할 말이 아닌가.

'꼭 저렇게 적을 만들어야 직성이 풀리나⋯⋯.'

한유림 교수는 그 생각을 하며 고개를 푹 숙였다. 그사이 최조은 원장은 입을 뻐끔거리고만 있었다. 너무 황당해서 할 말을 찾지 못한 듯했다. 대신 입을 연 사람은 냉철한 편에 속하는 진태림 과장이었다.

"이것 보세요, 백 교수님. 우리가 언제 그 돈을 중증외상센터를 위해 쓰지 말라고 했습니까? 지금까지 병원에 입힌 손실액을 메우라고 했는데, 그걸 거절하지 않으셨습니까?"

"그건 심평원에 가서 따지라고 분명히 말했을 텐데요. 자료까지 다 만들어 줬으면 됐지, 얼마나 더 떠다 먹여줘야 하는 겁니까?"

"그 심평원이 백 교수님이 만든 자료를 부적합하다고 판단하지 않았습니까."

"한국대학교 병원에서 공식적으로 협상을 걸어보시죠. 그럼 아마 태도가 바뀔걸요?"

"협상이라뇨?"

진태림 교수는 강혁의 입에서 튀어나온 의외의 말에 홍재훈 교수를 돌아보았다. 홍재훈 교수는 아까보다도 더 놀란 얼굴을 하고 있었다.

'이 새끼가 심평원이 어떻게 돌아가는지······. 대체 어떻게 알고 있는 거지?'

평소의 행실을 보면, 그리고 일개 의사면 이런 건 몰라야 정상 아니겠는가. 하지만 강혁은 자기에게 필요한 사안에 관해서는 지나칠 정도로 잘 알고 있는 편이었다. 그 사안에는 당연하게도 심평원이 포함되어 있었다.

"원장단이시니까 매달 회의하실 거 아닙니까? 거기서 딜을 거세요. 중증외상센터에 편의를 좀 봐주고······. 대신 다른 곳을 양보하시죠. 뭐 이를테면 마취 통증이라든지 하는 부분 말이죠."

심평원의 기준은 다분히 자의적인 해석이 가능했다. 심지어 똑같은 상황이라도 직원 중 누가 심사하느냐에 따라 더 삭감될 수도 있고, 그냥 넘어갈 수도 있었다. 바로 이 점이 대한민국 모든 병원이 심평원을 대할 때 쩔쩔맬 수밖에 없게 만들었다. 까딱했다가는 당장 어제까지 괜찮았던 청구부터 싹 삭감이 될 수 있기 때문이었다. 물론 한국대학교 병원처럼 국내 최고 대학 병원이라는 상징적 의미를 가지고 있는 병원에는 그렇게까지 함부로 대하지는 못했다. 그래서 협상이 가능했다. 어느 부분에서 너무 많이 깎으면 다른 것으로 보상을 받을 수도 있다는 얘기였다.

"그건……. 여긴 그런 얘기 하는 곳이 아닙니다. 백 교수님."

갑자기 자기 과를 향한 공격이 들어오자 진태림 과장이 곤란하다는 얼굴로 손을 내저었다. 강혁은 여전히 웃으며 그대로 말을 이었다.

"그럼 삭감에 관한 얘기도 꺼내지 마시죠."

"그……. 알겠습니다."

그렇게 진태림 과장마저 침묵시킨 강혁은 다시 원장을 돌아보았다. 원장은 그제야 할 말을 찾았는지 아까보다는 여유가 있어 보였다.

"아, 백 교수. 삭감에 관한 얘기는 방금 대화로 충분한 것 같습니다."

"저도 그렇게 생각합니다. 그럼 이착륙장 짓는 데는 이견이 없으신 거죠?"

"아뇨. 그렇지는 않습니다."

강혁은 '또?'라는 얼굴로 원장을 돌아보았다. 지긋지긋하다는 표정이었다. 물론 그 비슷한 표정을 최조은 원장도 짓고 있었다. 그역시 중증외상센터의 밑 빠진 독에 물 붓기 식의 손해를 지겹다고 생각하고 있었으니까.

"이착륙장은 다른 과에서는 이용할 일이 없는 시설입니다, 그렇죠?"

"뭐, 우리 과 돈으로 하는 것이니까 딱히 상관은 없죠."

"아뇨. 아닙니다. 지금 중증외상센터는 다른 과 수입에 무임승차하고 있는 겁니다. 그에 대한 보답은 하셔야죠."

"무임승차?"

"너무 그렇게 노려보지 마시고요. 사실 아닙니까? 백 교수님이 그렇게 무시하시는, 소위 생명과 관계없는 과에서 벌어들이는 돈 덕분에 중증외상센터도 돌아간다 이겁니다."

맞는 말이긴 했다. 수가가 이상하게 꼬여 있는 탓이긴 했지만, 실제로 대학 병원에서 계속 사람 생명을 살릴 수 있는 건 다른 의사들이 돈을 벌어다주고 있기 때문이었다.

"그러니…… 조금 양보하셔서 다른 과에서도 쓸 수 있는 시설을 만들도록 하시죠. 물론 주된 이용 과는 중증외상센터로 하시고요."

원장이 잠깐 동안 얼마나 맹렬히 머리를 굴렸는지 알 수 있는 대목이었다. 강혁은 초롱초롱해진 다른 과 과장들의 눈빛을 쓱 둘러보았다. 모두 하고 싶은 말이 있는 듯했다.

'뭐…… 이해는 가는데.'

강혁은 이렇게 생각을 하며 고개를 끄덕였다. 그걸 확인한 원장의 얼굴이 비로소 풀어졌다.

'이겼다.'

물론 손해를 메우라는 지시는 팅겨 나왔기 때문에 반쪽짜리 승리뿐이긴 했지만 돌이켜 보면 강혁과 맞붙어서 비겨본 적도 없지 않은가. 이만하면 대단한 쾌거라고 스스로 위안을 삼았다.

"그렇죠. 다른 과들도 이용할 수 있는 시설을 만들면 되겠군요."

"잘 생각했습니다, 백 교수."

이번엔 홍재훈 교수도 원장을 거들었다. 이 정도면 됐다는 생각이 들었기 때문이다. 진태림 과장도 아까보다는 한결 편안한 표정이 되었다. 그리고 그 세 명의 얼굴은 거의 동시에 훅 하고 일그러졌다.

"헬기 이착륙장을 짓겠습니다."

강혁이 미친놈처럼 했던 말을 또 했기 때문이었다.

"무슨……. 그게 무슨 소리입니까? 다른 과들도 이용할 수 있는 시설로 하라니까요?"

"다른 과들이 왜 헬기 이착륙장을 못 씁니까?"

"무슨 소립니까?"

강혁은 원장의 말에 대꾸하는 대신 이식외과 쪽을 돌아보았다.

"지방에서 뇌사 떴을 때, 장기 못 가져오고 있죠?"

"네? 아, 네……. 그렇습니다."

"헬기가 있으면 됩니다, 맞죠?"

"어……. 그건……. 그건 그렇네요."

뒤이어 강혁은 혈액종양내과 교수 중에서도 혈액암을 주로 맡고 있는 교수를 돌아보았다.

"희귀 혈액 필요할 때, 속 썩은 적 있으시죠?"

"물론입니다."

"헬기가 있으면 어떨까요?"

"훨씬…… 낫겠네요."

그렇게 대화를 나눈 후에야 강혁은 다시 원장을 바라보았다.

"다른 과도 이용할 수 있는 시설 맞죠? 그럼 문제없다는 것으로 이해하고, 전 이만 나가보겠습니다. 환자가 있어서."

좋은 의사의 조건

쾅! 강혁은 그렇게 말을 마치고 회의실을 빠져나왔다.

"배, 백 교수. 같이 가. 살벌해서 더 못 있겠어."

곧 한유림 교수가 도망치듯 회의실을 빠져나왔다. 진땀을 흘려대고 있었는데, 어쩐지 기분은 좋아 보였다.

"살벌하다면서 뭘 그렇게 웃어요?"

한유림은 멋쩍게 웃으며 뒤통수를 긁었다.

"이식외과 말이야. 원래 나랑 사이가 그렇게 좋지는 않거든. 근데 이번 일로 뭔가 한편이 된 것 같아."

"그럼······."

"나 과장 안 잘릴 수도 있겠어."

"의국 회의가 언제라고 했죠?"

"다음 달. 아직 좀 남았어"

강혁은 졸졸 따라오는 한유림 교수와 중환자실 안으로 들어가기 전 뭔가 생각난 듯 말했다.

"아, 그럼······."

"뭐, 필요한 거 있어?"

"우리 인턴 하나만 보내줘요."

"인턴? 아, 알았어. 내가 협조 구해볼게."

한유림 교수는 '아직 과장이니까 그 정도야' 하는 반응이었다. 이렇게 답했으니 당장은 아니더라도 인턴 하나가 생기는 건 확실하다고 볼 수 있었다.

"그리고 또……. 우리 병원에서 학회 지원금 나오죠?"

"학회……? 참석하려고?"

"네."

"나오긴 나오지. 어디? 코엑스?"

"뉴욕이요."

"어?"

한유림 교수는 강혁을 뒤따라오다가 우뚝 멈춰섰다. 강혁이 들어오는 것을 보고 양옆에 찰싹 붙었던 재원과 장미도 '뉴욕'이라는 말에 귀를 쫑긋했다.

"왜요?"

강혁은 한유림 교수의 반응에도 대수롭지 않다는 듯한 얼굴로 어깨를 으쓱해 보였다. 한유림 교수는 너무 황당한 나머지 강혁의 뒤통수를 한 대 후려칠 뻔했다. 물론 팔을 휘둘렀어도 강혁에게 잡혔겠지만.

"아니……. 뭔 놈의 해외 학회를 이렇게 절차도 없이 툭 하고 던져?"

"절차가 필요해요?"

"아니……."

사실 병원 내 결재는 다른 회사들처럼 빡빡하지만은 않았다. 다들 자기 일하기에도 바쁜 곳이었다. 진료 외의 일, 이른바 잡무에 대한 로딩은 간소화되어 있었다. 딱히 병원 경영진들이 선진화되어 있어서는 아니다. 그렇게 해야 일이 굴러가기 때문이었다. 아무리 해외에서 열리는 학회에 참석하는 일이라도 딱히 복잡한 절차가 있는 건 아니었다.

"그래, 미리 알려줘야지."

"가기 전에만 말하면 되는 거 아닌가?"

그러고보니 강혁은 뉴욕에 간다는 말만 했지 언제 가겠다고는 말을 하지 않은 상태였다. 그 말에 한유림 과장은 몇 달 남았겠거니 했다.

"아……. 언젠데?"

"다다음 주?"

"이런 미친놈이?"

"어우, 입 거친 것 좀 봐. 과장이라고 아주 유세가……."

"이, 이 친구야! 뉴욕 학회면 최소 일주일인데, 그걸 그 전주에 말하는 놈이 어딨어?"

해외 학회는 국내와 다르게 학회 일정만 해도 평균 5일 정도였다. 왕복하는 시간까지 합치면 일주일은 걸린다는 얘기였다.

'우리 뉴욕…… 가는 건가?'

황당해하는 한유림 교수와는 달리 중증외상팀원들은 들뜨기 시작했다. 휴가는커녕 휴일 하루 없이 일만 해온 지난 날들이 주마등처럼 지나가면서, 뉴욕 학회가 일종의 보상처럼 느껴졌다.

'하지만……. 스케줄상 2주 전에 통보해서는 안 될 거 같은데…….'

"외상 외과는 괜찮잖아요?"

그러나 강혁은 모두의 걱정을 일거에 불식시키는 말을 던졌다. 한유림 교수는 무슨 소리인가 싶어 고개를 갸웃거렸다.

"뭐?"

"우린 예약이 없잖아요. 예약 수술이 잡혀 있는 것도 아닌데, 뭘 걱정이에요?"

"어? 아……. 그게 그렇게 되나?"

"그렇죠."

한유림 교수는 잠시 눈을 끔뻑거리더니 강혁의 말이 틀린 것은 없다고 생각했다.

"아무튼, 다다음 주 뉴욕 학회를 가고 싶다 이거지?

한유림 교수는 가타부타 더 떠들기를 포기한 후 옆에 놓여 있는 달력을 들여다봤다.

"여기, 이 주야?"

"네."

"흠……. 뭐 다른 분과 학회랑 겹치지는 않아서 괜찮을 거 같은 데. 환자들은 정리 어떻게 하고 갈 거야? 교수가 자네 하나잖아. 재 남겨?"

한유림 교수는 무심한 눈빛으로 뒤에 서 있던 재원을 바라보았다. 머릿속으로는 벌써 비행기 타고 뉴욕에 가 있던 재원의 표정이 급속도로 어두워졌다.

'안 돼! 안 돼!'

강혁에게 홀려서 외상 외과로 온 이래 제대로 쉰 날이 없었다. 게다가 뉴욕이라니. 의외로 외국에 한 번도 안 나가본 재원이었다.

'제발, 가고 싶습니다! 교수님!'

강혁은 담담한 얼굴로 고개를 저었다.

"아뇨. 쟤를 어떻게 믿고 환자를 맡겨요."

역시 딱히 하지 않았어도 될 말을 했다. 아무튼, 데려가기는 할 모양이었다.

"환자는 그럼 누가 봐?"

"어차피 이현종 대위는 이제 우리 과에서 할 수 있는 건 다 했어요."

매일 이현종을 보는 의사가 강혁뿐만은 아니었다. 그의 상태가 어느 정도 안정되고 난 후에는 딱히 외과 의사들뿐 아니라 원장단들도 뻔질나게 병실을 들락거리고 있었다. 이현종 대위는 예의 그 씩씩한 성격답게 당장이라도 퇴원하고 싶어했다. 다만 청와대에서 조금 더 이현종 대위를 병원에 두고 싶어해서 아직 입원해 있는 것 뿐이었다.

"그러니 손 갈 일이 없죠."

"저 환자는?"

한유림 교수는 이제 CT 촬영을 마치고 중환자실로 이동 중인 환자를 가리켰다.

"뭐, 별문제 없으면 이삼일 안에 의식 깨울 수 있을 거 같네요."

강혁은 방금 찍은 영상을 들여다보며 대꾸했다. 그의 말대로 환자의 수술 후 영상은 아주 깨끗했다. 아직 뇌압이 높아져 있어서 사방으로 부어 있기는 했지만, 이 정도면 군이 약을 쓰지 않아도 좋아질 수준이었다. 이만한 대학 병원에서 최준용 교수 같은 신경과 교수에게 협진까지 받으면 잘못되기가 더 어려운 상황이었다.

"환자는 계속 올 거 아냐?"

하지만 한유림 교수는 여전히 포기하지 못한 듯했다. 강혁이 이끄는 외상 외과팀의 실력은 원내 교수들보다 구급 요원들 사이에서 더 소문이 자자했다. 그래서 좀 먼 곳에서 발생한 사고여도 일단 한국대학교 병원부터 문의하고 봤다. 그래야 자신이 죽을힘을 다해 구조해낸 환자가 살아날 확률이 올라갔기 때문이었다. 하지만 헬기 민원 사건이 발생한 이후로 무조건 강혁에게 오는 경우가 줄어든 건 사실이다.

그 덕에 강혁에게 몰렸던 어마어마한 증증외상 환자들이 줄어서 상대적으로 한가해진 느낌이었다.

"뭐 계속 오긴 하겠죠. 하지만 못 느꼈습니까?

"뭘?"

"요새 우리 병원으로 오는 환자들 중증도가 약간 떨어져 있어요."

"그런가……? 헬기 때문에?"

"그렇죠. 민원이라는 게 공무 보는 입장에서 마냥 무시할 수는 없는 노릇일 테니."

"그렇게 말하니까 안 보내줄 수가 없네."

"잘 생각하셨어요."

강혁은 이 말을 끝으로 환자를 보러 갔다. 한유림 교수는 그렇게 사라진 강혁의 뒷모습을 잠시 바라보다가 이내 뭔가를 깨달은 듯 중얼거렸다.

"학회 이름도 모르고 보내주게 생겼네."

어떤 학회인지도 모르고 구두로 약속을 해버린 것이다.

그 사이 강혁은 중환자실에 들어가자마자 일단 환자 상태부터 확인했다.

"어떠냐? 괜찮지?"

"네, 교수님."

"신경과에서는 뭐래? 사진 보고?"

"너무 좋대요. 수술 직후 사진이라고 하니까 못 믿더라고요."

재원은 본인이 수술한 것도 아니면서 입가를 연신 실룩거렸다.

"좋아. 그럼 학회 갈 수 있겠네."

"아……. 학회는 어떤 학회예요?"

"중증외상 학회지. 국제 학회고, 미군이 주최하는 세계에서 제일 큰 학회야."

강혁은 팀원들에게 뉴욕 학회에 대해 설명해주었다.

"미군만큼 중증외상을 많이 다루는 곳이 없으니까. 거긴 총상 정도는 외상 축에도 못 껴."

"와……."

총상을 다뤄본 의사 자체가 거의 없는 국내와는 상황이 전혀 다르단 얘기였다.

"아마 많이 배우게 될 거야."

재원을 비롯한 팀원들의 표정이 눈에 띄게 밝아졌다.

"많이 배우려면 일단 기본적으로 아는 게 많아야겠지?"

"네……. 네?"

"최근 환자 좀 줄었지? 이거 내일까지 읽고 요약해서 발표해라."

"아……."

순식간에 밝아졌던 그들의 표정은 그만큼 빠르게 어두워졌다.

"즉, 최근 화상 치료 사례들을 보면 어떻게든 생착한 조직을 떼어내지 않고 치료하려는 경향을 보이고 있습니다."

눈이 퀭한 재원이 사람들 앞에서 발표를 이어갔다. 그의 발표를 보고 있는 다른 팀원들 상태 또한 크게 다르지 않았다. 곁다리로 불려 온 응급의학과 인원들만 여유가 넘쳤다. 물론 전날 밤새운 친구들이야 연신 하품을 했지만, 그래도 이것만 끝나면 가서 잘 수 있겠다는 생각에 표정이 나쁘진 않았다.

"좋아. 그래도 제대로 요약했네."

재원의 발표를 들은 강혁이 만족했다는 얼굴로 고개를 끄덕였다. 그 모습을 본 재원이 손가락을 하나 세워 들며 말했다. 말했다기보다는 애원했다는 표현이 훨씬 잘 어울리는 모습이었다.

"그럼 하루만……. 딱 하루만 쉬면 안 될까요?"

벌써 일주일도 넘게 이 짓을 아침마다 반복하고 있었다. 어떤 한 주제에 대한 논문 6개를 검토해서 하나의 요약본으로 만들어 발표했다. 처음에 말만 들었을 때도 어려웠는데 직접 해보니 욕이 튀어나올 정도로 힘든 작업이었다.

"힘들어?"

강혁은 공감이 전혀 안 된다는 듯한 얼굴로 재원을 향해 물었다. 얼굴만 봐도 안 되겠구나 직감했지만 재원은 고개를 끄덕였다.

'이런 거 나 아니면 누가 말을 할 수 있겠어.'

총대를 멘 심정이었다. 실제로 장미나 지민, 심지어 모범생 경원조차 허덕이는 상황이었다.

"네. 진짜 죽겠습니다."

"그럼 안 되지."

강혁은 천천히 몸을 일으켰다. 워낙에 몸집이 큰 사람이라 재원은 저도 모르게 뒷걸음질을 쳤다.

"죽도록 힘들면 안 되지, 안 돼."

강혁은 그렇게 뒤로 물러선 재원을 향해 계속해서 걸어갔다. 자신에게 벌어질 일을 이미 아는 재원은 눈을 질끈 감았다.

"새꺄. 밤새 수술한 것도 아니고 공부한 걸로 힘들다고 하면 어쩌냐?"

"아니, 공부가 공부 나름이죠……. 이건 너무하잖아요……."

"너무한 건 네 지식이지. 그렇게 첫날 내 질문에 답을 잘했으면 이런 일이 없잖아?"

"하……."

재원은 잠시 발표 첫날을 떠올렸다. 그날 재원을 비롯한 여기 있는 모두는 그야말로 질문 폭격을 맞았더랬다.

그나마 지금까지 운이 좋아서 버틴 거구나 하는 생각까지 들었다. 특히 약한 부분이 바로 화상이었다. 지금까지는 대개 교통사고나 추락, 충돌 등에 의한 상해만을 보아왔다. 화기에 의한 손상은 볼 기회가 전혀 없었던 것이다.

"그렇지? 아는 게 없으면 공부를 해야 할 거 아니야."

강혁은 할 말이 없어진 채 입을 꾹 다물고 있는 재원을 내려다보았다. 재원도 그렇게까지 작은 키가 아닌데, 강혁 앞에 서면 꼬맹이처럼 보였다.

"그, 그렇죠……."

"근데 뭐? 공부하려니 죽을 거 같아?"

"그게……."

"진짜 죽여줘?"

"끄, 끄어억."

강혁은 절대 물리적으로 강하게 치거나 때리지 않았다. 그저 외상을 보는 의사다보니, 어디를 어떻게 때려야 손상 없이 강한 통증을 주는지 너무 잘 알고 있을 뿐.

"머리, 머리!"

재원은 강혁이 팔뚝 사이로 옥죄고 있는 머리를 두들겼다. 이게 사람이 맞나 싶을 정도로 힘이 세서, 진짜 너무너무 아팠다.

"죽기는 싫은 모양이네."

강혁은 꽉 옥죄던 팔의 힘을 풀고 재원을 내려다보았다. 재원은 눈물을 글썽이며 강혁을 올려다보았다.

"자, 다음 발표……."

강혁은 재원을 툭 밀어서 자리로 보낸 후, 다음 먹잇감을 불렀다. 그때 강혁과 재원의 핸드폰이 동시에 울리지 않았다면 다음 먹잇감도 무사하지 못했을 거다.

"조폭, 잠깐 대기."

"네, 휴……."

장미는 살았다는 얼굴로 자리에 앉았다. 강혁은 발표 시간이 아닐 때는 발표를 시키지 않았다. 그러니 지금 환자가 와서 발표 자체가 무산되면 오늘 밤은 자유란 얘기였다.

'내일로 이월이다…….'

"이런, 환자가 온다는데."

강혁은 장미의 표정과는 정반대의 표정을 지으면서 중얼거렸다. 그 말에 조용히 기대하고 있던 지민과 경원 또한 남몰래 주먹을 불끈 쥐었다.

"에이 씨, 맨날 나만……."

재원만 억울하고 고통스럽다는 듯한 표정으로 고개를 절레절레 저을 뿐이었다.

"빨리 스테이션으로 가지."

"알겠습니다……."

하지만 몸이 힘들고 고되다고 해야 할 일을 미루는 사람은 아니었다. 오히려 그래서 더 힘들고 고달파지는 경향이 있었지만……. 아무튼, 사명감 하나만큼은 강혁에게 뒤지지 않는 사람이 되었다.

곧 사이렌을 울리며 응급실 정문 앞으로 구급차 하나가 멈추어 섰다. 처치실에서 준비 중인 사람들을 제외한, 외상 외과팀 전원이 구급차를 향해 달려갔다. 구급차가 멈추어 서자마자 뒷문이 열리고 요원들이 우르르 뛰어내렸다.

"환자는?"

강혁은 그중 한 명에게 물었다. 이 구급차는 원래 다른 병원으로 가던 도중 상황이 바뀌어 오게 된 것이었다. 때문에 강혁을 비롯한 누구도 사전 정보를 듣지 못한 상황이었다. 그걸 아주 잘 알고 있는 요원은 빠르게 환자의 상태를 알려주었다.

"노래방에서 숙식하던 직원인데, 가스버너에서 불이 붙어 화재가 발생했습니다."

"화재라……. 노래방은 지하예요, 아님 지상이에요?"

엉뚱한 질문처럼 느껴질 수도 있지만 실은 아주 중요한 질문이었다. 화재 사고에 있어서 환기만큼 중요한 건 없었다. 건물을 아주 잘 지었다면야 모르겠지만, 보통 지하는 환기가 잘 안 되는 편이었다.

"지하…… 입니다."

"이런 망할. 직접 손상인가?"

"아뇨. 눈에 띄는 손상은 없습니다. 다만 의식이 없습니다. 그래서……."

"일산화 중독으로 판단했겠군."

강혁은 그 말을 하면서 요원을 다소 거칠게 밀고는 환자에게로 다가갔다. 강혁의 힘이 워낙 장사이기도 했고, 워낙 의외의 반응이기도 했기 때문에 요원은 하릴없이 옆으로 밀려나고야 말았다.

"원래 저래요. 너무 신경 쓰지 마세요."

재원이 황당하다는 표정을 하고 있는 요원에게 심심한 위로를 전했다. 그사이 강혁은 이제 침대째 구급차에서 내려 온 환자 앞으로 달려갔다. 그러곤 손을 뒤로 내밀었다.

"칼! 환자 죽는다!"

"여기서 갑자기 칼을 찾으시면……."

요원 중 하나가 아주 당황한 기색으로 외쳤다. 얼굴을 보아하니 모두 처음 보는 얼굴이었다.

'뭐야, 교수님 처음 겪나.'

재원은 고개를 갸웃거리며 고개를 돌렸다. 구급차에는 '119' 대신 병원 이름이 적혀 있었다. 근처에 있는 2차 병원급인 듯했다. 그제야 재원은 이 사람들이 늘 오던 사람들이 아니라는 것을 알 수 있었다.

"여기 있습니다!"

당황한 요원들과는 달리 장미는 너무도 익숙하다는 듯 일회용 블레이드를 까서 강혁에게 건네주었다. 강혁은 그 블레이드를 받자마자 소독도 마쳐도 없이 푹 하고 환자의 목을 갈랐다.

"튜브!"

"여, 여기!"

이건 경원을 비롯한 팀원들도 예상하지 못한 일이긴 했지만 일단 할 일을 하긴 했다. 강혁은 경원이 건네준 플라스틱 튜브를 최대한 깊숙이 삽입한 후 앰부를 연결했다. 그러곤 환자의 코에 달려 있던 산소 공급기를 거칠게 떼어냈다.

"흡인성 화상이잖아! 여기서 산소를 더 주면 어쩌겠다는 거야!"

강혁의 호통에 처음 강혁의 질문에 답했던 요원이 다급하게 대꾸했다.

"그……. 코에는 검댕이 없었습니다!"

맞는 말이긴 했다. 흡인성 화상을 판가름할 때 처음에 가장 중요한 것은 바로 코 밑의 검댕이었다. 하지만 그게 늘 맞는 말은 아니었다. 환자는 무의식적으로 답답해진 부위를 만지기 마련이었으니까.

"저기 소매에 있잖아! 어딜 닦았겠어! 게다가……."

강혁은 근처에 있던 흰 거즈로 환자의 코안을 훑었다. 새카만 재 같은 것이 잔뜩 묻어났다. 환자가 뜨거운 연기를 잔뜩 들이마셨다는 뜻이었다.

"빨리! 빨리 수술실로!"

강혁은 뭐라 호통을 더 치려다가 이내 고개를 젓더니 자신의 팀을 향해 외쳤다. 잘잘못을 따지기에는 상황이 너무 급했다.

'흡인성 화상이 발생한 상황에서 산소가 공급됐어.'

그 말은 곧 안으로 들어간 불씨에 산소를 공급해줬다는 말과 다름이 없었다. 이 상황이 얼마나 지속되었느냐에 따라 환자는 회생이 가능할 수도, 죽을 수도 있다.

'폐가 구워졌으면 가망이 없다.'

하지만 그렇다고 보기엔 환자의 산소 포화도가 그나마 70% 남짓하게 유지가 되고 있었다. 산소를 끊자마자 60% 밑으로 곤두박질치긴 했지만.

"뭣들 하고 있어! 환자 접수 안 해? 그것도 내가 해야 해?"

강혁은 환자가 실린 침대를 끌며 외쳤다. 그제야 정신을 차린 요원이 고개를 숙였다.

"죄, 죄송합니다!"

"아니, 사과는 됐어! 가서 접수나 해! 여기까지 살려 왔으니……. 그걸로 됐어."

한차례 화를 퍼부어대긴 했지만 사실 어쩔 수 없는 일이긴 했다. 현장에서 구급 요원이 신경 써야 할 것은 환자뿐만이 아니지 않은가. 그 환자를 어떻게 현장에서 안전하게 빼내오냐는 것도 그들의 고민 중 하나였을 터였다. 아무래도 강혁보다는 집중이 분산될 수 밖에 없었다.

"네!"

지금은 그저 할 일만 해주면 그만이었다. 병원에 온 이상, 이때부터는 오롯이 병원 책임이었으니까. 아니, 강혁의 책임이었으니까.

"경원아! 최대한 빨리 마취 걸어라!"

"네!"

"노예, 우리 인턴 있지?"

"네? 네, 물론이죠!"

한유림 교수는 약속을 지켰다. 덕분에 외상 외과에는 막일꾼이나 다름없는 인턴 하나를 배정받을 수 있었다. 그야말로 모든 일을 다 하고 있었는데, 거기에는 이런 것도 해당되었다.

"이비인후과 외래로 뛰어가서 파이버 옵틱(Fiber optic: 구부러지는 내시경) 가져오라고 해. 있는 힘껏 달려서!"

"네!"

재원은 그 말을 듣는 즉시 입을 크게 벌리고 외쳤다.

"인터어어언!"

모르는 사람이 보면 저게 무슨 일인가 싶겠지만. 적어도 병원에서는 이 외침이 그 어떤 호출기보다 위력이 있었다.

"네!"

어딘가 박혀서 쉬고 있던 인턴이 헐레벌떡 뛰어왔다. 머리는 까치집이 따로 없을 지경이었고, 가운은 엉망으로 구겨져 있었다. 자다가 온 것이 분명했지만 재원은 전혀 타박하지 않았다. 외과 인턴에게는 자는 시간과 먹는 시간이 따로 주어지지 않았다. 잘 수 있을 때 자고, 먹을 수 있을 때 먹는 게 곧 인턴의 능력이고, 미덕이었다.

"이비인후과로 가서 파이버 옵틱 받아 와! 뭔지 알아?"

"모릅니다!"

"가져올 수는 있어?"

"네, 가져오겠습니다!"

재원은 다소 황당한 인턴의 답이었지만, 믿어 의심치 않았다. 그도 인턴 시절에는 모든 명령을 이행할 수 있었으니까.

"그래, 가라!"

"네!"

인턴은 바람같이 달려갔다. 영 엉뚱한 곳으로 뛰어가지 않는 것을 보면 '3월 턴'인데도 다행히 병원 위치는 잘 숙지하고 있는 모양이었다.

'잘 가져오겠지?'

재원은 잠깐이나마 불안한 생각이 스쳤지만 얼른 떨쳐버리고 환자에게로 고개를 돌렸다. 인턴 걱정이나 하고 있기에는 환자 상태가 너무 안 좋았기 때문이다.

'교수님이 저렇게 긴장하는 건 간만인데.'

사실 환자만 봐서는 얼마나 심각한 상황인지 알기가 어려웠다. 재원에게는 아직 경험도 실력도 심지어 지식도 부족했으니까. 하지만 강혁의 표정 감별하는 것만큼은 고수 중의 고수였다.

"이런 망할……. 일단 신경과 연락해봐. 수술실 내에서라도 뇌파 검사 돌려야겠어."

강혁은 재원이 이런저런 생각을 하는 잠깐 동안에도 끊임없이 무언가를 지시했다. 경원은 강혁이 아까 넣어둔 튜브에 공기를 넣는 중이었기 때문에 임무를 수행할 손이 없었다.

"네, 교수님!"

그래서 신경과 최준용 교수를 부르는 일은 조폭 백장미가 맡게 되었다.

"지금 외래 중이십니다."

　하지만 전화를 받은 상대에게 들려온 답은 참으로 실망스러운 것이었다. 생각해보면 대학 병원 교수들이 평일 오전에 놀고 있을 리 없으니 실망하는 것도 이상했다.

"외래 중이랍니다!"

　장미는 강혁을 도와 침대를 끌면서 외쳤다. 강혁의 얼굴이 확 구겨졌다.

"그럼 레지던트라도 불러! 뇌파 검사 확인은 반드시 해야 해!"

"아…… 네, 알겠습니다!"

　아마 보통의 간호사 같았으면 이쯤에서 펠로우들에게 일을 넘겼을 터였다. 교수 전화번호야 어찌어찌 알고 다닐지 몰라도 타과 레지던트 번호까지 숙지하고 있는 간호사는 없었으니까. 게다가 레지던트들은 그 위치가 아주 묘해서, 때에 따라서는 교수보다도 더 대하기가 어려운 경우가 많았다. 하지만 이곳은 중증외상센터. 자기 일만 하자고 하기엔 일이 너무 많은 곳이었다.

　결국 장미는 당직 표를 물어물어, 오늘 신경과 병동 당직에게 전화를 걸었다.

"네, 신경과 3년 차 김용호입니다."

　목소리가 착 가라앉은 게, 기분이 딱히 좋아 보이진 않았다. 놀랄 일은 아니었다. 당직 날 기분이 좋으면 그것도 그것대로 문제였으니까.

"네, 선생님. 중증외상센터 백장미 간호사라고 합니다."

"중증……? 거기 우리 환자가 있나요?"

"아뇨. 협진 의뢰드리려고 합니다."

"협진? 하."

협진이라는 말에 김용호가 어처구니없다는 듯 한숨을 푹 내쉬었다. 하지만 장미는 딱히 당황스러워하지 않았다. 충분히 예상했던 반응이었으니까. 게다가 여러 번 겪어본 일이기도 했다.

"중증외상센터 상황 아시지 않습니까. 교수님하고 펠로우 두 분 모두 환자 보느라 손이 없습니다."

"거기 뭐 레지던트도 없어요? 무슨 환자 의뢰를 간호사가 해."

"저도 의료인입니다만."

자꾸 간호사를 들먹이는 통에 장미의 목소리도 조금 가라앉았다. 하지만 김용호는 별로 개의치 않았다. 레지던트 3년 차라는 위치가 그를 그렇게 만들었다. 이 시기쯤 되면 세상에서 무서울 만한 사람이 자기 담당 교수 말고는 없을 때였다. 지식이 어설프게 쌓여 있는 시기이기도 해서 본인이 세상에서 제일 똑똑하다고 굳게 믿기도 했다.

"의료인? 하하하. 나 원 참."

김용호는 아주 오만하게 웃음을 터뜨린 후 말을 이어갔다.

"파악은 됐고? 환자 뭐 의심돼서 신경과 콘택트하는 건데?"

말도 짧아져 있었다. 장미는 '참을 인' 자를 머릿속으로 그린 후 대꾸했다.

"환자 흡인성 화상으로 실려 왔고, 현재 의식은 없습니다. 기도 화상 동반이 의심되고 있으며 그로 인해 산소 공급이 제한되어 산소 포화도는 50% 정도에서 유지 중입니다."

"흠."

예상외로 장미의 말에 막힘이 없자 이번에는 김용호도 조금 당황한 모양이었다. 달리 할 말이 없는지 입을 꾹 다물고 있었다.

'새꺄, 마침 오늘 양재원 선생님이 발표한 게 바로 화상이다.'

인정하기는 정말 싫었지만 결국, 강혁이 만든 공부 방법과 발표가 큰 도움이 되는 중이었다.

"지금 수술 도중 저산소 상태가 불가피하기 때문에 와주셔서 뇌파 모니터링을 해주시면 좋겠습니다. 만약 뇌파상 기능이 너무 떨어지게 되면 기도 화상에 조금 손해를 보더라도 산소를 줘야 하기 때문입니다."

"하……."

구구절절 옳은 소리뿐이었다. 제대로 된 의사라면 여기선 승낙을 해야만 했다. 하지만 김용호는 쓸데없는 일에 자존심이 강한 사람이었다.

"간호사 말이라 믿기가 어려운데요. 의사 바꿔봐요."

다시 고집을 부렸다. 말은 슬그머니 다시 높이긴 했지만, 이대로 그냥 인정하기는 싫은 모양이었다. 그리고 그건 녀석의 패착이었다. 강혁은 귀가 밝은 사람이었으니까. 수화기 너머에서 이어진 대화를 모조리 다 듣고 있었다.

"돌았나?"

장미가 배운 대로 줄줄 읊고 있는 데다가, 그걸 응용해서 현 상황에 딱 적용까지 하는 것을 듣고 아주 기분이 좋아지고 있던 강혁이었다. 그런데 거기다 대고 김용호가 말도 안 되는 이유로 어깃장을 놓았으니 화나지 않을 수가 있겠는가. 그야말로 사명감 있는 또라이 표정으로 장미의 손에 있던 핸드폰을 낚아챘다.

"어어. 저희가 의뢰하고 있는 입장이에요, 교수님!"

장미는 자신의 손에서 핸드폰이 빠져나가자마자 다급하게 외쳤다. 제아무리 조폭이네 뭐네 하는 오명을 뒤집어쓴 그녀였지만 강혁에 비하면 상식적인 사람에 속했다. 부탁하는 입장에서 성질을 부리면 안 된다는 것 정도는 알고 있었다.

"이 새끼야, 너 뭐야."

"아······."

하지만 강혁은 전혀 그런 사람이 아니었다. 장미와 경원 그리고 재원과 지민까지 모두 한숨을 쉬며 고개를 저었다.

"음?"

당연하게도 김용호는 아주 황당한 표정으로 자기 손에 들린 전화기를 바라보았다. 3년 차쯤 되면 어디 가서 험한 소리 듣는 게 아주 낯설어지는 시기였다. 그렇다고 잘못 들었다고 치부하기에는 지금도 욕설이 들려오는 중이었다.

"대답이 없네? 쎄냐? 돌았냐?"

아무리 듣고 있는 줄 몰랐다지만 한때 보건복지부 장관에게서 걸려온 전화기에 대고도 쌍욕을 퍼부었던 사람이 강혁이었다. 레지던트를 상대로 어려워한다면 그게 더 이상한 일이었다.

"누, 누구시죠?"

덕분에 김용호는 욕을 먹는 와중에도 상당히 공손한 태도로 이렇게 물었다. 아무리 생각해도 자신보다는 위일 거라는 생각이 들었기 때문이다.

"백강혁이다, 너는 누구냐?"

"아······. 백 교수님. 저는 신경과 3년 차 김용호입니다."

"너 방금 우리 간호사가 말하는 거 들었어, 못 들었어?"

"드, 듣기는 했습니다."

김용호는 설마하니 바로 옆에 교수가 있으리라고는 생각지 못했던 터라 말을 더듬었다.

"근데 왜 어깃장이야. 돌았어? 빨리 갖고 안 내려와?"

"그……. 간호사가 단독으로 내린 판단인 줄 알았습니다, 죄송합니다."

"야, 이 새끼 이거."

강혁은 정말이지 어처구니가 없다는 듯 고개를 가로저었다. 이런 놈들이 학번마다 꼭 한둘씩 있었다.

'어쩌면 이렇게까지 똑같을까.'

그리고 똑같이 한심했다.

"네?"

"간호사가 내린 판단이면. 맞아도 안 듣냐?"

"그게……."

"너 여태까지 간호사 노티 오면 싹 무시하고 네가 일일이 다 확인했어?"

많은 사람이 착각하고 있지만, 간호사와 의사 관계는 결코 수직적인 것이 아니었다. 물론 의사가 처방하면 간호사가 수행하기는 했지만, 그건 어디까지나 환자를 살리기 위한 분업이지 둘의 관계가 위아래라는 뜻은 아니었다. 분명히 의사가 간호사에게 의존하는 부분도 있었다.

"그, 그건 아닙니다……."

병동에 입원한 환자들과 가장 가까이 있고, 가장 자주 보는 의료진이 누구인가. 그건 지정의도, 주치의도 아닌 간호사였다. 뭔가 일이 터졌을 때, 상황을 판단해서 의사에게 알려줄 수 있는 능력이 있으니 그런 중책도 맡을 수 있는 것이었다.

"근데 새끼야, 왜 무시해. 네가 솔직히 기도 화상에 대해서 우리

백장미 간호사보다 잘 알 거 같냐?"

강혁은 맨날 사용하던 조폭이라는 호칭 대신 멀쩡한 이름으로 불렀다. 안에서는 몰라도 밖에서는 내 새끼 확실하게 챙기는 팀장이었다.

"그⋯⋯."

김용호는 자존심 같아서는 자기가 더 잘 안다고 하고 싶었지만 사실 기도 화상에 대해서는 개뿔도 모르긴 했다. 자기가 선택한 과의 전문이 되어갈수록 다른 과 지식을 쌓을 기회는 적어진다. 그의 실력을 탓할 일은 아니었다. 다만 인성의 문제일 뿐.

"여러 말 말고, 너 내가 수술실에서 딱 칼 대기 전까지 뇌파 검사기 세팅해놔. 안 그러면 진짜 뒈진다."

강혁은 부쩍 말이 없어진 김용호를 향해 을러댔다.

"그⋯⋯ 뇌파 검사 세팅하려면 기사가 있어야 합니다. 시간이 좀⋯⋯ 걸립니다."

"이것 봐, 새끼야. 뇌파 검사기 세팅도 남 도움 있어야 하는 놈이 뭐 잘났다고 간호사를 무시해."

"죄, 죄송합니다."

"나한테 할 일이 아닌 거 같은데?"

강혁은 그렇게 말한 후 전화기를 스피커폰 상태로 돌렸다. 아직 일행은 수술실에 들어가기 전이었기 때문에 중간중간 행인도 있는 상황이었다.

"제대로 사과해. 스피커폰으로 돌렸어."

"그⋯⋯ 죄송합니다."

"아니지. 네가 누군지 밝히고, 누구한테 사과하는 건지, 그리고 무엇에 관해 사과하는지도 밝혀."

"에, 에이……. 교수님 그렇게까지는 안 하셔도 되는데……."

급기야 장미가 강혁을 말렸다. 사실 김용호 정도면 그녀가 지금까지 겪었던 수많은 진상들에 비하면 아무것도 아니었다. 하지만 그녀 정도로는 강혁을 말리기 어려웠다.

"빨리해. 내가 직접 너 얼굴 보면서 말하기 전에."

강혁은 슬쩍 몸을 돌려 빼는 것만으로 장미를 따돌릴 수 있었다. 교수와 대면해야 하는 사과라니. 아무리 다른 과 교수라지만 레지던트에게 부담이 되는 것은 어쩔 수 없는 노릇이었다. 게다가 상대가 온 병원에 소문이 자자한 또라이라면 더더욱 그랬다. 원장단마저 포기하고 물러섰다는 소문이 파다하지 않던가. 심지어 같은 과 최준용 교수는 일반적으로 강혁파로 분류되는 인물이기도 했다. 김용호에게 다른 선택지는 주어지지 않은 셈이었다.

"시…… 신경과 3년 차 김용호입니다. 제가 간호사라고 무시했던 것에 사과드립니다. 백장미 간호사님."

"괘, 괜찮아요! 괜찮습니다!"

장미는 거의 비명이라도 지르는 것처럼 사과를 받아주었다. 그러고 나서야 강혁은 흡족한 얼굴이 되어 전화를 끊었다. 물론 말 한마디를 더 보태긴 했다.

"될 수 있는 한 빨리 뇌파 준비해. 환자 생명이 달린 일이야. 알았어?"

"네, 네!"

강혁은 전화가 끊기자마자 장미에게 핸드폰을 건네주었다. 그러곤 여태 침대를 끌고 이동하던 팀원 모두를 향해 말했다.

"이렇게 난리 쳐놓고 얘보다 느리면 안 되니까, 최대한 빨리 준비하자."

"네!"

어쩐지 장미의 목소리가 가장 크게 들려오는 순간이었다.

"마취 기기 연결합니다."

환자를 수술대 위로 옮기자마자 경원이 빠르게 마취를 시작했다. 여느 때와는 달리 그렇게까지 심도를 높이지는 못했다. 그렇지 않아도 산소 포화도가 떨어진 상황인데, 심도까지 높였다간 무슨 일이 벌어질지 알 수 없는 상황이었기 때문이다.

'분명히 기도로 튜브가 들어갔는데도 산소 포화도가 점점 떨어지고 있어……'

경원은 목에 꽂힌 튜브를 바라보았다. 다른 사람이 꽂았다면 혹시 저게 기도가 아니라 다른 곳으로, 이를테면 가성 기도로 들어갔을 가능성을 의심해보겠지만. 집도의는 강혁이었다. 아무리 몇 초도 안 걸려서 꽂았다고는 해도 저게 기도 외에 다른 곳에 들어갔을 리는 없었다.

'그렇다는 건 이 밑으로도 기도가 좁아져 있다는 뜻인데……. 이거 어쩌지?'

저 밑이 좁아졌다는 건 곧 기관지 레벨까지 손상이 되었다는 뜻이었다. 그래서 그런지 강혁은 가타부타 말도 하지 않고 수술 준비에 여념이 없었다. 늘 여유롭던 집도의가 그러고 있으니 당연히 수술실 전체가 분주했다.

슥슥. 일단 강혁은 환자의 목과 가슴 그리고 복부까지 죄 닦아내었다. 재원은 그 이유가 못내 궁금했지만, 캐묻지 않고 그를 도와 빠르게 소독을 진행했다.

"혹시 모르니까 체외 순환기도 요청해놔."

"제가 달까요?"

"아니, 넌 보조해. 그럴 시간이 없어."

"어……."

그러자면 어디서 인력을 구해와야만 했다. 하지만 강혁은 교수치고는 상당히 인맥이 없는 편이라 어디 비빌 만한 구석이 거의 없었다. 그리고 그건 재원도 마찬가지였다. 동기들 사이에서야 동정을 받고 있기는 했지만, 그 동기들에게 도움을 요청하기란 거의 불가능했다. 노예끼리 으쌰으쌰 해봐야 결과는 그리 좋지 못할 테니까.

"뭘 그렇게 고민하고 있어? 흉부외과 강일구 교수님한테 연락하면 돼."

"강일구…… 교수님이요?"

"그래. 지금 당장 오실 필요는 없고. 대기만 해달라고 해. 필요하면 바로 들어올 수 있게."

"아……. 알겠습니다."

"그럼 전화해라. 나 손 씻고 오는 동안."

강혁은 손 세척을 위해 수술실을 나섰다. 그사이 재원은 강일구 교수에게 전화를 걸었다.

'인조 혈관 때문에 좀 껄끄러운데…….'

인조 혈관에 이름표가 붙은 건 아니지만 그래도 그 인조 혈관이 소아 흉부외과에 할당되어 있었다는 건 모든 사람이 다 알고 있는 사실이었다. 어떻게 생각하면 중증외상센터에서 그 물건을 도둑질한 셈이기도 했다.

"네, 강일구입니다."

중저음의 듣기 좋은 목소리였다. 과연 실력뿐 아니라 인성으로도 유명한 교수다웠다. 재원은 우리 교수님도 이거 반 정도만 부드러우면 얼마나 좋을까 하는 생각을 하며 입을 열었다.

"네, 교수님 안녕하세요. 외상 외과 양재원이라고 합니다."

"아······. 양 선생. 웬일이지?"

예상했던 것과는 달리 강일구 교수는 무난한 반응을 보였다. 당연히 떨떠름할 거라 예상했던 재원은 한시름 놓았다는 표정으로 말을 이었다.

"네, 교수님. 그······ 지금 기도 화상 환자 수술 중인데요."

"기도? 범위가 얼마나 되지?"

"아."

재원은 그제야 기도 관련 수술을 흉부외과에서 맡고 있다는 게 생각났다. 물론 이비인후과 분과인 두경부외과에서도 수술하긴 했지만, 기도라는 게 목에만 있는 건 아니었으니 범위가 깊어지면 응당 흉부외과의 협진 수술이 필요한 영역이었다.

"지금 의심되는 범위는 전체이며 기관지 쪽도 손상이 있을 가능성이 있습니다. 사실 폐 손상도······ 배제하기 어렵습니다."

"영상은? 영상 못 찍었나?"

"네. 산소 포화도가 50입니다."

"이런."

강일구 교수는 마치 자기 환자 일이라도 되는 것처럼 안타까워했다.

"그래서 우리가 뭘 해주면 되지? 기도 재건술?"

"아······. 아뇨 그건 아마 백 교수님이 할 거 같습니다."

"백 교수가? 하긴, 그 교수님이면 실력 충분하지."

강 교수는 강혁이 자신의 인조 혈관을 사용해야만 했던 수술의 기록과 영상을 보았다. 그때 보았던 강혁의 수술 솜씨와 당시 느껐던 충격은 아직도 생생했다.

'소아 흉부외과를 했어도 어마어마했을 텐데.'

딱 제자 삼았으면 얼마나 좋을까 하는 생각이 들 정도였다. 물론 수술 영상을 다 보고 나서는 강혁이 제자가 될 것이 아니라, 자신이 제자를 자청해야 할 정도라는 생각까지 들었다.

아무튼, 강혁의 실력이 얼마나 대단한지는 굳이 재원이 설명할 필요도 없었다.

"그럼 뭘?"

"손상이 광범위할 경우를 대비해서 체외 순환기가 필요하다고 하셨습니다."

"아. 그럴 수 있지. 하지만……."

기도 화상에서 체외 순환기가 필요한 상황이라면 이미 기도 화상이 아니란 얘기였다.

"폐 손상이…… 있는 상황에서 환자를 살리겠다고?"

"그……."

재원은 아까 아침에 자신이 발표했던 내용을 떠올렸다. 간밤에 졸음을 참아가며 준비했던 내용이라 그런지 쉽게 잊히지도 않았다.

'교수님의 교수법이 맞았다는 건가.'

인정하기는 싫지만, 확실히 도움이 되고 있었다. 그저 공부하는 데만이 아니라 실제 환자를 볼 때도.

"확률이 낮긴 하지만 빠른 절제를 하면 손상을 최소화할 수 있다고 합니다."

"그거야 그렇지……. 이론적으로는 그렇지."

"백 교수님은 아무래도 그렇게 하실 거 같습니다."

재원은 백강혁이라면 무조건 해낼 거라는 말을 하고 싶었지만,

최대한 말을 순화해서 내뱉었다. 강일구 교수는 재원이 감히 말 섞기도 미안할 정도의 거물이었기 때문이다. 비록 병원 내에서는 적자나 내는 애물단지였지만, 학회 내에서의 위치는 독보적이라고 할 수 있었다. 21세기 대한민국임에도 불구하고 그가 아니면 누구도 살릴 수 없는 환자들이 있을 정도니 말 다 한 셈이었다.

"그래……. 그럴 수 있겠지. 수술실이 어디지?"

"중증외상센터 수술실 1번 방입니다."

"지금 가겠네."

"네? 아니……. 대기만 해주시면 된다고 하셨는데요."

"혹시 백 교수가 자기 수술 모습을 안 보여주려고 그렇게 말한 건가?"

"네? 아뇨, 그럴 리는 없습니다."

강혁은 가능하면 자신이 하는 모든 수술을 녹화하는 편이었다. 딱히 본인 연구용은 아니었다. 어디 발표를 하기 위한 용도도 아니었고, 그냥 중증외상센터 외장 하드에 넣어두고 누구든 볼 수 있게 하는 사람이었다.

"그럼 가겠네. 참관 겸 도움이 필요하면 바로 들어가는 것으로 하지."

"아……. 감사합니다, 교수님."

"아냐, 아냐. 나도 배우면 좋지."

"그……. 네, 알겠습니다."

재원은 강일구 교수 정도의 위치에 오른 사람도 아직 배움에 대한 열정이 있다는 것이 신기하고도 놀라웠다. 하지만 마냥 그러고 있기엔 시간이 너무 촉박했다. 싸가지 없게 느껴질 수도 있겠지만, 소기의 목적을 이루었다면 이제 끊을 시간이었다.

"저 교수님, 그럼 내려오시면 뵙겠습니다."

"아, 그래그래. 들어가봐."

"네."

재원은 전화를 급히 끊었고, 끊자마자 밖으로 향했다. 문 앞에는 벌써 손을 다 씻은 강혁이 서 있었다. 이제 막 들어오려는 참인 모양이었다.

"해결됐어?"

"네. 지금 내려오신답니다."

강혁은 재원을 지나치려다가 재원의 말을 듣고서는 잠시 멈춰섰다.

"지금? 왜?"

"수술 견학하러 오신다고 합니다. 불편하시면 다시 전화드릴까요?"

강혁의 반응에 움찔한 재원이 급히 말을 보태었다.

'혹시 우리 팀한테만 보여주려고는 거였나?'

만약 그렇다면 자신이 주제넘은 짓을 한 셈이었다. 뭐가 어찌 되었든 집도의는 강혁이었으니까. 누누이 말하지만, 수술실 안에서만큼은 집도의가 왕이었다. 그에게 방해될 만한 짓은 요만큼도 허용해서는 안 될 일이었다.

"아니, 굳이 뭘. 아주 좋네. 바로 투입할 수 있잖아."

"아……. 그건 그렇죠."

"멍하니 서 있지 말고 빨리 손 닦고 들어와. 수술 들어가야지."

"네, 네!"

"참."

강혁의 말에 재원이 훅 하고 지나가려다가 말고 뒤를 돌아보았다. 강혁은 환자의 목에 꽂혀 있는 튜브를 가리키며 입을 열었다.

"인턴 아직인가?"

"어……. 아마 올 때 됐을 겁니다."

"그래? 알았어. 일단 너도 빨리 들어와."

"네."

재원은 그대로 다시 밖으로 향했다. 강혁은 방 중앙 쪽으로 들어온 후 장미가 건네준 수술 가운을 걸쳤다. 그러곤 손보다 한 치수 작은 장갑을 꽉 끼면서 지민을 향해 말했다.

"신규, 인턴 5분 안에 안 오면 전화 좀 해봐. 파이버 옵틱을 만들러 갔나, 어딜 갔길래 이렇게 안 와?"

"네, 교수님."

강혁은 지민이 전화기 근처로 가 시계를 바라보기 시작한 것을 확인한 후, 장미에게 일회용 소독 천을 받아 환자의 몸에 붙여 나가기 시작했다. 일반적인 수술과는 달리 범위를 아주 넓게 잡고 있었다. 복부, 흉부 그리고 경부 전체가 드러나 있었다.

강혁이 막 소독 천으로 환자 몸을 다 달았을 무렵, 그리고 지민이 만지작거리고 있던 전화기를 들어 올리려는 찰나 인턴이 문을 열고 들어왔다. 손에는 007가방처럼 생긴 가죽 가방을 든 채였다. 보자마자 강혁은 이 녀석이 제대로 가져왔다는 것을 알 수 있었다.

"잘했어, 이거 연결 좀 도와줘."

"네."

인턴은 분명 이름도 모르는 기구였음에도 불구하고 수술실에 딸린 내시경 기기에 파이버 옵틱을 척척 연결했다. 안 하면 죽는다는 생각을 하고 있기에 가능한 일이었다. 강혁은 그렇게 연결까지 완벽하게 마무리된 파이버 옵틱을 받아 들었다.

"새 장갑 준비해줘야겠다."

이건 소독된 물품은 아니었기 때문에 파이버 옵틱에 닿은 장갑은 바꾸는 것이 원칙이었다. 장미는 이미 예상하고 있었다는 듯 미리 꺼내둔 여벌의 장갑을 툭툭 두드렸다.

"센스 하나는 끝내준단 말이지."

강혁은 흐뭇한 미소와 함께 파이버 옵틱 끝을 환자 목에 꽂혀 있는 튜브 안으로 집어넣었다. 수술실 내부에 비치된 모니터에 잠시 둥근 플라스틱 관이 비친다 싶더니 이내 기도가 보이기 시작했다.

"허……."

경원이 그 모습을 보고 탄식을 터뜨렸다. 뒤늦게 손을 닦고 안으로 들어온 재원도 마찬가지였다. 파이버 옵틱을 들고 온 인턴만 낫 놓고 기역 자도 모르겠다는 표정으로 멀뚱거리고 있었다.

"역시 손상이 장난이 아닌데……."

강혁 또한 어두워진 얼굴로 조심스럽게 파이버 옵틱을 안으로 집어넣었다. 끝이 구부러지는 형태의 내시경이었기 때문에 잘만 조작하면 근처 조직을 건드리지 않고 들어갈 수 있었다. 그리고 강혁은 파이버 옵틱 조작의 달인처럼 보였다.

'대체 이 사람은 못 하는 게 뭐지.'

분명히 딱 내시경 지나갈 정도밖에 틈이 없어 보이는데, 전혀 걸리는 일 없이 쑥쑥 들어가는 중이었다. 그러던 강혁이 손을 멈춘 지점은 카리나(Carina: 기관지의 시작 부위)였다. 좌우 기관지로 갈라지는 부위까지도 화상이 죽 이어져 있었다.

"안 좋은데. 안 좋아."

훌륭한 외과 의사란 딱 손상 부위만 잘라내고, 복구하는 능력을 갖춘 의사를 뜻했다. 하지만 지금처럼 손상 범위가 한없이 늘어지고 있을 땐 어떻게 해야 할까.

"일단 기도부터 좀 할까."

기적을 바라는 수밖에 없었다.

"네? 기도요?"

재원이 에이 설마 잘못 들었겠지 하는 눈빛으로 강혁을 바라보았다. 세상에 기도라니. 강혁과 가장 거리가 멀어 보이는 단어가 아닐까. 무신론자가 아니라면 평소 그렇게 행동하기가 좀 어려울 것 같았다. 아무래도 누군가 자신을 바라보고 있다고 생각하면 남들에게 막무가내로 나갈 순 없을 테니.

"그래, 기도 좀 해봐."

하지만 강혁은 기도를 언급하고 있었다. 실제로 뭔가를 중얼거리기도 했다. 웅얼거리는 게 주문인지 기도인지 분간이 잘 안 가긴 했지만.

"이걸 보고도 기도가 안 나오면 그게 사람 새끼야?"

기도 바로 뒤에 욕설이라니. 물론 강혁이 가리키고 있는 모니터 상에 떠오른 상황은 충분히 절망적이긴 했다.

"폐가⋯⋯."

재원의 입에서 탄식이 흘러나왔다. 강혁은 대체 어떻게 조작을 하고 있는 것인지는 몰라도, 파이버 옵틱 끝이 이미 우측 폐 기관지를 지나 세부 기관지를 들여다보고 있었다. 아무래도 기도보다는 굵기가 가는 부위였기 때문에 손상의 정도가 더 심각해 보였다. 그 손상된 부위 틈새를 통해 누렇게 익은 무언가가 보였다. 아마도 폐일 터였다.

"그래⋯⋯. 상부 폐가 녹았어."

"이거⋯⋯. 살 수 있을까요?"

재원은 저도 모르게 경원 쪽을 바라보았다. 경원 역시 아주 심각한 얼굴로 활력 징후를 들여다보고 있었다. 산소 포화도가 어느새 50% 미만으로 내려와 있었다.

"병원까지 살아서 왔잖아. 게다가 수술실까지도 들어왔고."

강혁은 굳은 얼굴로 재원의 말에 대꾸했다. 한마디로 반드시 살려야 한다는 말이었다. 이제껏 여기까지 들어온 환자 중 사망한 사람은 딱 한 명뿐이었으니까. 강혁도, 재원도, 이 수술실의 누구도 그런 불행한 경우가 계속 쌓이길 바라는 사람은 없었다.

"그럼 어쩌죠?"

"일단 기도나 하고 있어봐."

강혁은 같은 말을 반복하고는 파이버 옵틱 팁을 약간 뒤로 빼내었다. 부드러운 팁으로 인한 마찰에도 화상 입은 조직들이 상처를 입었는지 약간의 출혈이 있었다.

"쯧."

강혁은 저도 모르게 혀를 찬 후, 좌측 폐로 파이버 옵틱을 전진시켰다.

"어?"

우측에 비하면 한결 나은 모습이었다. 일단 기관지 자체에도 손상이 많지 않았다. 아예 없는 건 아니었지만, 그래도 이만하면 꽤 괜찮은 편이라 할 수 있었다.

"역시 좌측이 좀 낫군."

"이유가…… 있나요?"

강혁의 말을 듣고보니 뭔가 이유가 있긴 한 모양이었다. 재원으로서는 일반 외과 영역도 부족한 마당에 해부학적 지식은 더 달릴 수밖에 없었다. 해서 즉각 질문을 던졌다. 아마 다른 펠로우였다면 궁금해도 차마 질문을 못 했을 텐데, 생긴 것과 다르게 되바라진 성격이 이럴 때는 꽤 도움이 되었다.

"멍청아."

재원은 한 번 욕 먹고 귀한 지식을 습득할 수 있다면 무조건 이득이라 생각했다. 적어도 강혁 앞에서만큼은. 그래서 멍청이라는 말에도 별 반응이 없었다. 그저 뒤에 나올 대답만 기다릴 뿐이었다.

"너 기도 이물이 어디로 주로 들어가는지는 알고 있어?"

"네? 아……. 학생 때 배운 것 같기도 한데……. 너무 옛날 일이라."

역시 재원은 별 부끄러움 없이 모른다는 말을 했다. 강혁으로서는 기가 찰 노릇이었다.

"어휴. 너 다시는 발표 하네, 안 하네 그런 소리 하지 마라. 뒈진다, 진짜."

당연하게도 기본적인 욕은 먹어야 했다.

"우측 폐로 가는 기관지는 각도가 거의 없잖아. 직진이라고. 내가 내시경 집어넣는 것만 잘 봤어도 알겠네."

"아……."

"근데 지금은 어떠냐?"

강혁은 내시경 팁의 조절 부분을 재원에게 보여주었다. 거의 끝까지 다 구부러져 있었다. 어딘가에서 확 꺾여서 안으로 들어갔다는 얘기였다.

"구부러졌네요."

"그래. 왼쪽은 팍 꺾여서 들어간다고. 아무래도 공기의 유입량이 차이가 날 수밖에 없지."

"그래서……."

"그래. 왼쪽은 그나마 다행이야."

강혁은 잠시 환자의 얼굴을 돌아보았다. 하도 급하게 수술실로 들어오다보니 환자의 나이도 물어보지 못했다. 자기 힘으론 눈도 감지 못해 경원이 붙여준 테이프로 눈꺼풀을 닫고 있었다.

'많게 봐야 20대 후반. 폐 한쪽이 거의 상실된 상태에…… 기도 화상 때문에 공기가 잘 안 들어가는 상황에서도 산소 포화도는 그나마 유지 중…….'

아무래도 평소 담배는 피우지 않았던 모양이다. 20대라는 점만 따지자면 사소한 습관 차이였겠지만, 이번 사고에서는 생사를 가른 셈이었다.

'그럼 한쪽만으로도 폐 기능은 얼추…… 괜찮을 거야.'

물론 좌측 폐는 우측 폐에 비하면 용적이 조금 더 작기는 했다. 그렇다 해도 일상생활 정도는 가능할 듯 보였다. 이 한쪽만이라도 잘 지켜낼 수만 있다면 말이다. 기도 화상을 입은 상황에 확신하기 어려운 전제조건이긴 했지만, 어떻게든 해내야만 했다.

강혁이 막 수술 계획을 수립하고 있을 때쯤, 강일구 교수가 안으로 들어왔다. 귀하디귀한 흉부외과 레지던트까지 한 명 대동한 채였다.

"허."

강일구 교수는 들어오자마자 짤막한 탄식을 내뱉었다. 강혁이 마침 파이버 옵틱을 빼내는 중이라 손상된 기도의 상황을 고스란히 모니터로 볼 수 있었다.

"아, 오셨군요."

강혁은 파이버 옵틱을 완전히 뺀 후 뒤를 돌아보았다.

"백 교수. 지금 기도 전체가 다 부어 있는 것 같은데……. 화면상으로만 봐도 2도 화상은 족히 되어 보여요. 어떻게 할 생각이지?"

강일구 교수는 가타부타 인사도 없이 수술 계획부터 물었다. 일평생을 바쳐 사람 살리는 일에 몰두하다보면, 그리고 앞으로도 그렇게 살아가기 위해서는 뭔가 하나 망가지더라도 포기해야 하는 법이었다. 망가지는 건 주로 사회성이었다.

"우측 폐는 아무래도 전체 절제해야 할 거 같습니다."

물론 강혁도 마찬가지여서 이런 식의 대화에 전혀 문제를 느끼지 못했다. 둘은 오히려 환자 얘기를 하느라 눈이 더 초롱초롱해지까지 했다.

"큰 수술이 되겠는데……. 이대로는 못 버티겠어."

강일구 교수는 저 멀리 모니터로 활력 징후를 들여다보며 고개를 가로저었다. 산소 포화도가 점점 떨어지고 있었다.

때맞춰 김용호 신경과 레지던트도 안으로 들어왔다. 이마에 땀을 뻘뻘 흘리고 있었는데, 뇌파 검사 기기를 검사실에서부터 끌고 왔기 때문인 듯했다. 이쯤 되면 한 번쯤 칭찬 비슷한 것을 해주어도 좋겠지만 강혁에게는 그런 데 쓸 사회성이 없었다.

"빨리 못 오냐? 얼른 연결해!"

"네, 네! 죄송합니다."

김용호는 한번 호되게 당한 데다가, 수술실 분위기가 이보다 나쁠 수 없을 정도로 침울했기 때문에 일단 납작 엎드렸다. 이럴 때 강혁에게 깝죽대다가는 아무리 다른 교수 앞이어도 뼈도 못 추린다는 것을 본능적으로 알고 있었다.

"아, 뇌파……. 수술 중 뇌파가 예후에 도움이 되죠."

강일구 교수는 김용호가 환자 머리에 서둘러 붙이고 있는 기기를 보며 고개를 끄덕였다. 확실히 강혁은 막무가내인 것 같지만 환자에게 필요한 것은 반드시 실행하는 사람이었다.

'신들린 듯한 실력이 어디서 뚝 떨어진 것은 아니란 뜻인데……. 대체 저 젊은 나이에 어디서 어떤 수련을 받았길래 저만한 판단력을 갖추게 되었을까. 그건 수술에 대한 재능과는 또 다른 영역이지 않은가.'

강일구로서는 강혁의 지난 행적을 차마 가늠하기도 어려웠다. 강혁은 이런 생각에 잠깐 멍해진 그를 향해 말했다.

"교수님. 어차피 우측 폐 수술할 때 좌측은 노니까……. 그쪽에서 바로 체외 순환기 연결 가능할까요?"

"아. 지금 바로?"

"네."

'죽을 가능성이…… 반, 아니지. 반은 말도 안 돼. 후하게 쳐줘도 80% 이상이야.'

강일구 교수 또한 경험 많은 외과의로서 나름대로 견적을 내고 있었다. 그의 판단에 따르면 환자가 살 가능성은 20%도 안 되어 보였다. 그것도 단기간으로 한정했을 때의 얘기였다. 에크모는 환자가 죽으면 수가를 인정해주지 않으니, 적자 볼 가능성이 어마어마하다는 얘기였다. 회의 때마다 외상 외과와 함께 적자 내는 과로 몰려 수모를 당하는 강일구 교수 입장에서는 걱정이 될 수밖에 없었다. 하지만 강혁은 그게 뭐 문제냐는 식이었다.

"하루 이틀 일도 아닌데요, 뭐."

"흠……. 그래, 내가 연결하지."

강일구 교수는 무슨 말을 하려다 말고 이내 고개를 끄덕였다. 자신이 관여할 일은 아니란 생각이 들었기 때문이다.

'무슨 생각이 있겠지.'

어쩌면 아무 생각 없을 수도 있겠다는 생각이 들었지만, 지금은 눈앞에 있는 환자에게 집중할 때였다.

"좋습니다. 그럼 부탁드릴게요. 노예, 바로 따라붙어. 우측 폐 및 전 기도 절제술이다."

"어후."

"그게 대답이냐?"

"아뇨, 아닙니다. 네. 해야죠."

듣기만 해도 한숨이 푹푹 나오는 수술명이었다. 아니, 애초에 이런 수술명이 있을까 싶었다. 심평원 데이터베이스에는 등록조차 안 되어 있을 듯했다.

'하긴, 우리가 언제 등록된 수술만 했나.'

돌이켜 보면 생전 처음 보는 수술이 훨씬 많았다. 중증외상 환자 수술은 예상 가능한 수술보다 그때그때 상황에 따라 급하게 진행하는 경우가 대부분이었으니까.

"뇌파는 어때?"

강혁은 메스를 손에 들고 김용호에게 물었다. 이제 막 설치를 마친 김용호는 잠시 움찔했지만 곧 대답했다.

"서파가 좀 많이 잡히긴 하는데……. 마취된 거 고려하면 아직 뇌 손상을 걱정할 정도는 아닙니다."

의외로 또박또박한 답이었다. 사실 한 과의 3년 차 레지던트 정도면 알 만큼 알아야 정상이었다.

"좋아. 변하면 바로 말해. 산소 넣어야 하니까."

"네. 그렇게 하겠습니다."

"그럼……. 절개 들어간다."

"네, 교수님."

강혁의 말에 재원이 결연한 얼굴로 고개를 끄덕였다. 메스를 쥐고 있는 강혁의 얼굴 또한 비장했다. 환자를 앞에 두고 긴장하는 일은 강혁으로서는 매우 드문 일이었다. 강혁을 긴장시킬 정도로 어려운 수술이 마침내 시작되었다.

강혁이 메스를 긋자마자 피가 죽 하고 흘러나왔다. 색이 약간 탁한 느낌이었다. 물론 재원이나 다른 의료진은 전혀 느끼지 못했지만, 강혁의 눈에는 구분이 되었다.

'산소 포화도가 떨어진 지 한참 됐으니 어쩔 수 없지…….'

그나마 다행인 것은 심장이 여전히 잘 뛰고 있다는 점이었다. 산소 포화도가 이만큼이나 떨어졌는데도 버텨주고 있다니 대견할 지경이었다.

'역시 나이가 깡패야.'

제아무리 건강해 보여도 이 환자가 50대였다면 아마 지금쯤 죽었을 것이다. 하지만 20대다보니 어떻게든 버틸 수 있었다. 이렇게 피가 줄줄 날 정도로 혈압도 유지되고 있었다.

"톱 줘. 강 교수님, 그쪽 방해 안 되겠습니까?"

"톱 쓸 때만 잠깐 멈출게요."

"네. 그럼 최대한 빠르게 가르겠습니다."

한쪽 폐 절제술에는 정중 절개만 있는 게 아니다. 하지만 지금은 폐뿐만 아니라 기도까지 다 들어내야만 하는 상황이었고, 이런 상황에 가슴뼈 절개는 선택이 아니라 필수였다. 그렇게 해서 심장이 노출되면 강일구 교수의 일도 훨씬 수월해질 것이므로 일단 기다리기로 했다. 다행히 뇌파가 괜찮다고 하니 약간은 여유가 생긴 셈이기도 했다.

강혁은 빠르게 절개선을 따라 톱을 그었다. 늘 그렇듯 다소 소름 끼치는 소리와 함께 뼛가루가 사방으로 날렸다. 재원이 능숙하게 물을 뿌리긴 했지만, 강혁의 톱질이 평소보다 더 빨라서 완전히 따라잡기가 어려웠다. 이 모습에 제일 놀란 것은 강일구 교수였다.

'이걸…… 나보다 잘한다니. 진짜 뭐 하는 사람이야, 대체.'

슬쩍 옆을 돌아보니 이제 4년 차가 된 흉부외과 레지던트 또한 입을 벌리고 있었다.

'이놈 이거 내 수술에서는 졸기만 하더니.'

담당 교수로서 서운할 만도 하지만, 강혁의 인성에 관한 소문만 듣고 별 기대 없이 수술실에 들어왔다가 상상도 못 했던 수술 실력을 목격했으니 레지던트 입장에서는 놀랄 수밖에 없었다.

"자, 벌려. 인턴 들어와 있나?"

"어, 네. 네!"

그렇지 않아도 슬그머니 나가야 하나 말아야 하나 고민하고 있던 인턴이 화들짝 놀라 대답했다.

"손 닦고 들어와서 이거 딱 벌려. 일단 지금은 아이언 인턴으로 걸 테니까."

"네! 교수님!"

인턴은 긴장한 것을 최대한 숨기며 밝게 외쳤다. 인턴이 수술실에서 남길 수 있는 인상이라고는 기껏해야 '잘 당기네, 못 당기네' 수준이었다. 기왕이면 태도라도 밝고 싹싹하게 인식되는 게 최선이었다.

그사이 강혁은 아이언 인턴을 이용해 절개된 가슴뼈를 한껏 벌려놓았다. 안쪽에서 열심히 박동 중인 심장과 더불어 양쪽 폐가 모습을 드러냈다. 겉모습만 봐서는 양측의 차이가 없어 보였다. 하지만 시간을 두고 관찰해보면 확연히 다른 것을 알 수 있었다.

"뭐가 다르지?"

강혁은 이미 예상했던 일이라, 단 한 차례의 호흡만으로 폐의 상태를 파악했다. 그러고 나서 자신이 본 것을 재원도 보았는지를 확인하기 위해 질문을 던졌다. 재원은 잠깐 머뭇거리다가 겨우 답을 내놓았다.

"그……. 우측은 호흡이 안 되고 있습니다."

그가 말한 대로 우측 폐는 마치 기기가 돌아가고 있는데도 요지부동이었다. 일부 하엽 쪽에 팽창하는 부위가 있기는 했지만 유의미한 호흡으로 이어지는 움직임이라고 보기 힘들었다.

"왜 그런 거 같냐?"

강혁은 단순히 정답을 말했다고 칭찬해주는 대신, 한 번 더 질문을 던졌다. 이제 그가 생각하기에 재원의 레벨이 그 정도는 되었기 때문이다. 어디 가서 백강혁의 제자라고 하려면 끝까지 차근차근 올라와야만 했다.

"어……."

"어?"

"아뇨, 아뇨. 기관지가 손상되면서 공기가 아예 못 들어오고 있는 게 아닌가 합니다."

"흐음."

"아, 아닌가요?"

"아니, 대강 맞췄어. 나머지는 이따 폐 떼어내고 나면 단면 잘라서 직접 확인해봐."

욕심 같아서는 좀 더 설명을 이어나가고 싶었지만, 그럴 여유가 없는 상황이었다. 게다가 강일구 교수가 체외 순환기 연결을 잠시 멈춘 사이 표정이 그리 좋지 않은 것을 보면, 뭔가 문제가 있는 모양이었다. 최대한 이쪽 일을 빨리 끝내고 넘어가는 편이 여러모로 좋을 듯했다.

"폐 절제술은……. 오히려 어려울 게 없어. 어디부터 묶어야 할 것 같아?"

강혁은 장미에게 명주실을 받아 들고 재원에게 물었다. 사실 이미 손은 묶을 곳에 가 있었기 때문에 딱히 의미 있는 질문은 아니었다.

"역시 폐동맥이죠."

"어어, 말 잘했어요. 거기부터 빨리 묶어줘요. 우심실에 부담이 가고 있어."

재원의 말에 강일구 교수가 다급히 외쳤다. 그제야 고개를 돌려 심장 쪽을 바라보니, 과연 우심실 쪽의 박동이 조금 이상해져 있었다. 폐가 구워지면서 압력이 올라가다보니 그 부하가 그대로 우심실 쪽에 전달된 모양이었다. 이 시간이 길어지면 길어질수록 심장은 비가역적인 손상을 받을 수밖에 없었다. 서둘러야 할 이유가 또 하나 생긴 것이다.

"알겠습니다."

강혁은 대답한 뒤 분주하게 손을 움직였다. 곧 굵직한 명주실이 폐동맥 중 우측으로 향하는 분지를 바짝 조여 들어갔다.

"수처 타이(Suture tie: 바늘을 이용한 묶기, 더 단단함)도 해야겠네, 준비해줘."

강혁은 척하면 척인 장미에게 바늘을 전달받아 툭툭 매듭을 지었다. 타이라는 게 묘한 구석이 있어서 쉽고 기본적인 기술일 것 같지만 제대로 하기는 꽤 어려운 것 중 하나였다. 수처 타이를 더해 2차 매듭까지 지었다. 당연하게도 1차로 매듭을 지은 것보다 훨씬 더 단단해 보이는 매듭이 완성됐다. 그와 동시에 이쪽으로 향하는 혈류가 완전히 틀어막혀버렸기 때문에 강일구 교수의 얼굴이 다소 밝아졌다.

"좋아요. 박동 거의 정상으로 돌아옵니다."

그냥 눈으로 보기에만 그런 게 아니었다. 활력 징후를 나타내는 모니터상의 심전도도 정상으로 돌아와 있었다. 계속 이렇게만 수술이 진행되면 얼마나 좋을까 하는 순간이었다. 하지만 현실은 야속한 법이었다.

"어……. 서맥 빈도가 유의하게 늡니다! 대뇌 기능 저하예요! 광범위 경색 소견입니다!"

강일구 교수가 미소를 띠자마자 김용호가 기다렸다는 듯 이렇게 외쳤다. 그 말에 모든 의료진의 고개가 뇌파 검사 기기 쪽으로 돌아갔다. 당연히 저게 뭘 말하는 건지 딱 알아볼 수 있는 사람은 없었다. 하지만 한 가지 분명한 사실이 있기는 했다. 아까와는 모양이 달라졌다는 것.

"이런 망할! 경원아! 산소 틀어라!"

"어……. 그렇게 되면……. 기도 화상이……."

"어쩔 수 없어! 뇌가 망가지면 말짱 헛짓이야!"

그렇지 않아도 강혁은 얼마 전 뇌사로 환자를 잃은 적이 있지 않은가. 이번에도 또 그렇게 보낼 수는 없는 노릇이었다. 그 말에 경원은 아랫입술을 꽉 다문 채 산소를 틀었다. 그러자 거짓말처럼 산소 포화도가 널뛰듯 솟아올랐다. 하지만 아무도 그 수치를 보며 좋아하지 않았다. 마냥 좋은 상황은 아니었으니까.

"아, 뇌파 파형 돌아옵니다! 이대로 한동안 유지하셔야 합니다!"

딱 한 명 김용호만이 기쁜 마음을 감추지 못했다. 그에게 중요한 건 뇌지 다른 곳은 아니었으니까.

"강 교수님, 체외 순환기 연결은 얼마나 걸리죠?"

마음이 급해진 강혁이 강일구를 향해 물었다. 이럴 줄 알았으면 그냥 본인이 직접 체외 순환기를 연결할걸 그랬나 하는 생각도 들었다.

"이제 곧입니다. 세팅도 동시에 하고 있으니까……. 10분 내외일 거예요."

"다행이군요."

강혁은 침음을 삼킨 채 폐 절제에 재차 전념하기 시작했다. 굳이 '서둘러주세요'라는 말 따위는 하지 않았다. 아주 미세하게 경련하고 있는 강일구 교수의 눈가를 보면 그가 얼마나 서두르고 있는지 알 수 있었으니까. 아마 지금 눈을 깜빡이지 못한 지 꽤 오래됐을 것이다.

'이런 망할……. 10분이라 이거지…….'

보챌 수도 없는 상황에서 속절없이 시간은 흐르고 있었다. 다량의 산소가 꽉꽉 기도를 통해 유입되었고, 그로 인해 호흡도 좀 더 원활해지긴 했지만, 그와 동시에 조직 손상도 가속화되고 있었다.

'이젠 정말 기도를 해야 할지도 모르겠는데…….'

이 손상이 제발 왼쪽 폐에까지는 도달하지 않기를 바랄 수밖에 없었다. 강혁은 그의 속내와는 별개로 착실하게 우측 폐 절제를 죽이어나갔다. 동맥에 이어 정맥을 잡더니, 이제는 기관지를 묶고 있었다.

"됐고……. 자를 거 줘볼까?"

"네."

원래도 공기 흐름이 전혀 느껴지지 않던 폐는 이제 창백하게 식은 채 간신히 몸에 매달려 있을 따름이었다. 강혁은 방금 자신이 묶어버린 혈관과 기관을 잘라냈다. 그러자 꽤 묵직한 우측 폐가 툭 하고 떨어져나왔다.

"이거 단면 잘라봐. 그리고 검체실로 보내놔."

"네, 교수님."

재원은 그 폐를 받아 기구대 한쪽에 내려놓고는 메스로 슥 하고 그었다. 그러자 그나마 멀쩡해 보이던 겉과는 달리 안쪽은 노랗게 익어버린 것을 확인할 수 있었다. 언제나 그렇듯 냄새는 역했다. 수술 실습에 들어온 학생 중 학번당 한 명 정도는 꼭 헛구역질하기 마련이었는데, 흔히 알고 있는 것처럼 피 때문에 그런 것이 아니라 냄새 때문에 그러는 경우가 훨씬 많았다.

"읍."

그리고 이 냄새는 익숙해질 대로 익숙해진 재원조차 고개가 저어질 정도로 역했다.

"토하지 마라. 토하면 너 나가야 해."

강혁은 그런 재원을 향해 딱 정떨어질 만한 말을 하고는 재차 파이버 옵틱을 요구했다. 어차피 지금은 기도를 잘라낼 수는 없지 않은가. 체외 순환기가 연결될 때까지 강혁은 딱히 할 일이 없어진 셈이었다. 그렇다면 보다 정확한 진단을 하는 것이 옳았다.

"어디……."

강혁은 아까와는 달리 파이버 옵틱을 위쪽으로 집어넣었다. 그러자 기도가 아니라 성대 하부가 눈에 들어왔다.

"에이."

성대는 이미 죄 녹아서 앞쪽은 눌어붙어 있었다. 이걸 이대로 두면 목소리를 낼 수 있기는커녕, 숨도 못 쉴 것이 분명해 보였다.

'완전히 새로 다 만들어줘야 한다는 거지……'

이쯤 되면 재건이 아니라 창조가 아닐까 하는 생각이 들었다. 그야말로 신의 영역에 도전하는 느낌이었다.

"경원아."

한참이나 성대 쪽을 바라보던 강혁이 경원을 불렀다. 경원은 그렇지 않아도 강혁의 일거수일투족을 따르는 중이라 지체 없이 답을 할 수 있었다.

"네, 교수님."

"지금 공기…… 들어갈 때 압력이 어떻지?"

아무리 봐도 엄청 높을 것 같았다.

"평상시 두 배는 됩니다. 더 높이면 공기는 잘 들어가겠지만……."

"폐포가 터진다 이거지? 흠."

"네. 아무튼, 지금 두 배가량으로 높였는데 관류량은 정상 수치의 절반입니다."

말하자면 열나게 쥐어짜서 공기를 불어넣어주고 있지만, 정작 안으로 제대로 흘러 들어가는 공기의 양은 적다는 것이다. 경원은 뒤이어 이 거지 같은 현상에 대한 자신의 해석을 덧붙였다.

"아무래도 폐 손상이 원인인 것 같습니다."

"나도 그렇게 생각했는데 말이지."

강혁 또한 마취 기기 모니터 쪽에 떠 있는 험악한 그래프를 주기적으로 관찰해왔다. 평소보다 훨씬 널뛰고 있다 싶었는데 역시나 두 배란 얘기를 들었다. 하지만 이상한 일이었다.

"지금 이게 떨어져 나왔는데도 똑같다 이거지?"

강혁은 재원이 반쯤 가른 폐를 바라보았다. 예상이야 하고 있었지만 직접 보고 있자니 무참한 생각이 들 지경이었다. 기관지 주변으로 누렇게 익어버린 폐라니. 사람이 저런 꼴을 당해야 마땅하단 말인가. 아무튼, 저렇게까지 망가진 폐가 나왔으면 응당 뭔가 호전이 보여야만 했다. 하지만 강혁은 그래프상 어떤 변화도 찾아볼 수 없었다. 그리고 그건 경원 또한 마찬가지였다.

"어……. 그러고보니 똑같습니다."

이 말은 공기가 들어갈 때 저항을 일으키는 부위가 우측 폐가 아니었다는 뜻이었다. 아니, 당연히 저항을 일으키기는 했겠지만, 그보다 더 큰 원인이 있다고 보는 게 좀 더 정확한 판단이었다.

"그럼 이게 원인인가 본데."

강혁은 한숨과 함께 내시경에 딸린 모니터를 바라보았다. 구부러져 올라간 파이버 옵틱에 의해 성대 쪽 모습이 떠 있었다. 달리 말하면 기도의 입구였다.

"눌어붙었네요……."

"응. 아무래도 발화 지점이랑 아주 멀지 않은 곳에 있었나 봐."

아니면 잘못 뜨거운 연기를 집어삼켰거나. 소방청에서 괜히 불이 났을 때 고개를 숙이고, '물'로 적신 손수건으로 입과 코를 가리라고 하겠는가. 물로 적신 손수건은 무서울 정도로 높은 온도로 타오르고 있는 재를 물리적으로 걸러줄 수 있을뿐더러 그 온도까지 낮출 수 있었다. 공신력 있는 기관에서 만들어서 배포하는 원칙엔 다들 이유가 있는 법이었다. 하지만 그게 기체까지 여과할 수 있을 거라 믿는다면 너무 순진한 생각이었다.

"흠."

강혁은 잠시 강일구 교수를 돌아보았다. 체외 순환기 설치는 이제 막바지였다. 덕분에 강혁은 다소 안심한 얼굴이 되었고, 다시 모니터를 향해 고개를 돌렸다.

'지금 상태에서 생존에 제일 유리한 건……. 역시나 후두 전 절제
술이겠지.'

성대고 나발이고 모조리 잘라 없애버리는 수술을 의미했다. 주로
는 후두암에서 시행하는 수술이었는데, 무지막지한 이름에 비하면
예후는 상당히 좋은 편이었다. 오히려 어설프게 성대 한쪽을 남기는
것보다는 훨씬 나은 경우도 많았다. 숨은 쇄골 부근에 뚫어놓은 구
멍으로 쉬면 되고, 밥도 사레 걸리지 않고 잘 먹을 수 있었으니까.

'하지만 목소리가 문젠데…….'

강혁은 다시 한번 환자의 얼굴을 바라보았다. 역시나 너무 어렸
다. 저 나이에 목소리 없이, 목에 구멍이 난 채로 살아가는 게 과연
어떨. 의사로서 생명을 살렸으니 할 일 다 했다고 볼 수도 있겠지
만, 역시 조금 무책임한 생각이 아닌가 싶기도 했다.

그때 수술실 내부에 비치된 전화기가 울렸다. 보통 어지간해서는
울리지 않는 전화기였다. 한창 수술 중일 때 방해가 될 수 있으므
로, 이 전화는 아주 급한 상황 외에는 울리지 않았다.

"네, 중증외상센터 수술실 1번 방입니다."

신규 황지민이 지체없이 전화를 받았다. 그러곤 다소 어두워진
얼굴로 강혁을 바라보았다.

"저, 교수님."

"응?"

"보호자 오셨다고 합니다."

"보호자……. 흠."

보통 때 강혁 같으면 아무리 보호자가 왔다고 해도 수술실을 비
우는 법이 없었다. 하지만 지금은 강일구 교수가 체외 순환기를 설

치하기 전까지는 딱히 손쓸 수 있는 게 없었다.

"잠깐 기다리시라고 해. 다녀오지."

"네, 그렇게 전하겠습니다."

"아, 그리고……."

강혁은 막 수술실을 나서기 직전에 다시 한번 입을 열었다.

"나 갔다 오는 동안…… 이비인후과 쪽에 가서 후두 미세수술 세트 하나만 얻어다줘."

"네? 후두 뭐요?"

신규 간호사인 지민으로서는 당연히 처음 들어보는 이름이었다. 심지어 수술실 간호사로서 잔뼈가 굵은 장미도, 강혁이 수제자라는 이유로 매일같이 구박하고 있는 재원도 같은 입장이었다. 강혁은 다들 순수하기 짝이 없는 표정을 짓는 것을 보고 한숨을 쉬었다.

"너네 앞으로 한 번만 더 공부하기 싫다는 얘기 꺼내봐, 아주. 진짜 돼져."

그러곤 찰진 욕설과 협박을 늘어놓은 다음에야 다시 또박또박 말해주었다.

"후두 미세수술 세트. 이비인후과에서는 많이 쓰는 세트니까 바로 줄 거야."

"아……. 네. 알겠습니다."

"그럼 갔다 온다. 안 쓸 수도 있는데, 일단 가져 와봐."

"네."

성대 재건은 현재로선 거의 불가능한 상황이었다. 성대가 부딪쳐 목소리를 내려면 그 진동이 초당 100회에서 200회에 달할 정도로 어마어마하게 섬세하고 복잡한 구조였으니까. 심지어 높은 소리, 낮은 소리에 따라 성대가 맞닿는 길이도 달라져야만 했다. 현대 의학 기술과 과학이 아무리 발달했다 해도 이렇게까지 복잡한 구조를 만들어낼 수 있는 것은 아니었다.

'잘라내면 그걸로 끝일 텐데.'

성대는 그 어떤 구조물로도 대체할 수 없었다. 차라리 식도나 기도면 어떻게 다른 수를 써 보기라도 하겠지만, 이건 불가능했다.

'하지만 안 잘라내고 수술을 진행하는 건 부담이야…….'

강혁은 보호자가 기다리고 있는 대기실로 향하는 내내 고민했다. 제아무리 경험이 많이 쌓였고, 실력이 뛰어나다고 해도 항상 올바른 선택을 하는 건 아니었다. 심지어 의사로서 내린 올바른 선택이 환자에게는 좋은 선택이 아닐 수도 있다. 실제로 동료 의사가 절대로 죽지 않게끔 수술을 해놨는데, 환자가 자살한 경우도 지켜보았다.

'어렵군……. 어려워…….'

"아, 저기 오시네요."

한참 고민을 하고 있으려니 어느새 대기실 앞이었다. 늘 수술이 있을 때마다 파견 형식으로 와서 중증외상센터를 도와주는 응급의학과 간호사가 보호자를 부축하고 있었다. 환자 나이에 비해 차이가 많이 나 보이는 보호자였다.

'할머니…… 가 오셨네?'

강혁은 잠시 당황했지만 그렇다고 걸음을 멈출 수는 없었다.

"아, 보호자이십니까?"

강혁은 평소보다 더 침착한 얼굴로 입을 열었다.

"우리……. 우리 상진이 보신 분이세요?"

할머니는 거의 허물어지듯 강혁 앞에 다가서서 질문을 던졌다. 강혁을 붙들고 있는 할머니를 간호사가 몇 차례 말리긴 했지만 별 소용이 없었다. 강혁은 할머니에게서 풍기는 특유의 곰팡내에 아득한 추억을 느끼며 고개를 끄덕였다.

"네, 그렇습니다."

"상진이 어때요? 살 수 있는 거죠? 그렇죠?"

할머니는 쉴 새 없이 질문을 했다. 강혁이 보기엔 지나치게 흥분해 있어 설명을 제대로 듣기 어려울 것 같았다. 대개의 노인 보호자들이 보이는 모습인지라 그리 놀랄 일은 아니었다. 강혁은 보호자를 살짝 일으켜 세우듯 부축하고 차분한 어조로 물었다.

"할머님. 혹시 부모님은 언제 오시나요?"

이럴 땐 다른 보호자에게 설명을 하는 편이 좋았다. 그렇지 않으면 설명을 아무리 들은 이후에도 계속 불안해하기 마련이었으니까.

"부모 없어요. 상진이 제가 키웠어요."

환자에게는 올 수 있는 부모가 없었다.

'아……. 노래방에서 숙식 알바 중이었다고 했던가.'

집안이 어렵지 않다면 왜 굳이 그렇게까지 고생을 하겠는가. 늘 느끼는 것이었지만 사고는 주로 어려운 사람에게 닥쳐와 그의 삶을 더 어렵게 만드는 경우가 많았다.

"그……. 그렇군요."

"상태가 많이 나쁜 거예요? 그런 거예요?"

강혁은 잠시 할머니를 바라보았다. 주름이 자글자글한 눈과 그 눈에 맺혀 있는 메마른 눈물방울을. 언젠가 아버지가 돌아가셨을 때, 혼자 남은 강혁을 바라보던 친할머니의 눈과 너무도 닮아 있었다.

'이런 망할.'

강혁은 평소 보호자들 앞에서도 냉정했던 모습과 다르게, 거짓말을 하고 말았다.

"아뇨, 아뇨. 그렇진 않습니다. 그냥 여기저기 다친 곳이 많아서 수술이 오래 걸릴 뿐이에요."

"그, 그렇죠? 감사합니다. 감사해요. 아니, 구급 요원 놈들이 자꾸 안 좋은 소리를 해서……."

"그분들이 구해주신 거잖아요."

"그건……. 그건 그렇죠."

"아무튼, 저는 다시 수술실로 가보겠습니다."

"네. 네. 선생님! 감사합니다!"

할머니는 강혁이 몸을 돌린 후에도 뒤에서 한참이나 감사 인사를 했다. 지금으로선 전혀 그 인사를 자격이 없는 강혁으로선 매우 곤란한 상황이었다. 자연히 아까부터 이어나가고 있던 고민은 강제적으로 한 가지 결론에 다다라야만 했다.

'성대를 자르지 않고…… 최대한 고쳐서 써봐야겠군…….'

감염의 소지가 있는 데다가, 지연 화상의 가능성도 있겠지만. 일단 남기는 데만 성공하면 어찌 되었든 목소리를 낼 수는 있을 터였다. 그래야 자기를 키워준 할머니를 모시고 살 수 있을 것이다. 아무래도 언어장애인이 일을 구하기란 쉽지 않은 일일 테니까.

수술실 앞에 도착한 강혁은 할머니의 손이 닿았던 수술 덧가운을 벗어 던졌다. 그러곤 손을 재차 꼼꼼히 닦고 수술실 안으로 들어섰다. 이미 체외 순환기가 제대로 연결된 채 돌아가는 중이었다. 산소를 틀어도 70% 정도에서 머물고 있던 산소 포화도가 99%에 도달해 있었다. 폐를 대신해 기계에서 산소를 공급해서 돌려주니 당연한 일이었다. 덕분에 김용호가 제일 신나 보였다.

"뇌파 완전히 정상입니다."

머리만 보고 있으니 완전히 좋아졌다는 생각이 들지 않겠는가. 하지만 나머지 사람들의 표정은 어둡기만 했다. 강혁이 스틸 쇼트로 남겨두고 간 사진 때문이었다. 반쯤 엉겨 붙어서 구멍처럼 보이는 성대의 모습이었다.

"후두 미세수술 세트 가져왔지?"

강혁은 가타부타 말도 없이 경원 쪽, 그러니까 환자의 머리 위로 성큼성큼 걸어가며 물었다.

"네. 방금 들고 왔습니다."

지민이 후두 미세수술 세트를 부리나케 풀며 답했다.

"좋아. 야, 노예. 그거 이제 그만 후벼 파고 일로 와. 장갑만 갈아 끼고."

"네? 왜…… 왜 머리로 가셨어요?"

"성대 조정 좀 하고……. 기도 갈아 끼우자."

"네?"

'뭔 미친 소리지?'

재원은 강혁의 말에 고개를 갸웃거렸다. 사람이 무슨 프랑켄슈타인도 아니고 기도를 갈아 끼우느니 어쩌느니 하는 게 말이 되는가.

"야, 안 와?"

하지만 강혁이 부르는데 안 갈 수는 없는 노릇이었다. 그랬다가는 얻어맞을 게 뻔했으니까.

"네, 네. 갑니다."

재원은 자기가 뭘 해야 하는지도 모른 채 강혁에게 빠르게 다가갔다. 강혁은 수술 덧가운도 입지 않고 장갑만 낀 채로 환자의 입안을 들여다보고 있었다. 어느새 아까 목 안에 박아두었던 튜브는 뽑아서 던져둔 후였다. 어차피 산소 공급은 체외 순환기를 통해 받을 테니, 지금은 딱히 호흡에 신경 쓸 필요가 없었다.

"거기 성대 있을 만한 곳. 거기 눌러."

강혁은 재원이 자신에게 딱 붙을 정도로 다가오기 전에 지시를 내렸다. 재원의 귀에는 아까부터 알아들을 수 없는 말들의 연속일 뿐이었다. 게다가 성대가 있을 만한 곳을 누르라니, 이게 대체 무슨 소리란 말인가.

"인마. 성대 있는 곳 몰라?"

"아……. 여기……. 여기요?"

하지만 욕을 듣고 나니 언젠가 강혁에게 배웠던 기억이 났다. 급하지 않으면 제대로 기관 절개술을 하는 게 좋겠지만, 시간적 여유가 없다면 후골, 즉 우리가 흔히 목젖이라 부르는 툭 튀어나온 부위 바로 아래를 가르면 된다고 했었다.

'거기가 성대 바로 아래야.'

이 말을 덧붙이면서였다.

"그래. 거기."

강혁은 한참 전부터 그저 환자의 목구멍만을 들여다보고 있었다.

'손으로 그나마 입은 틀어막았던 모양인데…….'

입안 점막도 죄 엉망일 줄 알았더니 그나마 괜찮았다. 그렇다면 코가 아마 엉망이 되어 있을 가능성이 컸다.

'에이……. 좋아할 일이 아니긴 한데…….'

입이 괜찮은 만큼 코가 죄 눌어붙을 가능성이 있었다. 강혁은 나지막이 한숨을 쉰 후 지민을 불렀다.

"여기 코에 패킹하게 메로셀 같은 것 좀 줘."

"메로셀이요?"

"어. 준비되면 바로 말해. 중간에 그냥 넣으면 되니까."

"네, 네."

강혁은 그렇게 지시를 내리곤 다시 환자의 목구멍을 들여다보았다. 자세히 보니 앞쪽은 괜찮았지만, 뒤쪽은 엉망이었다. 목젖부터 목 뒷벽이 죄 화상을 입은 상황이었다. 그것들도 싹 정리를 해주면 좋겠지만 우선순위는 아니었다. 지금 훨씬 심각한 곳이 많았다.

"후두 미세경……. 경원아, 여기 윤활제 좀 듬뿍 뿌려."

"아, 네."

경원은 강혁의 말에 따라 철로 된 타원형 관에 리도카인이 함유된 윤활제를 잔뜩 뿌렸다. 아무래도 이걸 목 안에 쑤셔넣을 생각인 것 같은데, 그냥 넣었다간 안 그래도 손상이 많은 목 뒤쪽 점막이 다 찢어질 것 같았다.

"이는 이거 괜찮나."

강혁은 후두 미세경을 든 채 환자의 앞니를 톡톡 두드렸다. 슬프지만 대한민국에서 치과만큼 빈부 격차를 느끼게 하는 분야도 없었다. 환자의 이는 그의 불우했던 유년 시절을 증명이라도 하듯 상태가 그리 좋지 않았다.

"잘 넣으면 부러지진 않을 거 같은데요."

이쪽 방면으로는 강혁보다 경험이 많은 경원이 용기를 주었다. 강혁은 이가 부러지더라도 반드시 진행해야 할 일이라고 생각하며 쑤욱 하고 후두 미세경을 집어넣었다.

'오우.'

강혁 바로 뒤에서 지켜보고 있던 경원은 후두 미세경 끝이 어디를 어떻게 젖히고 들어가는지 확실히 볼 수 있었다. 강혁의 솜씨는 실로 대단했다.

"야, 좀만 더 세게 눌러봐."

하지만 아무래도 후두 미세경이 일반적인 삽관용 튜브보다는 훨씬 크고 단단했기 때문에 도움이 필요했다. 해서 재원은 온 힘을 다

해 성대가 있을 만한 부위를 꾹 하고 눌렀다. 덕분에 기도 전체가 후방으로 이동했고, 강혁의 시야에 성대가 얼핏 보였다.

"잘했어."

강혁은 그 상태에서 성대의 덮개라고 할 수 있는 후두개를 젖히고 후두 미세경을 좀 더 전진시켰다. 그러자 비로소 성대가 온전히 눈에 들어왔다. 온전하다고 하기엔 너무 많이 망가져 있었다.

"자, 이제 이거……. 그 고정대에 고정해."

"어……. 어떻게 해요?"

"센스가 아직도 이렇게 없네."

강혁은 그렇게 재원에게 핀잔하면서 후두 미세경의 위치를 고정했다.

"좋아, 좋아."

"좋아요? 제가 볼 땐 엉망인데……."

"이 새끼는 하여간 눈치가 없네."

강혁은 그렇게 고정된 후두 미세경에 현미경을 연결했다. 이건 재원의 협동이 필요한 작업이었기 때문에 재원의 시야도 확보해주는 것이 필수적이었다. 현미경까지 연결되자 수술방 내에 비치된 모니터 화면에 환자의 성대가 보였다. 아무래도 파이버 옵틱으로 볼 때보다는 훨씬 선명했고, 그래서 더 절망적이었다.

"후두 미세 칼."

단 한 사람, 강혁만이 현실에 절망하지 않고 수술을 이어나갔다.

"노예. 지금보다 조금만 더 눌러봐. 너무 세게는 하지 말고. 내구력 떨어져서 부러진다."

"어……. 네. 언제까지 누르면 될까요?"

재원은 이제 강혁 대신 모니터를 보고 있었다. 강혁이 딱 의도한 바였으니 잘된 일이라 할 수 있었다.

"성대 앞부분 나올 때까지. 아, 그래. 지금."

"네. 이렇게 유지하겠습니다."

재원도 꽤 실력이 늘어서, 시야가 확보된 상태에서는 강혁의 말을 아주 정확히 이행할 수 있었다. 강혁에게나 환자에게나 잘된 일이었다.

'자······. 원래 성대가······ 어떻게 되어 있었을까.'

강혁은 만족스러운 시야 덕에 눌어붙은 성대를 제대로 확인할 수 있었다. 뒤편에만 조금 공간이 나 있을 뿐, 앞에는 죄 녹아 있었다. 본래대로라면 양측으로 갈라져서 목소리 낼 때나 무언가를 삼킬 때만 맞붙어야 할 성대가 아예 눌어붙어 있는 상황이었다. 강혁은 조심스럽게 미세 칼을 전진시킨 후, 양측 성대를 천천히 분리해내기 시작했다.

'피가······. 안 나네?'

재원은 현미경으로 인해 대폭 확대된 화면을 보는 중이었다. 피가 딱 한 방울만 맺혀도 이 화면에서는 엄청 크게 보일 것이다. 그리고 지금처럼 화상으로 인해 눌어붙은 곳을 떼어내는 작업을 하다보면, 피가 나는 것이 일반적이었다. 적어도 재원이 알고 있는 상식에서는 그러했다.

'미쳤나.'

강일구 교수도 모니터를 바라보면 입을 쩍 하고 벌렸다. 이 상황에서 피가 한 방울도 나지 않는다는 건 단 한 가지로 밖에는 설명이 되지 않았다.

'원래 있던 대로 가르고 있는 거야······. 정확히 두 성대가 붙은 곳을······.'

'그게 가능한가' 하는 생각이 수술실의 모든 의료진 머릿속에 떠올랐다. 오직 강혁만이 쓸데없는 생각 대신 두 성대 사이를 구분하는 것에만 집중하고 있을 뿐이었다.

'흐…… 죽겠네…….'

제아무리 강혁이라도 성대처럼 워낙 작은 기관을, 그것도 후두미세경을 통해 절개한다는 건 어려운 일이었다. 그나마 다행인 점은 최근에는 무리하지 않아 강혁의 몸 상태가 꽤 좋다는 점이었다.

강혁의 칼끝이 드디어 멈추었다. 그와 동시에 붙어 있던 양쪽 성대가 뚝 하고 떨어졌다. 화상 때문에 정상적인 목소리를 내기는 어렵겠지만, 이대로 잘 회복이 되면 일상생활 정도는 가능할 터였다.

"우리……. 유착 방지제 있지?"

물론 그냥 두면 다시 붙을 게 뻔했다. 사람의 몸은 상처받은 부위를 그냥 두지 않았으니까. 그 위에 뭐라도 처리를 해놓는 편이 좋았다.

"있기는 있는데……. 그거 경부 수술이나 배 수술 아니면 인정 못 받는대요."

재정적으로는 한없이 무능한 과장 때문에 졸지에 재정 담당이 되어버린 장미가 볼멘소리로 대꾸했다. 무슨 답이 나올지 뻔하긴 했다.

"인정이 중요한가? 환자 목소리가 중요하지."

"어휴."

"있는 거지? 그거 줘봐."

"알겠…… 어요……."

장미는 옅은 한숨과 함께 지민에게 유착 방지제가 있는 곳을 가르쳐주었다. 그런 그녀의 어깨를 강일구 교수가 가만히 두드렸다.

고개를 돌려보니 다 알겠다는 표정을 짓고 있었다.

"얼마 전에 저거 제작사에서 샘플 보내준 거 있는데, 똑같아요. 그걸로 채워두면 괜찮을 거예요."

"정말요? 감사합니다."

"뭘. 어려운 과끼리 돕고 살아야지."

"감사합니다, 정말 감사합니다."

그래봐야 몇십만 원짜리 적자를 메운 거지만, 그래도 이게 어디인가. 장미는 정말로 감사하다는 생각이 들어 강일구 교수에게 한 번 더 고개를 숙였다. 그사이 지민은 유착 방지제를 꺼내어 강혁에게 건네주었고, 강혁은 그 유착 방지제를 아주 듬뿍 성대에 뿌렸다. 그러곤 보통 지혈에 쓰는 후두 미세수술 전용 거즈까지 성대 사이에 삽입하고 몸을 일으켰다.

"일단 성대는 이걸로 대강 됐고."

남들 같으면 시도도 못 했거나, 지금쯤 피 철철 내고 포기했을 수술을 끝냈으면서 아주 덤덤한 얼굴이었다. 마치 당연히 해야 할 일을 했다는 것처럼.

"혹시 모르니까, 경원이는 안티(Antibiotics: 항생제) 좀 신경 써서 써줘."

"네. 성대를 남겼으니까…… 용량 더블링해서 쓰겠습니다."

"그래. 나이 젊으니까 괜찮겠지만, 소변량 체크 잘하고."

"네, 교수님."

항생제 용량을 올리게 되면 균이 죽는 효과도 좋아지지만 그만큼 우리 몸에도 좋지 않은 영향을 준다. 보통 신장이 안 좋아지는데, 신장 기능의 지표는 역시나 소변량이었다. 강혁은 벌써 10분 단위로 소변량을 기록하고 있는 경원을 보고는 안심한 뒤 다음 수술을 준비했다. 덧가운을 입고 장갑은 새 것으로 교체했다.

"휴. 이제 기도를 싹 갈아볼까."

강혁의 말만 들으면 별거 아닌 것처럼 느껴졌지만, 사실 그렇지 않았다. 기도라고 하는 건 결국 입부터 폐의 입구에 이르는 길고 긴 통로였으니까.

"일단 제거부터 하지."

"네……."

강혁의 말에 재원이 힘없이 대답했다. 뭐라 탓할 만한 일은 아니라 할 수 있었다. 지금까지 한 수술만 해도 진이 빠지기에 충분했으니.

"인턴, 너는 내가 절개하면 그 절개면을 위로 쭉 당겨올리면 돼."

"아, 네."

인턴은 후두 미세수술을 시작한 뒤로 할 일 없이 팔짱 끼고 있던 참이었다.

"메스."

강혁은 이렇게 말하며 손을 내밀었다. 이미 기구 점검을 마친 장미는 곧장 메스를 건네주었다. 강혁은 그 메스를 이용해 목에 U자 절개를 넣었다. 무려 우측 턱뼈에서 쇄골 가운데 부위, 그리고 다시 좌측 턱뼈까지 이르는 무지막지하게 긴 절개였다.

"오."

강일구 교수는 강혁이 그런 절개를 밑그림도 그리지 않고 완벽하게 하는 것을 보며 감탄했다. 강혁은 후크(Hook: 갈고리 모양의 기구) 두 개를 인턴의 양손에 하나씩 쥐여주었다.

"내가 걸어준 부분에서 빠지지 않게 조심하고 위로 당겨."

"이렇게요?"

강혁은 환자의 얼굴 쪽으로 후크를 당긴 인턴을 보며 잠시 입을 다물었다. 재원은 매우 안타깝다는 생각을 했으나, 딱히 도움을 줄 수는 없었다.

"뭐…… . 말을 한 번에 알아들으면 네가 인턴이겠니."

다행히 강혁은 화를 내지는 않았다. 대신 인턴의 손을 잡아 본래 그가 원했던 방향, 즉 천장을 향해 당겨주었다.

"이렇게 하고 있으라고."

"아, 네."

재원은 강혁이 인턴 손을 조정해주는 사이 한 손에는 석션, 다른 한 손에는 핀셋을 집어 들었다. 강혁은 그가 준비를 마쳤다는 것을 확인하고는 장미를 향해 손을 내밀었다.

"여기 있습니다."

장미는 강혁이 미처 입을 열기도 전에 날카로운 팁으로 교체한 전기칼을 건네주었다.

'우리도 저런 팀워크를 보일 수 있으면 좋을 텐데…… .'

그 모습을 본 강일구 교수가 아주 부럽다는 눈길을 보내왔다. 강혁의 전기칼이 타닥거리며 이미 그어진 절개를 더 깊이 가르고 있었다. 목에 있는 지방층은 물론이고 얇게 퍼져 있는 근육, 즉 광경근까지 한 번에 긋는 중이었다.

"휴."

강혁은 전기칼을 내려놓았다. 절개면 틈을 통해 갈라진 광경근이 보였다.

"인턴, 이제 알겠냐? 왜 위로 들어 올리라고 했는지?"

강혁은 자신이 만들어놓은 절개가 썩 마음에 드는지 미소를 지으며 물었다. 물론 인턴은 개뿔도 깨달은 바가 없는 상황이었다. 사실 인턴이 수술 도중 무언가를 배울 거라고 기대하는 자체가 이상한 것이다. 백지상태의 사람에게 심화 과정을 보여주면 대체 뭘 알수 있겠는가.

"교수님, 인턴이잖아요……. 잘 당기기만 하면 되죠."

"어휴, 이것들. 그럼 이 광경근은 무슨 역할을 하지?"

"음……."

"그래, 네가 뭘 알겠니……. 아래 구조물이랑 피부랑 구분해주는 거잖아. 그래서 네가 바짝 당기면 피부 쪽만 딸려 올라와서 전기칼로 그어도 아래는 안 다친다고. 자, 봐."

강혁은 그렇게 말하고 나서는 검지를 이용해 광경근 밑을 슥 하고 훑었다. 그러자 광경근과 그 밑 구조물을 연결하고 있던 성긴 결합조직이 투두두둑 소리를 내며 끊어졌다. 역시 피는 한 방울도 나지 않았다. 강혁은 이제 인턴 대신 재원을 돌아보며 말을 이었다.

"이래서 모든 수술에서 각 레이어를 찾는 게 중요하다고 하는 거야. 알겠냐?"

늘 그렇듯 강혁은 말하면서도 손을 쉬지 않았다. 목에 들어간 U 자 절개면의 안쪽을 뒤집었더니 앞치마라도 된 것처럼 홀랑 위로 넘어갔다. 그 밑으로는 목의 안쪽 구조물들이 고스란히 드러났다.

"오."

마치 마법이라도 보는 듯한 반응이었다. 물론 이비인후과나 갑상샘 수술을 하는 외과에서는 심심치 않게 볼 수 있는 모습이지만, 이토록 깔끔하게 구분이 되어 넘어간 경우는 흔치 않았다.

"너는 놀라면 안 되지. 직접 해야 할 사람이."

"아, 네."

"자, 이쪽 잡아."

광경근 아래쪽에 당장 기도가 있는 건 아니었다. 숨 쉬는 기관인

만큼 엄청 중요했고, 세로로 놓인 띠 근육으로 둘러싸여 보호받고 있었다. 재원은 그중 우측 띠 근육을 핀셋으로 잡아 우측으로 잡아당겼다. 강혁은 좌측 띠 근육을 좌측으로 당겼고, 그러자 양 근육 사이의 성긴 연결체가 모습을 드러내었다. 강혁은 그 연결체를 전기칼로 슥슥 그었다.

"에이."

그렇게 순조롭게 수술을 이어나가던 강혁의 입에서 욕설 비슷한 것이 튀어나왔다. 원래 하얗게만 보여야 할 기도 연골이 누렇게 타 있었기 때문이었다.

'애초에…… 고농도 산소에 너무 오래 노출됐어…….'

목숨 걸고 사람 구출해온 요원을 탓하는 것이 못 할 짓이긴 했지만, 어찌 되었든 그로 인해 손상이 가속화된 것은 사실이었다. 꺼져가는 불씨에 100% 산소를 불어 넣어본 사람은 알 것이다. 산소가 불 앞에서 어떤 역할을 하는지.

"역시 못 쓰겠는데요……."

재원은 그런 강혁의 속을 아는지 모르는지 너무 정직한 답을 내놓았다. 다행히 강혁은 처음 칼을 댈 때부터 이럴 것이라 예상하고 있었던 덕에 그렇게 큰 충격을 받지 않았다.

"그렇지. 그나마……."

강혁은 전기칼을 좀 더 위쪽을 향해 그었다. 그러자 갑상연골이라고도 부르고, 방패연골이라고도 부르는 제법 큰 구조물이 튀어나왔다. 남자의 경우엔 변성기 때문에 앞뒤로 길어져 '아담스 애플(Adam's apple)'이라고도 불리는 녀석이었다.

"얘는 괜찮아. 제거하지 않아도 되겠어."

"크기가 커서 그런가, 싹 타진 않았네요."

"아주 좋은 소견이지."

"근데……. 이거 다 떼면 뭘로 재건하실…… 거예요?"

강혁은 어느새 메스로 갑상연골 밑을 슥 하고 그은 참이었다. 덕분에 관 형태의 기도가 툭 하고 떨어져나왔고, 곧 강혁이 기관지 근처에 한 번 메스질을 하자 20cm가 넘는 길이의 기도가 몸에서 분리되어 튀어나왔다. 뗄 계획이었다는 건 여기 있는 모두가 알고 있었지만 막상 떼고보니 정말이지 황망해지는 순간이었다.

"흐음."

평생을 흉부외과 의사로 잔뼈가 굵은 아니, 잔뼈 그 자체라 할 수 있는 강일구 교수조차 침음을 흘렸다. 답 없는 상황이라는 말이 바로 이때를 위해 만들어진 것은 아닐까 하는 생각이 들었다. 다만 강혁만은 조금 다른 표정을 짓고 있었다.

"노예. 너라면 이거 뭘로 재건할래?"

그는 뭔가 알고 있다는 듯한 얼굴로 재원을 향해 물었다. 그 순간 재원은 직감할 수 있었다. 이 교수님은 답을 알고 있다는 것을.

"어……. 잠시만요."

당연하게도 재원은 당장 대답할 수 없었다. 얼마간 고민이 필요했다. 다행히 강혁 밑에서 하도 굴러서 그런가, 머리 굴리는 과정 자체는 꽤 우수한 편이었다.

'기도는…… 일종의 대롱이야.'

우리 몸에서 그런 형태의 구조물은 어떤 게 있을까. 제일 먼저 떠오르는 것은 역시 장이었다. 하지만 최우선시될 것 같지는 않았다.

'기도는 폐가 부풀어오르든, 쪼그라들든 모양이 유지되어야만 해.'

장은 어느 정도 모양이 변하는 형태를 띠고 있지 않은가. 그리고

장이 정답이라면 너무 뻔한 것 같았다. 악마 같은 양반이라 할 수 있는 강혁이 냈다고 하기엔 너무 쉬운 문제란 얘기였다.

'아……, 시발. 뭐지?'

하지만 재원은 딱 거기까지가 한계였다. 그 이상은 머리가 돌아가지 않았다. 그러기엔 경험도 지식도 아직 미천하기 짝이 없었다.

"이 새끼."

강혁은 그럴 줄 알았다는 듯한 얼굴로 웃었다. 명백한 비웃음이었다.

"소장, 이런 거 얘기했으면 그래도 좀 인정해주려고 했는데……. 아직 멀었구만."

"네? 그거 생각했는데!"

"그런 말은 누가 못 하나."

"아, 아니! 저 진짜 억울한데요?"

재원은 정말로 억울하다는 표정이었다. 하지만 강혁은 전혀 믿어줄 생각이 없었다. 대신 장미가 쥐여준 소독약을 이용해 환자의 왼쪽 팔뚝을 슥슥 닦았다.

"어차피 소장은 답도 아냐. 이걸로 재건할 거야."

"아."

그제야 재원은 팔뚝의 살을 잘만 조정하면 일종의 관처럼 만들 수 있다는 것을 떠올렸다.

'게다가 아주 단단한 편이라……. 호흡에 의해 쪼그라들거나 늘어나지도 않겠지. 이런 방법도 있구나.'

재원이 편견을 깨부수는 사이 강혁은 소독을 마치고 메스를 집어 들었다.

"뭐 해? 보조 안 하나?"

"아, 네."

"인턴, 너는 거기 물이나 잘 끼얹고 있어라. 마르면 죽어."

"네, 교수님!"

인턴은 죽는다는 게 여기 있는 조직을 말하는 건지, 아니면 자신을 뜻하는 것인지 모르겠지만 긴장한 얼굴로 맹렬하게 고개를 끄덕였다. 팔뚝 살을 떼어내는 것 자체는 그리 어려운 일이 아니었다.

"요거 이어주고 나가야지. 아, 근데……."

강혁은 팔뚝 살에 연결된 혈관을 각각 안면 동맥과 경정맥에 이어주다가 뜬금없이 심각한 표정이 됐다.

"이 환자 우리 학회 갈 때까지 완전히 좋아지진 않을 것 같은데……. 당직을 남겨둬야 하나."

강혁은 이 말을 하면서 왜인지는 몰라도 재원을 바라보았다. 재원의 얼굴은 사색이 되었다. 환자의 상태를 걱정할 때와는 또 다른 심각한 얼굴이었다.

'안 돼! 안 돼! 제발!'

강혁은 이제 봉합에 들어가려는 참이었다. 이미 좌측 팔뚝에서 떼어온 살과 근육은 대롱 형태로 변신하여 환자의 기도 자리에 들어가 있었다.

'땀이 나거나 각질 때문에 간간이 사레가 걸리긴 하겠지만, 뭐…… 사레 좀 걸리고 말할 수 있는 게 낫지.'

강혁은 이런 생각을 하며 봉합을 이어나가는 중이었다. 그런데 보조하고 있는 놈이 계속 뭔가를 중얼거리고 있으니 마음에 들 리가 없었다.

"뭘 그렇게 중얼거려?"

"네?"

"새꺄, 뭘 그렇게 중얼거리고 있냐고."

"아……. 아니, 저도 뉴욕 가고 싶어서요……."

"뭐. 휴가 가려고?"

"아뇨. 학회요, 학회!"

"아……. 그거 꼭 가야 할까?"

강혁은 언제는 팀원들에게 너무 무식해서 공부를 더 해야 하느니 마느니 해놓고 바로 오리발을 내밀었다. 재원으로서는 당황스럽고도 어처구니가 없을 수밖에 없었다.

"무……, 무슨! 제가 수제자인데! 제가 가야죠!"

"네 입으로 그런 말 하는 게 부끄럽지도 않니……."

강혁은 과장된 몸짓으로 한숨을 쉬어가며 주변을 가리켰다. 아까까지만 해도 심상찮은 수술 때문에 긴장한 데다 기분까지 가라앉아 있더니 지금은 여유가 철철 흘러넘쳤다. 하지만 그 누구도 그를 이상하게 생각하지 않았다. 도리어 다들 좋아하고 있었다. 강혁이 이런 모습을 보인다는 건, 이 수술이 잘되어가고 있다는 것을 의미했으니까.

"부, 부끄럽긴요. 그게 사실인데……."

"외과 제자는 하나니까……. 뭐 아주 틀린 소린 아닌데."

"아무튼, 나도 뉴욕 가고 싶어요! 놀…… 아니! 공부하고 싶습니다!"

"새끼. 이거 봐, 이거. 가면 놀 생각이나 하고 있네."

"아니……. 제발……."

강혁은 재원이 징징대는 동안에도 손은 쉬지 않고 있었다. 어찌나 봉합이 빠른지, 이미 경부에 들어갔던 U자 절개도 거의 다 닫혀 있었다. 게다가 강일구 교수도 흉부 절개를 싹 닫아놓은 후였다. 원

래 흉부외과에서 전설로 통하는 사람이다보니 이런 기본적인 봉합
은 완벽 그 자체였다. 두 교수의 빠른 손 덕분에 수술은 이제 막바
지였다. 환자만 깨워서 나가면 끝이었다.

"제발은 개뿔."

여유를 되찾은 강혁은 좀 더 짓궂어져 있었다. 그만큼 재원은 좀
더 초조해졌다.

"제발요!"

너무 안달이 난 나머지 소리를 빽 질렀는데, 생각보다 소리가 너
무 컸다. 강혁은 자신을 향해 고함을 친 재원을 빤히 바라보았다.

"아, 아니…… 그……."

재원은 아직 강혁의 손이나 발이 움직이지도 않았는데 몸을 움
츠렸다. 이쯤이면 뒤통수나 정강이 한 대쯤 얻어맞을 타이밍이라는
걸 그간의 경험으로 체득한 것이다. 하지만 강혁은 때리기는커녕
껄껄 웃었다. 웃는 얼굴 그대로 시선을 돌려 강일구 교수를 바라보
았다.

"애가 젊어서 그런가, 혈기가 넘쳐요. 수제자가……. 하하."

강일구 교수는 맞장구를 쳐주었다. 지금이야 강일구 교수도 나이
가 꽤 들어 유해진 편이지만, 한창때 성질머리로 비교하면 강혁 못
지않은 사람이었다.

"백 교수가 사람이 너무 좋아서 그런가 보죠. 하하."

"그래서 말인데……."

강혁은 껄껄 웃는 것을 멈추지 않은 채 재원의 어깨를 탁탁 두드
렸다.

"백의종군을 시켜 보려고 합니다."

"백의…… 종군이요?"

"네, 백의종군."

강일구 교수와 재원이 동시에 강혁을 향해 물었다. 강혁은 그런 두 사람을 번갈아 바라보며 허허 웃었다.

"자, 하나둘 셋 하면 옮깁니다. 인턴 샘, 잘 잡아당겨요."

경원의 지휘하에 환자가 중환자실 침대로 옮겨지고 있었다. 이제 그의 수술 후 관리 능력은 교수들과 비교해도 부족하기는커녕 우위를 점할 지경이었다. 다른 마취통증의학과 의사들과는 달리 수술에 대한 이해도가 아주 깊기 때문이었다.

"아니, 거긴 흔들리면 안 되지."

수술 부위는 물론이고, 그 수술 부위에 어느 정도의 손상이 갔는지도 완벽히 파악하고 있었기에 그곳에 무리가 가지 않도록 환자를 옮기고, 관리할 수 있었다.

"벤틸레이터 조정은 제가 직접 하겠습니다. 약 처방도 제가 낼게요. 양 선배 지금 정신이 없네."

이만하면 마취과에서 유일하게 중환자 의학까지 담당하고 있다고 해도 과언이 아니었다. 거기에 이미 평범한 간호사 레벨을 한참 넘어선 장미의 존재 또한 큰 도움이 되었다.

"일단 손가락 끝은 드러나게 드레싱 맞췄습니다."

"여긴 왜 이렇게 하는 거예요?"

"손가락 끝이 보여야 혈액 순환이 제대로 되고 있는지 눈으로 확인할 수 있거든."

심지어 장미는 자기 업무 수행만 하는 게 아니라 지민에 대한 교육까지 담당하고 있었다. 알게 모르게 강혁의 역할이 여기저기로 많이 분산된 셈이다.

그들 덕에 강혁은 중환자실까지 오는 동안 환자에 손 하나 대지 않았다. 강일구 교수와 재원은 '백의종군이라니 대체 뭔 소리를 하는 건가' 하는 표정으로 강혁을 바라보며 나란히 걸었다.

"일전에 그……. 인조 혈관 말입니다. 고어 메디컬사."

"아, 그거…….."

강일구 교수는 좀 전까지 마법 같은 수술을 보고 난 뒤라 다소 들뜬 기분이었는데, 강혁의 말에 순식간에 걱정스러운 얼굴로 변했다. 그가 대답하지 않아도 강혁은 물론이고 주변에 있던 모두가 아직 해결되지 않았다는 것을 알 수 있었다.

"그거 미국에서는 그렇게까지 어렵지 않게 구할 수 있거든요."

강혁의 말은 일견 맞기도 하고 틀리기도 했다. 고어사의 소아용 인조 혈관은 애초부터 대량생산을 통해 이윤 창출을 하려고 만든 게 아니었다. 사용 빈도가 낮은 편이기 때문에 생산과 판매는 무척 한정적이었다. 미국은 우리나라에 비해 값을 제대로 쳐주는 편이라 품귀 현상까지는 없었다. 하지만 고어사는 자신들이 검증한 도매상을 통해서만 거래를 했고, 그 도매상들은 당연히 엄청나게 까다로운 절차를 통해 물건을 판매했다. 외국인이 아무 데서나 쉽게 구할 수 있는 물건이 아니라는 뜻이다.

"그……. 무슨 말인지 도통…….."

게다가 강일구 교수로서는 강혁이 갑자기 이 말을 왜 꺼냈는지조차 알 수 없었다. 강혁은 그저 씨익 웃어 보였다.

"이놈한테 구해 오라고 시키려고요."

그러고는 재원의 어깨를 툭툭 두드렸다. 그 말은 곧 재원의 미국행이 확정되었다는 의미였다. 하지만 좋아해야 할 일인지, 아니면 도망가야 할 일인지 헷갈렸다. 재원이 다시 고민에 빠진 동안에도 강혁과 강일구 교수의 대화는 계속 이어졌다.

"구해 와요? 미국에서?"

"네. 저 외국 생활 오래 한 건 알고 계시죠?"

강혁의 말에 강일구 교수가 고개를 끄덕였다. 그 역시 남들이 알고 있는 것처럼 국경없는의사회 소속이었다고만 알고 있었다. 강혁은 굳이 그의 잘못된 정보를 정정해주지 않았다.

"거기서 사귄 좋은 친구들이 아주 많거든요."

"아, 아! 그렇군요!"

강혁의 말에 강일구 교수가 뛸 듯이 기뻐했다. 어디 제약회사나 도매상 또는 미국 유수의 병원 의사들과 친하다는 뜻으로 이해했기 때문이다. 물론 그것도 완전히 틀린 소리는 아니었지만, 지금 강혁이 말하는 좋은 친구들이란 군수회사에서 사귄 사람들이었다. 강혁에게는 무척 좋은 친구들이지만 다른 사람들에게도 그럴지는 의문스러운 부류의 인물들이었다.

"걔들한테 부탁하면 구할 수 있을 겁니다."

"아, 그렇군요. 이거……. 감사합니다."

"다만 한 가지 문제가 있어요."

"문제요?"

강혁의 말에 강일구 교수의 얼굴이 또다시 어두워졌다. 자꾸 사람을 들었다 놨다 하니 어쩔 수 없는 노릇이었다.

"이 환자를 볼 사람이 필요하지 않겠습니까? 근데 이 친구 없으면 고어텍스를 살 사람이 없어요……. 저는 아무래도 학회장에서 자유롭게 드나들 수는 없는 상황이라."

당연히 약간의 거짓말이 섞여 있었지만, 완전히 거짓말도 아니었다. 해외 학회에 가서 인맥을 쌓고 영향력을 키우려고 발버둥을 치는 건 제자를 둔 교수라면 누구나 마찬가지였으니까. 강일구 교수도 그 비슷한 일을 했었고, 지금도 시간 나는 대로 힘쓰고 있는 부분인지라 대번에 얘기를 알아들었다.

"그렇죠. 그럼……. 이 환자는 저희가 보죠."

강일구 교수는 최근 중증외상센터로 실려 온 환자 중 가장 심각한 환자의 후속 조치를 본인이 직접 취하겠노라 나섰다.

사실 중증외상 환자를 맡길 만한 사람을 찾는 건, 제아무리 한국대학교 병원이라고 해도 쉽지 않았다. 병원에 실려 온 원인 자체가 의학적으로 봤을 때 매우 복합적인 증상이라 여러 과에 걸친 지식이 필요했고, 처치 후 회복 단계에서도 다양한 문제를 가진 환자들이었으니까.

'강 교수님이라면…… 믿고 맡길 만하지. 그래서 일부러 강일구 교수님에게 도움을 청한 거구나'

재원이 보기에 거의 최고의 선택이라고 할 수 있었다. 그리고 그건 강혁도 마찬가지였다.

"감사합니다. 강 교수님."

"아닙니다. 제가 감사하죠."

강일구 교수는 그 후로도 거듭 감사의 뜻을 내비친 후 돌아갔다. 강혁은 잠시 강일구 교수가 사라져 간 중환자실 문을 바라보고 있다가 입을 열었다.

"좋은 의사네."

재원은 고개를 끄덕였다. 강혁은 그런 재원을 잠시 바라보았다.

'뭔 생각하고 있을지는 모르겠지만……. 네 미국행은 그렇게 만만하지만은 않을 거야.'

강혁이 계획하고 있는 대로라면, 평생 잊지 못할 그런 여행이 될 예정이다. 일이 잘 안 풀리면 기억에 남지 않을 테지만. 죽은 사람은 기억이고 나발이고 없지 않겠는가. 강혁은 재원의 어깨를 툭툭 두드렸다.

"보호자는 아직 수술 끝나고 설명 못 들으셨잖아. 그 상태에서 바로 들어와서 이 환자 봐봐라. 무슨 생각이 들겠냐?"

강혁은 이렇게 말하며 환자를 가리켰다. 환자는 경부, 흉부에 두꺼운 거즈를 붙이고 있었다. 드문드문 맨살이 드러난 곳도 있었는데, 그곳에는 어김없이 베타딘 용액을 발랐던 흔적이 남아 있었다.

"아……. 그렇네요. 아직 설명을 못 드렸구나."

재원은 뉴욕 때문에 정신이 팔려 그런 기본적인 사항도 잊고 있었다는 것을 반성했다. 강혁은 그런 재원을 앞장세우고 중환자실을 나섰다.

"왜, 왜요. 또 제가 말해요?"

재원은 벌써 이런 일이 여러 번이라 아주 당황스러운 표정은 아니었다. 그저 지겹다는 반응이었다.

"내가 말하면 보호자가 화내거나 울잖아."

강혁도 약간은 민망한지, 그로서는 실로 드물게 풀 죽은 얼굴이 되어 있었다.

'눈앞에서 수술 동영상을 틀면 당연히 울지…….'

설명만 하면 될 것을 조금이라도 못 알아듣는 것 같으면 기어코 영상을 틀어 보여줬다. 누군가는 그 영상을 보며 주저앉았고, 누군가는 왜 이딴 걸 틀어주냐고 멱살을 잡기도 했다. 그때마다 강혁은 보호자를 상대로 너무도 가볍게 제압을 시도해서 재원이 필사적으로 말려야만 했다.

"아무튼, 제가 할게요. 교수님은 그냥 뒤에서 팔짱 끼고 계세요. 알죠? 그 표정?"

"알지…….."

강혁은 힘없이 고개를 끄덕이면서 억지 미소를 지어 보였다. 남 놀리거나 괴롭힐 때는 잘만 나오는 미소가, 보호자 앞에만 서면 저렇게 로봇 같았다. 그래도 험악하게 인상을 구기고 있는 것보다는 훨씬 나아서 그냥 그러려니 하는 중이었다.

"나 그냥 들어가 있으면 안 되나?"

당연히 강혁은 이 시간을 무척 싫어했다.

"그건 안 되죠."

수술 받은 환자의 보호자에게 수술에 관해 설명하러 가는 길인데, 집도의가 없으면 보호자들이 어떻게 생각하겠는가. 가족이, 사랑하는 가족이 죽도록 다쳤대서 왔는데 집도의는 코빼기도 보이지 않고 어린놈 하나만 나와서 어정거리고 있으면 화가 날 만도 했다.

이런 저런 대화를 하며 발걸음을 옮기다보니, 어느새 대기실이었다.

"어어."

노심초사 수술이 끝나기만을 기다리고 있던 할머니가 종종걸음으로 달려왔다. 딱 달리는 모습만 봐도 무릎이 불편하다는 것을 알수 있었다.

"퇴행성 관절염이네."

"쓸데없는 말 하지 마시고요……."

재원은 저도 모르게 진단 중인 강혁에게 한 마디를 던진 후, 다가오는 할머니를 향해 환하게 웃어 보였다.

"할머님, 일단 앉으시겠어요? 계속 서 계셨던 것 같은데."

"어유, 아녀요. 설명해주시는데 제가 어떻게……."

할머니는 보호자 대부분이 의사에게 그러하듯 새파랗게 어린 재원 앞에서조차 쩔쩔맸다. 재원은 그것이 익숙하면서도 늘 죄송스러웠다.

"아니에요. 무릎도 아프시잖아요. 앉으세요."

"그건 어떻게 아셨어요?"

"보면 알죠."

재원은 할머니가 천천히 자리에 앉기를 기다린 후, 말을 이었다.

"손자가 많이 다쳐서 온 건 알고 계시죠?"

재원이라고 해서 무조건 좋다, 좋다 하지는 않았다. 나중에 혹시 일이 잘못되었을 때를 대비한 것이기도 하지만, 그보다 보호자가 환자에 대해 정확히 아는 것은 일종의 권리이기 때문이었다.

"아, 알죠."

다만 전달 방식에는 상당히 신경을 쓰는 편이었다. 특히 중증외상센터는 그럴 수밖에 없었다. 이곳은 절망을 갖고 달려온 이들이 그나마 품었던 희망마저 사라져가는 곳이었으니까.

"다행히 직접적인 화상을 입진 않았어요. 아마도 이불을 걸치고 있다가 바로 벗은 덕이라고 보입니다."

재원은 보호자에게 오기 전에 구급 요원들이 추가로 작성해준 현장 상황을 숙지한 참이었다.

"아유, 잘했네. 잘했어."

"하지만 뜨거운 연기가 코를 통해 기도로 넘어갔습니다."

"그……. 그럼 어떤 거예요?"

말만 들어도 뭔가 심각한 내용이었다. 할머니의 안색이 눈에 띄게 어두워졌다.

"우측 폐의 기능이 소실되어 제거하였고, 기도 또한 망가져서 재건했습니다."

"네?"

이미 바싹 말랐던 할머니의 눈에는 어느새 눈물이 글썽거렸다.

"다행히 저기 백 교수님이 수술을 무척 잘해주셨어요."

"어이구."

"덕분에 생명에는 지장이 없을 거라 보입니다만, 아직 고비가 남기는 했습니다."

사실 이들처럼 숙련된 중증외상센터의 중환자실 관리 능력이라면 고비는 없을 거라 말해도 무방했다. 하지만 강혁이 누구이 말했던 것이 있었다. 의학은 확률이라고. 단정하여 말하기 전에 백번을 생각해도 모자라지 않다고.

"그, 그렇군요."

"지금까지 그랬던 것처럼 최선을 다해서 환자를 돌볼 거예요. 그러니 너무 심려 마시고요. 이따 환자 준비되면 들어가서 만나 보실 수 있도록 조치하겠습니다."

"감……. 감사합니다."

할머니는 허물어지듯 고개를 숙인 채 같은 말을 몇 번이나 반복했다.

"보호자들은 못생긴 얼굴을 좋아하나?"

강혁은 입을 꾹 다물고 있다가 엘리베이터 앞에 와서야 입을 열었다. 재원이 특별한 재주를 가지고 말하는 것도 아닌데 보호자들은 잘 알아듣고 잘 추슬렀다.

"와, 진짜……."

"버튼이나 눌러. 이제 이현종 대위 보낼 거야. 수도 병원으로. 왜 쓸데없이 계속 병원에 있으라고 해, 멀쩡한 사람을. 정작 본인은 나가고 싶어서 안달 났는데."

이현종 대위는 상상을 초월하는 인내와 의지로 재활에 힘쓴 덕에, 현재 천천히 달리기도 가능했다. 병원에 더 있을 이유가 없었다.

"그거 청와대 측에서 좀 더 있으라고 한 거 아닌가요? 못 내보낼 거 같은데……."

물론 정부 입장에서는 그럴 수밖에 없을 것이다. 뉴스에 이현종 대위가 나오는 수에 비례해 지지율이 오르고 있었으니까. 레임덕이 왔어도 진작 왔어야 할 시점에 지지율 반등이라는 것은 치명적인 유혹이었다.

"청와대가 의사냐? 내가 의사지. 보낼 거야. 여기 있어서 그 환자한테 좋을 게 없어."

"아니……. 교수님. 청와대랑은 척지면 안 되죠……."

재원은 엘리베이터 버튼을 누르기 전에 일단 강혁을 말렸다. 하지만 강혁은 여느 때처럼 물러설 생각이 없어 보였다.

"척을 져? 의사가 환자의 상태에 대해 올바른 판단을 하는데, 척을 져?"

"그……."

재원은 열심히 할 말을 찾았지만, 딱히 떠오르는 말이 없었다. 심정적으로는 강혁이 뭘 모르는 소리를 하는 같은데, 막상 반박하려니 지극히 옳은 말이었기 때문이다. 이러지도 저러지도 못한 채 멍하게 있는 재원을 가만히 보던 강혁이 커다란 손으로 그의 머리칼을 아무렇게나 헝클어뜨렸다.

"걱정 마. 나도 다 생각이 있어. 무작정 들이받지는 않아."

"저, 정말이시죠?"

재원은 세상에서 제일 믿기 어려운 말을 들은 듯한 표정으로 강혁을 바라보았다. 강혁은 좀 전까지 머리를 쓰다듬던 손으로 주먹을 쥐더니 재원의 정수리를 콩 찍었다. 멀리서 보면 그냥 장난처럼 가볍게 보였겠지만, 재원은 어마어마한 통증을 느꼈다.

"헙."

"그딴 눈빛으로 보진 말고."

"으……. 네……."

"버튼이나 눌러."

"네."

곧 엘리베이터는 이현종 대위가 입원해 있는 병동에 도착했다. 병동 분위기는 평화롭기 그지없었다.

"아, 백 교수님. 이 대위님 방금 오전 재활 끝내고 들어와서 쉬고 있습니다."

강혁이 스테이션으로 향하자 담당 간호사가 자연스럽게 환자에 대해 브리핑을 했다. 강혁은 언제나처럼 빠르게 지나쳐가며 고개를 끄덕였다.

"따라올 필요는 없어요."

"네, 교수님."

할 일을 줄여주고 있는 셈이니 재활병동에서는 강혁을 싫어할 이유가 없었다.

"아, 오셨어요."

이현종 대위는 환자라기보다는 그냥 건장한 청년이라는 말이 더 잘 어울리는 모습이었다.

"재활 운동은 할 만해?"

"뭐……. 사실 지겹죠."

이현종 대위는 쓴웃음을 지으며 답했다. 청와대 차원에서 초법적인 지원을 약속하여 이현종 대위는 모든 병원비를 면제받을 수 있었다. 하지만 면제받을 때 미처 알지 못했던 사실이 하나 있었다. 퇴원을 마음대로 할 수 없다는 점이었다.

"지겹긴 하겠지. 따로 운동하는 게 훨씬 빡세잖아."

"그럼요. 제가 사실 재활 운동할 수준은 한참 지나지 않았습니까."

이현종 대위는 팔굽혀펴기나 윗몸일으키기도 문제없을 정도로 이미 체력을 회복했다. 수술이 워낙 깔끔하게 된 데다가 타고난 강골이었던 덕이었다.

"그럼 인제 그만 퇴원할까?"

"네? 어제도……. 청와대 비서실에서 왔었는데 한 달만 더 있으라고 하던데요?"

이현종 대위는 한국대학교 병원 통틀어 가장 다양한 면회자가 찾아오는 환자였다. 메르스 사태 이후 병원 규정이 바뀌면서 지정 보호자 외에는 빙동 면회가 어려워졌지만, 강혁을 비롯한 여러 의료진은 이번 기회에 알게 된 사실이 하나 있었다. 어떤 사람들은 법이나 원칙 같은 것에 구애받지 않는다는 것.

"이것들이 미쳤나. 나한테는 2주라고 하더니?"

"제가 지지율 셔틀이잖아요. 별명 생겼던데. 하하."

이현종 대위는 국민 영웅에서 약간 이상한 포지션으로 변경된 자신의 처지에 헛웃음을 터뜨렸다. 딱히 정권에 불만이 있거나 한 것은 아니었다. 그는 군인이었고, 상관에게 충성하는 사람이었으니까. 하지만 속이 뻔히 보이는 짓거리를 계속 해대는 통에 약간은 지겨워진 참이었다.

"안 되겠어. 퇴원을 시켜야지. 내일 당장 가."

"어……. 그래도 되나요?"

"내가 담당의인데 안 될 게 뭐가 있어?"

"그래도 윗선에 찍히면 좋은 일 없으실 텐데요. 교수님, 우리나라 중증외상센터를 정착시키는 첨병이 되시겠다면서요. 그럼 그냥 참으세요. 저는 괜찮습니다."

"의학적으로……."

"교수님. 원칙이 통하지 않는다는 거, 이번에 뼈저리게 느끼시지 않았나요?"

"음."

강혁은 이현종 대위의 말에 그만 입을 꾹 다물었다.

'하긴…….'

감염 위험과 환자의 안정을 위해 새로이 생긴 병동 면회 제한 규정은 지나치게 까다로울 정도로 지켜지고 있었다. 메르스 사태 초기, 진단부터 치료에 적극적으로 나섰던 칠성병원이 도리어 감염 관리에 소홀했다는 공격을 받아 만신창이가 되었던 상황을 모든 메이저 병원들이 똑똑히 목격했기 때문이다. 저렇게 되느니 아예 여지를 주지 않는 게 나을 것이라는 게 한국대학교 병원의 결정이었고, 강혁 역시 이런 규칙에 동의하는 입장이라 적극적으로 지키도록 해왔다.

'어떻게 된 게 단 한 사람도 빠짐없이 당당하게 걸어온단 말이지.'

대통령은 대통령이라서, 국무총리는 총리라서, 비서실장은 실장이라서, 당 대표는 대표라서, 원내대표도 대표라서. 다들 지위를 내세워서 들어오는데 단 한 번도 막을 수가 없었다. 이쯤 되면 강혁도 인정하는 수밖에 없었다. 잘못된 세상이긴 하지만, 지금 당장 어떻게 할 수는 없다는 것을.

"교수님. 그런 표정 짓지 마시고요. 제가 돕겠습니다."

"응?"

"이것 좀 보실래요?"

이현종 대위는 참담한 얼굴이 된 강혁을 향해 손바닥만 한 종이 뭉치를 보여주었다. 처음 본 사람은 대체 무엇인지 알 수 없는 물건이었다. 특히 일반 회사 생활을 해본 적 없는 강혁에게는 더욱 낯선 것이었다.

"이게 뭔데?"

강혁은 이현종 대위 손에 있는 종이 뭉치를 보며 물었다.

"명함입니다. 보세요, 이거."

이현종 대위는 쓴웃음을 지으며 명함 뭉치를 슥 하고 펼쳐 보였다. 그냥 보면 수수해 보였지만, 이름과 소속을 보면 대단하기 짝이 없었다.

"이거……."

"네. 저 요즘 러브콜 받습니다. 그것도 엄청."

여당은 물론이고 제1야당, 제2야당, 제3야당까지. 모든 당 대표, 원내대표, 최고 위원 등등 누구나 들어봤을 만한 사람들의 명함이 있었다. 지지율 셔틀이라는 별명이 괜히 생긴 것은 아니었다. 국민적 영웅이지 않은가. 이현종 대위가 딱히 누구를 지지한다고 말한 것도 아닌데, 그가 카메라에 얼굴을 비칠 때마다 집권 여당과 정부 지지율이 쭉쭉 올랐다.

'그리고……. 당 이미지에도 좋겠지.'

"정치하려고?"

강혁은 더욱 씁쓸한 표정으로 이현종 대위를 향해 물었다.

"하면 안 될까요?"

"자네 같은 사람이 할 수 있을까?"

강혁이 비록 정치에 대해 잘 아는 사람은 아니었지만, 짧은 시간이나마 경험한 정치인들은 이현종 대위와 전혀 다른 부류였다. 품고 있는 뜻이 숭고하거나 순수할 수는 있겠지만, 모두 때가 타 있었다.

"뭐……. 어렵겠죠."

그건 이현종 대위도 어렴풋이나마 느끼고 있었는지, 곧장 고개를 저었다.

"잘 알면서 이건 왜……?"

"그래도 제 발언이 도움이 되기는 하겠죠."

"어떤?"

"교수님. 교수님은 제 생명의 은인입니다. 교수님 아니었으면 죽었을 거예요."

"그거야 알지."

"하하."

다른 사람 같았다면 한 번은 아니라고 손을 저을 만도 한데, 강혁은 그러는 법이 없었다. 이현종 대위는 참으로 강혁다운 반응이라 생각하며 입을 열었다.

"그리고 그런 사람이 어디 한둘입니까."

"그것도 그렇지."

"제가 그들을 대변할 수 있다면 어떨까 싶어요. 그러려면 아무래도 군인이어선 안 되겠죠."

"뭐?"

이현종 대위 말대로 강혁은 생명의 은인이었고, 오랜 시간 함께 재활에 힘쓰며 두 사람 사이에 알게 모르게 전우애 같은 것이 존재했다. 각자의 포부를 털어놓을 만큼 두터워졌을 때 강혁에게 자신의 포부를 털어놓은 적이 있었다.

"평생 군인으로 살고 싶다며?"

"예전엔 그랬죠. 하지만……."

이현종 대위는 자신의 왼쪽 다리를 내려다보았다. 강혁 덕에 가볍게 뛸 수는 있게 되었지만 그게 끝이었다. 전력 질주는 무리였다. 억지로 보직 변경 요청을 하면 계속 군생활을 할 수는 있겠지만, 그건 이현종 대위가 바라던 군인이 아니었다.

"이젠 다른 일이 하고 싶어졌어요."

"그……. 그게 나를 돕는 거라고?"

"아까도 말씀드렸지 않습니까. 저는 교수님한테 목숨을 빚졌다고."

"그거야 맞는 말이지만."

"그럼 그거 좀 갚아드려야죠."

이현종 대위는 그 말을 하면서 명함 뭉치를 검지로 톡톡 두드렸다.

"그러려면 싫어도 정치를 해야 할 것 같아요."

사람 살리는 일이야

강혁은 이현종 대위를 비롯한 모든 환자를 한유림 교수와 강일구 교수에게 넘겼다. 퇴원해도 문제없을 만한 환자는 한유림 교수에게 맡기고, 그렇지 않은 환자들은 강일구 교수에게 맡기는 식이었다. 한유림 교수는 어려운 환자를 보지 않아도 되어 좋았고, 강일구 교수는 강혁이 고어텍스를 구해오도록 돕는 일이었으니 기꺼이 받아들였다. 덕분에 강혁은 무사히 뉴욕행 비행기에 타게 되었으니 모두에게 윈-윈 된 셈이었다.

"넌 뭔 이민 가냐? 뭘 그렇게 바리바리 싸 들고 가?"

강혁뿐 아니라 중증외상팀 전체가 뉴욕에 가는 일은 흔치 않은 기회다. 심지어 학회 참여 지원을 명목으로 비행깃값은 병원에서 내주었고, 호텔은 강혁이 사비로 마련해주었다. 팀원들이 들뜨지 않을 이유가 단 하나도 없었다.

"일주일이잖아요. 뉴욕 가서 무슨 일이 있을 줄 알고요."

"정작 학회는 4일뿐인 걸 모르는 건 아니지? 가서 옷 사 입으면 될 텐데."

"음?"

"미국은 옷이 엄청 싸단다, 촌놈아."

"그, 그럴 리가요. 미국 잘 살잖아요."

"어후."

강혁은 이놈이 정말 대한민국에서 정규 교육을 나름 우수하게 마치고 의사가 된 놈이 맞나 하는 생각이 들었다. 게다가 꽤 잘사는 집 아들이라고 들었는데 해외 여행이 처음이라고 들뜨는 것도 신기했다.

'왜 이렇게 거지같이 하고 다니지?'

이 녀석은 패션에 관심이 없는 정도가 아니라, 예의가 없는 거 아닌가 하는 생각이 들 지경이었다.

"잠깐 비켜봐."

강혁은 재원이 지난 일주일간 밤잠 줄여가며 차근차근 싸놓은 짐을 냅다 풀었다. 그러자 옷인지 고쟁이인지 모를 것들이 가득했다.

"야……. 너 전에 네가 입는 옷 중에 수술복이 제일 좋다고 했던 게 농담이 아니구나."

"네? 아니, 그래도 이거 메이컨데요."

"20년은 족히 되어 보이는데?"

"뭐……. 원래 명품은……."

"배스보이가 어떻게 명품이야, 인마. 너 무슨 미국 의류 수거함이라도 들르려고 이러냐?"

재원은 계속 뻔뻔한 태도를 고수했지만, 장미가 가까이 다가오는 즉시 얼굴이 빨개졌다.

"에, 에이! 빨리 닫아요!"

"안 되겠어. 너 그냥 속옷이랑 해서 이틀 치만 가져가. 나머지 옷은 내가 거기서 사줄게. 가방까지 해서. 아무리 그래도 그렇지 인마……. 이 가방은 너무하잖아."

강혁은 재원이 잔뜩 짐을 싸둔 가방을 검지로 톡톡 두드렸다. 훈련소 입소할 때 받은 것인지 뭔지는 몰라도 군용이었다.

"그러니까 잔말 말고 속옷만 챙겨. 이거 다 두고 가. 어떻게 된 놈의 수제자가 하나부터 열까지 새로 가르쳐야 하냐. 대충 챙겼으면 나와. 전에야 외교부에서 배려해줘서 금방 갔지, 원래는 공항 두 시간 전에는 도착해야 해."

강혁은 몰아치듯 일행을 이끌고 공항으로 향했다. 무려 새벽 6시 표였기 때문에 일행이 병원에서 나온 시각은 3시였다. 공항 리무진도 없는 시간이라 점보 택시를 잡아탔다. 강혁은 창밖을 내다보고 있으려니 한없이 졸음이 쏟아졌다. 수술하러 가는 길이 아니다보니 강혁 나름의 여유를 즐기려고 했었는데, 나머지 팀원들이 마치 수학여행 가는 고등학생들처럼 들떠 택시 안이 너무 시끄러웠다.

"거봐! 이른 시간으로 하길 잘했지? 도착하면 8시도 안 돼. 하루 통으로 놀게 생겼어, 지금!"

특히 재원이 그 정도가 아주 심했다. 강혁은 재원이 두바이에 이현종 대위 치료를 위해 다녀온 것 외에는 이게 첫 해외 여행이라는 걸 알기에 구박하기도 뭐했다.

"좀 자자, 이놈아……."

강혁이 할 수 있는 말이라고는 이 말뿐이었다. 다행히 택시는 새벽 시간 텅 빈 도로를 날듯이 달려 예상보다 빨리 공항에 도착했다.

"빨리 가자. 비행기 안에서는 설마 못 떠들겠지."

쉴 새 없이 떠들어대는 녀석들 때문에 한숨도 못 잔 강혁이 머리를 흔들며 택시에서 내렸다. 어수선해 보이는 팀원들이었지만 다행히 강혁이 생각날 때마다 들들 볶으며 확인한 덕에 누구 하나 여권을 빠뜨린 사람은 없었고, 무사히 출국 심사를 마치고 비행기에 탑승할 수 있었다. 재원은 그동안 계속 무언가를 중얼거리고 있는 강혁을 물끄러미 바라보았다.

'기도라도 하는 건가.'

딱히 신앙이나 종교가 있어 보이는 사람은 아니었다. 하지만 재원이 기억하기로 강혁이 이렇게 중얼거리는 모습을 전에도 한 번 본 적이 있었다. 바로 기도 화상 환자 처치를 할 때.

"뭘 그렇게 중얼거리세요?"

재원은 딱히 뭘 물어보거나 할 때 망설임이 없는 편이었으니, 이번에도 궁금해진 김에 강혁에게 질문을 던졌다. 강혁은 그런 재원을 아주 의미심장한 눈빛으로 돌아보았다.

"기도하고 있는 거야."

"뭔……. 기도요? 비행기 무서워하세요?"

"설마."

"그럼 왜요?"

"여기서 뉴욕까지 얼마나 걸린댔지?"

강혁의 말에 재원은 곧장 답을 하는 대신 일단 비행기 표를 바라보았다.

"14시간이요."

"짧지 않은 시간이지? 수술을 해도 두 개는 할 수 있단 말이야."

"그건……. 그렇죠."

비행기를 앞에 두고 수술 얘기를 하는 사람이 이 사람 말고 또 있을까. 재원은 조금 얼떨떨한 얼굴이 되어 있었다.

14시간의 비행시간 동안 다행히 팀원들은 아까처럼 떠들지 않았고, 강혁을 비롯한 모두가 조용한 상태로 휴식을 취했다. 비행기는 무사히 태평양을 건너 북미 대륙까지 횡단한 후, 존 에프 케네디 공항을 눈앞에 두고 있었다.

조용히 있는 게 지루해질 때쯤 비행기는 공항에 무사히 내렸고,

곧 다른 승객들과 함께 우르르 입국 심사장으로 향했다. 미국 여행은 처음인 데다가 영어 회화도 약한 재원이 입국심사대에서 헛소리를 하지 않을까 걱정했지만, 학회 참석 목적이라 그런지 무난히 통과할 수 있었다. 심사장을 빠져나온 강혁은 나머지 팀원들을 택시에 태워 호텔로 먼저 보내고 재원만 남겨두었다.

"됐어. 짐 챙겼지? 바로 따라와."

"어딜……. 가시려고요?"

"어디긴 어디야, 총 쏘러 가지."

"근데 거기 진짜 왜 가는 건데요?"

"너 인조 혈관 사야 하잖아."

"그거랑 총이랑 무슨…… 상관이에요?"

"생각을 해봐라. 우리한테 그걸 병원에서 팔겠냐, 도매상에서 팔겠냐."

그건 불법이니까 불가능했다.

"어……?"

"뒷골목에서 사야지. 근데 미국 뒷골목은 자칫 잘못하면 총알 날아오거든. 좀 익숙해질 필요가 있어."

"이런, 미쳤어요……?!"

강혁의 말을 들은 재원이 절규했다. 설마하니 미국에 와서 뒷골목 투어를 다닐 줄은 몰랐기 때문이다. 강혁은 그런 재원을 보며 껄껄 웃었다.

"야야. 다 사람 사는 곳이야. 괜찮아."

"괜찮긴요! 허구한 날 총질하던데!"

"그건 영화지. 너 진짜 모자란 건 아니지? 영화랑 현실이랑 분간이 잘 안 되는 거 같은데."

"그렇게 안전하면 왜 사격 연습을 하는 건데요!"

"뭐든 잘하면 좋잖아."

"그건……."

"잔말 말고 택시나 타. 자꾸 이러면 버리고 간다?"

"윽."

재원이 뭐라고 하든 말든 강혁은 택시를 잡아 먼저 타버렸다. 재원에게는 당연하게도 한숨이 푹푹 나오는 상황이었다.

'혼자 다니면……. 미아가 되겠지.'

땅을 밟기 전까지만 해도 설레는 마음만 가득했는데, 지금은 약간 무서운 마음이 더 컸다. 그가 홀로 자괴감에 빠져 있는 동안 강혁은 능숙한 영어 실력을 뽐내며 기자에게 목적지를 말했고, 택시는 곧 오래된 엔진 특유의 거친 소음을 내며 출발했다.

"바깥 구경도 좀 해라. 왜 그렇게 풀이 죽었어?"

풀이 죽게 만든 장본인 강혁이 재원에게 도저히 이해되지 않는다는 기색으로 말했다.

"총 맞으러 갈지도 모르는데 신나게 생겼습니까……."

"오, 다 왔네."

강혁은 척 보기에도 좀 위험해 보이는 가게 앞에서 내렸다. 어떻게 된 놈의 가게가 영화에서만 보던 총들로 즐비했다. 사실 자동화기 등과 같은 진짜 위험한 것들은 비치되어 있지 않았지만, 군대를 군의관으로 다녀온 재원이 그런 것들을 알아볼 수 있을 턱이 없었다. 가게 주인은 덩치가 산만 한 백인이었는데, 딱 봐도 할리 데이비드슨을 몰 것 같은 인상이었다. 팔뚝에는 기괴한 문신이 새겨져 있었는데, 갱의 일원이라는 뜻이었다. 재원으로서는 모르는 게 약인 정보인 셈이었다.

"음? 백강혁?"

그런데 그 주인이 강혁을 보며 아는 체를 했다.

"잘 있었냐? 살 좀 빼라니까."

"아는…… 사람이에요?"

"알지, 그럼. 예전에 같이 일했던 친구야. 총도 잘 못 쏘던 놈이 건 숍을 열었어."

"아, 네……."

이런 사람이랑 알고 지내는 사람이었구나. 재원은 앞으로는 좀 더 언행을 조심해야겠다는 생각이 들었다.

"연락을 받기는 했는데. 이거 원래 불법인 건 알지?"

주인은 두 자루의 권총을 건네주며 말했다. 제아무리 재원이 영어를 못 한다고 해도 불법이라는 말은 알아들을 수 있었다. 온통 신경이 그쪽으로만 가 있으니 당연한 일이었다.

"오, 좋은데."

강혁은 그 권총을 순식간에 분해했다가 조립하고는 만족했다는 얼굴로 고개를 끄덕였다. 그러곤 그중 하나를 재원의 뒷주머니 안에 쑤셔 넣어줬다.

"그냥 폼으로 들고 가는 거야. 폼으로."

"흐어……."

"이상한 소리 내지 말고. 여기선 오해받기 십상이라고."

주인은 재원을 연민이 가득한 눈빛으로 바라보는 중이었다. 거칠기로 소문난 용병들조차 강혁 앞에서는 절절매는 것이 일상이었거늘. 눈앞에 서 있는 꼬맹이는 그야말로 햇병아리일 뿐이었다.

"뭐 해? 왔으니까, 오랜만에 사격하고 싶은데."

"아아. 맞아. 그거 하러 온 거지. 따라와."

강혁의 말에 주인이 뒤뚱거리며 앞장섰다. 가게 뒤편으로 나 있는 복도를 따라서였는데, 꽤 길었다. 그리고 걸으면 걸을수록 안에서 총소리가 들려왔다.

"저기, 두 자리 비워놨어."

"장사 잘되네? 뭔 아침부터 이렇게 총질이래?"

강혁은 딱 두 자리만 비어 있는 사격장을 보며 혀를 내둘렀다. 기껏해야 아침 10시밖에 안 되었는데, 이렇게 바글거리는 사격장은 아마 군대 사격장 말고는 없을 터였다.

"잘 봐. 손님이기는 한데, 다 할인 대상이라고."

"아……. 같은 갱단이구나."

강혁은 주인과 이런저런 대화를 나누며 맡아둔 자리에 가 섰다. 강혁은 자리에 놓여 있던 소음 제거 헤드폰을 긴 채, 권총을 건네받았다.

"확실히 조용하네."

소음 제거 헤드폰을 끼자 주변 소음이 무척 멀게 느껴졌다. 신경 쓰지 않으면 여기가 사격장이라는 것도 까먹을 지경이었다.

"내 말은 들리지?"

그리고 사격 통제관이라 할 수 있는 주인의 목소리는 무척 선명하게 들렸다.

"들려."

"따로 통제할 필요 없겠지. 쏴봐. 몇 점이나 나오는지 보자."

"오케이."

강혁은 권총을 이용해 과녁을 겨누었다. 어디 영화에 나오는 것처럼 폼 나는 자세는 아니었지만. 아주 단단해 보이는, 정석 그대로의 자세였다.

탕! 그는 별 망설임 없이 쏘고, 또 쐈다. 재원이야 개뿔도 모르는 사람이니 별 감흥이 없었지만. 다른 이들은 도저히 그럴 수가 없었다. 강혁이 쏜 총알이 계속해서 사람 상체 모양 과녁의 이마 한가운데와 심장 부근만 번갈아가며 통과하고 있었기 때문이다.

"미친. 역시 넌 괴물이야."

주인은 그 모습을 보곤 혀를 찼다. 대체 이놈이 의사라고 하면 누가 믿을까 하는 생각이 들었다. 주인이 그 말을 하면서 재원의 머리에 헤드폰을 씌워주었다. 재원은 긴장했다.

"저도 쏘는군요."

"당연하지. 너가 쏘러 온 건데."

"쏴봐. 신호 줄 테니까, 한 발씩. 나처럼 막 쏘지 말고, 초보자는 그러다가 얼마나 쐈는지 까먹거든."

"네, 네."

"고분고분한 거 보소. 수술을 총질하면서 가르쳐볼까."

실수하면 한 발씩. 아마 효과는 엄청 좋을 터였다. 살아남는 제자가 있어야 의미가 있긴 하겠지만. 강혁이 다소 정신 나간 망상에 빠져 있는 사이, 주인은 재원의 어정쩡한 자세를 사람답게 고쳐주었다.

"자, 쏴봐."

주인의 말에 재원이 한 방 격발했다. 총알은 당연하다는 듯 이상한 곳으로 날아갔다.

"절개할 때를 생각해. 어떻게 하든?"

"어……."

재원은 그제야 자신의 팔꿈치가 몸에서 떨어져 있다는 것을 자각했다. 해서 그는 딱 절개할 때처럼 온 팔을 몸에 고정했다.

"그리고 격발할 때 숨 참아. 딱 절개할 때처럼."

"네, 네."

듣고보니 맨날 강혁에게 배우던 것과 크게 다르지 않았다. 왜 강혁이 총을 그렇게 잘 쏘는 건지 알 것만 같은 기분이었다.

"쏴봐."

"네."

재원은 아까보다는 자신감 넘치는 얼굴이 되어 방아쇠를 당겼다. 이번엔 과녁에 맞기는 했다. 그렇긴 한데 문제가 있었다.

"아니, 왜 옆 사람 걸 쏘지? 눈이 사시인가?"

"그……. 아, 저거구나."

"진짜 많이 모자라는구나……."

"다, 다시 쏠게요."

재원의 치욕스러운 사격은 얼마간 계속되었다. 완전히 녹초가 될 무렵, 누군가 강혁을 찾아왔다. 갱들과는 달리 정장을 입고 있었는데, 그편이 오히려 더 위험해 보이는 인상을 지닌 사람들이었다.

"닥터 백. 원하는 물건 있는 곳을 찾았어."

그중 한 명이 강혁에게 친근하게 인사를 건네왔다.

"별로 위험한 곳은 아냐. 총은 두고 가도 돼."

잭은 각기 한 자루의 권총을 허리춤에 쑤셔 박고 있는 강혁과 재원을 보며 말했다. 190cm가 넘는 장신에 떡 벌어진 체구를 자랑하는 잭이 껄껄 웃었다. 덩치가 워낙 크다보니 강혁이 엄청 작아 보일 지경이었다.

"아무튼, 지금 가면 돼?"

"안 될 거 없지."

잭은 밖을 슥 내다보고는 별 망설임 없이 대꾸했다. 대낮이라는 말도 모자랄 정도로 해가 쨍쨍 비쳐 오는 시각이긴 했지만. 강혁이 무슨 마약을 사러 가는 것도 아니지 않던가. 물론 딱히 합법은 아니긴 했지만. 뉴욕 경찰들은 강력범들 잡기에도 너무 바빠서 허접한 잡범들에게는 관심도 없었다.

"그럼 가지, 뭐. 총은 이만하면 충분히 쏜 거 같아."

"뭘 그렇게 뚫어져라 봐?"

"어? 아, 아니. 네 제자 좀 챙겨라. 저거 저러다 일 치겠어."

"응?"

강혁의 말을 듣고서야 자신이 너무 빤히 강혁의 얼굴을 뜯어보고 있었다는 사실을 깨달은 잭은 황급히 강혁의 주의를 돌렸다. 다행히 재원이 진짜 삽질을 하고 있던 덕에 강혁은 잭을 내버려두고 재원에게로 가야만 했다.

"뭐, 아무튼. 덕분에 총도 좀 쏴봤네. 나중에 또 보자고."

"빨리 가. 저놈 데리고."

강혁의 말에 주인은 진절머리가 난다는 듯 손을 휘이휘이 저었다. 그렇게 쫓겨나듯 나온 일행은 곧장 잭이 타고 온 차량에 올라탔다. 새카만 밴이었는데, 어쩐지 영화에서 많이 본 듯한 그런 모양이었다.

어찌나 새까맣게 해놨는지 밖에서는 물론이고, 안에서도 밖이 잘 안 보일 지경이었다. 만약 밤중에 누군가를 강제로 태운다면 딱히 안대를 할 필요도 없을 거 같았다. 밖이 캄캄하면 어디로 가는지 절대로 모를 테니까.

"너무 그렇게 두리번거리면 애들이 싫어할걸?"

강혁은 잭과 함께 온 덩치들을 가리켰다. 각기 자동차 좌석 하나씩만 차지하고 앉으라고 하기가 조금 미안해지는 거구들이었다. 길거리에서 마주치면 당장 바닥을 보거나 반대편 길을 봐야 할 것 같은 인상들이기도 했고.

"어어…… 네."

다른 어떤 설명보다도 그게 더 먹혔는지, 재원은 곧장 시선을 자신의 무릎으로 고정했다.

"그럼 갈까."

강혁의 말에 잭이 말없이 고개를 끄덕이고는 차를 출발시켰다. 차는 덩치에 맞지 않게 꽤 정숙한 편이었다. 거의 흔들림 없이 도로를 달리기 시작했다.

"다 왔어."

"여긴데. 뭐 내가 안내할게."

"고맙지. 나도 이런 건 처음이라."

"처음이 아니면 그게 더 이상한 거 아닌가? 그래도 의사는 의사잖아."

"어째 말이 좀 이상하다?"

"하하."

잭은 그렇게 강혁에게 농담을 던진 후, 잔뜩 녹이 슨 철문 앞에 있는 초인종을 눌렀다. 초인종에 달린 카메라만은 거리 분위기에 어울리지 않게 새것이었다. 딱 봐도 수상해 보이는데, 이걸 설치한 사람은 미처 그것까지는 생각하지 못한 모양이었다. 띡. 잭이 별말도 하지 않았음에도 문이 덜컥 열렸다. 이미 몇 번 직접 만나본 사이인 모양이었다.

"갈까?"

"오케이."

'따라 들어가도 되는 건가…….'

재원은 저도 모르게 바지 뒷주머니에 넣어둔 가짜 총을 만지작거렸다. 이게 진짜 총이라 해도 별 위협이 되지 못할 텐데. 그런 사실을 알 리가 없는 그로서는 믿을 게 이것뿐이었다.

"여기야."

잭은 철문 안에 또다시 모습을 드러낸 작은 건물을 가리켰다. 건물에도 문이 있기는 했는데, 이건 그냥 미니까 열렸다. 끼이익. 다소 소름 끼치는 소리를 내면서였다. 일부러 기름칠하지 않고 그냥 둔 거 같았다. 경보용으로 쓰기에 제격이었으니까. 문 안쪽에는 오래된, 보기만 해도 곰팡내가 날 것 같은 소파가 주르륵 놓여 있었다. 그 위에는 드문드문 거친 인상의 사내들이 앉아 있었다.

"오셨구만."

잭은 아무래도 이 업계에서 상당히 거물인 모양이었다. 척 봐도 무리 중 가장 높아 보이는 이가 두두두 달려와 악수하려 손을 건네는 것을 보면 알 수 있었다. 잭은 고개조차 굽히지 않고 그의 손을 맞잡고 흔들어주었다.

"그래."

"이쪽으로 오시죠."

덕분에 재원은 조금은 편해진 마음으로 소파에 앉을 수 있었다. 정말이지 풀썩 소리와 함께 먼지가 나풀거리는 느낌이 드는 그런 소파였다.

"그래……. 이걸 원하신다고."

사내는 소파 앞에 놓인 탁자 위에 상자 하나를 올려두었다. 척 보기에도 인조 혈관이 열 개, 그것도 완전히 새것이 담겨 있는 상자였다. 재원은 저도 모르게 마른침을 꿀꺽 삼켰고, 강혁은 가타부타 말도 없이 상자를 슥 하고 자기 앞으로 가져왔다.

"어디……."

"이 자식이 미쳤나?"

강혁의 싸가지 없는 행동에 사내가 몸을 일으켰다. 누가 뭐라 할 새도 없이 총을 뽑아 들면서였다.

"이런 젠장! 교수님!"

그는 나름대로 살신성인의 도를 발휘해 강혁 앞에 선 채 허리춤에 있던 가짜 총을 꺼냈다.

"빠, 빨리 도망치세요!"

강혁에게 도망치라는 말을 하면서였다. 그 말에 강혁이 상당히 감동한 얼굴을 하며 재원의 어깨를 두드렸다.

"오, 웬일이래."

"미쳤어요? 빨리 튀라고요!"

"야, 나 진짜 놀랬네. 앞으로 한 달간은 네가 무슨 짓을 해도 안 때릴게."

"아니……."

강혁은 당황한 재원에게서 총을 빼들고 있는 사내를 향해 시선을 돌렸다.

"연기는 이제 그만해. 인마. 제대로 구한 건 맞지?"

"김새게……. 맞아. 제대로 구했어. 다행히 최근에 망한 병원이 있어서 거기서 구할 수 있었어. 안 그랬으면……. 도매상 상대로 구해야 했을 텐데, 그랬으면 네가 준 돈으로는 턱도 없었을걸."

강혁의 말에 사내는 너털웃음을 터뜨렸다. 알고보니 그놈도 강혁과 원래 아는 사이인 모양이었다. 재원의 입이 쩍 하고 벌어진 것은 당연한 일이었다.

"너 진짜 폐품 처리하고 사는 거 맞지? 어째 수상한데."

강혁은 그를 보며 아무리 봐도 수상해 보이는 건물 안쪽을 둘러보았다. 그 말에 사내가 또다시 웃음을 터뜨렸다.

"너무 자세히 알려고는 하지 마. 요새 여기 경기가 너무 좋아서 폐업 정리하는 곳이 잘 안 나온다고."

"뭐…… 약은 안 하겠지, 설마."

"그건 안 하지. 날 뭘로 보고."

"그럼 됐어. 아무튼, 선금 낸 거로 된 거지?"

"사실 조금 모자라긴 했는데. 그거야 내 목숨 살려준 걸로 대신하지."

"누구 마음대로 퉁을 쳐? 미쳤어?"

"여전하네. 한국 가서 엄청나게 힘들어한다더니 다 개뻥이었나봐."

둘은 그 뒤로 한동안 담소를 나누다가 화기애애한 분위기 그대로 건물을 빠져나왔다. 들어갈 때와 한 가지 차이가 있다면 강혁의 손에 인조 혈관이 무려 열 개나 들려 있다는 점이었다. 재원은 어안이 벙벙하다는 표정을 짓고 있다가, 차에 타고 나서야 지금 이게 진짜 범죄라는 것을 깨달을 수 있었다.

"교수님……. 이거……. 한국으로 들고 가면 밀수 아닌가요?"

재원은 얼굴이 파랗게 질린 채 조잘거렸다. 이미 자신이 잭을 비롯한 덩치들과 차를 타고 이동 중이란 사실 따위는 까맣게 잊은 듯했다.

"사람 살리는 일인데 그 정도는 감수해야지. 너 알지? 그 애 죽는다니까, 이거 없으면?"

강혁은 출국 전 면회 다녀왔던 일을 재원에게 상기시켰다. 강일구 교수 앞으로 입원해 있는 아이는 이제 겨우 돌이 될락 말락 한 아기였다. 나이에 비해 덩치가 매우 작았는데, 이른둥이인 탓이었다. 그 어리고 작은 아이가 호흡기에 의지해 목숨을 부지하고 있었다. 그마저도 제때 수술을 하지 않으면 죽을 것이 분명한 상태였다.

"아⋯⋯."

그 모습을 아예 못 봤다면 모를까. 두 눈 똑바로 뜨고 본 바 있는 재원으로서는 더 강하게 나가진 못했다. 그렇게 작은 아이가 고작해야 의료 기구 하나 없어서 죽는다는 건 너무 가슴 아픈 일이었기 때문이었다.

"내가 슬쩍 물어보니까, 거기 부모님이 따로 알아보고 있더라고."

강혁은 입을 벌린 채 더는 말을 잇지 못하고 있는 재원을 보며 입을 열었다.

"네? 뭘를요?"

"뭐긴 뭐야 인마. 강일구 교수처럼 어? 지정의만 돼도 환자 살리려고 난리인데. 부모님은 어떻겠어."

"아⋯⋯."

이건 두 번 세 번 생각해볼 필요도 없는 일이었다. 부모된 사람이라면 어찌 아이의 죽음을 그냥 기다리고만 있을 수 있겠는가. 아예 방법이 없는 것도 아니고. 혈관만 있으면 살릴 수 있다는데. 밀수고 나발이고 대체 뭐가 문제겠는가.

"실제로 그러다 문제되는 경우도 있긴 하잖아."

"그야⋯⋯. 그건 그렇죠."

의료용 대마가 한때 큰 논쟁거리가 된 적이 있었더랬다. 아직 우리나라에서는 허용되지 않았으나 미국에서는 허용된 것은 물론, 상당히 보편적인 치료로 이용되고 있는 것이 바로 대마 아니겠는가.

뇌전증으로 인해 고통받는 아이를 보다 못한 부모들이 불법 루트를 통해 의료용 대마를 구해왔고, 이 때문에 범법자가 되어버리고 말았다.

"애 아픈 것도 힘들 텐데, 그런 걸로 고통받게 놔둘 수는 없는 거 아니야?"

강혁의 말을 듣고보니 그것도 맞는 말인 거 같았다. 하지만 역시 마음 한쪽에는 돌덩이 같은 것이 남아 있었다.

"그렇기는 하지만……. 법이 잘못됐으면 법을 바꿔야지……. 불법은 좀……."

이러다 걸리면 쇠고랑은 물론이고 재수 없으면 의사 면허까지 털릴 수 있었다. 물론 이 경우는 정상참작이 되어서 수년 후에 복권될 가능성도 있긴 하겠지만, 그동안 경력이 끊기는 것은 물론이고 실력도 툭툭 떨어질 것이 뻔했다. 다시 말하면 지금 둘이 저지른 짓은 거의 목숨 내놓은 짓이었다.

"법은 너무 느려. 너 그 의료용 대마 문제된 게 벌써 몇 년 전인지 아냐? 그거 아직도 계류 중이야."

"그것도……. 그렇긴 하네요."

"그나마 그건 다른 치료법이라도 있지. 이건 없으면 인마, 사람 죽어. 죽는다고."

눈앞에 있는 이 반미치광이 같은 사람이야말로 진정으로 환자의 목숨을 살리기 위해 힘쓰는 인간이었다.

'나야……. 사실 교수님이 시켰다고 하면 처벌을 피해갈 수 있겠지만…….'

아마 강혁 성격상 차마 재원에게 떠넘기지는 않을 터였다. 이미 증거도 죄다 강혁에게 남아 있기도 했고.

'교수님은 걸리면 끝장일 텐데.'

여론은 호의적이겠지만. 강혁에게는 적이 아주 많지 않은가. 누구 하나라도 이걸 걸고넘어지면 법은 그냥 넘어가지 못할 터였다. 법은 감정에 의해 휘둘려서는 안 되는 법이었으니까.

"다 왔어. 내일부터 학회지? 잘 있다 가라고."

재원이 잠시 강혁에 대한 걱정으로 정신을 차리지 못하고 있던 사이, 차는 어느새 강혁이 예약해둔, 타임스퀘어 앞에 있는 호텔 앞에 멈추어섰다. 나름 메리어트라 고급 호텔에 속하는 곳이었다.

"고마워. 또 보자."

"그래. 혹시 한국 갈 일 있으면 연락할게."

잭은 강혁의 어깨를 툭툭 두드리고는 왔을 때처럼 별안간 떠나 버렸다.

"자, 따라와."

"어……. 네."

강혁은 재원을 끌고 학회장 안쪽 깊숙한 곳으로 들어갔다. 그러곤 한 무리의 사람들에게 둘러싸인 흑인 의사에게 곧장 다가갔다.

"오, 강혁."

그는 한눈에 강혁을 알아보았다. 의외로 재원도 알아보았다.

"아, 이 친구가 첫 제자?"

"그렇지."

"그래, 이번에 정책 관련해서 미팅을 해보고 싶다고 했지?"

"응. 내가 있으니까 의술이 문제는 아니잖아."

건방진 말이었지만 사실이기도 했다. 학회장은 강혁의 실력을 특별히 더 인정하고 있는 사람이었기 때문에 별말 없이 고개를 끄덕였다.

"하긴 그렇네. 점심시간 때 싹 모아볼 테니까, 필요한 거 있으면 다 말해. 따로 세션이 있긴 한데……. 세세한 얘기는 어려울 거야. 근데 왜 이걸 하려는 거지?"

"국회의원 한 명을 알게 됐는데. 거기서 법안 발의할 근거가 필요하다고 해서. 제대로 바꿔보려고."

강혁이 요청했던, 정책 관련자들과의 미팅은 학회장 로버트가 말했던 것처럼 점심시간에 마련되어 있었다. 아직 오전 세션이 시작되기도 전이었으니 시간이 제법 많이 남아 있는 셈이었다. 먼저 학회장소에 도착해 있던 외상 외과 팀원들과 합류해 여기저기 둘러보고 있었다.

"교수님, 어디로 가서 뭐 들으실 거예요?"

한결 표정이 여유로워진 재원이 강혁을 향해 물었다. 그의 손에는 일정표가 들려 있었는데, 과연 외상 외과 최대 학회이니만큼 세션이 아주 다양했다. 동시에 열리는 방의 개수만 해도 5개는 족히 넘을 지경이었다.

"사실 나는 뭐……. 새로 배울 만한 게 많이 없지."

강혁은 어느새 부스 중간쯤에서 얻어 온 듯한 형광펜으로 재원의 일정표에서 꼭 그가 들어야 하는 것들을 표시해 건네주었다. 대부분 술기 그 자체에 대한 강의들이었다. 그것도 아주 새로운 접근법들보다는 이미 오래되어 기본기처럼 인식되는 것들에 대한 강의가 주를 이루었다. 햇병아리 외상 외과 의사에게 걸맞은 강의라 볼 수 있었다.

"일단 이게 노예. 이건 경원이."

다음은 경원이었다. 그에게 건넨 일정표는 주로 수술 후 환자

관리와 수술 중 환자 관리에 관한 내용으로 채워져 있었다. 세세한 술기야 경원이 알 필요가 없지 않겠는가. 직접 칼을 잡을 것도 아닌데.

"오."

재원과 경원은 딱 봐도 정리가 되는 일정표를 보며 아주 만족스럽다는 얼굴로 고개를 끄덕였다. 강혁은 그런 둘을 내버려둔 채 곧장 장미와 지민에게도 일정표를 건네주었다.

그렇게 모든 인원의 강의가 결정되었다. 재원은 그대로 강의장을 향해 떠나려다가, 돌연 고개를 갸웃거리며 강혁을 향해 물었다.

"근데 교수님은 그럼 안 들으실 거예요?"

"나? 뉴욕까지 왔는데 왜 안 들어?"

"아까 의학적인 건 배울 게 없다고 하셨잖아요."

"아, 그건 그렇지. 누가 감히 날 가르쳐."

"어휴."

재원은 방금 강혁이 이 말을 한국어로 해서 정말 다행이라는 생각을 했다. 영어로 동네방네 떠들기에는 너무 건방진 말이었으니까. 물론 강혁은 딱히 개의치 않았다.

"근데 딴 건 나도 개뿔도 모르는 부분이 있기는 하거든."

"뭐요……?"

"정책. 내가 뭐 어디 다른 나라 중증외상센터에 있다가 온 게 아니잖아. 어떻게 굴러가는지는 하나도 모른다고."

"아…….."

그러고보니 강혁도 제대로 된 중증외상센터를 보고 온 사람은 아니었다. 그저 험악한 환경에서 험한 환자들을 죽으라고 보고 온 사람일 뿐.

"그래서 나는 이 세션에 갈 거야."

가장 작은 강의실에 마련된 비주류 강의였다.

'현 중증외상센터 나라별 정책의 문제점과 앞으로 나아가야 할 길'

주제만 들어도 딱히 의사들이 관심 가질 만한 주제는 아니지 않은가. 하지만 강혁은 싫어도 관심을 가져야만 했다. 온 나라가 나 몰라라 하는 마당에 그나마 박 의원이라도 관심을 보이고 있었으니까. 이때 어떻게 하지 않으면 앞으로는 영영 기회가 오지 않을 수도 있었으니까.

슥슥. 강혁은 강의 하나하나에 열과 성을 다했다. 방금 강의를 마친 일본인 의사이자 현 '니혼 의과대학' 중증외상센터의 떠오르는 샛별인 나가모토가 잔뜩 긴장한 기색으로 고개를 끄덕였다. 그 모습을 보고 있자니 슬며시 헛웃음이 터져나왔다.

'저 친구가 마시코 구니히로의 제자라 이 말이지.'

일본에서 중증외상 외과를 말할 때 빼먹을 수 없는 이름이라고 보면 되었다. 일본이라고 해서 처음부터 중증외상센터가 자리를 잡고 있었겠는가. 그쪽도 불모지였던 것은 대한민국과 마찬가지였다. 하지만 마시코 교수를 필두로 한 몇몇 외과 의사들이 영국의 중증외상센터 시스템을 성공적으로 도입한 이래, 일본은 아시아 최고의 중증외상센터 시스템을 구축할 수 있었다. 최근 보고에 따르면 그들이 모방한 영국의 아성조차 위협하고 있을 지경이었다. 강혁으로서는 한없이 부러울 따름이었다.

"아, 실례합니다. 여기가……. 아, 맞네요."

그사이 재원도 강의실 안으로 들어왔다. 다른 강의장에서 강의가 끝나자마자 뛰어왔는지 숨을 다소 헐떡거렸다.

"오, 다 왔구만."

그 바로 뒤로 로버트 학회장이 따라 들어왔다. 양손에 먹을 것이 잔뜩 들려 있었는데, 근거리에 있는 쉑색 버거였다. 미국에 왔으면 버거 한 번쯤은 먹어줘야 한다는 생각은 누구나 가지고 있었기 때문에 모두 반기는 눈치였다.

"이게 얘기하면서 먹기는 최고라."

로버트는 그 말을 덧붙이며 강혁을 비롯해 방 안에 있던 모두에게 햄버거를 나누어주었다. 그러곤 강혁의 어깨를 톡톡 두드렸다.

"다들 한 번쯤은 닥터 백 강의 들어보셨을 텐데……. 오늘은 여러분이 가르쳐주는 시간이 될 겁니다. 이번에 한국에서 아주 중책을 맡은 모양이에요. 다들 힘닿는 대로 도와줍시다."

말투에서 어떤 동료애까지 느껴질 정도로 사근사근했다. 그도 그럴 수밖에 없는 것이, 중증외상센터의 의료진은 세계 어느 나라를 가도 그 나라에서 거의 가장 힘든 일을 맡은 의료진이었다. 원래 다들 고생하다보면 전우애 비슷한 것이 싹트는 법 아니겠는가. 로버트나 다른 이들이 강혁에게 우호적인 것도 무리가 아니었다. 더구나 강혁은 외상 외과 학회에 있어서만큼은 거의 전설급이라 할 수 있었다.

"네, 학회장님."

"저희가 영광이죠."

해서 영국, 일본, 미국 그리고 독일에서도 중심이 되는 병원의 중증외상센터장을 맡고 있거나, 센터장의 수제자 격을 맡고 있는 이들이 동시에 고개를 끄덕였다. 강혁은 그중에서도 특히 나가모토에게 기대가 컸다. 그의 스승인 마시코가 불모지에 가까운 땅에서도 성공적으로 중증외상센터를 뿌리내릴 수 있다는 것을 증명해주었으니까.

"근데 우선은……. 한국의 상황이 궁금합니다. 그래야 도움을 드리기 수월할 거 같아요."

'로열 런던 병원'의 마이크 교수가 먼저 질문을 던졌다. 강혁은 기다리고 있었다는 듯 가방에서 서류를 꺼내 하나씩 나누어주었다. 현재 대한민국에서 보유하고 있는 닥터 헬기의 현황과 중증외상센터의 수, 그리고 그 센터가 어떤 식으로 운영되는지 잘 적혀 있었다. 그 말은 곧 아주 정직하게 쓰여 있다는 말이었고, 서류를 받아든 모두의 입에서 한숨이 새어 나왔다.

"이……. '수리온 헬기'라는 건 원래 있던 헬기를 개조해서 만들었단 거죠?"

"네. 그렇습니다."

"제가 알기로 이 기종은 내부가 그렇게까지 넓지도 못하고, 아주 안정적인 기체가 아닌데……. 실제로 운용해보니 어떻습니까?"

이번엔 나가모토였다. 그는 스승인 마시코와 함께 실제 헬기 도입 과정에도 관여했던 만큼, 기종에 관해서 아주 잘 알고 있었다.

"뭐……. 악천후일 때 비행하거나 야간 비행만 아니면 괜찮습니다."

"하지만 사고는 주로 악천후나 야간에 나지 않습니까?"

"그래서 구조에 어려움을 겪고 있죠."

강혁은 영국의 마이크 교수와 일본의 나가모토를 부럽다는 눈빛으로 바라보았다. 두 나라는 모두 '맥도넬 더글러스' 헬리콥터를 이용하고 있는데, 현존하는 기체 중 닥터 헬기에 가장 적합한 녀석이라고 보면 되었다.

"그……. 이 중증외상센터들 말입니다. 그냥 응급실하고 다른 게 뭐죠? 수술실도 따로 없고, 의료진도 거의 배치되어 있지 않은데요? 따로 이송 체계가 있지도 않고…….”

이번엔 미국의 그리스찬 옐리치 교수였다. 살아 있는 전설이라 불리는 던퍼드 교수의 제자인 그는 이미 스승에 걸맞은 명성을 구축하고 있었다. 그의 말에 강혁은 다소 부끄럽다는 얼굴이 되었다. 방금 들은 대로 현재 대한민국의 중증외상센터는 이름만 그럴싸할 뿐 그냥 일반 응급실과 다를 바가 없었기 때문이었다.

“네, 읽으신 대롭니다. 국가에서 지정받아 금액을 보조받기는 했는데……. 그것으로는 충분한 인력을 굴리는 데 턱없이 부족합니다. 일단 외상 외과 의사들 자체가 부족하기도 하고요.”

“의사가 부족하다라……. 아, 연봉이 그럼 너무 높겠군요?”

옐리치는 지극히 미국 의사다운 말을 했다. 모든 것이 시장 경제 체제로 돌아가는 미국은 의료라고 해서 예외를 두지 않았다. 수요에 비해 공급이 적은 과의 의사는 몸값이 아주 높았다.

“아뇨, 그렇지는 않습니다. 다른 과에 비해 낮습니다.”

“수가 부족한데도 그렇습니까?”

“건강보험 제도 때문이에요, 옐리치. 전에 정책 연구 때 배우지 않았습니까?”

질문을 던진 옐리치에게 마이크가 말했다. 그제야 옐리치는 언젠가 한 번 들었던 제도가 떠올랐는지 고개를 끄덕였다. 수요와 공급에 의해 가격이 결정되는 것이 아니라, 그냥 국가에서 가격을 결정하는 시스템이었다. 단점도 있긴 했지만, 장점이 훨씬 많은 제도라 여겨졌는데 오늘 듣고보니 단점이 부각되는 듯한 느낌이었다.

“그럼……. 인력 충원이 앞으로도 어렵겠네요.”

“아마도요.”

"그런 의미에서 저기 앉아 있는…… 아, 닥터 양은 아주 귀한 인재겠네요."

"그런 셈이죠."

재원은 실력도 머리도 꽤 좋은 편에 속하는 의사였다. 하지만 그 무엇보다 중요한 것은 멍청하게도 외상 외과를 하겠다고 남아 있다는 점이다.

"흐음……. 이거…….."

나가모토는 서류를 책상 위에 내려놓고는 머리를 벅벅 긁어댔다. 그러곤 저도 모르게 일본어로 중얼거렸다.

"쇼가 나이……."

수가 없다. 달리 말하면 답이 없다는 뜻이었다.

"이걸 이제라도 대대적으로 개편하려는 거죠?"

그에 반해 한 번 일본을 도와 한 나라의 시스템을 뜯어고쳐준 바 있는 영국의 마이크는 여전히 의욕적이었다.

"네. 그렇습니다."

그 말과 태도가 퍽 마음에 들었던 강혁이 고개를 끄덕였다.

"그럼 재정은 얼마나 예정이 되어 있습니까? 이건 조 단위 프로젝트가 될 게 분명합니다."

조. 일반인들은 딱히 생각해볼 필요도 없는 단위의 돈이었다. 너무 큰 돈이라 그게 얼마만큼의 의미를 지니는지조차 알기 어려웠으니까.

"아직 책정되진 않았습니다. 그 책정을 위해서 오늘 만남을 요청드린 거고요."

"아하. 그렇군요. 흠."

마이크는 잠시 입을 다물고 있다가 이내 다시 말을 이었다.

"지금 보니……. 닥터 헬기부터 전체적인 이송 체계, 중증외상센터 재정립 등. 아예 처음부터 다시 시작한다고 생각하시는 게 좋겠습니다. 기존에 있던 시스템을 고치는 방법으로는 통하지 않거든요."

그는 그 말을 하면서 나가모토를 바라보았다. 그러자 나가모토가 기다렸다는 듯이 고개를 끄덕였다.

"네, 백 교수님. 저희 마시코 교수님께서도 여러 방편으로 시도를 해보셨지만 다 실패했습니다. 결국, 영국의 시스템을 그대로 본떠 가져오는 것으로 성공할 수 있었습니다. 중증외상센터 시스템이란 기존의 것을 가져와야지, 현지화부터 시도해서는 어렵습니다."

"흐음……. 그렇군요."

강혁도 어렴풋이 그렇게 생각하고는 있던 바였다. 현지화라는 게 말이 좋아 현지화지 결국은 원래의 모습과 어떻게 달라질지 알 수가 없는 일이었기 때문이었다.

"이메일 주소 주시면, 저희 센터 자료를 모두 넘겨드리겠습니다."

참담한 얼굴로 고개를 끄덕이고 있는 강혁을 향해 마이크가 미소를 지어 보였다. 그리고 그건 나가모토도 마찬가지였다.

"네, 저희 자료도 드리겠습니다. 그렇지 않아도 마시코 교수님께서 교수님 말씀 많이 하셨는데, 이렇게 만나 뵈어서 영광입니다."

"감사합니다. 그런데 그런 자료를 그냥 저한테 주셔도 됩니까?"

한 나라의 정책이라고도 볼 수 있는 자료일 터였다. 군사 기밀 같은 것까지는 아니겠지만, 그래도 선진국의 시스템이었다. 그 말에 마이크와 나가모토는 거의 동시에 너털웃음을 터뜨렸다.

"다 사람 살리자고 하는 일 아닙니까?"

손이 닿는 데까지

강혁은 학회를 마치고 귀국하자마자 마이크와 나가모토에게 받은 파일을 넣어둔 USB를 들고 박성민 의원을 찾았다.

"오, 어쩐 일로?"

박 의원은 예의 그 정치인다운 미소를 강혁을 맞아주었고, 강혁은 가타부타 말도 없이 박 의원 컴퓨터에 USB를 냅다 꽂았다.

"한 1조쯤 있어야겠습니다."

다소 터무니없어 보이는 금액을, 삥이라도 뜯겠다는 얼굴로 말하면서였다.

"1조요?"

박성민 의원은 실소를 머금은 채 되물었다. '이 양반이 1조가 대체 얼마만큼의 돈인지 모르는구나' 하는 생각이 들어서였다. 하지만 강혁은 상당한 근거를 가지고 하는 말이었다.

"이게 영국 중증외상센터 시스템 구축 자료고, 이건 일본의 마시코 교수가 그 시스템을 그대로 일본에 적용할 때 작성한 자료입니다."

"마시코……?"

"네. 일본 중증외상센터의 아버지라고 할 수 있는 사람이죠."

그야말로 아버지 그 자체라고 보면 되었다. 지금이야 일본의 중증외상센터 시스템이 완연한 선진국이라지만 불과 20년 전까지만 해도 대한민국보다 별로 나을 것이 없었으니까. 아니, 오히려 더 못했다고 볼 수도 있었다. 일본은 섬나라인지라 모든 사고를 통틀어 가장 절망적이라 볼 수 있는 해상 사고가 훨씬 빈번했기 때문이었다.

"흠……. 이거…….."

박 의원은 강혁의 말을 들으며 강혁이 건넨 서류를 슥슥 넘겨 보았다. 마시코 교수 측 자료는 일어라 건드리지 못했고, 영국 측 자료만 보는 중이었다.

"이거……. 이걸 어디서 구하신 겁니까? 엄청 세세한데요?"

"로열 런던 병원에서 보내온 겁니다. 고마운 일이죠."

"허……. 이 정도면 거의…….."

이대로 한국 법안 마련해서 통과시키면 될 정도로 자세한 자료였다. 물론 문제가 있기는 했다.

'아까 왜 1조를 부르나 했더니…….'

박 의원은 그 서류를 대강 마지막까지 훑어보고 나서야 강혁이 부른 금액의 근거를 알 수 있었다. 이 정책을 시행하려면 최소 1조는 필요할 터였다. 매년 추가로 투입되는 비용은 당연히 별도일 것이었고.

"흠."

덕분에 박 의원의 안색이 다소 어두워졌다.

"1조라는 금액을 말씀하셨는데, 제가 봐도 그 정도가 나올 거 같습니다. 자세한 것은 좀 더 살펴봐야 나오겠지만…… 아마도 최소 금액이겠지요?"

"뭐……. 그럴 가능성이 크죠."

"그만한 금액이 드는 일을 지금 여기서 덥석 해드리겠다고 약속한다면, 그게 더 이상한 일일 겁니다."

"사기꾼이겠죠."

강혁을 이용하고자 하는 정치인은 박 의원 말고도 너무 많았다. 그들은 전부 웃는 낯으로 강혁을 대했으며 뭐든지 다 해주겠다고 말했다. 실제로 뭘 해야 하는지도 모르면서.

"뭐, 그렇죠. 아무튼, 그 정도 예산을 편성하려면 설득해야 할 사람이 아주 많습니다. 설령 제가 대통령이라 해도 어려운 일이에요."

"흐음……."

"생각해보십시오. 교수님이나 저야 이제 중증외상센터 시스템의 중요성을 정확히 인지하고 있지만, 다른 의원들이나 행정부에서는 생각이 다를 겁니다. 국가 정책에서 고려해야 할 것은 아주 많아서, 우선순위를 고려해야 하니까요."

정치, 사회, 경제, 문화 그리고 국방 등. 대한민국 정부에서는 해야 할 일들이 아주아주 많았다. 중증외상센터란 강혁이라는 한 개인에게는 일생을 건 숙명이지만. 국가에서도 꼭 그렇게 대하리란 법은 없다는 얘기였다.

"그래서 전략을 짤 필요가 있습니다."

박 의원은 명함 하나를 내밀었다. '제이씨 스튜디오' 최하림 감독이라는 글귀가 적혀 있었다.

"이게 뭡니까?"

"다큐멘터리 찍는 분인데, 실력 좋아요."

"다큐…… 요?"

"네. 다큐. 영화 하나 만들어보시죠. 생각해보세요. 교수님 치료하시는 거, 그거 진짜 다큐 감 아닙니까?"

"음."

강혁은 곧장 답을 하는 대신 잠시 생각에 잠겼다. 얼마 전 수술했던 기도 화상 환자가 아주 자연스럽게 떠올랐다. 다행히 수술도 잘된 데다가, 강일구 교수의 수술 후 처치가 거의 완벽해서 이제 많이 좋아졌다고 했다. 그런 걸 다큐로 만들어서 상영하면 어떻게 될까. 다분히 의사 입장에서 생각해서 그럴지는 몰라도 대박이 날 거 같기는 했다. 박 의원은 그렇게 입을 다물고 있는 강혁을 보며 계속 말을 이었다.

"수익금은 전액 중증외상센터 시스템 개편을 위해 기부한다고 하면 그림도 아주 좋을 겁니다. 이게 교수님 개인 주머니로 들어가 버리면 아마 말들이 나올 거거든요."

이 말은 즉 시간은 시간대로 내되, 돈은 벌지 말란 뜻이었다. 거의 반강제적인 재능 기부가 되는 셈이었다. 완전 호구 잡히는 얘기였지만 관점을 달리해보면 딱히 그런 것도 아니었다. 특히 백강혁에게는 더더욱 그러했다.

"좋은데요? 그렇게 해서 이슈가 되면 아무래도 지금까지와는 다르겠죠?"

"물론이죠. 게다가 그렇게 영화가 나오게 되면 뉴스가 아니라 다른 예능, 교양 쪽 방송에도 나갈 수 있는 기회가 생길 겁니다. 요샌 뉴스보다 예능이 파급력이 훨씬 커요."

정치인들이 심심해서 예능 프로에 얼굴을 비치는 것은 아닐 터였다. 최근 경향에 따르면, 뉴스 열 번 나와서 떠드는 것보다 예능 한 번 나가는 것이 훨씬 나았다.

"알겠습니다. 그럼 같이 한번 해보죠."

"네. 제가 이미 얘기는 해놨으니까, 연락하면 바로 알아들을 겁니다."

"감사합니다."

"감사는요. 제가 감사하죠. 교수님 덕 보려고 이러는 겁니다."

"그렇게 얘기해주니 오히려 좀 더 믿음이 가는군요."

듣기 좋은 소리만 하는 사람만큼 무용한 사람은 없을 터였다. 그 사람이 정치인이라면 무용한 것을 넘어 위험하기 했다. 무릇 제대로 된 정치인이라면 쓴소리를 입에 달고 살아야 했다.

"하하. 아무튼, 교수님께서 그거 하시는 동안……. 저는 이거 검토를 좀 더 해보겠습니다. 그대로 이식하려면 추가하거나 수정해야 할 법안이 한두 개가 아닐 거거든요."

"네, 그럼 그렇게 알고 저는 가보겠습니다."

"네, 교수님. 한번 잘해봅시다."

강혁은 의원실에서 나오자마자 최하림 감독에게 전화를 걸었다. 전화벨이 몇 번 울리는가 싶더니, 곧 칼로 베는 듯이 날카로운 목소리가 들려왔다.

"제이씨 스튜디오 최하림입니다. 또 무슨 일입니까?"

"아……. 저 백강혁입니다. 혹시 박성민 의원에게 얘기 들으셨나요?"

강혁은 생각보다 날 선 반응에 당황한 채 박 의원을 팔았다. 그러자 최하림 감독의 목소리가 언제 그랬냐는 듯 훅하고 풀렸다. 마치 봄바람을 맞은 고드름 같은 느낌이었다.

"아, 백 교수님! 저는 또 그쪽 기업인 줄 알고."

"그쪽 기업이요……?"

"별거 아닙니다. 제가 찍은 다큐멘터리에 불만 가진 쪽이 많아서요."

"아하."

강혁은 잠시 작품 목록이라도 검색해볼 걸 그랬나 하는 후회를 하며 고개를 끄덕였다.

'영 이상한 감독은 아니겠지?'

'쇠뿔도 단김에 빼라'는 말을 마치 좌우명처럼 여기는 그로선 밥 먹듯이 하는 실수였다. 입을 다문 강혁과는 달리 최하림 감독은 입을 쉬지 않았다. 제법 기다리고 있던 전화인 모양이었다.

"아무튼, 이렇게 전화 주셔서 감사합니다. 제가 어디로 찾아뵈면 될까요? 병원으로 가면 될까요?"

이미 만날 약속까지 잡고 있었다.

"어……. 언제 오시려고요?"

"백 교수님은 항상 바쁘다고 들었습니다."

"그건 그렇죠."

"그럼 언제 가도 바쁘시다는 말이겠죠?"

"그것도 그렇죠."

"그러니 시간보다는 장소가 중요하죠. 어디로 갈까요?"

"어……."

강혁은 뭔가에 홀린 듯이 고개를 끄덕였다. 박성민 의원 비서가 잡아준 택시에 올라타면서였다. 당연하게도 기사가 그를 향해 물었다.

"어디로 갈까요?"

"아, 병원이요."

그리고 강혁의 답은 기사만 들은 것이 아니었다.

"알겠습니다. 바로 가죠."

최하림 감독도 강혁의 말을 들었고, 뭐라 설명할 새도 없이 냅다 전화를 끊어버렸다.

"뭐야, 이 사람······."

강혁은 뜨악한 표정을 지으며 전화기를 내려다보았다. 그사이 택시는 출발했고, 아주 빠르게 병원을 향해 달려가기 시작했다.

'일단 뭘 찍은 사람인지나 봐야겠구만.'

강혁은 눈을 감고 쉬는 대신 핸드폰을 열어 최하림의 이름을 검색해보았다. 그러자 네이버 프로필이 떴는데, 확실히 이름만 대면 알 법한 그런 사람은 아니었다. 찍은 영화 중에 강혁이 알고 있는 게 단 하나도 없었다.

'뭐, 원래 독립영화 같은 건 관심이 없었으니까······.'

살짝 불안한 마음이 들긴 했지만, 일단 슥슥 화면을 넘겼다. 그러자 최하림 감독의 얼굴이 전면에 박힌 한 포스트가 눈에 들어왔다. 얼굴보다는 그 포스트의 제목이 아주 인상적이었다.

'대한민국 마약사의 감독 최하림'

솔직히 클릭하지 않고 넘기기 어려운 제목 아닌가. 어디 왕조실록이나 근대사도 아니고 마약사라니. 클릭을 해서 들어가보니 과연 마약사에 대해 집대성한 다큐멘터리에 관한 내용이었다. 최하림 감독은 이 내용을 취재하기 위해 어마어마한 노력을 기울인 모양이었다. 강력범들이 우글우글한 청송 교도소 정도는 우습게 들락거렸고, 심지어 일본 야쿠자와 홍콩 삼합회의 인터뷰까지 서슴지 않았다고 했다.

"이거 미친 여자 아냐?"

맨날 장미 보고 조폭, 조폭 했는데, 알고보니 진짜 또라이는 여기 있었다.

'뒈지려고 환장했나?'

하지만 노력한 보람이 느껴지기는 했다. 이렇게 요약한 포스트만 봐도 대한민국 마약사를 한눈에 보았다는 느낌이 들 정도였다. 특히 강혁의 마음에 들었던 것은 일선에서 고생하는 마약 담당 경찰관들의 수고를 빼먹지 않고, 그들을 중심으로 담은 작품이라는 점이었다. 단순히 고발형 다큐멘터리가 아니라, 누군가에게 힘이 되어줄 수 있는 다큐멘터리란 얘기였다.

'하긴 박 의원이 어떤 사람인데……. 아무나 소개해줄 리는 없지.'

감히 대통령을 꿈꾸는 사람이, 게다가 중증외상센터의 정착을 공약 중 하나로 내세운 사람이 강혁에게 허튼짓을 할 리가 있겠는가. 최하림 감독을 소개해주기까지 철저하다는 말조차 부족할 정도로 조사했을 게 뻔했다.

"백 교수님, 다 왔습니다."

강혁이 잠시 상념에 빠진 사이, 택시는 무사히 한국대학교 병원 응급실 앞에 멈춰섰다. 최근 상황에 비추어보면 이례적으로 구급차가 한 대도 서 있지 않았다. 강혁은 안에 있는 의료진들이 선물 같은 휴식 시간을 보내고 있으리라는 생각으로 택시에서 내렸다.

"네, 감사합니다. 안전 운행하세요."

맨날 외상 환자 보는 의사다운 말을 남기면서였다. 기사야 대수롭지 않게 여길 게 분명했지만, 강혁에게는 진심이 담긴 인사였다.

자동문이 열리자 익숙한 냄새가 훅하고 코를 찔렀다. 소독약과 환자의 체취와 고름 등의 냄새가 뒤섞인 병원 냄새. 누군가에게는 역하기 그지없겠지만 누군가에게는 그저 익숙한 냄새일 뿐이었다.

"아, 교수님!"

고개를 돌려 보니 어느새 가운으로 갈아입은 재원이 도도도 달려오고 있었다. 무려 일주일을 뉴욕에 다녀왔는데 계속 병원에 있었던 것 같은 몰골이었다. 그나마 강혁이 긴장하지 않은 것은 재원의 표정이 무척 밝았기 때문이다. 적어도 환자에게 문제가 생기긴 않았다는 거니까.

"뭔데."

그러자 재원의 표정이 음흉하게 바뀌었다.

"웬 여자분이 오셨는데요?"

"여자……?"

"시치미를 뚝 떼시네? 뉴욕에서 오자마자 만나고 싶다고 전화하셨다면서요. 보고 싶었다고."

"응?"

강혁은 이게 대체 무슨 소린가 하는 얼굴로 재원을 바라보았다. 재원은 그런 강혁을 향해 역시나 음흉한 미소를 지으며 뒤편을 가리켰다. 거기엔 청바지에 운동화 그리고 정장 재킷이라는 대단히 어울리지 않는 복장을 한 여성이 앉아 있었다. 아까 '마약사' 포스트에서 봤던 그 얼굴이었다.

"저분 말이에요. 오자마자 전화 거셨다면서요?"

"뭔가 오해가 있는 것 같은데, 지금."

"전화 거셨다면서요."

"걸긴 걸었지."

"보고 싶었다던데."

"그건 저쪽 얘기고, 새끼야."

"으으으음?"

강혁은 그제야 자기가 장미와 관련해 재원을 놀렸던 것에 복수하고 있다는 것을 깨달았다.

'번지수가 틀려도 너무 틀리잖아.'

장미를 진짜 좋아하고 있으면서 이런 데나 신경 쓰다니. 그러니까 여태 솔로란 생각이 들었다.

'불쌍한 놈…….'

갑자기 연민의 감정이 솟구치기는 했으나 그렇다고 괘씸한 게 수그러들지는 않았다. 해서 일단 뒤통수를 날렸다.

"아, 왜, 왜 때려요!"

"나 보자마자 해야 할 소리가 그거뿐이냐? 환자 보고 안 해?"

"아. 아…….."

역시나 잘 먹히는 이유였다. 재원은 즉시 환자에 대해 줄줄 읊었다.

"방금 강일구 교수님한테 환자 다시 전과 받았습니다. 기도 화상 환자는 이제 튜브 빼면 될 거 같은데, 그건 일단 교수님 컨펌 받고 하려고 기다리고 있습니다. 다행히 화상이 더 진행되지도 않았고, 감염도 없었습니다."

"아, 잘됐네. 일반 병실에 있나?"

"네. 중환자실에 더 있을 이유가 없다고 해서요."

재원은 그 후로도 몇몇 환자에 대한 브리핑을 해주었다. 다행히 기도 화상 환자 말고는 애초에 중한 환자가 없었다. 한 문장으로 요약이 가능한 상황이었다.

'퇴원할 날만 기다리고 있다.'

덕분에 강혁은 아까보다는 한결 밝은 기색으로 최하림에게 향했다. 사람을 불러놓고, 물론 진짜 부른 적이 있는 건 아니었지만, 오래 기다리게 하는 건 좀 아니란 생각이 들었기 때문이다.

"최 감독님 맞죠?"

"백 교수님. 반갑습니다."

최하림은 강혁이 말을 건네는 즉시 자리에서 일어나 악수를 청했다. 외국에서 제법 오래 살다 온 강혁으로서도 꽤 당황스러울 정도로 당찬 첫인사였다.

"아, 네."

"얘기는 대강 들으셨죠? 저는 들었거든요."

최하림은 즉시 본론으로 넘어갔다. 강혁은 사실 그녀에 대해 들은 것이라고는 다큐멘터리 영화를 찍는 감독이라는 것밖에 없었다. 어차피 영화에 대해서는 문외한인지라 더 들어봐야 소용도 없을 게 분명했기 때문이었다.

"잘됐군요. 사실 저는 의원님한테 교수님에 대한 자료랑 얘기 전해 듣고 당장 찍고 싶었거든요. 참 대단한 일을 하고 계시더라고요."

"그……. 뭐, 그렇죠. 대단하긴 하죠."

"보통은 이럴 때 한 번은 아니라고 하는데, 역시 다르시군요."

최하림 감독은 얼마간 미소를 짓더니 다시 말을 이었다.

"그래서 제 다큐멘터리는 중증외상센터의 당위성을 설명하는 데 중점을 두려고 해요. 단순히 '이렇게 힘들다, 이렇게 고생한다'가 아니라 '이래서 필요하다'는 쪽으로요."

"흠. 그럼 좋죠."

"근데 그렇게 찍으려면 저를 좀 배려를 해주셔야 합니다."

예상했던 부분이었다. 귀찮을 거라고 생각했던 부분이기도 했고. 그래서 강혁은 조금은 묘한 얼굴이 되어 되물었다.

"어떤 배려 말씀입니까?"

"일단 사고가 어떤 현장에서 어떤 식으로 났는지 제가 봐야 합니다."

"그 말은……?"

"헬기나 구급차나 뭐가 됐든, 출동할 때 제가 같이 타야 한다는 말이죠. 같이 출동해야 합니다."

강혁은 최하림을 보며 이런 생각을 했다.

'고생이야 자기가 하지, 내가 하나?'

강혁은 별 성의 없이 고개를 끄덕였다. 하지만 뒤에 이어지는 말에 대해서는 차마 그러기가 좀 어려웠다.

"제가 알기로 출동이 시도 때도 없이 이루어진다고 들었습니다. 맞나요?"

"그렇죠. 사고는 예고 없이 찾아오니까."

"오, 지금 멘트 좋았어요. 아무튼, 그 출동 현장마다 제가 따라다니려면 당직 방을 같이 써야 할 거 같은데, 괜찮나요?"

"음? 방이 하나뿐인데요?"

애석하게도 아직 외상 외과는 남녀 구분해서 방이 배정될 만큼 큰 과가 아니었다. 방은 하나뿐이었고, 당직 방을 쓰겠다는 말은 강혁과 재원과 함께 방을 써야 한다는 뜻이었다.

"뭐가 문제죠?"

그런데 최하림 감독은 이상한 말을 했다. 적어도 강혁의 기준에는 그러했다. 바로 허락한 것은 아니지만, 그렇다고 거절할 것 같지도 않은 강혁을 보며 최하림 감독이 시원시원하게 말했다.

"아무튼, 그럼 승낙하신 걸로 알게요. 방이 어디죠?"

최하림의 손에는 어느새 캐리어가 들려 있었다. 그걸 바라보는 강혁의 눈빛은 복잡한 것을 넘어 착잡해져 있었다.

'왜 내 주변에는 정상인이 모이지 않는 걸까……'

그 이유가 자기 자신에게 있으리라고는 아예 생각도 못 하고 있었다.

4월이 되자 부쩍 마음이 무거워진 한 사람이 있었다. 그 주변 사람들의 표정이 너무 밝아서 더욱 그렇게 보였다.

"이 대위님, 왜 죽상이세요?"

그는 바로 이강행 대위였다.

"어? 아니, 뭐……. 기운이 없네……."

"내일 전역 아니십니까? 다들 신나셨던데요?"

강행은 진심으로 축하해주려는 의무병을 가만히 올려다보았다. 무려 백령도 해병대로서 같이 울고 웃던 전우였다. 대위와 병장 사이에 무슨 놈의 전우애가 싹트냐고 할 수도 있겠지만, 의무병과 군의관 사이는 좀 다르긴 했으니까.

"다른 애들이야 신나지. 여기보다 더 편한 곳으로 가잖아."

강행은 '휴' 하고 한숨을 쉬고는 밖을 내다보았다. 밝은 표정으로 뛰놀고 있는 동기들이 보였다.

'새끼들……. 그렇게 족구 한판 하자고 졸라도 아무도 안 하더니…….'

다들 전역이나 전출을 앞두고 갑자기 열심이었다. 여길 떠난다고 생각하니 다들 기운이 솟는 모양이었다.

"이 대위님은……. 아, 거기로 가시지, 참."

그 말을 듣고 나서야 의무병은 다 알겠다는 표정을 짓고는 강행의 어깨를 툭툭 두드려주었다. 버릇없는 행동이었지만 강행으로서는 오히려 약간 위로가 되는 듯했다.

"후우."

"쉬십쇼, 그럼."

의무병은 강행을 뒤로하고 진료실을 떠났다. 그리곤 진료실 앞의 푯말을 '재실'에서 '휴진'으로 바꿔놓았다. 어차피 3년 차 군의관, 그것도 전역을 하루 앞둔 사람이 진료를 보지 않는다고 해서 뭐라 할 사람은 없었다. 그렇게 혼자 남게 된 강행은 서랍에 넣어두었던 서류 하나를 꺼내 보았다. 사실 서류라기엔 그냥 편지 같은 거였다.

'전역하는 날 들어올 것.'

그 편지에는 글 쓴 사람 본인도 알아보기 힘들 것 같은 악필로 이렇게 적혀 있었다. 그 밑에는 백강혁이라는 이름이 적혔다.

"이런 젠장……. 내가 그때 미쳤었지."

왜 외상 외과에 지원한 걸까. 강행 주변의 모든 사람이 이 질문을 했었다. 강혁이 보여준 기적에 가까운 수술을 보고 강행의 눈이 멀었던 상황이라, 모두에게 결의에 찬 표정으로 이렇게 대답했다.

'저는 이 나라 중증외상센터의 초석이 되겠습니다!'

다시 그때로 돌아갈 수 있다면 자기 목이라도 조르고 싶었다. 동네방네 그렇게 말하고 돌아다닌 덕에 이제 와서 무르기도 어려웠다. 적어도 그가 알고, 그를 아는 사람들 모두가 외상 외과로 가는 줄 알고 있었으니까.

"어휴."

그 시각 강혁과 중증외상팀, 그리고 최하림 감독은 헬기에 탑승 중이었다.

"괜찮습니까?"

중앙 구조단 소속 김강률 팀장이 바로 옆에 탄 최하림 감독을 향해 물었다. 그녀는 제멋대로 휘날리는 머리카락이 귀찮은지 아무렇게나 질끈 동여매고는 직접 카메라를 들고 있었다. 다큐 감독으로서 그녀 정도면 같이 일하고 싶다는 카메라 감독들이 꽤 많았겠지만 이번 작품은 시도 때도 없이 출동해야 한다는 조건 때문에 다들 포기한 듯했다.

"괜찮죠! 벌써 두 번째잖아요!"

"원래 점점 더 힘들어지는데……. 그래도 잘 적응하고 계신 거 같아 다행입니다!"

"뭘요! 몇 배는 더 고생하시면서!"

둘이 이러쿵저러쿵 대화를 주고받는 사이 헬기는 빠르게 하강하기 시작했다. 보건 지소 앞에 내려앉는 것이었다. 원래는 인계점, 즉 헬기가 착륙해도 좋다고 허가된 곳에만 내릴 수 있지만, 강혁이나 중앙 구조단이나 그런 걸 따질 겨를이 없었다. 그때마다 날아오는 벌금이 부담되기는 했지만, 이미 박성민 의원이 해결 중이었다.

"저기! 저기에 세우면 되겠다."

강혁은 마치 자동차 주차장을 찾기라도 하듯 공터를 가리켰다. 다행히 출동 위치가 허허벌판이라 착륙할 만한 곳은 많았다.

"환자는? 아니, 미리 밖으로 빼놓고 있으라니까 뭐 하고 있는 거야!"

강혁이 막 소리를 치고 욕까지 내뱉으려는 순간, 보건 지소 문에서 침대 하나가 들들들 굴러나왔다. 침대를 끌고 있는 사람은 지소 여사와 아직 뒷머리에 졸음이 말라붙어 있는 듯한 공보의였다. 그로서는 공보의 기간에 이런 응급 환자를 보게 될 거라고는 생각도 하지 않았기 때문에 무척 당황한 상태였다.

"환자 상태는?"

강혁과 재원은 공보의에게서 침대를 빼앗듯이 하고는 물었다. 그 말에 공보의는 얼빠진 얼굴이 되어 더듬거렸다.

"전문의 아니구나?"

보통 인턴을 마치고 나면 제아무리 느린 사람도 위급 상황에서
만큼은 빨라지게 되어 있었다.

"아······. 네. 일반의입니다."

"그래도 상태는 알 거 아냐? 조금 전까지 혈압 어땠어? 의식은?
아니다, 어떻게 다쳤어? 당신이 신고했잖아!"

강혁은 질문과 동시에 자기가 물었던 것을 빠르게 확인해나가고
있었다. 공보의는 조금 더 얼이 빠진 채로 있다가 그야말로 간신히
입을 열었다.

"그······. 이 환자 나무에서 떨어졌습니다! 가까운 곳이라 바로
달려가보니 의식은 있었습니다만 음주 상태라 정확한 소통은 불가
했습니다!"

그러고보니 환자 가까이 가자 피비린내뿐 아니라 술 냄새가 '훅'
하고 끼쳐왔다.

"에이 시발······. 아프다고······. 넌 누구야?"

환자는 의식이 있기는 해서 중얼거리고 있기는 한데 제정신은
아닌 듯했다.

"그럼 상처는 어땠어?"

"여기······. 이렇습니다!"

강혁은 곧장 공보의가 가리킨 곳을 바라보았다. 환자의 옆 통수
쪽이었는데, 겉으로 보이는 상처 자체는 두피 손상 정도가 다였다.
머리보다는 팔 쪽이 훨씬 심각해 보이는 상황이었다. 떨어지면서
팔로 짚은 건지 오른팔 위팔뼈가 박살이 나 있었다. 피가 줄줄 나고
있었는데, 일반의가 어떻게 해볼 수 있는 수준이 아니었다. 그저 거
즈로 눌러 지혈하는 게 다였다.

"알았어, 일단 태워! 혈액형 B형 맞아?"

"네. 우리 보건소에서 시행한 검사상 B형입니다!"

"오케이. 그럼 이제부터는 우리한테 맡겨."

강혁은 그렇게 말한 후, 환자를 구조단 침대로 옮겨 실었다.

"일단 라인 잡고, 바로 혈액 달아! 혹시 모르니까 교차 반응은 하고!"

"네!"

강혁의 말에 따라 구조단 중 하나가 부리나케 환자의 팔뚝에 라인을 달았다. 나머지는 그 상태 그대로 환자를 헬기로 옮겨 실었다.

"시발……. 너희들 누구야."

그 와중에도 환자는 계속해서 횡설수설했다. 가뜩이나 환자 상태가 별로인 데다가, 초기 처치까지 엉망인지라 신경이 곤두서 있던 재원이 환자를 향해 외쳤다.

"환자분! 좀 조용히 하세요!"

그러자 환자는 거짓말처럼 조용해졌다. 정말 죽은 듯이.

"저……. 환자분?"

"어?"

재원의 입에서 얼빠진 소리가 흘러나왔다.

"자, 이륙합니다!"

하지만 아무도 그에게 신경을 쓰지 못했다. 지금 상황이 너무 급하게 돌아가고 있었기 때문이다. 일단 헬기가 요란한 소리를 내며 이륙하는 중이었다. 사방으로 흙먼지가 휘날리는 바람에 강혁을 비롯한 여러 구급 요원들은 환자의 상처를 가리기에 여념이 없었다.

"이완기 혈압이 안 잡혀! 빨리, 빨리!"

그와 동시에 강혁은 환자의 혈압을 측정했다. 그의 외침에 김강률 팀장이 병원에서 미리 챙겨 온 혈액 팩을 연결했다.

"연결했습니다! 속도는 어떻게 할까요?"

"풀! 풀로 틀어! 출혈이……. 안 잡혀! 동맥이야, 동맥!"

"네! 그럼 다른 팩도 바로 준비하겠습니다!"

"그래! 일단 내가 센트럴(중심 정맥관)도 잡을게. 여기, 여기 딱 눌러!"

"네!"

강혁은 자신이 꽉 누르고 있던 부위를 다른 구급 요원에게 인계하고, 혈액이 콸콸 쏟아져 들어가는 것을 확인한 후 환자의 팔을 내려다보았다. 완전히 부러져버린 위팔뼈 조각이 피부를 찢고 밖으로 돌출되어 있었다. 아무래도 나무에서 떨어지면서 오른팔로 바닥을 짚은 모양이다. 방향이 완전히 수직이었다면 빗장뼈가 부러졌을 텐데.

'엇나갔나.'

그 바람에 팔이 이 모양이 됐고, 충격도 제대로 흡수하지 못해 머리도 다치고 말았다.

'에이.'

강혁은 잠시 혀를 차고는 구급 요원이 누르고 있는 부분을 살폈다. 찢어진 동맥의 한참 윗부분이었기에 여기만 제대로 누른다면 그동안만큼은 출혈을 막을 수 있었다.

"네, 네!"

요원은 잠시 긴장한 기색을 내비쳤지만, 이내 강혁이 일러준 부분을 단단히 틀어쥐었다.

"베타딘."

"네."

강혁과 함께 출동을 다니면서부터는 자기가 구급 요원인지, 아니면 의료진인지 헷갈릴 지경이 되기도 했다. 따로 공부하거나 배우지 않아도, 알아서 훈련이 되는 중이었다.

"좋아."

강혁은 그가 건네준 소독약을 이용해 좌측 경동맥을 슥슥 닦았다. 보통 초음파를 이용해 찾는 것이 안전하겠지만, 강혁은 손끝의 감각과 예민한 시력을 이용해 찾아내는 것에 더 익숙했다.

"바늘."

"네."

강혁은 구급 요원이 건네준 바늘을 이용해 경정맥을 향해 푹 하고 찔러 들어가다가 문득 노예는 뭐 하고 있나 하는 생각이 들었다. 다들 바쁜 와중에 재원만 뭔가 동떨어져 있다는 생각이 들었기 때문이었다. 아니, 동떨어져 있다기보다도 강혁이 생각하고, 또 통제하고 있는 일련의 프로세스에 들어와 있질 않았다. 팔 고치는 데 일조를 전혀 하지 않고 있다는 뜻이었다.

"이 새끼 뭐 해?"

그런데도 재원은 딱히 답이 없었다.

"미쳤나?"

마침 강혁은 중심 정맥관 삽입을 마친 참이었다. 아마 다른 의사들이 봤다면 기함했을 터였다. 너무 빠른 데다가, 너무 정확했으니까. 하지만 적어도 이 안에서는 그런 반응을 보일 만한 사람은 아무도 없었다. 이들에게 강혁의 이만한 실력은 그저 일상이었으니까.

"야, 너 뭐 해?"

강혁은 천천히 몸을 일으키며 재원을 바라보았다. 재원은 환자의 얼굴 쪽에 달라붙어서 쩔쩔매는 중이었다.

"뭐 하냐고?"

"그…… 교수님."

그는 강혁이 무려 두 번이나 묻고 나서야 강혁을 돌아보았다. 하지만 강혁은 그에게 화를 내거나 다그치지는 못했다. 재원의 표정이 너무도 심각했기 때문이었다.

"뭐야?"

"환자 동공이……. 우측 동공이 확장되었습니다. 의식 소실된 지이제 2분. 아무래도 뇌출혈이 동반된 것 같습니다."

"뭐? 우측 동공? 반대편은 어떤데?"

"좌측은 축소된 채로 고정입니다."

"어."

이건 뭔가 이상한 일이었다. 강혁은 즉시 하던 것을 멈추고 환자의 머리를 바라보았다. 우측 옆머리에 약간의 부상이 관찰되었다. 하지만 그쪽은 아까 강혁이 처음 봤을 때 느꼈던 것처럼 특별할 것 없는 상처였다. 아무리 머리는 안쪽이 더 중요하다고 하지만, 겉에 겨우 저 정도 상처가 났다고 안쪽에 심각한 손상을 입을 리는 없었다.

"어디 봐봐."

해서 강혁은 부디 재원이 초보적인 실수를 했길 바라며 그를 옆으로 밀쳤다. 어차피 헬기 내부가 너무 좁아서 밀쳐봐야 갈 곳이 없는 재원은 억지로 강혁에게 자리를 만들어주었다.

"음."

강혁은 딱 재원이 말한 그대로의 상태를 확인할 수 있었다. 환자의 우측 동공은 확장되어 있었고, 좌측은 축소된 채 고정이었다. 양측의 동공 반사가 소실된 상황이다. 두말할 것도 없이 초응급인데, 원인이 불명확했다.

'우측 머리에 심각한 부상을 입었다 해도……. 이건 이상한 상황이야.'

뇌가 두개골 쪽에서 심하게 흔들리는 바람에 좌, 우측 뇌의 손상이 같이 왔을 가능성도 있었지만, 그래도 외상으로 인한 뇌출혈 때문에 이런 상태가 된 건 말이 안 된다.

"우리 병원까지 얼마나 남았지?"

원인이 불명확한 상황에서 머리를 무작정 열 수는 없는 노릇이었다. 강혁은 그로서는 꽤 드물게 초조한 듯 기장에게 물었다. 기장은 지금도 충분히 속도를 내고 있었지만, 좀 더 속도를 높이며 답했다.

"8분? 착륙까지 8분…… 정도."

"흠."

다행히 이젠 테니스장에 내리지는 않아도 되었다. 헬기 이착륙장 덕분에 불필요한 도보 이동 시간을 10분가량 줄일 수 있었다.

"일단 조폭한테 거기 대기하고, 엘리베이터 잡아두라고 해."

"네."

재원은 부리나케 답을 한 후 병원으로 전화를 걸었다. 그사이 강혁은 김강률 쪽으로 고개를 돌렸다.

"신고 걸려온 번호 알고 있어?"

"전달받은 게 있기는 합니다."

"거기 전화 걸어봐."

"지금요?"

김강률 팀장은 급히 핸드폰을 찾아 꺼내면서 물었다. 이미 구조도 끝난 데다가 곧 병원에 도착할 텐데 신고자에게 전화를 하라니, 좀 이상한 상황이었다.

"어, 지금. 중요한 문제야."

"음, 네."

김강률 팀장은 강혁의 단호한 어조에 말을 더 보태지 않고 바로 최초 신고자인 보건 지소로 전화를 걸었다.

"여보세요?"

"중앙 구조단 김강률입니다. 아까 환자 관련해서 묻고 싶은 게 있습니다."

"아……. 잠시만요. 선생님 바꿔드릴게요."

전화를 받은 여사가 종종걸음으로 달려가 공보의를 불렀고, 공보의는 혹시 자기가 실수한 것이 있나 싶어 한달음에 달려왔다. 그사이 이쪽 전화기는 김강률 대신 강혁에게 가 있었다.

"네, 전화 바꿨습니다."

"아, 공보의 선생. 혹시 이 환자……. 그 보건소 환자분인가?"

"네? 아, 네. 정기적으로 약을 타 가시는 분입니다."

강혁은 자신의 예상이 맞아서 언짢다는 듯 인상을 찡그렸다.

"무슨 약 타고 있지? 고혈압? 당뇨? 고지혈?"

강혁은 환자의 눈과 경동맥 등 아무리 봐도 정상이 아닌 부위들을 눈으로 확인하며 물었다. 그 말에 공보의는 어떻게 알았는지 놀랐다는 목소리로 답했다.

"네? 아……. 네. 다 받아 가고 계십니다."

"이런 망할. 조절은 어떻게 되고 있지?"

"솔직히 말씀드리면 잘 안 되고 있습니다. 마지막 내원일이 2주 전인데 혈압 170에 120, 혈당은 금식하고 오신 건지 아닌 건지 모르겠는데 160 나왔고……. 당화 혈색소는 8%였습니다."

"8%? 약이 안 맞는 거 아냐?"

"아마 잘 안 드실 겁니다……."

"그럼 약은 왜 받아 가?"

"공짜니까요."

"이런 망할."

강혁은 욕설을 내뱉고는 재차 환자를 바라보았다.

'혈압이 170에 당화 혈색소가 8%라 이거지.'

질환에 대한 관리가 아예 안 되고 있는 수준이었다. 거기에 술까지 마셨고, 나무를 탔다.

'죽고 싶어서 안달이 나셨나……'

환자 본인은 절대 동의하지 않겠지만. 의사 입장에서 볼 때는 자살 행위나 다름없었다.

"그럼 나무에서 떨어질 때, 그 모습 본 사람 있어?"

"그건……. 저희 여사님이……."

"여사?"

"네. 보건 지소 업무 보조해주시는 분이 계십니다."

"아, 바꿔봐."

"네."

공보의는 영문을 모르겠다는 얼굴로 여사에게 전화기를 전달했다. 거의 반평생을 보건 지소에서 근무했지만, 이런 응급 상황은 처음 접해보는 여사는 손을 바들바들 떨며 전화를 받았다. 혹 자신이 무슨 실수를 했나 하는 두려움과 방금 실려 간 환자이자 이웃이 잘못되지는 않았나 하는 걱정이 되었다.

"이 환자 떨어지는 거 봤어요?"

강혁은 그런 여사를 향해 배려 따위는 1도 담기지 않은 목소리로 이렇게 물었다. 그 바람에 여사는 잠시 헛바람 빠지는 소리를 내었다.

"봤냐고요."

하지만 강혁이 채근해대는 통에 머리를 재빨리 굴려 그때 그 상황을 떠올려야만 했다.

"네, 봐, 봤습니다."

"어땠어요? 헛디뎠어요? 안 그랬을 거 같은데."

"어……."

강혁의 말에 여사는 고개를 갸웃거리다 이내 입을 열었다.

"듣고보니 좀 이상하긴 했어요. 그 사람 술 먹고도 원래 나무 잘 타거든요."

어느 정도인가 하면 동네 나무에 이름 모를 새들이 새집을 틀면 술값 받고 올라가서 치워주는 일을 도맡아서 하고 있을 지경이었다. 처음엔 다들 위험하다고 말렸지만 이젠 그게 언제였는지 기억조차 나지 않을 지경이었다. 적어도 이 동네에서는 나무 타기 일인 자였다.

"그런데?"

"그……. 팔을 쭉 뻗다가 잠깐 멈추더라고요."

"흠."

"그리고 좀 있다가 떨어졌어요. 쭉 뻗었던 팔을 아래로 향한 채로."

"그랬군. 역시……. 알겠어요."

강혁은 그 말을 끝으로 전화를 끊어버렸다. 강률은 그런 강혁을 잠시 황망한 눈빛으로 바라보다가 이내 핸드폰을 받아 주머니에 집어넣었다. 여전히 환자의 눈을 들여다보며 쩔쩔매고 있는 재원과 최선을 다해 헬기를 몰고 있는 기장을 향해 입을 열었다.

"이 환자……. 떨어지면서 다친 게 아니야."

"네?"

그 말에 환자 눈을 들여다보고 있던 재원이 강혁을 돌아보았다.

"이 환자 고혈압에 당뇨에 기저 질환이 엄청 많아……. 떨어지기 전에 뇌출혈이 생긴 거야. 아마도 ICH(Intracranial Hemorrhage: 두개 내 출혈)가…… 적지 않을 거야."

의식 변화에 양측 동공 변화까지 일으킨 출혈이었다. 그 양이 적을 거라 기대하는 것은 말이 안 되었다.

"어, 어쩌죠?"

"일단 CT부터 찍어야지. 거기에 병변이 두 개. 음……."

그것도 어느 하나 허투루 볼 수 없는 병변들이었다.

"정형외과 김인수 교수 연락해. 팔은 부탁해야지. 할 수 없네."

강혁은 어지간히 마음에 들지 않는다는 눈빛으로 환자의 머리와 팔을 번갈아 바라보았다.

'이따 노예 2호한테 전화해서……. 그냥 전역하고 바로 들어오라고 해야겠어. 역시 손이 너무 부족해.'

"어우, 어디서 한기가……."

강혁과 재원이 헬기에서 내려 수술실을 향해 달려가고 있을 때쯤, 강행은 붉은 벽돌로 지어진 건물에 몸을 기대고 서 있었다. 이제 4월 말이라 날이 따뜻해진 것을 물론, 여름이 벌써 왔나 싶은 날씨였지만 갑자기 서늘한 기분이 들었다.

"왜 그러세요?"

전역 전날이라고 초코파이에 스넬치킨까지 데워서 온 의무병이 강행을 조금은 걱정스럽다는 눈빛으로 바라보았다. 바로 내일 전역인 사람이 사형을 앞둔 죄수처럼 축 가라앉아 있었기 때문이었다.

"뭔가……. 예감이 안 좋거든."

"에이, 무슨 이상한 소리를 하고 그러십니까. 예감이라니. 미신 같은 소리 아닙니까?"

"나도 원래 이런 거 안 좋아하는데, 이상해. 이거 봐."

"어? 진짜 소름이 돋았네요? 이상하네……."

"에이, 몰라. 일단 먹자. 이것도 이제 마지막이다."

강행은 이내 고개를 휘휘 젓고는 병장이 그간의 모든 짬밥을 응축시켜 만든 스넬치킨을 한 점 뜯었다. 한 입만 입에 넣어도 '아, 이거 많이 먹으면 건강 박살 나겠구나' 하는 맛이었다. 하지만 어쩌겠는가. 건강과 맛은 반비례하는 법인데. 덕분에 그는 잠시 현실 도피를 할 수 있었다.

"CT실은? 준비됐어?"

강혁은 착륙한 헬기에서 빠르게 뛰어내리며 물었다. 그러자 장미가 황급히 고개를 끄덕였다. 이미 환자가 실린 침대를 잡아끌면서였다.

"네! 연락받자마자 바로 수배했습니다."

"잘했어, 신규는?"

"수술실 준비 중입니다. 다행히 김인수 교수님이 연구 시간이라 바로 오셔서 지금 같이 대기 중입니다."

"잘됐네."

교수 회의에서만 보면 다들 돈만 아는 교수들 같겠지만, 사실 중증외상센터에 도움이 될 수 있는 인물들도 많았다. 그때마다 적자를 내야 하거나, 혹은 자기가 속한 과에 아무 보탬도 안 된다는 이유로 꺼려서 그렇지 실력들은 다들 좋았다. 김인수 교수는 그중에서도 마인드가 좋은 편에 속하는 사람이었다.

"자, 그럼 빨리 가자고!"

"네! 엘리베이터도 대기 중입니다!"

"역시, 조폭!"

"그……. 카메라도 도는데 조폭이란 말은 좀."

"아, 미안. 근데 칭찬인데 괜찮지 않나?"

"하……. 호칭이……. 하……."

장미는 맹렬하게 돌아가고 있는, 최하림 감독의 카메라를 힐끗 바라보았다. 재원 역시 엘리베이터를 타고 내려가는 동안에도 쉬지 않고 촬영 중인 최하림 감독의 카메라를 보며 나지막이 한숨을 쉬었다.

'친구들이랑 가족들한테 나 영화 나온다고 자랑했는데…….'

처음엔 TV에만 나와도 신나서 떠벌렸다. 하지만 강혁과 있다보니 TV 출연 정도는 지겨울 정도가 되어서 서서히 자랑할 게 없던 차에 영화 떡밥이 떨어진 것이다. 그리고 이제 자랑했던 사람들 모두에게 노예로 명성을 드높이게 생겼다.

'망할…….'

저도 모르게 욕설이 튀어나올 때쯤 엘리베이터가 1층에서 멈추어 섰다. 재원은 애써 시름을 잊고 환자 나르는 데 집중하기 시작했다.

"그럼 저희는 환자 접수하고 돌아가겠습니다. 고생하십쇼!"

침대에 서서히 속도가 붙기 시작하자, 중앙 구조단 팀장 김강률이 경례를 붙이며 이렇게 말했다.

"응! 조만간 또 보자고!"

강혁은 그런 강률을 돌아보지도 않은 채 대구를 하고는 냅다

CT실을 향해 달렸다. 강혁은 CT실에 도착하자마자 환자를 들이밀었다.

"비켜요, 비켜!"

"에이. 뭐야…….."

"들어갑니다!"

앞장서서 침대를 끌고 있는 강혁의 외침에 CT실 앞에서 대기 중이던 다른 환자들과 보호자들이 불평을 토로하며 옆으로 비켜섰다. 이곳은 한국대학교 병원 응급실이 아니던가. 중증외상센터 환자 말고도 급한 환자들은 얼마든지 있었다. 강혁은 그들을 지나치며 진심을 담아 고개를 숙였다.

"죄송합니다! 너무 급한 환자라서요!"

다행히 제법 이름이 알려진 데다가, 어엿한 교수 신분인 그가 고개를 숙이면 납득해주지 않는 환자나 보호자는 없었다. 도리어 그 중 몇몇은 침대 끄는 것에 손을 보태기도 했다.

"수고하십니다. 팬입니다."

누군가는 낯부끄럽게 이런 말까지 했다.

"어, 어! 인턴 샘! 이 환자분 좀 잡아요!"

필사적으로 사방을 둘러보고 있던 재원은 구세주라도 만난 듯한 표정으로 인턴을 잡아끌었다. 그러자 인턴은 더없이 떨떠름한 얼굴로 고개를 끄덕였다. 대신 방사선 맞으라는 말이었으니 달가워하는 게 이상한 일이었다.

"미안, 근데 나 이제 진짜 위험하다고."

재원은 그런 인턴의 어깨를 툭툭 두드리고는 자신의 사타구니 언저리를 가리켰다. 여기서 더 방사선 맞으면 고자가 될 수 있다 뭐 이런 뜻이었고, 인턴은 그제야 피식 웃었다.

"알겠습니다, 선생님."

"고마워."

그렇게 모든 인계를 마친 강혁과 재원 그리고 나머지 인원은 검사실에서 빠져나와 통제실로 향했다. 그리곤 무척 급하게 CT를 돌렸다. 이번에도 조영제를 쓰지 않은 덕분에 그야말로 번갯불에 콩 구워 먹듯 촬영이 끝났는데, 전송된 영상을 지켜보던 강혁과 재원의 얼굴이 심상치 않았다.

"이거……. 이거 살겠어요……?"

재원은 우측 뇌에 타원형으로 번져 있는 출혈을 보며 중얼거렸다. 일단 지금 살아 있는 건 맞나 싶을 정도로 거대한 출혈이었다.

"이건 모르겠다, 나도……."

"네?"

"너도 봤잖아, 뭘 그렇게 놀래?"

의학적으로 판단해보면 당연한 반응이었지만, 강혁이라면 이번에도 어김없이 살릴 수 있다고 할 줄 알았기 때문이다.

"이건……. 일단 빨리 수술실 가야지. 아니, 목부터 째자. 어떻게 숨을 쉬고 있는 거야?"

강혁은 고개를 절레절레 흔들며 CT실로 향했다. 그리곤 그냥 검사대 위에서 바로 메스로 환자의 목을 그었다. CT 기사는 잠깐 입을 쩍 하고 벌렸지만 이내 백강혁은 그럴 수 있는 사람이라고 암시를 걸며 CT실 내에 비치해둔 플라스틱 튜브를 건네주었다.

"오케이. 이제 보조 잘하시네."

"뭘요……."

이런 일로 칭찬을 받고 싶었던 적은 단연코 한 번도 없던 기사는 풀 죽은 얼굴로 고개를 끄덕였다. 강혁은 그런 기사를 두고 수술실로 달리면서 뒤따르고 있는 장미에게 외쳤다.

"신규한테 전화해서 드릴부터 준비하라고 해!"

"어…… 네!"

"그리고 내시경도!"

"내시경이요?"

"그래!"

"어, 네!"

이 와중에 내시경이라니. 아무리 장미라 해도 이해가 가지 않았다. 빨리 머리를 열어도 부족할 것 같은 상황에 대체 무슨 내시경이란 말인가.

'아냐, 교수님이 필요하다고 하면…… 꼭 필요한 거야.'

하지만 장미는 이내 마음을 고쳐먹고 신규 황지민에게 전화를 걸었다. 지금까지 강혁은 어떤 절망적인 상황에서도 환자를 살려내지 않았던가.

"노예, 너는 2호 오라고 해라. 안 되겠어. 오늘 수술 너무 어렵고 중요해서 놓치면 안 돼."

"에?"

재원은 2호가 누굴 말하는지 대번에 알아들은 자신이 미웠다. 그리고 동시에 강혁은 지금 오라는 게 대체 무슨 뜻인지 알고 말한 건지 궁금했다.

"저기 걔 지금 백령도에 있고……. 내일 전역인데요?"

"잘됐네. 내일 휴가 내고 오라고 해."

"아니……. 전역 날 휴가 내는 미친놈이 어딨어요……."

"아, 오라고 해! 이런 수술을 놓쳐서 어떻게 외상 외과 전문의가 되겠다고!"

"아니……."

백령도에서 여기까지 헬기를 타고 와도 두 시간은 넘게 걸릴 텐데. 하지만 그런 입바른 말을 하기엔 강혁의 눈이 반쯤 돌아가 있었다.

'미안하다……. 강행아…….'

"네?"

강행은 먹던 스넬치킨을 땅바닥에 떨어뜨렸다. 그리곤 한참이나 그 치킨을 다시 집어 들지 못하고 그저 비참하기 이를 데 없는 표정만 짓고 있었다.

"지금……. 오라고요?"

"음, 미안해요. 그렇게 됐어요."

"그렇게 됐다뇨? 중간 과정이 너무 생략됐습니다, 선생님……."

솔직히 말하면 생략된 정도가 아니라 아예 없는 셈이었다. 미친 놈이 아닌가 하는 생각까지 들었다. 하지만 강행은 윗사람에게 자기 생각을 곧이곧대로 떠드는 캐릭터가 아니었다.

"어, 어떻게…… 된 겁니까?"

대신 차분하게 자초지종을 물었다.

"그……."

당연히 재원도 할 말이 별로 없었다. 그 역시 강행이 왜 이 시간에, 이 먼 길을 와야 하는지 몰랐으니까.

"새꺄! 빨랑 오라고 해! 이제 수술 시작하잖아!"

재원은 그를 부를 이유가 없다는 것을 차마 입에 올리지 못했다.

"오…… 오라면 와요!"

"배가…… 배가 없어요!"

"오."

재원으로서는 이제 겨우 한 명 생기려는 후배가 너무도 소중했다. 배가 없다는 것은 그 소중한 후배를 지키기에 아주 적절하고도 귀중한 핑계였다.

"교수님, 배가 없다는데요?"

약간은 신난 얼굴로 이렇게 말했더니 강혁이 그의 면전에 대고 비웃음을 날렸다.

"너 잠깐 있어봐."

"어……."

그리곤 어디론가 전화를 걸었다. 그사이 '오랜만입니다, 백 교수님' 하고 인사를 건넸던 김인수 교수는 마치 없는 사람처럼 구석에 찌그러져 있었다. 웬일로 자신에게 도움을 청했나 해서 한달음에 달려왔더니, 강혁은 눈이 반쯤 돌아간 채 이상한 짓거리만 하고 있었다.

"아, 사령관님?"

강혁이 전화를 건 상대는 백령도 해병대 사령관이었다. 그는 이전 사고가 있었을 때 강혁에게 엄청난 도움을 받았고, 몇 가지 실수를 저지르기도 했다. 강혁이 '이 일 조용하게 넘어가고 싶으면 강행에게 잘하라'고 해서 그 이후로 쭉 잘하고 있었다.

"네, 네. 교수님. 이강행 대위 무사히 내일 전역……. 네? 지금 당장 나가게 하라고요?"

"이번만 부탁합니다. 이강행 대위 나오면 이제 연락할 일도 없어요."

아마 다른 사람의 말 같으면 군인 정신으로 대차게 씹었겠지만 그간 강혁에게 당해왔던 은근한 협박들을 생각하다보니 자기도 모르게 고개가 끄덕여지고 말았다.

"알겠습니다. 지금 당장 내보내죠. 이강행 대위의 전역은 오늘입니다."

"좋아요."

그렇게 강행의 이동 문제를 단번에 해결한 강혁은 '이제 됐냐?'는 표정으로 재원을 바라보았다.

'이 미친 교수님 좀 보소?'

재원은 감히 국가 기관의 장이라 할 수 있는 사령관을 좌지우지하는 강혁을 뜨악한 얼굴로 바라보았다. 강혁은 그런 재원을 향해 손을 휘둘렀다. 해석하자면 '지금 오라고 하지 않으면 너도 죽고 강행도 죽는다'라는 뜻이었다. 사령관한테도 명령을 내리는 사람 아닌가.

"이따 봐요……. 알아서 육지로 보내줄 거예요……."

재원은 다소 힘없는 목소리로 말을 전하고 전화를 끊었다. 그리고 얼마 지나지 않아 강행은 약식으로 사령관에게 경례하고는 전역을 해야 했으며, 팔자에 없던 고속정에, 그것도 두 번째로 탑승하여 인천항으로 가야만 했다. 그사이 강혁과 재원은 그야말로 눈코 뜰 새 없이 움직이고 있었다.

"그놈 불렀으면 신경외과에 콜해서 CT 내비게이션 좀 빌려와."

"내비요? CT 내비?"

강혁의 말에 재원은 멍청한 얼굴로 고개를 갸웃거렸다. CT 내비라니. 이게 대체 뭐란 말인가. 잘못 들은 게 틀림없단 생각을 할 때쯤 강혁의 욕설이 들렸다.

"촌놈아! CT 내비라고 하면 딱 아니까, 그냥 좀 보내달라고 해!"

"어……. 네, 알겠어요."

"경원이는 마취 아직 멀었어?"

강혁은 그렇게 재원에게 일을 시킨 후 경원을 돌아보았다. 경원은 진땀을 뻘뻘 흘려가며 약을 재고 있었다.

"잠시만요! 환자가 혈압이 너무 불안정해서."

"아, 그래. 그럼 천천히 빨리해."

강혁은 이해해주겠다는 표정을 하고 입으로는 전혀 봐주지 않았다. 천천히 빨리하라니. 알아서 잘하란 뜻이었다. 그렇게 모두에게 지시를 하고 나서야 강혁의 눈이 약간은 제자리로 돌아왔다. 그제야 김인수 교수는 아까 무참히 씹혔던 인사를 다시 한번 건넬 수 있었다.

"오랜만입니다, 백강혁 교수님."

"응?"

그러자 강혁은 '네가 누군데?' 하는 얼굴로 김인수 교수를 바라보았다. 보다 못한 장미가 강혁의 귀에 대고 속삭였다.

"김인수 교수님이요, 정형외과."

"아아아. 맞아, 맞아. 이것 참. 와주셔서 감사합니다."

"네, 뭐."

김인수 교수는 어쩐지 걸쩍지근한 기분이 들었지만, 이만하면 원장단보다는 나은 대우를 받고 있는 셈이었다.

'게다가 이 양반이 도움을 청한 외과 의사는 한유림 과장 빼면 나밖에 없단 말이지.'

이젠 병원 전체에 '백강혁이 실력 하나는 최고'란 인식이 깊이 자리잡고 있었다. 굳이 수술 기록을 확인해볼 필요도 없었다. 그야말로 수많은 환자의 생존율이 강혁의 실력을 뒷받침하고 있었다.

'그런 사람이 내 실력을 인정했다, 이 말이지.'

더구나 김인수 교수는 짧게나마 강혁과 함께 수술을 들어가본 경험이 있지 않던가. 그때 느낀 충격은 아직도 가시질 않고 있었다. 덕분에 마치 초짜 의사 때처럼 동물 실험실에 내려가 수술 연습까지 하고 있을 지경이었다.

"위팔뼈가 개방형 골절이 되면서 혈관까지 찢겼어요. 다행히 손을 보면 주요 혈관이 나간 건 아닌 거 같은데……. 그래도 출혈량이 상당합니다."

뇌출혈은 아무리 양이 많아봐야 닫힌 공간에서의 출혈이라 한계가 있을 수밖에 없었다. 즉 지금 이 환자에게서 흘러나온 피는 대부분 팔에서 나온 것이다.

"흠."

강혁의 김인수 교수는 자못 진지한 얼굴이 되어 고개를 끄덕였다. 남들이 뭐라 생각해도, 지금 이 순간만큼은 자신과 강혁이 동급이 되었다고 여기고 있었기 때문이었다. 하지만 역시나 그건 착각이었다. 강혁은 김인수 교수를 보며 말했다.

"너무 어려우면 대강 정리만 하고 두세요. 제가 하면 되니까."

"아뇨, 아닙니다! 제가 할 수 있습니다."

자신만만해져 있다가 자존심이 확 상한 김인수 교수는 이렇게 냅다 질러버렸고, 강혁은 아무래도 좋다는 얼굴로 고개를 끄덕였다.

"네, 뭐. 해봅시다. 경원아, 마취됐어?"

그리곤 김인수 교수에게서 고개를 돌린 채 경원을 바라보았다. 경원은 말없이 오케이 사인을 보냈다. 수술을 시작해도 좋다는 신호였다.

"내비는?"

그의 말이 떨어지기 무섭게, 누군가 수술실 문을 열고 안으로 들어섰다. 어느 틈엔가 신경외과 수술실로 뛰어갔던 인턴이었다.

"이야, 엄청 빠르네."

"감사합니다."

강혁은 인턴이 본관 수술장까지 한달음에 달려 가지고 온 내비게이션을 받아들고 조작에 들어갔다.

"넌 머리카락 밀고! 설마 급한 상황이라는 거 모르는 건 아니지?"

그리곤 생소한 기기를 멍하니 보고 있던 재원에게 호통쳤다.

"네……. 네, 교수님."

호통을 들은 재원은 이내 환자의 머리칼을 박박 밀기 시작했다. 좁디좁은 수술실 한쪽에서는 마취하고 있고, 한쪽에서는 기구들을 늘어놓고 있고, 다른 한쪽에서는 내비게이션을 만지고 있고, 정형외과 김인수 교수는 이미 신규 지민의 보조를 받아 수술을 시작하고 있었다. 최하림 감독은 그 모두를 하나의 앵글에 담기 어려움을 느끼며 탄식했다.

'보통 힘들다, 힘들다 해도 막상 가보면 소문만큼은 아닌 경우가 많은데…….'

실제로 병원 다큐멘터리도 그랬었다. 인턴, 레지던트들의 삶을 조명한 적이 있었는데, 가기 전까지만 해도 다들 죽으면 어쩌나 하는 생각이 들었더랬다. 하지만 그들 또한 일반인들 정도는 아니더라도 일상을 유지할 수 있을 정도의 생활을 해나갔다. 하루에 네 시간 이상은 잤고, 20시간 정도 일했던 것. 심지어 어떤 날은 여덟 시간을 자는 날도 있었다. 그럼 모두 '어제는 개꿀이었어' 하고 좋아했다.

'그런데 이 사람들은…….. 내가 생각했던 것보다 더 바빠…….'

자는 시간이야 그들과 비슷할 수 있겠지만, 깨어 있는 시간의 밀도가 달랐다. 그야말로 죽도록 일하고 있었다.

'체력에는 자신이 있었는데 말이지.'

불과 이틀 따라다녔는데 이렇게 힘들 줄이야.

"이제 됐고. 머리는……. 오, 좀 빨라졌네?"

"헤헤. 감사합니다, 교수님."

"소독까지 하고 있어. 손 닦고 올 테니까."

"넵."

그사이 강혁은 기계 세팅을 마치고 재원에게 칭찬까지 한 후, 손을 닦으러 밖으로 향했다. 재원은 강혁이 손 세정을 하고 돌아왔을 때, 소독까지 모두 마치고 절개 예상 부위에 국소 마취제까지 찔러넣은 덕분에 강혁에게 또다시 칭찬을 들을 수 있었다.

"새끼, 진짜 늘었는데?"

"감사합니다."

이 후한 칭찬이 후에 이어질 질타와 구박을 무마하기 위함이라는 것은 꿈에도 알지 못했다.

"좋아. 그럼……. 드릴 줘봐."

강혁은 순식간에 수술 부위에 일회용 소독 천을 붙인 후, 장미를 향해 손을 내밀었다. 장미는 고개를 갸웃거리며 드릴을 건네주었다. 암만 봐도 당장 머리를 열어야 할 것 같아서였다.

"잘 돌아가네."

그러거나 말거나 강혁은 드릴을 확인하고선 만족스러운 미소를 지으며 다시 장미에게 건네주었다. 그리곤 아까 자신이 세팅해두었던 내비게이션 기기를 들여다보았다. 손에는 기기에 딸려 온 일회용 지시침 같은 것이 들려 있었다.

"이거 봐라, 촌놈들아."

강혁은 그렇게 말을 하면서 동시에 지시침을 환자의 머리에 가져다 댔다. 그러자 놀랍게도 내비게이션 기기에 달린 모니터의 화면이 이리저리 변하더니, 아까 찍은 CT가 떠올랐다. 그것도 강혁이 지시침을 가리킨 딱 그 부위였다.

"헐?"

때마침 손 닦고 들어오던 재원이 눈을 동그랗게 떴다. 신기술도 이런 신기술이 없었기 때문이다. 강혁은 그런 재원과 그와 비슷한 표정을 짓고 있는 나머지를 둘러보며 말을 이었다.

"물론 환자 살리려면 머리 여는 게 빠르겠지. 하지만 그렇게 해서는……. 알지? 예후가 어떨지?"

남의 도움 없이는 일상생활을 하지 못할 확률이 90% 이상이었다.

"이 방법으로 도전해서 살리면……. 예후는 아예 달라. 물론 살린 다음 얘기긴 하지만. 그러니까 정신 바짝 차리고 따라와."

"네, 네!"

강혁은 서둘러 따라오라고 말한 것 치고는 바로 수술을 시작하지 못했다. 계속 지시침을 이곳에 가져다 댔다가, 또 저기에 댔다가 반복하고 있을 뿐이었다. 그때마다 내비게이션에 표시된 CT 영상이 출렁였다. 강혁은 그 영상을 잡아먹기라도 할 것처럼 노려보고 있었다.

"저, 교수님."

"왜."

보다 못한 재원의 목소리에 강혁은 실로 퉁명스럽기 짝이 없는 목소리로 대꾸했다. 재원은 잠시 움찔하다가 재차 입을 열었다. 어차피 수술실에서 구박당하는 게 하루 이틀 일은 아니지 않은가. 그게 무서워서 궁금한 것을 못 물어봤다간 괜히 고생만 하고 배우는 건 없는 상황이 될 게 뻔했다.

"그…… 아까부터 머리를 돌아가면서 보고 계시잖아요?"

재원의 눈에 강혁은 단순히 어디를 뚫고 들어갈지 보는 게 아닌 것 같았다. 만약 그랬다면 딱 들어가고 싶은 부위 몇 군데만 훑어보고 바로 칼을 집어 들었을 테니까. 강혁은 지금 거의 환자의 머리 전반을 이리저리 돌려가며 살펴보는 중이었다.

"그렇지."

강혁은 여전히 재원을 돌아보지도 않은 채로 대꾸했다. 어지간히 중요한 작업을 수행 중이란 뜻이었다.

'화도 내지 않았지?'

강혁은 조금이라도 기회가 있으면 성질을 내는 사람이었다. 그가 그렇게 하지 않을 땐, 재원의 경험상 딱 두 가지 경우뿐이었다. 하나는 본인이 죽도록 아플 때. 또 다른 하나는 화내지도 못할 만큼 바쁠 때. 지금은 후자에 속한단 얘긴데, 재원은 이유를 알지 못하니 답답할 따름이었다.

"그거 왜 그러고 계시는 거예요?"

"어? 아……. 내 정신 좀 봐."

재원의 말에 강혁이 헛웃음을 터뜨렸다. 눈은 여전히 내비게이션과 환자의 머리를 번갈아 바라보고 있었지만, 어찌 되었건 재원도 약간의 관심을 받게 된 셈이다.

"맞아, 맞아. 우리 수제자님이 아직 많이 무식하시지, 하하."

재원은 잠시 후회스러운 듯 한숨을 쉬다가 이내 강혁을 바라보았다.

"네, 무식하죠. 근데 진짜 뭐 하시는 거예요?"

"지금 이 환자 병명이 뭐냐?"

"두개내출혈이요."

"그래. 그중에서도 위치가 어디지?"

"우측……. 대뇌 뇌실……. 부근입니다."

"그래, 완전 안쪽이지?"

"네."

다시 말하면 그 다친 부위까지 도달하기 위해 멀쩡한 부위를 건드리고 손상해야 한다는 뜻이었다. 그냥 피부와 근육뿐이라면 감수할 수 있을 문제였다. 하지만 멀쩡한 뇌를 파헤쳐야만 하는 상황이었다.

"그냥 뚫고 들어가다가 주요 부위 건드리면 어찌 되겠냐?"

"아……."

"지금 머리 안 열고 이렇게 하는 게 최대한 손상 줄이려고 하는 거 아니야. 살려놨을 때, 보호자들한테 원망 안 들어야지."

"네, 그렇…… 죠."

머리 쪽 부상의 경우, 단순히 목숨만 살려놓는 것이 별 의미가 없을 때가 있었다. 아니, 오히려 살리지 말 걸 그랬나 싶은 상황도 있었다. 강혁이나 재원이 단순히 환자 생명만 살리고 나 몰라라 하는 사람들이라면 딱히 신경이 쓰이지 않을 테지만, 둘은 환자의 생물학적인 생명뿐 아니라 사회적 생명까지 최선을 다해 신경 쓰는 타입이었다.

'얼마 전에……. 반신불수 된 환자……. 보호자가 자살하셨지.'

중증외상센터와 관련이 있는 환자는 아니었다. 뇌출혈로 응급실로 실려 와 바로 신경외과로 인계되었던 환자였다. 워낙 상황이 급했던지라 살리는 데 급급했다고 들었다. 후에 사진을 보니, 살아난 것이 용할 지경이었다. 하지만 문제는 집안이 그리 여유롭지 못하다는 데 있었다. 그렇게 중한 후유 장애가 남게 되면 재활 기간도 길어지고, 많은 비용이 들고, 일은 당연히 할 수 없었다.

"그래서 찾는 거야. 어디를 어떻게 뚫고 들어가야 손상이 적을지. 그래봤자 수술 끝내놓고 봐야 정확히 후유증이 있는지 없는지 알 수 있겠지만……."

강혁은 잠시 상념에 잠겨 있던 재원을 향해 말을 보냈다. 이를테면 발악하는 중이라는 말이었다.

"교수님, 환자 혈압……. 점점 흔들립니다. 출혈 때문은 아닙니다."

매의 눈으로 환자 상태를 살피고 있던 경원이 다급한 어조로 말했다. 그 말에 고개를 돌려 보니 김인수 교수는 이미 찢어져 있던 혈관을 이어준 참이었다. 고작해야 묶을 줄 알았더니, 제법이었다. 확실히 이전과 비교했을 때 실력이 좋아져 있었다.

"아무튼, 서둘러라 이거지?"

"네."

"알았어, 이제 대강 감은 잡았어."

강혁은 마침내 지시침을 내려놓고 메스를 집어 들었다. 그리곤 대략 1cm 정도 되는 절개를 두피 네 군데에 넣었다. 각 절개 사이의 거리는 중구난방이었다. 교과서에 나온 방식도 아닌 듯했다.

"이렇게…… 해야 손상이 최소화되는 거예요?"

"그래. 들어가는 경로 아까 다 본 거야."

"아……. 와……. 그게 됩니까?"

"안 될 건 또 뭐야. 저걸 왜 들고 왔겠어."

"아니……."

재원은 입을 쩍 하고 벌린 채로 내비게이션을 돌아보았다. 오늘 처음 보는 물건이긴 했지만, 누구나 강혁처럼 활용할 수 있는 물건은 아닌 게 틀림없었다. 기껏해야 지시침이 닿는 곳이 CT상 어디인지를 말해주는 물건 아닌가. 눈앞에 보이는 게 뭔지 모를 때 가이드 형식으로 사용하는 것이었다. 그런데 그걸 이용해서 최적의 접근 경로를 찾아낸다니. 같은 물건이라도 누가 사용하느냐에 따라 이렇게나 달랐다.

"멍하니 있지 말고 보조해. 그리고 이강행 이 새끼는 왜 안 와?"

"네? 아니, 이제 배 타지 않았을까요?"

"이제? 이게 늑장 부리나?"

"늑장이라기보다는……."

백령도라는 곳이 그만큼 멀다는 것을 말해주고 싶었지만, 재원에게는 더 이상 여유가 주어지지 않았다. 어느새 강혁이 그의 손에 작은 후크와 미세 석션을 들려주었기 때문이다. 정신을 차려보니 벌써 강혁은 절개를 보다 깊숙이 집어넣고 있었다.

"쓸데없는 소리 말고 보조나 해."

"어……. 네."

곧 절개를 넣은 곳 중 세 군데는 안전하게 두개골에 닿았고, 딱 강혁이 필요로 하는 만큼 벌어져 고정될 수 있었다.

"자, 드릴."

"네, 여기."

"물 뿌려."

"네."

강혁은 장미에게 드릴을 받아다 그대로 두개골에 구멍을 뚫었다. 그야말로 구멍이었다. 그냥 들여다봐서는 안쪽에 뭐가 있는지 아무것도 보이지 않을 정도로 시커멓고 좁은 구멍. 이 구멍을 통해 머리 수술을 하겠다고 하는 게 기가 찰 지경이었다.

'죽는 거…… 아닌가?'

게다가 교과서고 논문이고 간에 이런 수술은 단 한 번도 소개된 적이 없었다. 당연히 재원의 머릿속으로 부정적인 생각이 스멀스멀 차오르기 시작했다. 강혁이 뛰어난 의사인 것은 믿지만, 지금 이 수술은 의술이라기보다는 다른 차원의 마법 같은 것으로 느껴졌기 때문이다. 오직 강혁만이 침착한 표정으로 나머지 구멍을 뚫고 있었다.

"뭐해? 카메라 내놔."

"아……. 네."

멍한 얼굴로 수술 부위를 보고 있는 장미에게서 내시경 카메라를 강탈하듯 빼앗아 들곤, 구멍 하나에 쑥 하고 집어넣었다. 그러자 화면에 뭉글뭉글한 뇌가 떠올랐다. 정말이지 뇌에서 나는 소리라고는 믿기 싫은 소리를 내며, 더 안쪽으로 전진했다.

"이거……. 이거 괜찮은 거죠?"

재원은 화면을 가득 메운, 동시에 내시경으로 인해 손상 받으며 좌우로 물러나고 있는 뇌를 가리켰다. 그 말에 강혁이 약간은 미심쩍다는 얼굴로 고개를 끄덕였다.

"그러길 바라야지."

"무슨 그런……."

"야, 이게 이렇게 봐서 심한 것처럼 보이지. 실제로 머리 열었으면 열 배는 더 심하게 손상됐어."

"아, 하긴……. 그런가……."

"그래도 모르는 일이라는 거지. 뇌는 미지의 영역이니까."

역설적인 얘기지만 뇌에 관한 본격적인 연구는 인류에게 평화가 찾아오면서 거의 중단되었다고 볼 수 있었다. 이젠 반인류적인 연구는 중단되었기 때문이었다. 그 덕에 뇌 의학은 답보 상태였다.

"자……. 여기가 우측 뇌실. 어휴……, 빨간 거 봐라."

대화를 나누는 사이에도 내시경은 꾸준히 전진에 전진을 거듭했고, 마침내 병변 부위에 닿아 있었다. 붉은 피가 가득 찬 공간이었기에 정확히 보이는 건 아무것도 없었다.

"자, 이제 석션."

"아, 네."

"넌 이거 꽉 잡고 있어. 흔들리면 그때마다 뇌가 죽는다고 생각해."

"어……. 네. 어……. 후……."

뇌에 꽂혀 있는 작대기 하나를 쥐고 있는 기분이었다. 이게 흔들리면 주변의 뇌 조직이 어떻게든 손상을 받는 상황이었다. 재원은 내시경을 무려 양손으로 받아 들고 그대로 굳어버렸다. 그사이 강혁은 전원을 꺼둔 기다란 내시경용 석션을 다른 구멍으로 집어넣었다. 아까는 내시경으로 뭔가 보이기라도 했지, 이번엔 무턱대고 집어넣는 느낌이었다. 그 와중에 뇌가 벌어지는 소리까지 들렸다. 내시경을 들고 있던 재원은 신음을 흘렸다.

"으어……."

때마침 문이 열리지 않았다면 아마 더한 소리를 냈을지 모른다.

"그……. 저 왔습니다."

수술방 문으로 들어선 이는 이강행이었다. 얼굴만 봐도 얼마나 고생을 하며 왔는지 잘 알 것 같았다. 뿌듯함과 동시에 현실을 깨달은 듯한 표정이 얼굴에 그대로 드러났다.

"늦게 와서 뭐 자랑이라고 쭈뼛거리고 있어! 빨리 손 닦고 들어와!"

"고, 고생했어요. 상태가 너무 안 좋아서 이러시는 거니까 이해해요."

재원은 혹시 강행이 이대로 도망치면 어쩌나 하는 생각에 최대한 부드럽게 그를 타일렀다. 경원 또한 슬리퍼가 벗겨지도록 재빨리 달려 나가 강행의 어깨를 두드려주었다. 장미도 멀리서나마 미소와 격려의 멘트를 날려주었다.

"어우, 고생하신 것 좀 봐……. 이따 우리 커피라도 한잔해요. 지금은 일단 손 닦고 들어오시고요."

그제야 강혁도 분위기 파악이 됐는지 조금이나마 언어를 순화했다.

"그, 그래. 2호! 고생했어! 그러니까 손 닦고 빨리 좀 와줄래?"

백령도에서 미친 듯이 달려온 강행은 칭찬 한마디 듣지 못한 채 손을 닦고 안으로 들어와야 했다. 그동안에도 강혁은 계속 석션을 밀어넣었고, 그로 인해 뇌가 이리저리 움직이는 소리도 계속 들렸다.

"으……."

"조용히 해. 인마."

"소리가 너무……."

"그런 거 신경 쓰지 말고. 어차피 감수해야 할 손상이라고."

"어?"

"왜."

"뭐가 절 건드린 것 같은데요?"

"그거 나잖아, 멍청아."

강혁은 모니터를 가리켰다. 강혁이 들고 있던 석션이 내시경을 툭툭 치고 있었다.

"아."

"바르게 들어왔으니까, 피 제거한다. 피 제거되면서 내시경 흔들릴 수 있으니까 정신 똑바로 차리고 있어."

"네, 넵."

강혁은 고개를 끄덕이고 있는 재원을 뒤로하고 꺼냈던 석션을 작동시켰다. 석션은 곧 위잉 소리를 내며 돌아가기 시작했고, 뇌실에 들어차 있던 피를 빠르게 빨아들이기 시작했다. 뇌실이란 애초에 뇌척수액이 차 있는 곳이다. 피가 빨려 들어가면서 뇌실 내부를 채우고 있던 다른 액체도 함께 빠져나갔고, 그러면서 비어버린 공간은 급격하게 축소되었다. 이제 내시경으로 보이는 것이라고는 새카만 어둠뿐이었다.

"넌 뭘 멍하니 있냐. 가스 주입해."

"에? 아, 네."

내시경이 익숙하지 않아 까만 화면만 멍하니 바라보고 있던 재원은 그제야 부리나케 내시경에 달린 가스 주입기를 틀었다. 그러자 뇌실 안으로 가스가 주입되면서 다시금 공간이 생기기 시작했다. 강혁은 그 속도에 맞추어서 귀신같이 석션 강도를 줄였다. 그제야 수술실에 있던 모두가 뇌실 내부를 제대로 볼 수 있었고, 터진 혈관도 발견할 수 있었다.

"저거로구만."

강혁은 뇌실 위쪽 벽면을 지나가는 작은 혈관을 가리켰다. 이름조차 따로 없을 것처럼 작은 혈관이 터져서 이런 사달을 일으키다니. 뇌라는 장기는 과연 알다가도 모를 존재였다.

그 혈관에서는 지금도 출혈이 계속되고 있었다. 보통 뇌출혈이라고 해도 혈관이 아주 작은 경우엔 저절로 피가 맞는 경우도 많은데, 계속 흘러나오고 있다는 건 그렇게 좋은 사인은 아니었다.

"동맥이군요."

"아마 동맥류가 있었던 거 같은데."

강혁과 재원, 두 사제는 비교적 밝아진 시야 덕에 보이는 것에 대해 이런저런 대화를 나눴다. 강혁은 아까보단 표정이 많이 밝아져 있었지만, 재원은 여전히 어둡기만 했다.

'혈관을 찾은 것까지는 좋다 이거야.'

근데 저놈의 혈관을 어떻게 처리를 해준단 말인가. 괜히 출혈을 막는답시고 잘못 건드렸다가 저 동맥이 먹여 살리던 부위가 죽기라도 하면 또 다른 재앙이 될 터였다.

드르륵. 재원이 막 고민에 고민을 거듭하고 있을 때쯤 강행이 물을 뚝뚝 떨어뜨리며 안으로 들어왔다.

"저, 교수님. 근데 저 아직 이 병원에 등록도 안 되어 있는데 괜찮나요?"

등록되지 않은 병원에서 의료 행위를 하면 범법의 소지가 있었다. 하지만 강혁은 그런 것에 개의치 않는 인간이 아닌가.

"응, 괜찮아. 수술 안 들어오고 싶어서 수 쓰지 말고. 빨리 일로 붙어, 인마."

"아니……. 그런 건 아닌데."

"아니긴?"

"진짜 아닙니다……."

강행은 그 말을 하면서 재원 옆의 빈자리로 향했다. 재원은 그런 강행의 귓가에 대고 속삭였다.

"정말 환영합니다. 진짜 잘해줄게요. 제발 도망치지 마세요."

이미 들어오기 전부터 여러 각오가 되어 있던 강행에게는 더없이 반가운 말이었다. 교수가 또라이라는 건 익히 알고 있던 사실 아니었던가. 게다가 일이 힘든 거야 뭐 누구나 아는 사실이기도 했고. 거기에 딱 하나 있는 선배까지 미친놈이라면 얼마나 힘들겠는가.

'일단 이 사람은 괜찮은 거 같은데…….'

강행에게 재원의 말은 유일한 희망이라고 할 수 있었다.

"숙덕거리지 말고, 일단 거기 서 있어봐."

물론 강혁은 설명 없이 그저 지시만 내릴 뿐이었다.

"네, 네."

강혁은 그렇게 노예 2호의 위치를 바로잡아준 후, 다른 기구를 들더니 두개골에 뚫린 구멍에 '쿡' 하고 집어넣었다. 이번에도 어김없이 '부지직' 뇌가 부서지는 듯한 소리가 들렸다.

"어후."

당연하게도 노예 1호와 2호 모두의 입에서 신음이 흘러나왔다.

"시끄러워. 너희들이 자꾸 그러니까 기분 더럽잖아."

"아니……. 이런 소리가 나는데 어떻게 가만히 있어요."

"그런 소리 하지 말라니까? 진짜 뇌 부수는 느낌 든다고."

"부수는 거 맞는 것 같은데……."

"뒈질래?"

"아닙니다, 네. 아니에요."

재원은 더 이상 대꾸하지 않기로 했다. 만약 여기서 한 대 맞기라도 한다면, 그 모습을 강행이 본다면……. 첫날부터 그런 모습을 보면 도망가고 싶지 않겠는가. 다행히 재원이 재빨리 물러나선지, 강혁은 만행을 저지르지 않았고 그저 기구를 쑥 하고 뇌실에 집어넣었을 뿐이다. 여전히 피가 나오고는 있었지만 석션으로 빨아들이고 있어서 시야가 가려질 정도는 아니었다. 덕분에 이번에는 기구가 뇌실에 들어가는 모습을 내시경 화면으로 똑똑히 볼 수 있었다.

"집…… 게?"

재원과 강행은 누가 1호, 2호 아니랄까 봐 거의 동시에 같은 단어를 내뱉었다. 강혁은 1호, 2호를 바라보며 입을 열었다.

"둘 중에 누가 카메라 잡고, 누가 집게 잡을래?"

"어……."

두 사람은 급히 머리를 굴리기 시작했다. 무엇이 더 쉽고, 혼나지 않을 확률이 높은지 가늠해보는 듯했다. 강혁은 그런 둘에게 지금의 노력이 모두 부질없는 짓이란 걸 미리 말해주었다.

"둘 다 존나 어려울 테니까 그냥 아무나, 아무거나 해."

"아, 네……. 그럼 제가 그냥 계속 카메라 잡을게요……."

"그럼 제가 집게……."

그렇게 해서 2호가 집게를 잡게 되었다. 강혁은 양손으로 각각 기구 하나씩을 잡고 있는 두 사람을 보며 말했다.

"좋아. 둘 다 잘해라. 못하면 진짜 죽어."

"환자 얘기죠?"

재원이 입방정을 떨었고,

"억."

결국, 정강이를 차였다.

"미친놈이 재수 없는 얘기를 신나서 하고 있네."

강혁은 그렇게 쏘아붙인 후, 장미를 향해 손을 내밀었다. 그러자 장미가 영 떨떠름하다는 얼굴로 기구를 집어 들었다.

"진짜 이거 드려요?"

"줘야지. 내가 달라고 했잖아."

"하아……. 이거 교수님도 솔직히 처음 해보는 거죠?"

"그렇지 뭐. 중증외상이 대부분 그렇잖아?"

"그거야……. 그렇긴 하더라고요."

장미는 얼마 전 뉴욕 학회에 가서 배웠던 것들을 떠올렸다. 아주 많은 것들을 밀도 있게 배우긴 했지만 가장 중요한 것을 말해보라고 하면 주저하지 않고 말할 수 있었다.

'원칙을 지키되, 새로운 것을 시도하기를 망설이지 말아라.'

외상이란 정말이지 너무도 다양한 형태로 나타날 수 있기 때문에, 그로 인한 손상도 거의 무한대에 가까웠다. 이미 해봤던 치료법, 원칙적인 치료법만 고집하다보면 놓치게 되는 환자가 많아질 수밖에 없었다. 그러니 지금 강혁은 딱 중증외상 외과에서 지향해야 할 바를 행하고 있는 것이었다. 끊임없는 도전 정신. 이것만이 외상 외과를 발전시킬 수 있고, 더 많은 환자를 살릴 수 있었다.

'하지만 실패하면…….'

남들이 안 했던 짓을 했다는 거 자체가 비수가 되어 돌아올 가능성이 있었다.

"빨리 줘."

하지만 장미는 결국 강혁이 내민 손에 기구를 들려줄 수밖에 없었다. 다른 무엇보다 환자만 생각하는 강혁에게 감화된 지 오래였기 때문이다.

"네, 교수님. 언제나처럼 완벽하게 해내주세요."

그녀는 응원의 말과 함께 바늘을 물고 있는 내시경용 집게를 건네주었다. 강혁은 고개를 끄덕이며 집게를 받아 들고는 쑥 하고 뇌 안으로 밀어넣었다. 바늘이 물려 있기는 했지만, 아예 세로로 물려 있었기 때문에 별다른 손상은 없었다. 1호, 2호는 이번에도 강혁이 그렇게 듣기 싫어하는 신음을 흘리고야 말았다. 다행히 강력도 집중했는지 아까처럼 화를 내진 않았다.

"자, 이제 저 혈관 문합할 거야."

1호, 2호 겨우 정신을 차리고보니 강혁은 그야말로 미친 수술을 예고했다. 두개내 내시경 수술이라니. 직접 보고 있는 게 아니었다면 거짓말하지 말라고 했을 말이었다.

"1호, 너는 카메라 천천히……. 천천히 이동해."

"네."

"딱 거기서 멈춰서 내가 움직이는 바늘 중심으로 시점 이동해."

"어……."

"못 하겠다는 소리하지 말고. 2호가 보고 있다."

"네……."

재원은 울며 겨자 먹기로 고개를 끄덕였다. 다음은 강행 차례였다.

"2호. 너는 이거 딱 당겨. 그리고 내가 바늘 움직일 때마다 거기잘 보이게 옮겨."

"어……."

"못 하겠다는 소리하지 말고. 죽인다."

"네……."

강혁의 요구 사항은 아까 그가 말했던 것처럼 진짜 존나, 조오오오오오온나 어려웠다.

"천천히 하라고, 천천히!"

"네, 죄송……."

재원은 강혁의 기구 움직임을 따라 카메라를 옮기다가 한 소리를 듣고 고개를 숙였다. 너무 잘하려다가 속도를 낸 것이 화근이었다. 당연히 점점 느려질 수밖에 없었다.

"굼벵이도 아니고……. 야, 화면이 안 보이잖아. 넌 지금 내 눈이라고 눈! 머리가 보고자 하는 곳을 보여줘야지!"

"하……. 네."

물론 느려터진 재원의 움직임도 강혁의 마음에 들지 않았다. 이러나저러나 욕을 먹는 상황이라 할 수 있었다. 그렇다고 2호가 편한 것도 아니었다.

"야……. 거기 계속 집고 있으면 저절로 혈관이 붙냐?"

"아, 아뇨."

"옆으로 이동하라고!"

"네, 네."

강행에게도 어마무시한 비난이 쏟아지는 중이었다. 그렇단 얘기는 즉 수술이 더럽게 어렵고, 잘 안 되어 가는 중이란 것을 의미했다. 재원이나 강행이나 이래도 혼나고 저래도 혼나고 있는 만큼, 강혁 또한 손발이 묶인 상황이란 말이었다.

'그냥 머리 열까…….'

그러다보니 자연히 머릿속으로 이런 생각도 들었다. 남들처럼 머리를 열었더라면 벌써 수술이 끝나긴 했을 터였다. 환자의 정상적인 삶도 끝났겠지만.

'아냐……. 그래도 여기까지 왔어.'

강혁은 제대로 들어가 있는 카메라와 그를 통해 비치는 뇌실 내부를 바라보았다. 제때 이곳에 잔뜩 들어차 있던 피를 제거해낸 덕에 지금 환자의 활력 징후는 안정 그 자체라 할 수 있었다. 물론 이후 두뇌 기능이 얼마나 돌아오는가는 완전히 다른 얘기가 되겠지만.

'그러자면 이 방식으로 어떻게든 끝내야 해.'

환자의 예후가 눈에 보이는 듯했다. 강혁은 아랫입술을 깨문 채 아주 천천히 기구를 움직였다.

불가능해 보이고, 더럽게 느린 과정이었지만. 천천히 한 땀 한 땀 분명히 진행하고 있었다.

톡. 강혁의 손이 미세하게 움직일 때마다, 찢어져 있던 혈관이, 여전히 피를 내뿜고 있는 혈관이 서서히 붙고 있었다.

"후."

강혁은 거의 5개 정도의 매듭을 지은 후 거친 한숨을 쉬었다. 그 간 눈을 깜빡거리지 못한 탓에 눈물이 주르륵 흘러내렸다. 그 모습을 본 장미가 흠칫 놀랐다.

'무슨 초집도 하는 1년 차도 아니고 교수님이……'

"교수님, 잠시만."

장미가 한껏 안쓰럽다는 얼굴로 거즈를 집어 강혁의 눈가를 톡톡 닦아주었다.

"만만치가 않네."

그야말로 너무 어려운 수술이었기 때문이었다.

"그래도 이제 거의 다 왔어."

하지만 끝이 보이긴 했다. 지금까지 잡아둔 매듭 덕에 혈관은 거의 붙기 시작하지 않았던가. 지금부터의 매듭은 지금까지의 매듭보다는 훨씬 수월할 터였다.

"너희도 좀만 더 힘내라."

"네."

해서 강혁은 보조의들에게 웬일로 격려의 말을 건넨 후 재차 봉합에 들어갔다.

"허."

이제 슬슬 마무리 단계에 들어가고 있던 김인수 교수도 화면을 바라보며 감탄을 내뱉었다. 그야말로 미쳤다는 말이 나오는 광경이었다. 툭. 강혁은 평생 한 번이나 가능할까 싶은 마법을 계속해서 이어나가고 있었다. 덕분에 그리 오래 지나지 않아 찢어졌던 혈관을 완전히 이어 붙일 수 있었다.

"흘러나오는 건 없지? 카메라 좀 더 붙여봐."

그는 봉합을 마친 후, 재원을 바라보았다. 재원은 고개를 끄덕이며 카메라를 혈관 가까이 이동시켰다. 마치 줌 인처럼 혈관이 확대되어 화면 가득 나타났다. 통통. 동맥이니만큼 크게 박동하고 있었다. 그런데도 피는 단 한 방울도 흘러나오지 않았다. 다행히 어디하나 부풀어오르는 곳도 없었다. 혈류가 그대로 유지되고 있다는 뜻이었다.

"없는 거 같습니다."

"그래, 없네. 후."

아마 머리를 열어서 뇌를 확 젖히고, 일부를 제거한 것에 비하면 훨씬 좋을 터였다. 하지만 이후의 일은 제아무리 강혁이라고 해도 예상이 어려웠다. 지루한 기다림의 시간이 찾아온 셈이었다.

"신경과 최 교수님 연락하고. 김 교수님, 팔은 어찌 됐습니까?"

강혁은 잠시 상념에 잠겨 있다가 지시를 내리곤 김인수 교수 쪽을 돌아보았다. 김인수 교수는 남몰래 해온 연습이 보람 있었다는 것을 온몸으로 보여주는 중이었다. 이전에도 그리 실력이 나쁜 편은 아니었지만. 지금은 상당히 진일보해 있었다.

"보시다시피, 끝났습니다."

"괜찮네요."

강혁은 김인수 교수가 수술한 부위를 아주 잠깐 훑었지만 아주 좋다는 말은 차마 할 수 없었다. 몇 가지 개선해야 할 점이 보였기 때문이다. 그렇다고 뭐라고 할 수도 없어서 애매한 칭찬이 튀어나왔다.

"하, 하하."

'괜찮다'니. 김인수 교수는 헛웃음을 터뜨렸다. 이런 말은 교수가 들을 말이 아닌데, 싶었지만 더 이상한 일은 그리 기분이 나쁘지 않다는 점이었다.

'변태 같지만, 오히려 기분이 좋단 말이지.'

"자, 덕분에 제시간에 수술 끝내겠네요. 곧 나갑시다."

강혁은 약간 얼굴이 벌게진 김인수 교수를 향해 말을 이었다. 그 바람에 김인수 교수는 조금은 당황한 듯 고개를 끄덕였다.

"네, 네. 감사……. 아니, 아니지. 네, 그러시죠."

강혁은 이미 김인수 교수에게서 환자에게로 온 신경을 옮긴 참이었다.

"조폭. 수류탄 줘봐."

"수류탄……. 아, 네."

수류탄이란 배액용 주머니를 의미했다. 생긴 게 수류탄처럼 생겨서 수술실에서는 대부분 그렇게 불렀다. 강혁은 수류탄에 연결된 관을 방금까지 집게가 들어가 있던 통로로 넣어 뇌실 안에 위치시키고 봉합에 들어갔다. 이렇게 하면 혹시 조금 출혈이 있더라도 뇌실에 차오르는 대신 관을 타고 빠져나오게 된다.

'한번 부은 뇌는 어디서든 터지기 쉽지.'

그러지 않으면 좋겠지만, 그럴 수도 있는 일은 무조건 대비하는 것이 좋았다.

"봉합 끝났고, 자, 나가자."

강혁은 그렇게 마지막 두피 봉합까지 마친 후 경원을 돌아보았다. 경원은 언제나처럼 옅은 미소와 함께 고개를 끄덕였다.

"나갈 준비 끝났습니다. 바로 나가면 됩니다."

"오케이, 좋아."

덕분에 강혁을 비롯한 팀원들은 환자를 바로 옮길 수 있었다. 그렇게 수술실에서 막 빠져나가려는데 강혁이 뭔가 생각났다는 듯 손뼉을 쳤다.

"아, 맞다. 이런 망할."

그의 말에 모두 일순 긴장했다. 방금 지독히도 어려운 수술이 끝난 상황 아닌가.

"뭐……. 뭐 넣고 꿰매신 건 아니죠?"

장미가 말을 더듬으며 물었다. 머릿속으로 방금 카운트했던 것을 떠올리면서였다.

'이상하다. 들어간 거즈랑 나온 거즈 양이 같은데……. 바늘 부러진 것도 없었고…….'

아무리 생각해도 실수는 없는 것 같았다. 하지만 강혁은 누가 봐도 큰 실수를 저지른 사람의 얼굴을 하고 있었다.

"아니, 미쳤어?"

"그럼 뭔데요?"

"혈관을 아직도 안 주고 있었네."

"네?"

"1호, 수술 끝났으니까 바로 가자. 강 교수님 애타게 기다리고 있을 거야."

"아."

재원은 강혁의 뒤를 따라 이동하면서 불과 사흘 전 긴장감 넘쳤던 입국 현장을 떠올렸다. 누가 봐도 정상적인 입국은 아니었다.

"어디 있냐?"

강혁은 당직실에 들어서자마자 재원에게 물었다. 재원은 바로 답하려다가 입을 다물었다. 최하림 감독이 어느새 뒤따라와 있었기 때문이다.

"왜요?"

강혁과 재원은 하려던 것을 멈추고 최하림 감독을 바라보고 있었다. 그녀가 이 당직실에 합류한 이래 둘이 이런 모습을 보인 것은 처음이었다. 아까 수술실에서만 해도 카메라가 돌아가고 있다는 것을 자각하고 있다기엔 믿기지 않을 정도로 함부로 행동하던 강혁 아니던가.

"어흠, 거……."

아무리 강혁이라도 밀수해온 물품을 카메라 앞에서 보일 수는 없는 노릇이었다.

"왜요? 무슨 일이에요?"

"그……."

강혁은 당황한 눈빛으로 재원을 바라보았다. 그로서는 실로 드물게 도움을 요청하는 눈을 하고 있었다.

'윽, 교수님…….'

수제자를 자처하고 있는 재원도 처음 보는 눈이었다. 얌전해 보이는 외모와는 달리 제대로 된 똘끼로 무장하고 있는 재원은 이 눈빛을 그냥 넘기기가 쉽지 않았다.

'기대받고 있어…….'

뭐라도 해야겠다는 생각이 들었으나, 그리 좋은 생각이 떠오르진 않았다.

"야, 야 미쳤어?"

강혁은 갑자기 바지를 내리고 있는 재원을 보며 소리쳤다. 최하림 감독 또한 급히 고개를 돌리며 외쳤다.

"왜, 왜 이러세요?"

"아까 수술하다가 너무 급해서 싸버렸습니다! 교수님만 눈치채신 거 같아서 수습해주러 오신 겁니다!"

재원은 거의 반쯤 울면서 외쳤다. 왜 내 머리는 이따위 생각만 떠올릴 수 있는 걸까.

"에, 에이. 그럼 나갈게요!"

효과가 있기는 있었다. 최하림 감독은 차마 더 있지 못하고 획 나가버렸다. 그렇게 당직실 안에는 복잡한 표정을 짓고 있는 강혁과, 바지를 반쯤 내린 채 울상이 된 재원만 남았다.

"그게 최선이었냐?"

강혁은 굳은 듯 더 내려가지도, 올라오지도 못하는 재원의 바지를 추켜올려주며 물었다. 그로서는 거의 최선을 다해 친절하게 대하는 중이었다. 그리고 그걸 재원 또한 모르지 않았다.

"감사합니다……."

"뭘 울고 그래."

"카메라 돌아가고 있는데 내렸잖아요……."

"설마 방송에 쓸까?"

"교수님은 저 감독님이 이전에 만든 영화 안 보셨죠?"

"안 봤지."

강혁이 무슨 시간이 있어 영화를 보겠는가. 그저 블로그에서 평전만 확인했을 뿐이었다.

"저 감독님 팬덤이 꽤 있는 편인데, 그 이유가 '진짜 리얼해서'예요……."

마약 수사하던 형사가 단 한시도 눈을 뗄 수 없는 잠복근무를 하느라 기저귀를 차고 있었는데, 그 과정은 물론이고 뒤처리 과정까지 모자이크해서 보여준 전력이 있는 감독이었다. 그러니 방금 장면 같은 건 당연히 영화에 포함시키겠지. 그 말을 들은 강혁은 재원의 어깨를 툭툭 두드려주었다.

"너 여자 친구 없던가?"

"네."

"저 영화 나오기 전에 부지런히 사귀어라……."

온 국민에게 똥쟁이로 소문나게 생긴 마당 아닌가. 강혁은 진심을 담아 재원을 위로해주었다.

"어휴."

"아무튼, 그거 어딨어."

재원은 아직 마음을 추스르지 못했지만, 강혁은 위로했으니 이미할 일은 했다고 생각했다. 마치 아무 일도 없었던 것과 같은 태도로혈관부터 찾았다. 재원 또한 강혁의 인간미에 대해서만큼은 기대가전혀 없었으니 딱히 서운해하지 않고 자연스럽게 다음 단계로 넘어갔다.

"아, 그거……. 가방에 있어요. 아직 짐을 못 풀어서요."

"아니, 뉴욕에서 온 지가 사흘째인데 아직도 짐을 못 풀었어?"

"오자마자 헬기 탄 거 기억 안 나십니까?"

"아, 맞네. 그러고보니까 나도 내 짐 못 풀었어."

강혁은 그제야 당직실 한쪽에 놓아둔 가방이 생각났다는 듯 그쪽을 바라보았다. 안에는 새 옷이 제법 많이 들어 있었는데, 이대로가다간 한번 입지도 못하고 버리게 생겼다.

"웃차."

재원 또한 강혁이 사준 캐리어를 열고, 마찬가지로 강혁이 사준 옷들을 꺼낸 뒤 누가 봐도 수상쩍게 생각할 만한 검은 비닐봉지를 꺼냈다. 봉지 안에는 조금 민망한 수준의 잡지가 몇 권 들어 있었다. 혹시라도 걸리면 이걸 핑계로 넘어가기 위해 준비한 것이었는데, 이제 와서 다시 보더라도 역시 이상했다.

"이 새끼 이거 아무거나 19금 서적 넣으라니까, 취향 봐라……."

강혁은 그중 하나를 빼들고는 혀를 찼다. 전국구 똥쟁이가 놀림거리라면, 이 책은 거의 매장감이었다.

"에, 에이! 그거 제가 원해서 산 것도 아닌데요, 뭐!"

"이런 거로 혈관을 싸다니. 너 이거 애들 몸속에 들어갈 거라는 건 알고 있는 거냐?"

"아니……. 상자를 싼 건데 뭔 상관이에요. 그리고 이 아이디어는 온전히 교수님 거라고요!"

"이렇게 이상한 책을 살 줄 누가 알았나?"

강혁은 수갑 찬 여자가 하이힐로 남자를 짓밟고 있는 표지의 잡지를 흔들며 말했다.

"아무튼, 그 지저분한 거 다 치워. 상자만 꺼내."

"알았어요……."

재원은 봉지 안에 든 상자를 꺼냈다. 안에 고어텍스, 인조 혈관이 무려 열 개나 든 귀하디귀한 물건이었다. 정가만 따져도 상당하겠지만, 현재 대한민국에서는 구할 수 없으니, 거의 목숨값만큼 받을 수 있는 물건이었다. 실제로 이게 없어서 죽어가는 아이들이 많았으니까. 멀리 갈 것도 없었다. 강일구 교수 앞으로 입원한 아이가 그러했다.

"가자. 교수님 진짜 애타게 기다리실걸."

"네. 아기 아직 살아 있는 거죠?"

"확인은 못 했어."

"어, 그럼……."

"살아 있을 거야. 강 교수님이 두 달이라고 했으니까."

재원은 그제야 강일구 교수 또한 강혁 정도는 아니더라도 흉부외과에서 한 획을 그은 전설적인 교수란 사실을 떠올렸다. 실제로 그가 돌봐준 외상 외과 환자들은 모두 상태가 아주 좋았다. 환자 보는 실력이 대단하다는 뜻이었다.

"잘 처리하신 거예요?"

당직실을 나서자 앞에서 대기 중이던 최하림 감독이 떨떠름한 얼굴로 물었다. 혹시 몰라 옷을 갈아입고 나온 재원은 역시나 떨떠름한 얼굴로 고개를 끄덕였다.

"네……."

"야, 정말 대단하세요. 살신성인이네요, 진짜."

"아뇨, 뭐……."

"이런 건 제가 좀 하이라이트 형식으로 반드시 싣겠습니다."

"아뇨, 아뇨. 그런 건 좀……."

"자랑할 건 자랑해야죠!"

남이 똥 지른 게 그렇게 자랑할 만한 일인가. 심지어 진짜도 아닌데. 재원은 잠시 그런 눈으로 최하림 감독을 바라보았으나 그녀는 이미 완성된 장면을 떠올리고 있었다. 이미 재원 따위는 안중에도 없었다. 어느 한 방면에서 큰 성공을 거두려면 인성이 이래야 하는 건가 싶은 생각이 드는 순간이었다.

"저, 감독님. 저희는 그럼 이만 가보겠습니다."

재원이 절망에 빠진 사이 강혁은 최하림 감독에게 인사했다.

"어디 가시는데요?"

"다른 과 교수님 만나러요. 개인적인 일이라."

"아, 네……."

최하림 감독은 잠시 미심쩍다는 표정을 지어 보였으나, 그녀도 연이은 강행군으로 지친 마당이었다. 개인적인 일이라고 선을 긋는데 따라갈 만큼 체력이 남아 있지 않았다.

'이건 무슨 마약 수사대보다 더 힘들어.'

결국 강혁과 재원만 보내고 최하림 감독은 당직실 빈 침대에 널브러지고야 말았다. 그녀가 정신 줄을 놓은 사이, 강혁과 재원은 흉부외과 강일구 교수에게 찾아갔다. 이미 저녁 시간이 훌쩍 지나버린, 아주 늦은 시간이었지만 그는 당연하다는 듯 본인 연구실에 있었다.

"아, 백 교수님. 환자 인계는 해드렸습니다. 잘 다녀오셨어요?"

강일구 교수는 여느 때처럼 피곤해 보이는 눈으로 강혁을 바라보았다. 지금까지 들여다보고 있었던 모니터에는 환자 차트와 함께 논문들이 잔뜩 떠 있었다.

'심혈관계 기형에서 자동맥 채취를 활용한 수술…….'

강혁은 잠깐 그것을 훑어본 것만으로도 강일구 교수가 어떤 환자 때문에 골머리를 썩이고 있는지 알 수 있었다. 혈관을 구하지 못하면 만들어서라도 쓰려고 했던 모양이다. 하지만 저 논문은 미처 인조 혈관이 나오기 전에 발표된 논문이었다. 아주아주 옛날얘기란 뜻이었고, 수술 성공률도 바닥을 치던 시절이었다.

'저 당시 트라우마 생긴 흉부외과 의사가 한둘이 아니라 했었지.'

드라마나 영화 또는 만화책에서는 수술대에서 환자가 죽는 상황이 자주 연출되지만 실제로는 거의 없는 일이라고 보면 되었다. 외상 외과가 아닌 의사들은 평생 그런 상황을 마주할 일이 아예 없는 사람들도 있었다. 그런데 내 눈앞에서 조금 전까지 수술한 환자가 가슴이 벌어진 채 죽었다고 상상해보라. 그것도 아직 어린아이가. 의사도 사람인 이상 다시 칼을 잡기 어려워질 가능성이 높았다. 강혁은 강일구 교수 같은 사람이 그렇게 되면 개인의 불행을 넘어 대한민국 의료계의 불행이라고 생각했다.

"네, 인계 잘 받았습니다. 아이는 좀 어떤가요?"

"아, 그거요? 너무 신경 쓰지 마십쇼. 제가 알아서 하고 있습니다."

강일구 교수는 허허 웃으며 손을 저었다. 어찌나 어색한지 누구 봐도 거짓말을 하고 있다는 것을 알 수 있을 정도였다.

"별로 알아서 잘되는 거 같지는 않은데요? 그 논문 78년에 발표된 거 아닙니까?"

강혁은 모니터를 가리키며 강일구 교수의 거짓말을 파헤쳐버렸다. 그러자 대번에 강일구 교수의 표정이 어두워졌다.

"당시에는……. 최고로 치던 논문이죠."

"그래서 수술 성공률이 어떻습니까?"

"5% 미만이죠."

하지 말아야 하는 수술이란 얘기였다. 하지만 그럼에도 해야 할 수술이기도 했다. 안 하면 100% 죽으니까. 강혁은 그 말을 한 후 참담한 얼굴이 된 강일구 교수 앞으로 상자를 내밀었다.

"이거 쓰시면 100% 살릴 수 있으시죠?"

희망 가득한 말을 보태면서였다.

"아니……. 이건?"

강일구 교수의 눈썹이 휘어 올라갔다. 강혁이 내민 것은 상자째로는 더더욱 보기 어려운 물건이었다. 고어 메디컬사에서 수출을 거부하기 전에도 이렇게 많은 양의 인조 혈관을 한 공간에서 본 기억은 없었다.

"보신 대로 입니다. 고어 메디컬사의 인조 혈관이죠."

"이걸……. 이걸 대체 어디서 구하신 거죠?"

강일구 교수는 믿기 어렵다는 눈으로 상자를 이리저리 돌려 보았다. 이미 강혁이 상자는 개봉을 해뒀기 때문에, 안쪽에 개별 포장된 혈관들이 아주 잘 보였다. 어떻게 봐도 강일구 교수가 수술할 때 보아왔던 바로 그 혈관들이었다.

"저 미국 다녀왔잖아요."

"미국? 설마?"

강일구 교수는 강혁이 국내 어딘가에 남아 있던 물건을 어렵사리 구해 온 것이라 생각하고 있었다. 그럴 수는 없을 거라고 내심 느끼고 있기는 했지만.

'내 모든 인맥을 다 동원해서도 구할 수가 없었어…….'

일단 도매상이 보유한 물건은 아예 단 하나도 없었다. 고어 메디컬사에서 수출을 거부한 이후 각 병원에서 경쟁하듯 사들였기 때문이었다. 그렇다고 해서 그 병원들도 지금은 많이 보유하고 있지 않았다. 애초에 학회에서 중재에 나섰기 때문에 다른 병원보다 보유량이 특별히 더 많은 병원은 없었기 때문이었다.

'아무도 선뜻 내어줄 수 있는 사람이 없었지.'

그 물품을 보유하고 있는 병원의 흉부외과 의사들은 전부 자기 환자를 가지고 있는 사람들이었다. 환자의 목숨이라고 할 수 있는 물건을 선뜻 내줄 수 있겠는가. 그 상대가 아무리 자기 스승격이라

할 수 있는 강일구 교수라 해도 어려운 일이었다.

"이건 밀수군요……."

강일구 교수는 강혁이 내민 상자를 처참한 눈으로 내려다보았다. 일반인들이야 전혀 알지 못하겠지만. 밀수란 심각한 범죄라고 할 수 있었다. 응당 국가의 검수를 받아야 할 물건을 그냥 떼 온 것이었으니까. 만약 이 혈관을 가지고 수술을 했을 때, 뭔가 잘못된다면 해당 의사는 덤터기를 잔뜩 뒤집어쓸 수밖에 없는 그런 행위였던 것이다.

"맞습니다. 밀수품입니다."

강혁은 일그러진 얼굴의 강일구 교수를 보며 말을 이었다. 아주 당당한 게, 밀수가 범죄라는 것도 모르겠다는 얼굴이었다.

"이걸 어떻게……. 아니, 흠."

강일구 교수는 궁금증을 해소하려다 말고 고개를 저었다. 방법을 알면 뭐 어쩌겠다는 말인가. 나중에 이 물건이 떨어지면 또 같은 방법으로 구하겠다는 뜻밖에 더 되겠는가.

"책임은 제가 집니다. 교수님은 이걸로 환자를 살리시죠."

강혁은 그런 강일구 교수 쪽으로 상자를 조금 더 밀었다. 그러자 강일구 교수는 상자를 집더니 고개를 저었다.

"아뇨. 책임은 제가 져야죠. 교수님께서 어떤 경로로 이걸 여기까지 가져왔는지 모르겠지만, 이미 충분한 수고를 해주신 겁니다. 저로서는 더 다른 것을 요구할 수 없다고 생각합니다."

"그렇습니까?"

"그럼요. 덕분에 제 환자를 살리게 된 거 아니겠습니까? 감사하다는 말밖에 드릴 말이 없습니다."

강일구 교수는 그렇게 말하고 고개를 푹 숙여 감사를 표했다. 그러고는 옆에 놓여 있던 전화기를 집어 들더니 어디론가 전화를 걸었다.

"어, 박상아 아기 보호자한테 연락 좀 해줘요. 혈관 구했다고. 이번 주 안에 수술하자고."

그 말을 들은 병동 간호사가 환호를 지르는 것이 수화기 너머로도, 닫힌 문을 통해서도 들렸다. 세상의 빛을 본 지 얼마 되지도 않는 아기가 손쓸 도리도 없이 죽어가는 모습을 지켜만 보는 게 어찌 간호사들이라고 해서 마음이 아프지 않았겠는가. 오히려 강일구 교수보다 더 가까이에서, 더 자주 봐야 하는 사람들이 간호사였다. 눈앞에서 죽어가던 아이를 살릴 수 있게 되었다는 소식은 병동 전체를 환희에 젖게 하기에 충분했다.

"엄청 좋아하네."

강혁은 아직도 소란스러운 병동 쪽을 돌아보며 중얼거렸다. 그 말에 강일구 교수가 강혁의 손을 잡았다.

"당연하죠. 이거……. 이 혈관들 말입니다."

그리곤 상자에 담긴 열 개의 혈관을 가리켰다. 정부의 무리한 가격 협상 때문에 이제 더는 수입되지 않는 물건이었지만 어떤 이들에게는 그저 '물건'이 아니었다.

"목숨입니다. 교수님께서 무려 열 개의 목숨을 구해 오신 거예요."

강일구 교수가 인조 혈관을 구하기 위해 여기저기 알아보던 과정에서 몇 가지 알게 된 것이 있었다. 지금 강일구 교수와 같은 상황에 빠진 이가 한둘이 아니라는 점이었다. 그중에는 아이 보호자가 개인적으로 밀수하려다 실패한 경우도 있었다. 비난할 만한 일은 아니었다. 적어도 그들에게 이건 범죄가 아니라 생명을 살리기 위한 발악이었으니까.

"제가 혹시 이걸……. 다른 병원에 조금 나누어주어도 괜찮겠습니까?"

강일구 교수는 강혁이 어렵게 구해 온 천금 같은 열 개의 목숨을 나누자고 말했다. 강혁은 당연히 강일구 교수가 가지고 있다가 자기 환자들을 위해 사용할 줄만 알았던 터라 바로 답하지 못했다. 강일구 교수는 그 침묵이 부정의 뜻인가 하여 급히 말을 덧붙였다.

"교수님이 불편하시면 그냥 제가 가지고 있겠습니다. 깨끗하게 구한 물건이 아니란 것을 제가 잠깐 깜빡했군요."

강혁이 아무리 담담한 태도로 앉아 있다고 해도 이건 밀수품이다. 강일구 교수만 입을 다물면 그 누구도 눈치채기 어려울 것이다.

"아뇨, 괜찮습니다. 그냥 제가 생각했던 것보다 교수님이 더 훌륭한 분이라 놀라서요. 저는 상관없으니 교수님이 원하시는 대로 하시죠."

"아……. 그렇습니까? 정말 감사합니다. 그럼 저 통화 좀 잠시 해도 되겠습니까?"

그 말에 강혁은 저도 모르게 주머니 속에 넣어두었던 핸드폰을 들여다보았다. 이미 저녁 시간을 훌쩍 넘은 9시였다. 옆에 있던 재원은 이제 슬슬 배가 고프던 참이지만 스승이 이러고 있으니 어쩔 수 없이 반쯤 포기한 기색으로 고개를 끄덕였다.

"감사합니다."

재미있는 점은 상대의 반응 또한 한결같았단 점이었다.

"저, 정말입니까? 교수님 감사합니다! 감사합니다!"

그들은 사실 자기 목숨이 살게 된 것도 아닌데, 마치 그렇게 되기라도 한 것처럼 뛸 듯이 기뻐했다. 수화기 너머로도 확실히 전달

될 정도로 기뻐했기 때문에 강혁도, 재원도 가슴 한쪽이 따뜻해져 오는 기분이었다. 특히 이 일에 대해 일말의 찜찜함을 간직하고 있던 재원으로서는 어떤 위로까지 받는 느낌이었다.

"기다리게 해드려서 죄송합니다. 이제 다 됐습니다, 교수님. 정말 감사합니다."

강일구 교수는 마침내 통화를 다 마치고 강혁을 다시 바라보았다.

"아닙니다. 너무 좋아하시니까, 저도 좋군요. 그럼 이만 가보겠습니다."

"아, 그렇습니까? 환자가 있으신가 보죠?"

뭔가 다른 이유가 있을 수도 있을 텐데, 강일구 교수는 환자에 대해서만 물었다. 강일구 교수도 삶의 거의 모든 부분이 환자에 매여 있기 때문이었다. 강혁이라고 해서 예외는 아니었던지라 고개를 끄덕였다.

"네. 오늘 좀 어려운 환자를 수술했습니다."

"그렇군요. 그럼 시간 더 뺏지 않겠습니다, 교수님."

"네. 혹시 도움 필요하시면 언제든지 불러주시죠."

"저야말로 언제든 가겠습니다, 교수님."

강혁과 강일구 교수의 나이 차이는 10년이 아니라 20년에 가까웠다. 하지만 분명 지금 둘 사이에는 동료 이상을 넘어 어떤 지기로서의 무언가가 통하는 중이었다. 그렇게 강일구 교수 방에서 빠져나온 강혁이 재원의 어깨를 툭툭 두드리며 물었다.

"환자 어떻대?"

"네?"

재원으로서는 어처구니가 없을 수밖에 없는 질문이었다.

"우리 같이 있었잖아요, 교수님……."

"대화는 내가 다 했는데? 네가 그럴 줄 알고 내가 알아봤다. 아직 의식은 깨워봐야 알겠지만, 뇌파 검사 괜찮고 활력 징후도 좋대. 너 오늘 약속 없지?"

"약속이요?"

재원은 그런 게 있을 리가 있겠냐는 눈빛으로 강혁을 바라보았다. 물어본 강혁도 자신의 실수를 인정했다.

"아, 맞다. 너 연애도 안 하지, 참……."

"연애랑 약속이랑 무슨 상관이에요!"

재원은 자꾸 상처를 후벼 파는 듯한 강혁의 말에 눈을 세모나게 떴다.

"2호 왔잖아. 회식이나 한번 하지."

"회식이요?"

"그래."

"오……."

그제야 재원의 표정이 조금 달라졌다. 회식해야 얘기를 나눌 기회가 많지 않겠는가.

'그럼 상하 관계를 명확히 하고……. 업무 분담을 구체적으로 해야겠구만.'

잡일들 넘길 생각을 하니 웃음이 절로 나왔다. 그리고 강혁은 그의 웃음을 쏙 들어가게끔 했다.

"이제 둘 됐으니까, 한 명은 다른 과 파견 보내서 배워오게 해야겠어."

"네?"

"너야 이제 대강 신경외과랑 흉부외과 흉내는 내지? 근데 2호가 되겠냐?"

"어······."

"걘 오늘 회식하고 낮에는 다른 과 돌릴 거야."

"밤에는요?"

"우리랑 일해야지."

"아."

재원은 상하 관계고 나발이고 가서 위로나 해줘야겠다고 마음을 고쳐먹었다.

"근데 어디서 하시려고요? 기조실장님 자리 안 비웠던데."

재원은 자기 할 말을 마치고 중환자실을 나서고 있는 강혁에게 물었다. 전에 가본 기조실장 방이 전망이 참 좋기는 했다. 한강이 한눈에 쫙 펼쳐지는 방이라니.

"아, 한 과장님 방 가려고."

"아······. 과장님······. 아직 병원에 계시지 않을까요?"

"어, 있던데? 음식 시켜놓으라고 했어."

"과장님한테요?"

재원은 이 사람이 미쳤나 하는 얼굴로 강혁을 바라보았다. 한유림 교수가 아무리 맛탱이 간 상황이라고 해도 한 과의 과장인데 음식 시키는 거나 시키다니. 이건 해도 너무했다는 생각이 들었다. 그러나 강혁은 당당하기만 했다.

"어차피 병원 있어봐야 할 일도 없잖아. 이제 거의 과장 업무도 다 뺏겼던데, 뭐. 자리 지키고 있는 거야, 그 양반."

"아."

재원도 자기 동기들에게 들은 바가 있기는 했다. 이미 실권은 간 담췌 부분 안상권 교수에게 넘어갔다고 했더랬다. 아직 과장 위임이 되지도 않았는데 이렇게 된 것을 보면 원장단의 의지가 어떠한지 말하지 않아도 알 수 있었다.

'백강혁하고 엮이면 보직 생활은 끝이라고 생각하라 이거겠지.'

재원은 박성민 의원의 지지를 생각하면 든든해지는 한편, 서슬 퍼런 원장단을 생각하면 간담이 서늘해지는 기분이었다.

"너무 그런 표정 짓지는 말라고. 나라고 해서 원장단 그냥 두고 싶은 마음은 없으니까."

강혁은 어두워진 표정의 재원을 보며 말했다. 주먹을 꽉 쥐면서. 저 주먹을 이용하면 원장단 쪽에서도 막을 방법이 없겠다 싶었다.

"감방 가실 생각은 아니죠?"

물론 대한민국은 법치국가라서 그런 짓을 했다간 다음 강혁과의 식사는 구치소에서 이루어지겠지만.

"아니, 내가 바보냐?"

"그럼 어쩌시려고요?"

"내가 괜히 김인수 교수랑 최준용 교수 불러다 수술 부탁하는 거 같냐?"

"네?"

"저 둘이 그래도 40대 교수 중에서는 이름 날리는 사람들이잖냐."

그 말은 맞았다. 특히 최준용 교수는 혼자 써내는 논문 개수가 신경과 전체에서 내는 논문 개수와 맞먹을 정도였다.

"그래서요?"

하지만 병원 내 힘이라는 것은 실력으로 결정되는 것이 아니었 다. 정치와 인맥 그리고 연줄로 이루어지는 것이 대부분이었다.

"최준용 교수야 논문부터 대단하지. 근데 김인수 교수는 그렇진 않거든?"

"음?"

그러고보니 그렇긴 했다. 물론 최근에는 실력이 많이 좋아졌다고 하지만, 사실 처음 교수가 될 때만 해도 '왜 김인수가?' 하는 반응이 대부분이었다.

"인맥 좋더라, 그 양반. 병원 내 동물실험실도 막 열 정도로 좋아."

"오, 진짜요?"

동물실험실은 들어가고 싶을 때 누구나 들어갈 수 있는 느슨한 곳이 절대 아니었다. 실험용 동물은 물론, 수술 연습 대상인 동물의 관리가 아주 엄격하게 이루어지기 때문이다. 동물실험실에서 수술 실습을 하려면 반드시 병원 허가를 받아야만 했다. 근데 김인수 교수는 그 어마어마한 것을 거의 매주 하고 있었다.

'박 의원이 알려준 정보긴 하지.'

강혁은 최하림 감독을 붙여주면서 동시에 박성민 의원의 비서가 건네준 서류 봉투를 떠올렸다. 안에는 현 한국대학교 병원 교수들의 신상에 관련된 자료가 들어 있었다. 아직 완벽한 것은 아니었지만, 박성민 의원은 점점 더 채워나갈 것을 약속했다.

"김인수 교수 아버지가 한림원 부원장이야."

강혁은 눈을 동그랗게 뜨고 있는 재원을 돌아보며 말을 덧붙였다. 그러자 재원은 마치 이 순간을 위해 눈 주변 근육을 아껴뒀던 사람처럼 눈을 더 크게 떴다.

"한림원 부원장?"

"그래. 한국대학교 본교 실세야."

"와……. 완전 로열이었구나, 그 교수님. 어쩐지 얼굴에 수심이 없더라……."

"그래, 일단 들어가서 얘기하자. 한 과장님은 음식만 시켜놓고 갔을 거야, 아마. 요새 우울해서 그런지 사람들 마주치는 것도 싫어하더라."

강혁은 이렇게 말하면서 한유림 과장실의 문을 열었다. 그의 말대로 불은 켜져 있었으나 한유림 교수는 보이지 않았다. 탁자 위에는 그가 시켜둔 보쌈과 족발이 있었고, 소파에는 먼저 도착해 있던 팀원들이 앉아 있었다.

"과장 맡은 지가 오래돼서 그런가 센스가 많이 뒤떨어지네. 보쌈을 콜라도 없이 어떻게 먹으라고."

애초에 과장씩이나 되는 사람에게 음식을 시키라고 한 게 잘못인 것 같지만, 재원도 콜라가 없는 건 좀 너무하다는 생각이 들긴 했다. 두 사람은 말없이 강행을 바라보았고, 강행은 벌떡 일어났다.

"사 오겠습니다!"

워낙 신속한 움직임이었고, 다들 피곤에 지쳐 누구도 강행을 말리지 않았다. 그저 각자 자리에 앉아서 컵과 젓가락을 나눌 뿐이었다. 그렇게 잠깐 기다리고 있자니 강행이 콜라를 들고 들어왔다.

"왔네. 콜라 일단 따르고, 부지런히 먹자. 환자 언제 올지 모르니까."

"네, 교수님."

"아, 그리고 2호."

강혁은 이제 막 보쌈을 입에 넣어 굶주린 배를 채우려던 강행을 불렀다. 불쌍한 강행은 보쌈을 도로 내려놓고 강혁을 바라보았다.

"바로 임무 투입하기에는 네가 좀 달리긴 한다는 걸 오늘 많이 느꼈을 거야."

"아, 네……."

강행은 아까 했던 수술을 떠올렸다. 못한다고 자책하기엔 너무 어려운 수술이 아니었지만 재원과 실력 차가 났던 것은 분명한 사실이었다. 일단 해부학적인 구조 자체가 낯설기 그지없었다.

"그래서 말인데. 그 정형외과 김인수 교수 봤지? 아까?"

"아, 네."

"수술 잘하지? 그 정도면 괜찮은 거야. 나랑 비교하면 안 돼."

"아……. 네, 뭐."

강행은 저도 모르게 움직이는 배 위에서 끊어진 환자의 팔 신경을 이어 붙이던 강혁의 모습을 떠올렸다. 확실히 김인수 교수가 강혁보다는 못해도 대단한 실력의 소유자이긴 했다. 오늘 수술실에서 까다로운 위팔뼈 개방형 골절을, 그것도 혈관 손상까지 있는 상황에서 휘리릭 해결해놓았으니까.

"내가 그 사람한테 말해둘 테니까, 낮에는 김인수 교수 수술실 가서 해부학 지식하고 기본 술기를 익혀."

"아, 네."

강행은 '낮에는'이라는 말이 좀 걸리긴 했지만 일단 대답은 했다. 강혁은 그런 강행을 보며 핸드폰을 집어 들었다. 성질이 급하다보니 얘기가 나온 김에 해결해야 직성이 풀렸다. 늦은 시간이긴 했지만, 대학 병원 의사들은 늦은 시간에 전화 받는 것에 익숙한 사람들이었다. "아, 김 교수님? 저 백강혁입니다."

"백 교수님. 네. 무슨 일이십니까?"

김인수 교수는 강혁을 이미 뼛속 깊이 존경하게 된 터라 반갑게 전화를 받았다. 혹 자신이 수술한 게 잘못됐나 하는 걱정이 들기도 했다.

"오늘 수술하시는 거 보니까, 진짜 이제는 대가라는 말이 어울리시더라고요."

하지만 강혁은 그가 걱정했던 바와는 전혀 다른 말을 했다. 그 바람에 김인수 교수의 입이 죽 하고 찢어졌다. 동시에 경원과 장미의 표정은 이상하게 변했다.

'미치셨나?'

강혁은 절대 누군가에게, 그것도 대놓고 칭찬하는 사람이 아니었기 때문이다. 뭔가 꿍꿍이가 있는 게 분명하다는 생각이 들었다.

"아유, 과찬이십니다."

"그래서 말인데요. 부탁드릴 일이 하나 있습니다."

"부탁이요? 얼마든지요."

"오늘 이강행이라고 제자 하나가 새로 왔는데…… 정형외과적인 지식이 부족해서 말입니다."

"네."

"교수님이 좀 가르쳐주실 수 있을까요? 낮 시간대에 김 교수님 옆에서 이 친구가 좀 배우면 저에게 정말 큰 도움이 될 거 같습니다."

"어……"

김인수 교수는 차마 말을 잇지 못했다. 백강혁이 제자를 자기에게 맡길 줄은 꿈에도 몰랐으니까.

"그…… 와…… 영광입니다. 제가 그래도 됩니까?"

"물론이죠. 우리 병원 최고 아닙니까?"

"아유……. 네네. 가르쳐드려야죠. 아유……."

김인수 교수는 쑥스러워하면서도 겸손하게 통화를 마쳤다.

"그럼 저는 내일부터 낮에는 김인수 교수님 밑에서 정형외과 배우고, 밤에는…… 팀에 합류하는 건가요?"

잠자코 강혁의 통화 내용을 듣고 있던 2호 강행이 물었다. 아무리 생각해봐도 혹독해 보이는 일정인데, 강혁을 포함한 일행 모두가 놀라기는커녕 고개를 끄덕이고만 있었다. 이 사람들이 단체로 돌았나 하는 생각이 들 때쯤, 재원이 그의 어깨를 두드려주었다.

"의외로 할 만할 거야. 재밌을 때도 많아."

"너무 겁주지 마세요. 요새 중증외상센터 얼마나 좋아졌는데요."

장미가 재원의 손을 툭 치며 말했다. 누가 봐도 진짜 그냥 치우라는 뜻으로 손을 댄 거였지만 재원은 조금 다르게 해석한 듯 얼굴을 붉혔다. 그 모습을 본 강혁은 남몰래 혀를 찼다.

'어휴, 저 등신…….'

강혁이 볼 때 장미에게 재원은 이미 '친구 존' 안에 들어온 지 한참 된 존재였다. 이 친구 존이라는 건 묘한 함정과도 같은 것이라 남보단 가까운 사이가 될 수 있지만, 결코 그 이상 발전할 수 없는 관계였다.

강혁이 재원을 보며 안타까워하는 사이 장미는 2호에게 끊임없이 격려와 위로를 했다. 간호사인 그녀에게도 인력 충원은 천금같이 귀한 것이었다. 중증외상센터는 그만큼 힘든 곳이니까, 어쩌면 이 사람이 마지막 충원일 수도 있다는 생각으로 대해야 했다.

"요새 진짜 좋아졌어요."

"구체적으로 어떻게요?"

"어…….'

하지만 막상 센터 자랑을 하려고 생각해보니 해줄 만한 말이 별로 없었다. 일단 회식이랍시고 모인 게 일반 외과 과장 방이었다. 잠시라도 병원을 벗어나지 못한다는 것을 이보다 더 잘 설명해줄 수는 없었다.

"헤, 헬기로 출동도 해요."

장미가 필사적으로 생각해낸 것이 헬기였다. 그 말을 들은 강행의 얼굴은 더욱 어두워지고 말았다.

'헬기도 타야 하는구나…….'

어째 중증외상센터와 엮이면서 조기 전역에 헬기 출동에……. 계속 새로운 소식을 접하고는 있는데, 그중에서 강행에게 좋은 소식은 단 하나도 없는 것 같았다. 하지만 이 와중에도 몇 개월 전 직접 목격했던 강혁의 신기에 가까운 수술 모습을 떠올리자 큰 위안이 되었다. 더구나 오늘 본 수술은 또 어떠한가.

'기적이었어.'

공교롭게도 강행이 목격한 수술 두 건 모두 일반적이지 않은 수술이었고, 기적에 가까운 결과를 보여주었다. 게다가 첫 번째 수술 당시 백령도에서 이송되었던 환자가 퇴원 후 부대로 복귀하면서, 같은 부대 소속이었던 강행은 그의 회복을 고스란히 볼 수 있었다.

'이 대위님. 수술이 조금만 잘못되었어도 제대했을 텐데, 너무 완벽하게 되는 바람에 끝까지 복무합니다.'

녀석은 강행을 마주칠 때마다 이렇게 농담을 했다. 그의 말대로 수술은 워낙 완벽해서 후유증이라고는 남지 않았다. 그야말로 칼자국 말고는 남은 것이 없었다.

"아, 그러고보니 내일 이착륙장 개소식 있네."

강혁은 헬기 얘기가 나오자 그제야 생각이 났다는 듯 위를 가리켰다. 병원 옥상에 설치된 이착륙장을 말하는 것이었다. 공사 소음 때문에 또 민원이 발생할 뻔했지만, 이현종 대위가 소음이 있는 병실들을 모두 찾아가 인사하고 양해를 구하는 것으로 해결되었다. 지금 이현종 대위는 '국민 영웅'이었기에 가능한 일이었다.

"그럼 정식으로 헬기 뜨고 내리는 거죠?"

재원이 눈을 빛내며 물었다. 지금까지는 정식으로 인가가 나지 않은 상황이라 아무래도 야간 비행은 불가했다.

"그렇지. 이제 시도 때도 없이 뜨고 내릴 거야."

강혁은 그 말을 하면서 일말의 아쉬움을 내비쳤다. 중증외상센터라는 거창한 말에 걸맞게 그가 이끄는 팀이 하나가 아니라 여러 개였다면 정말 시도 때도 없이 뜨고 내릴 수 있을 텐데. 그렇게만 되면 적어도 수도권 내의 중증외상 환자 사망률은 훨씬 낮아질 것이 분명했다.

'그러려면 이 자식들을 최선을 다해 키워야 해.'

강혁은 의미심장한 눈빛으로 재원과 강행을 바라보았다. 지금은 그저 노예 1호, 2호지만 언젠가는 팀장 1호, 2호가 되어야 할 놈들이었다.

"내일 그럼 누구누구 오는 거예요?"

조용히 보쌈을 먹고 있던 경원이 물었다. 수술실에서도 조용한 놈이 식사 시간에는 어째 더 조용했다.

"일단 원장단 다 오지. 아, 약간 껄끄럽기는 한데……."

강혁은 최조은 원장과 기조실장 홍재훈 교수, 그리고 마취과 진태림 과장을 떠올렸다. 그 외에도 원장단은 일일이 다 열거하기 피곤할 정도로 많았다. 최조은 원장은 백강혁과 중증외상센터를 빼고 보면 제법 훌륭한 원장이었기에 따르는 사람도 많았다. 여기저기서 돈을 끌어오는 능력도 탁월해 인력 충원이나 설비 보강에 힘을 쏟을 수 있었고, 자연히 원장에 대한 지지도가 높아질 수밖에 없었다.

'그래서 더 날 싫어하는 거지.'

최조은 원장이 끌어온 돈 중에 가장 큰 건 중증외상센터 활성화를 명목으로 보건복지부에서 받은 지원금이었다. 그 돈으로 병원 이곳저곳에 선심 쓰듯 돈을 풀고 있었는데, 강혁이 온 뒤로는 적자 메우는 데 다 들어가고 있으니 믿지 않을 수 없었다. 이젠 강혁을 대놓고 박해하기도 어려운 상황이 되었다. 처음부터 보건복지부 최필두 장관이 강력하게 추천해 강혁이 이 병원에 오게 된 거고, 이젠 박성민 제1야당 원내대표까지 강혁을 편들고 있기 때문이다.

"그리고요?"

"그리고……. 박 의원도 오지. 보건복지부 최필두 장관도 오고."

"하……."

"왜?"

"아뇨. 그냥 제 앞길이 깜깜해 보여서요."

"지금 밤인데 당연히 깜깜하지."

"어휴."

"자꾸 한숨 쉴래? 앞으로 한숨만 쉬고 살게 해줘?"

"아, 아뇨……. 죄송합니다."

"아무튼, 내일 기자들이며 높은 사람들 많이 오니까 옷 제대로 입고 와. 1호야 뭐……. 학회 갔을 때 사준 옷 잘 챙겨 입고 오면 되고……. 2호, 넌 옷 있냐?"

위험을 무릅쓰고

"먼저 최필두 장관님의 개소식 축하 인사가 있겠습니다."

"여러분, 오늘은 정말 뜻깊은 날입니다. 드디어 우리 보건복지부의, 그리고 온 국민의 숙원이었던 중환자 이송용 헬기 이착륙장이 생겼습니다."

첫 번째로 단상에 오른 최필두 장관은 헬기 이착륙장이 왜 필요한지, 얼마나 중요한 역할을 하게 될 것인지도 잘 모르면서 그저 껄껄 웃으며 연설을 마쳤다.

"다음은 박성민 의원님의 축하 인사가 있겠습니다."

두 번째로 박성민 의원이 강단에 올라 여러 얘기를 했는데, 처음에는 감사 인사로 시작했다.

"우선 이렇게 헬기 이착륙장을 지을 수 있기까지 많은 도움을 주신 우리 최필두 보건복지부 장관님께 감사를 드립니다. 우리 최필두 장관님께서 정말 중증외상센터 활성화에 얼마나 많은 관심을 가지고 계시는지 모릅니다. 물심양면으로 돕고 계시고 또 앞으로도 도우려고 계획 중이십니다."

"와아아아."

하지만 점점 최필두 장관을 압박하는 듯한 칭찬이 계속 이어졌다.

"될 수만 있다면 보건복지부 재정 지원을 더 풀어서라도 중증외상센터 활성화를 하고 싶으시다고 하셨었죠. 그 일환으로 이번 헬기 이착륙장도 가능했다고 생각합니다."

틀린 말은 아닌데 선후 관계가 약간 비틀어져 있었다. 이미 지원은 했었고, 내깔겨 두고 있었는데 갑자기 헬기 이착륙장이 생겼으니까.

"필연적으로 적자가 날 수밖에 없는 중증외상센터지만, 그만큼 위급한 생명들을 구하는 곳이라는 걸 확실히 알고 그만큼 지원을 약속한 우리 최필두 장관님 덕분이죠. 우리의 국민 영웅 이현종 대위 케이스만 봐도 알 수 있습니다. 엄청난 수술과 재활을 거쳤고, 그만큼 어마어마한 치료비가 발생했지만 최필두 장관님의 노력으로 나라에서 전액 지원받았습니다. 꼭 필요한 치료를 했다는 근거만 있다면 그 치료비를 나라에서 지원해주는 시스템, 선진국에서는 이미 뿌리 내린 시스템이 이제 곧 우리나라에도 자리 잡을 겁니다. 우리 최필두 장관님의 굳은 의지, 제가 도와서 반드시 이루어지게 만들겠습니다."

정치인은 관심을 먹고 사는 생물이었고, 때론 엎질러진 물도 마셔야 하는 법이었다. 최필두 장관은 앉은 자리에서 박수갈채를 받았다. 그렇게 여당 출신 보건복지부 장관과 박성민 의원의 뜻이 합치되는 듯이 보였다.

"네, 알겠습니다. 노력하겠습니다."

"감사합니다, 장관님."

박성민 의원은 말 몇 마디로 지금까지 그들 사이에 어떤 일들이 있었는지 다 필요 없게, 마치 처음부터 한편이었던 것처럼 만들어버렸다. 수많은 언론사의 기자들이 듣고 있는 자리에서 이런 분위기가 형성되자 맨날 지지고 볶고 싸워왔던 사람들, 좀 더 구체적으로 원장단 사람들이 매우 당혹스러워했다. 놀란 것은 강혁도 마찬가지였다.

'나한테 자리만 지키고 표정만 밝게 하고 있으라더니……'

더없이 지긋지긋했던 적군을 순식간에 아군으로 포장해버리다니. 이제 최조은 원장은 남의 눈치가 보여서라도 강혁을 대놓고 공격할 수 없을 것이다. 최필두 장관 역시 울며 겨자 먹기로 도와주는 시늉이라도 할 것이고. 막막하기만 했던 중증외상센터 활성화의 길에 희미하게나마 한줄기 빛이 비치는 듯했다.

"이제 중증외상센터 센터장이시자, 외상 외과 과장인 백강혁 교수님을 모시겠습니다."

순서는 뒤로 처져 있었으나 관심은 전혀 그렇지 않았다. 카메라 플래시 터지는 소리가 그 어느 때보다도 빠르고 강렬하게 들렸다.

"교수님이 잘생기긴 잘생겼어."

그 모습을 본 장미가 저도 모르게 고개를 끄덕이며 말했다. 재원은 초조한 기분이 들었다.

'설마 장미 씨가 백 교수님을 좋아하나? 안 돼……'

재원은 장미의 입장은 생각도 않고 말도 안 되는 상상을 하며 혼자 안타까워했고, 그런 걸 알 리 없는 강혁은 마이크 앞에 서서 입을 열었다.

"앞서 박성민 의원님께서 말씀해주신 대로 여러 사람의 도움으로 여기까지 올 수 있었습니다. 제가 이 헬기를 운용한다고 해서 당장 그 현실이 확 뒤바뀌지만은 않을 겁니다. 애석하게도 제 몸은 하나뿐이니까요. 하지만 점점 달라질 겁니다. 저기 뒤에 서 있는 제 팀원들을, 제 제자들을 보아주십시오."

강혁의 뜬금없은 손짓에 많은 카메라가 팀원들을 향했다. 졸지에 렌즈 앞에 서게 된 재원, 경원, 장미, 지민 그리고 강행은 저도 모르게 차려 자세가 되었다.

"그리고 저기 이현종 대위 아니, 이제 소령인가요? 이현종 소령을 봐주시죠. 머나먼 나라에서 동료들을 위해 목숨을 내놓았던 이현종 소령이 앞으로 더 많은 생명을 살리는 데 도움이 되고 싶다는 뜻을 전해왔습니다. 중증외상센터의 홍보대사가 되어 활성화에 도움이 되고 싶다고 제안해주신 것입니다."

그 말에 이현종 소령이 밝은 미소를 지으며 앞으로 나섰다. 기자들은 자연히 이현종 소령에게 집중했고, 행사에 참여한 모두가 박수를 보냈다.

"부족하지만 힘이 되고 싶어 연락을 드렸는데 흔쾌히 허락을 해주셨습니다. 미력하나마 보탬이 되겠습니다. 감사합니다."

홍보대사로 활동해도 병원에서 금전적인 지원을 해줄 수 있는 건 아니었다. 그 흔한 브로슈어조차 만들기 어려운 상황이었다. 적자를 내는 과인 만큼 돈이 없었으니까. 하지만 이현종 소령은 자신의 생명을 이어준 중증외상센터를 진심으로 돕기 원했고, 나름의 방식으로 그 해답을 찾은 것이다. 이현종 소령의 짤막한 인사에 무수한 박수갈채가 쏟아졌고, 개소식은 마무리를 향해 달려가고 있었다.

강혁이 이현종 소령에게 박수를 보내며 흐뭇한 표정을 짓고 있는데, 가운 안쪽에 넣어둔 핸드폰이 울렸다. 슬쩍 들여다보니 응급실이었다.

강혁의 핸드폰이 울리는 것과 동시에 어디선가 바람 가르는 소리가 들려왔다. 무슨 상황인가 하고 고개를 돌려 보니, 과연 헬기가 접근하고 있었다.

"백 교수님!"

헬기에 타고 있는 사람들은 역시나 안중헌과 김강률이었다. 그들은 헬기를 이착륙장 상공 5m가량 위에 위치시킨 후, 아래를 향해 외쳤다. 로프 사다리를 밑으로 내리면서였다.

"교수님! 경찰 측 협조 요청입니다! 주요 용의자이자 증인이 치명상을 입고 쓰러졌다는데, 반드시 살려야 한다고 합니다!"

경찰에, 용의자에, 반드시 살려야 한다는 말까지. 헬기 난입에 정신이 반쯤 나가 있던 기자들이 앞다투어 이 장면을 카메라에 담기 시작했다. 그사이 강혁은 이미 단상에서 내려와 헬기를 향해 달리고 있었다. 그리고 늘 그랬던 것처럼 망설임 없이 로프에 올랐다.

"환자가 몇 명인데?"

"한 명입니다! 그래서 반드시 살려야 한다고 합니다!"

"1호는 나 따라오고! 2호는 경원이랑 조폭, 신규 따라가서 수술 준비하면서 좀 배우고! 오늘 김인수 교수님 수술은 못 들어가겠다, 너!"

"넵!"

대강의 사정을 파악하자마자 강혁은 지시를 내렸고 팀원들을 일사불란하게 각자 자리로 흩어졌다.

"미친놈이야, 미친놈……."

누군가 이렇게 중얼거렸다.

"사람 살리는 데 미쳤어……."

진정한 의사라는 데 아무도 이견이 없었다.

"그래서, 상태는 어떻대?"

어느새 헬기에 올라 안중헌 대장과 마주한 강혁은 즉시 본론으로 들어갔다. 그 말에 안중헌이 구조단으로 걸려온 신고 내용을 전했다.

"총을 맞았답니다."

"총? 누가 쐈는데?"

미국이라면야 뭐 그리 놀랄 일도 아니었다. 하지만 여긴 대한민국이었다.

"아마 수사관이 쐈을 겁니다. 마약 수사, 그거 어중간한 마음가짐으로는 못해요."

안중헌 대신 답을 해준 이는 카메라를 들고 있는 최하림 감독이었다. 감독에, 카메라 촬영까지 모조리 도맡아 하고 있는 그녀였지만 아직 힘에 부치지 않는 모양이었다.

"아하……. 그럼 용의자가 마약 사범이다?"

"아……. 네. 그러고보니 그런 말이 있었습니다."

안중헌은 전화를 받았을 때 상대가 마약 수사반장이라는 말을 했던 것을 기억해냈다. 딱히 환자와 직접적으로 연관된 내용이 아니라 잊고 있었는데, 최하림 감독의 말을 듣자 바로 기억이 났다.

"경찰 측은 사상자가 없나?"

"왜 없겠습니까, 당연히 있죠. 다행히 별 부상은 아닌 모양이에요."

"혹시 모르니까 가서 보긴 해야겠네."

"네, 아마 이동은 못 하고 있을 겁니다. 사고 현장이 구급차 들어가기 정말 어려운 곳이더라고요."

"우리 지금 어디로 가고 있는 건데?"

그러고보니 헬기까지 덥석 타놓고 목적지도 모르고 있었다. 옆에서 듣고 있던 재원이 황당하다는 표정을 짓고는 밖을 내다보았다. 창밖으로 도로가 아닌 하늘이 펼쳐지다보니 내다본다고 알 수 있는 정보는 거의 없었다.

"홍천입니다."

"홍천? 강원도?"

"네. 골프장을 낀 리조트인데⋯⋯. 거기서 사고가 난 모양입니다."

"흠."

'골프장을 끼고 있으면 별채 형식이겠지?'

게다가 동마다 간격도 꽤 넓을 터였다. 보통 강원도까지 가서 골프 치는 양반들이 골프만 치지는 않기 때문이었다. 직원들도 체크아웃 시간까지는 얼씬도 하지 않았다. 고객에 특성에 맞춘 서비스겠지만 이를 악용하게 되면 범죄 회동을 하기에 이보다 좋은 곳도 없었다.

"그럼 구급차가 접근하기는 정말 힘들겠네."

"게다가 오늘 날씨까지 좋아서 길이 밀립니다. 요새 고속도로 잘 뚫려서 사람들 많이 놀러 가거든요."

안중헌 단장은 아래쪽을 가리켰다.

"와, 저게 다 차야?"

"네. 저걸 뚫고 가는 건 불가능하죠."

"그래서 우릴 불렀구나."

"네, 그나마 홍보가 좀 된 편이라⋯⋯. 아주 늦지 않게 신고 접수가 들어왔습니다."

"혹시 저긴가?"

부동자세를 취한 채 앞만 바라보고 있는 재원과는 달리 계속 아래를 바라보고 있던 강혁이 한 지점을 가리켰다. 빼곡한 나무로 둘러싸인 산속에 탁 트인 잔디밭과 잘 조성된 정원이 보였다.

그의 말에 앞자리에 있던 기장이 답해주었다.

"네, 맞습니다. 곧 도착합니다. 골프장이라 내릴 곳이 많아서 좋네요."

물론 정부에 인가를 받은 착륙 지점은 아니었다. 하지만 한시가 급한데 근처 보건지소나 허가된 곳을 찾고 있을 수는 없는 노릇이었다. 골프장 어딘가에 헬기가 착륙했고, 모여 있는 사람들이 보였다. 골프장 직원들 같았는데, 조금 전에 영화에서나 나올 법한 총격전을 마주했던 터라 입도 벙긋 못 하는 상황이었다.

"환자 어딨습니까?"

뛰어내리다시피 한 강혁이 헬기로 달려오는 형사를 향해 물었다. 얼핏 보니 안쪽에 방탄조끼까지 차고 있었는데, 그걸 차고 움직이는 모양새가 전혀 어색함이 없었다.

'노상 차고 다니는 모양이네. 한국에서는 드문데, 이런 경찰.'

딱히 총 맞을 일이 없는 건 딱히 일반 시민뿐 아니라 경찰들도 마찬가지였다.

"네, 백 교수님. 저는 마약 수사반장 박철순입니다. 환자는 일단…… 급한 대로 피 나는 곳 누르고는 있는데, 상황이 그리 좋지 않습니다."

"어딨는데요?"

박철순 반장은 옆에 있는 건물을 가리켰다. 강혁은 그 생각을 하며 뒤를 돌아보았다. 김강률과 안중헌이 아이스 팩을 들고 뒤뚱거리며 뛰고 있었다.

'피는 있구나.'

다른 요원들과 함께 들것을 비롯한 여러 응급 처치에 필요한 물품을 들고 뛰었다.

"야, 너 좀 늘었다?"

그렇게 달리고 있는데, 맨날 뒤처지던 재원이 나를 따라붙는 것이 보였다. 그 말에 재원이 억울해 죽겠다는 얼굴로 답했다.

"맨날 뛰잖아요, 출동만 하면……."

"남들은 운동할 시간 없어서 난린데 일하면서 운동도 하고, 부럽다고 안 하디?"

"네, 단 한 명도요."

"새끼."

긴장감을 조금이라도 줄이기 위한 잡담을 이어나가다보니 어느새 집 안이었다.

"읍."

안으로 들어서자마자 피비린내가 코로 훅 하고 끼쳐 들어왔다.

"저거……."

그리고 거실 한복판에 흰 천으로 얼굴을 가리고 누워 있는 시신도 보였다.

"용의자가 한 명이라는 게 이런 뜻이었구만."

원래는 꽤 많았는데 살아남은 놈이 하나란 뜻이었다.

"박 반장님, 반장 되어서도 여전하시네."

뒤따르던 최하림 감독이 유혈이 낭자한 곳에서 씩 웃으며 박철순 반장을 불렀다. 그러자 긴가민가한 표정을 하고 있던 반장이 곰 같은 손으로 최하림 감독의 어깨를 탁 때렸다.

"최 감독님? 아니……. 이제 은퇴해서 좀 쉬시지! 아직도 이렇게 고생 중입니까?"

"은퇴는요. 아직 새파랗게 젊은데. 그러는 박 반장님이나 쉬엄쉬엄하시죠. 이게 뭡니까, 현장이. 감당하실 수 있겠어요?"

"존나 까이겠지. 그래도 저 새끼만 살아서 가면 괜찮을 겁니다.

저놈이 우리나라 마약 총책 같은 놈이거든."

박철순 반장의 손끝을 따라가 보니 용의자는 안색이 파리하게 질린 채 누워 있었고, 두 명의 형사가 피범벅이 된 채로 그 녀석의 상처를 누르고 있었다. 강혁은 뭐에 홀린 듯이 다가가 중얼거렸다.

"이걸 살리라……. 이거지?"

한발 늦게 현장에 도착한 재원 또한 쉽사리 말을 잇지 못했다. 형사들이 우악스러운 손으로 꾹 누르고 있는 부위는 총 세 군데. 그곳 모두에서 피가 울컥거리고 있었다. 당연하게도 바닥은 온통 피투성이가 되어 있었는데, 온전히 이 한 사람에게서 흘러나온 피임이 분명해 보였다.

"언제부터 이 지경이었던 거지?"

강혁의 말에 박철순 반장이 자신의 손목시계를 내려다보며 답했다.

"이제 한 40분? 빨리 어떻게 좀 해주십쇼. 이놈 하나만 입 열면 우리나라 마약 절반은 없어집니다."

"절반이라."

강혁은 대한민국 내에 유통되고 있는 마약이 모두 얼마나 되는지는 전혀 알지 못했다. 하지만 그게 얼마가 되었든 간에 이렇게 정식으로 마약 수사대가 있는 나라에서 절반이라면 상당한 수량이 될 터였다.

"1호, 지혈대 꺼내."

"아, 네!"

대강의 계획을 세운 강혁이 재원에게 지시를 했고, 그동안 출혈 부위를 누르고 있던 형사 한 명을 밀치고 한 손가락으로 대신 상처를 눌렀다.

"에이 씨……. 어?"

다짜고짜 설명도 없이 옆으로 밀쳐진 형사는 짜증을 냈지만, 곧 놀라움에 말을 잇지 못했다. 자기가 양손으로 막고 있어도 피가 새어 나오던 상처였는데, 강혁의 손가락 하나로 더 이상 피가 흘러나오지 않았기 때문이다.

'의사를 부르라고 했더니 힐러가 왔나.'

잠시 정신 나간 생각이 들 정도로 강혁의 지혈은 확실했다. 그가 그렇게 출혈 부위를 압박하고 있는 동안 재원은 지혈대를 꺼내왔다. 주로 총상에 쓰이는 물품이라, 대부분의 국내 응급실에는 없는 것이었다.

"여기 있습니다."

"뭘 여기 있어야! 바로 감아!"

강혁이 이현종 대위를 이송해 올 때 에어 앰뷸런스에 있던 기구 몇 가지를 빌렸는데, 지혈대가 그중 하나였다. 아직 아무 연락이 없는 걸 보면 블랙 워터스 측에선 물건이 사라진 것을 모르고 있는 것 같았다. 아니면 강혁에게 감히 뭘 내놓으라는 말을 못 하는 중이거나.

"네, 네!"

강혁의 양아치짓 덕에 재원은 우리나라 외과 의사로서는 드물게 지혈대를 사용해볼 수 있었고, 용의자 역시 살아날 가능성이 높아졌다. 지혈대는 복대와 비슷하게 생겼는데, 가운데는 서지셀이라는 지혈제가 잔뜩 들어가 있어 뚱뚱했고, 양옆으로는 탄력이 좋은 밴드가 달려 있었다. 사용법은 지극히 간단한데, 뚱뚱한 부분을 피가나는 부위에 누르듯이 대고 밴드를 감아서 고정하면 된다.

"휴."

강혁과 재원은 합심하여 세 개의 상처를 모두 압박하는 데 성공했다. 지혈대가 사람 손보다 정밀하게 누르진 못하지만, 그 안에서 흘러나오는 지혈제의 위력이 실로 대단했다. 아까까지만 해도 울컥거리던 핏물이 잦아들었고, 마침내 용의자를 이동시킬 준비가 되었다.

"들것!"

강혁의 말에 여태 대기 중이던 안중헌, 김강률 그리고 나머지 요원들이 우르르 달려왔다. 그리곤 환자의 몸이 최대한 흔들리지 않게 주의하면서 들것에 옮겨 실었다.

"달려!"

고정 작업까지 신속하게 끝낸 후, 요원들을 빠르게 달리기 시작했다. 용의자가 마른 체형인 데다가, 이미 피를 많이 흘렸기 때문에 들것이 무겁지 않았다. 좋아할 일은 아니지만, 가벼운 만큼 속도를 더 낼 수 있었다. 그렇게 전력을 다해 달리고 있는 의료진과 요원의 뒤를 박철순 반장과 최 감독이 쫓아 달렸다.

헬기에 도착한 강혁은 안쪽에서 대기 중이었던 요원에게 들것을 전달했다.

"잘했어!"

강혁은 신속하게 환자를 헬기로 옮긴 것을 보며 안중헌의 어깨를 두드렸다. 평소 존경하던 사람의 격려였기 때문에 안중헌의 얼굴에 진한 미소가 새겨졌다.

"멍하니 있지 말고, 타자고."

"아, 네."

물론 감상에 젖을 만한 시간이 주어지진 않았다. 흘러나오던 피는 거의 멎었지만, 그렇다고 해서 환자 상태가 호전된 것은 아니었다.

어쩌면 더 흘러나올 피가 없어서 이 지경이 된 것인지도 몰랐다.

"웃차."

안중헌이나 김강률이나 모두 평소 훈련을 게을리하지 않는 사람들이었다. 별다른 도움 없이 헬기에 뛰어오를 수 있었다. 심지어 카메라를 들고 있는 최 감독조차 그랬다.

"너는 인마……."

도움이 필요한 것은 오직 한 명. 재원이었다.

"힘, 힘들어서 그래요. 원래는 가뿐하다고요……."

재원은 무려 두 명의 도움을 받으며 올라와서, 그런데도 헐떡이고 있는 주제에 입만 산 놈답게 핑계를 늘어놓았다.

"환자 혈액형이 AB라고 했지? 바로 연결한다."

강혁은 그의 핑계 따위엔 관심도 없다는 듯 어느새 환자에게 라인을 연결하고 있었다. 토니켓도 감지 않은 데다가, 혈압도 지극히 낮아 혈관이 숨은 상태인데도 별 망설임이 없었다. 그의 예민하기 짝이 없는 눈이 남들은 보지 못하는 것을 보게 해준 덕이다. 곧 환자의 팔뚝에서 정맥을 찾아 바늘을 꽂았고, 그 안으로 혈액이 흘러 들어가기 시작했다. 그사이 정신을 차린 재원은 부리나케 환자의 혈압을 재고 활력 징후 모니터링에 들어갔다. 워낙 많은 피를 흘렸기 때문에 혈압은 고작 40이었고, 이완기 혈압은 잡히지도 않았다.

"역시 낮아. 하나 더 잡아야겠어. 우리 피 얼마나 들고 왔지?"

강혁은 벌써 반대편 팔에도 주삿바늘을 넣으면서 물었다.

"모두 4팩입니다, 교수님!"

그 말에 강혁의 이마에 핏줄이 툭 불거졌다.

"모자랄 거 같은데. 여기서 얼마나 걸리지?"

이번엔 기장이 답할 차례였다. 그는 여러 기상 상황을 고려하고는 곤란하다는 기색이 되었다.

"바람이 반대 방향이라 40분 이상 걸립니다!"

"이런 망할."

강혁은 자기가 몰까 했으나, 이내 그만두었다. 이번에 안중헌이
추천한 기장은 강혁이 보기에도 미친 것 아닌가 싶을 정도로 험하
게 헬기를 모는 인간이었다. 그런 기장이 40분이라고 하면 40분인
것이었다. 강혁이 나선다고 달라질 것은 없었다.

"혹시 AB형 있나?"

딱 한 명, 손을 들었다. 바로 박철순 반장이었다.

"반장?"

"네, 교수님. 저 AB형입니다."

"여기서 수혈하게 되면 양이 잘 가늠이 안 돼서 위험할 수도 있
어요."

강혁이 직접 겪어본 일이었다. 하지만 박철순 반장의 의지는 확
고했다.

"괜찮습니다. 이 새끼 입은 꼭 열어야 합니다."

살려놓고 조지겠다는 의지가 느껴지는 대답에 강혁은 크게 공감
했다. 의사에게는 의사의 사명이, 경찰에게는 경찰의 사명이 있는
법이니까.

"시발…… . 내가 이 새끼를 살리려고 피를 주는 날이 올 줄이야."

박철순 반장은 어지간히 어처구니가 없었는지 껄껄 웃으며 말했
다. 경찰이 나쁜 놈 중에서도 최악인 놈을 살리기 위해 목숨을 걸고
있는 상황이었다. 그런 박철순 반장의 모습이 강혁에게는 강한 압
박으로 다가왔다.

'그래. 너 운 좋은 줄 알아라. 살려준다, 내가.'

헬기는 기장이 예상했던 딱 그만큼을 날아 이착륙장에 도착했다. 다행히 그사이 장미와 나머지 팀원들이 사람들을 닦달하여 행사장을 깨끗하게 치워놓았다.

"착륙합니다!"

이착륙장은 무척 단단하면서도 충격을 잘 받아내도록 설계되었다. 덕분에 헬기는 추락과 착륙 사이 어딘가에 속할 것 같은 속도로 내려앉을 수 있었다. 쿵 하는 둔중한 충격과 함께 땅에 내려선 헬기. 그 즉시 장미와 2호가 달려왔다. 병원 침대를 끌고서였다. 나머지는 아마 수술 준비에 여념이 없을 터였다.

"내려, 내려!"

강혁과 재원은 거의 동시에 헬기에서 뛰어내린 후, 들것을 잡아내렸다.

"교수님, 바로 수술실로 갑니까?"

장미는 그렇게 내려진 환자를 들것에 옮겨 실으면서 물었다.

"아니."

강혁은 그렇게 말하면서, 뒤를 바짝 쫓아오는 박철순 반장을 돌아보았다. 그는 환자가 죽는지 사는지 반드시 봐야만 하겠다는 얼굴을 하고 있었다. 더구나 아직 강혁이 라인을 빼지 않기 때문에 물리적으로도 환자와 연결이 된 상황이었다.

"이분 덕에 시간 벌었어. CT는 찍고 들어가자. 그동안 피 검사나 좀 나가봐."

"쭉 다 긁을까요?"

장미의 말에 강혁은 다시 한번 용의자의 팔뚝을 내려다보았다. 징그러울 정도로 바늘 자국이 뻥뻥 뚫려 있었다.

"어. 특히 감염 쪽……. 바이러스 다 나가봐."

"시간이 좀 걸릴 텐데요?"

감염 쪽 검사들 결과를 다 보려면 며칠이 걸릴 수도 있었다.

"어차피 이 사람 치료하는 데 하루 이틀로는 안 돼."

강혁은 거기까지 말하곤 박철순 반장과 눈을 마주치며 말을 이어나갔다.

"꼭 입을 열게 해야 한다니까……. 최선을 다해봐야지."

장미는 정확한 상황을 듣진 못했지만, 며칠이 걸리더라도 당장 검사를 내보내야 한다는 것 정도는 알 수 있었다. 곧장 환자의 팔에서 피를 뽑았다. 엘리베이터를 향해 달리면서였다.

"피는 어디 있어?"

강혁이 박철순 반장의 팔에서 눈을 떼며 물었다.

"1층 응급실 스테이션에 올려달라고 했습니다. 총 10팩입니다."

뒤따라오던 강행이 급히 답했다.

"아, 그래? 그럼 이거 바로 빼자. 이러다 훅 간다고, 이 사람."

강혁은 그렇게 중얼거리며 박철순 반장의 팔에서 라인을 뽑아냈다.

"여기 꽉 눌러요. 문지르지 말고. 눌러요, 그냥."

"아, 네. 교수님. 이놈 살 수는 있는 거죠? 아, 내가 말하고도 보호자 같아서 짜증 나네, 이거."

박철순 반장은 마치 환자 형이나 아버지 정도 되는 사람이나 할 법한 말을 내뱉고 나서 짜증을 냈다. 살려야 한다는 의지는 충만한데 그 목적이 조금 다른 데 있기 때문에 생기는 아이러니였다.

"아직 확답할 수는 없어요."

강혁은 평소 그와는 달리 아주 자신이 넘쳐 보이진 않았다.

‘약물 중독이……. 괜히 나라에서 금하고 있는 게 아냐.’

마약은 정확히 그 횟수와 양에 비례해서 사람을 망가뜨리는 약이었다. 그리고 강혁 눈앞에 누워 있는 이놈은 마약 수괴인 만큼이나 그 투여 횟수와 양이 압도적으로 많았다. 이번에 총에 맞지 않았더라도 몇 년 내로 죽었겠다 싶을 정도로 상태가 안 좋아 보였다.

“그래도 최선을 다해보겠습니다. 그나마 시간을 벌어서 정확히 환자 상태를 파악하고 들어갈 수는 있게 됐어요.”

강혁은 슬금슬금 올라와서 이제 90에 60은 유지하고 있는 환자의 혈압을 보며 말했다. 아예 혈압이 잡히지 않던 것에 비하면 거의 되살아났다고 볼 수도 있는 상황이었다.

“그, 그렇군요.”

박철순 반장은 자신의 팔뚝에 난 상처를 꾹 누른 채 중얼거렸다.

“아무튼, 이제부터는 온전히 저희 영역입니다. 대기실에서 기다려주시죠.”

강혁은 엘리베이터 문이 열리자마자 박철순 반장에게 이 말을 남기고 침대를 밀며 달리기 시작했다. 갑작스러운 달리기였으나, 중증외상 팀원들은 전혀 당황하지 않고 그를 따랐다. 아직 노예 생활이 익숙지 않은 2호만이 머뭇거리다 뒤따라 달렸다.

“살아야 하는데…….”

박철순 반장은 이미 따라오지 말라는 말을 들은 참이라 감히 쫓아가지는 못하고 뒷모습만 바라보며 중얼거렸다.

“아마 살 겁니다.”

어느새 옆에 다가온 안중헌 단장이 그의 어깨를 툭툭 두드려주었다.

“그럴까요?”

"백 교수님 실력은 진짜거든요. 언론에 알려진 건 오히려 축소됐어요."

"그 정도군요……. 음."

박철순 반장은 최근 뉴스만 틀면 나오던 강혁에 대한 보도를 떠올렸다.

"하긴 저 최 감독이 붙어 다니는 걸 보면……."

저 가냘파 보이는 감독과 함께 마약 사범을 때려잡고 다닐 때가 박철순 반장 인생에서 가장 치열했던 시절이었다. 그녀는 입버릇처럼 '기대와 같아서 다행'이라고 말하곤 했다. 그렇지 않았다면 촬영을 중단하고 떠났을 것이란 말을 덧붙이면서.

'계속 붙어 있는 건, 백 교수란 사람이 최 감독 기대에 부합한다는 뜻이겠지.'

그렇다면 믿을 수 있을 것 같았다. 박철순 반장은 뒤늦게 찾아오는 피로감을 느끼며 대기실 의자에 털썩 주저앉았다. 일단 수술 현황이나 바라보며 기다리기로 했다.

그사이 강혁은 환자를 CT실에 집어넣고는 검사실 창을 통해 지켜보는 중이었다. 하필이면 외상 외과에 파견되어버린 불쌍한 인턴이 환자를 붙잡고 있었다. 그나마 자발 호흡은 남아 있었기 때문에 인공호흡 주머니를 쥐어짜지 않아도 되는 것이 유일한 위안이었다.

"총알이 죄다 박혔네, 이런 망할."

"상처 확인이 어려운데요……."

강혁은 총알 때문에 노이즈가 발생한 영상을 보며 혀를 찼고, 재원과 강행은 바로 그 노이즈 때문에 주변 상처를 잘 볼 수 없어 혀를 찼다.

"어쩌죠? MRI를 확인할까요?"

그리고 총상 환자를 본 적 없는 강행이 말했다. 재원은 안타깝다는 듯한 눈빛으로 강행을 쳐다보더니 슬며시 한 걸음 떨어져 섰다. 강혁의 손바닥이 강행의 뒤통수를 향할 거라 생각하고 비켜준 것인데, 정작 맞은 건 재원이었다.

　"억?"

　재원이 당황스러운 눈으로 강혁을 봤는데, 강혁은 더할 수 없이 당당한 표정이었다.

　"밑에 애 들어왔는데 티칭 안 하냐?"

　"어……. 이제 사흘 됐……."

　"총알 박힌 사람 MRI 찍으면, 어? MRI가 자석인데, 어떻게 되겠어?"

　어떻게 되긴, 총알이 죄 빠져나가겠지. 엉뚱한 방향으로 빠져나오며 치명적인 상처를 만들면서. 그제야 자신의 잘못을 깨달은 2호가 고개를 숙였다.

　"죄, 죄송합니다!"

　"됐어. 시간 없으니까, 달리자고!"

　"네, 네!"

　강혁은 방을 나서기 직전까지 전송된 영상을 최대한 머릿속에 욱여넣고는 CT실로 들어갔다. 그리곤 곧장 환자를 침대로 옮기고 수술실로 향했다.

　"교수님, 준비 다 됐습니다!"

　수술실 1번 방의 문이 열리며 신규 간호사 지민이 나왔고, 강혁을 발견하자마자 안내했다. 지민의 수술 준비와 경원의 마취 준비가 완전히 끝난 모양이었다.

　"오케이! 바로 마취해! 총알이 세 개 다 박혔거든? 그중 하나가 복부 대동맥이랑 인접해 있어! 자칫하면 터진다!"

분명 CT 결과를 같이 보고 온 장미나 재원, 강행은 노이즈 때문에 지저분하게 보이던 결과 영상을 떠올렸다.

'아니……. 어떻게 본 거야?'

재원은 부리나케 강혁을 도와 수술대 위로 환자를 옮기면서 머리를 굴렸다. 하지만 아까 본 영상을 아무리 떠올려봐도 강혁과 같은 결론을 내리긴 어려웠다.

"멍하니 있지 말고! 멘탈 챙겨! 임펜딩 럽처라고 생각해!"

"아……. 네!"

"그럼 마취 시작합니다!"

수술대 위에 환자가 올라가자마자 경원은 일단 튜브부터 꽂았다. 이미 의식도 없고 몸도 늘어진 상태라 딱히 약물을 쓸 필요도 없었다. 곧 마취 가스가 주입되었고, 경원의 오케이 사인을 신호로 강혁과 1호, 2호는 동시에 환자의 배와 가슴 부근을 소독하기 시작했다. 여태 멍하니 있던 인턴은 재원의 호통을 듣고 나서야 소변줄을 꽂았다. 그 인턴을 제외하고는 모두가 잘 짜인 톱니바퀴처럼 착착 돌아가는 중이었다.

"손 닦고 들어오자. 최대한 빨리 배 열고, 여기부터 해결하는 거야."

강혁은 세 개의 총상 중 가운데를 가리켰다. 아직 지혈대로 묶여 있어서 출혈이 심하지는 않았다.

'혈압이 올라갔으니까, 풀면 바로 터지겠지.'

세 의사는 곧 천장까지 튈 피를 생각하며 고개를 절레절레 흔들었다. 그리고 그 상상은 머지않아 현실이 되었다. 지혈대를 제거하자마자 튀어오른 피는 방금 입은 수술 가운과 수술모 그리고 장갑

위로 흩날렸다. 그때, 당황할 새도 없이 검사실에서 걸려온 전화를 받은 지민이 뒤를 돌아보았다. 얼굴이 하얗게 질린 채였다.

"교, 교수님!"

"왜?"

"화, 환자······. HIV(AIDS 원인균) 양성 반응이랍니다!"

"이런 씨발!"

강혁은 그 말을 듣자마자 욕설을 내뱉었다. 그렇지 않아도 긴장하고 있던 지민은 아예 얼어버렸다.

'약쟁이라는 걸 알면서도 예상하지 못하다니!'

강혁은 속으로 연신 욕을 해대며 자신과 마찬가지로 피를 뒤집어쓰고 있는 재원과 강행을 바라보았다.

'제자들 개고생시키는 거야 그렇다 쳐도······. 참 잘하는 짓이다, 이거.'

강혁은 제자 1호, 2호가 나란히 감염 위험에 노출된 것을 보며 참담한 기분을 느꼈다.

"너희 어디 다친 데는 없지?"

그는 애써 흥분을 가라앉힌 채 둘에게 물었다. 재원과 강행은 잠시 말을 잇지 못하다가 겨우 정신을 차리고 고개를 끄덕였다. 강행은 안경을 쓰고 있어서 그나마 눈을 통한 접촉은 차단된 셈이었고, 재원은 저도 모르게 고개를 돌린 덕에 눈에 핏방울이 튀지는 않았다. 가장 감염에 노출되기 쉬운 구강과 비강 점막은 마스크로 가린 상태였다. 그 모습을 확인한 강혁은 처음보다는 긴장이 풀렸고, 나머지 팀원들을 돌아보았다. 아무래도 좀 떨어진 곳에 있던 장미와 경원, 지민에게는 피가 튀지 않았다.

"너희도 괜찮지?"

그 말에 둘은 서둘러 고개를 끄덕였다. 그제야 강혁은 자신의 몸을 점검했다.

'좀 거칠게 몸을 굴리긴 했는데.'

들것을 들고 뛰었으니 어딘가 상처가 났을 가능성이 있었다. 하지만 손은 장갑을 끼고 있었고, 눈은 피가 튀어 오르는 부위를 확인하자마자 즉시 감았다. 그나마 다행히 피가 높이 치솟는 바람에 얼굴보다는 머리 위에 떨어지기도 했다.

'나도 괜찮아.'

일단 수술실 안에 있는 사람들은 감염의 위험이 낮다고 볼 수 있었다. HIV는 공기 중 감염을 일으키지는 않으니까. 하지만 마냥 손을 놓고 있을 수도 없었다. 비록 과거에 비해 치료법이 개발되었다고는 하나, 여전히 지구상에서 가장 치명적인 바이러스 중 하나였으니까.

"질본(질병관리본부)에 연락해서 트루바다 가지고 오라고 해! PEP(Post Exposure Prophylaxis: 노출 후 예방) 필요하다고!"

"네, 교수님!"

강혁의 말에 전화기를 들고 멍하니 있던 지민이 고개를 끄덕였다.

"바로 연락하겠습니다!"

"안녕하십니까! 한국대학교 병원 중증외상센터 수술실 1번 방입니다! HIV 양성 환자에 노출된 의료진 세 명이 있어 연락드렸습니다. 지금 즉시 트루바다 요청드립니다!"

"아니, 다섯이라고 해."

"에?"

지민은 잠시 이해가 가지 않는다는 얼굴을 하고 있다가, 강혁의 무서운 표정을 보고는 다시 입을 열었다. 이유는 몰라도 강혁의 말대로 해야 한다는 건 알 것 같았다.

"저, 잠시만요! 트루바다 다섯 명분이 필요합니다!"

트루바다란, HIV에 대한 치료제로서 현존하는 모든 약 중 가장 효율적으로 에이즈(AIDS, Acquired Immunodeficiency Syndrome: 후천성 면역 결핍증)로 진행되는 것을 막을 수 있는 약이었다. 에이즈에 감염자의 혈액 또는 타액과 접촉했거나, 또는 접촉했을 위험이 있는 사람이 72시간 안에 이 약을 복용하는 것을 PEP라 불렀다. '상당히 높은 확률로 예방 가능하다'고 알려져 있는데, 그 말은 곧 100% 예방은 아니란 뜻이었다.

"일단……. 너희 다 박박 씻고, 혹시 상처 있는지 확인하고 수술복 갈아입어. 감염용으로."

"네, 교수님. 근데 교수님은……. 어쩌시려고요?"

재원이 모자를 벗으며 물었다. 강혁은 아직도 오른손 검지와 중지로 환자의 상처를 누르고 있었다. 손을 뗄 생각은 전혀 없어 보였다.

"출혈은 일단 막고 있어야지."

"하지만……."

"니가 빨리 갈아입고 와서 막으면 되잖아. 늦어질수록 내가 감염될 확률이 점점 올라가는 거야. 그랬으면 좋겠냐? 한 달 약값 수백씩 나가는 꼴 보고 싶어서 그래?"

"아, 아뇨. 알겠습니다!"

강혁은 후다닥 달려 나가는 재원의 뒷모습을 바라보았다. 강행도 우물쭈물하다가 그의 뒤를 따랐는데, 그 속마음을 어쩐지 알 것만 같았다.

'미안하겠지.'

아마 그럴 것이었다. 강혁도 그랬었으니까.

강혁은 그가 레지던트 1년 차였을 때의 일을 떠올렸다. 당시 강혁이 있던 무안대학교 병원은 도심에서 조금 떨어진 곳에 있었고, 시외에서 발생하는 거의 모든 외상 환자들이 모이는 곳이었다. 때문에 지금처럼 검사 결과를 미처 확인하지 못하고 들어가야 하는 경우도 많았다.

'교수님도 날 먼저 내보냈지.'

유혈이 낭자한 그런 수술이었다. 여기저기 튄 피를 슥슥 닦아가며 수술을 하고 있으려니 검사실에서 전화가 왔다. 환자 검사 결과 C형 간염 바이러스 양성 나왔으니 주의하라고.

'강혁아, 너 나가서 씻고, 상처 있는지 확인해. 있으면 바로 감염 관리실로 가고, 아니면 감염 방지용 장비 챙겨서 들어와.'

그 와중에도 스승은 강혁을 먼저 배려해주었다. 원하면 수술에 다시 들어오지 않아도 된다고 말해주기도 했다. 스승은 여전히 환자의 출혈 부위를 누르고 있는 채였다. 그 일이 있기 전까지만 해도 스승을 진심으로 존경하지는 않았다.

'수술 실력은 의술의 한 부분일 뿐.'

타고난 성격 탓에 아직도 그게 무슨 말인지 정확히 알지 못했지만, 그래도 그 스승 덕에 아주 조금은 알 것 같은 기분이 들기는 했다. 그때만 해도 한없이 멀어 보이고, 또 거룩해 보였었다. 재원이 다시 안으로 들어왔다. 짧은 시간에 부지런히 몸을 닦아낸 모양이었다.

"교수님, 이제 저희가 누르겠습니다."

"일단 옷부터 좀 입을래?"

강혁은 눈을 보호하기 위해 얇은 플라스틱 막이 달린 마스크를 착용한 재원을 보며 말했다. 모자도 아까 쓰고 있던 것보다 훨씬 촘촘한 재질로 되어 있었다. 아마 더럽게 불편할 터였다.

'불편한 게 위험한 것보다는 낫지.'

"2호는 쉬고, 1호가 해."

강혁의 말에 재원이 어쩐지 우쭐거리는 듯한 얼굴로 앞으로 나섰다. 강혁은 그런 재원이 조금 우스웠으나 티를 내진 않았다.

"내 검지 보여?"

"네."

"그 끝에 있는 혈관이 터졌어. 아마도 상부 장간막 동맥의 지류인 거 같은데, 그래서 출혈이 그 모양인 거야."

동맥이 괜히 동맥인 것이 아니었다. 게다가 복부 대동맥이라고 하는, 우리 몸에서 가장 굵은 혈관에서 바로 뻗어나온 상부 장간막 동맥이면 압력이 대단했다. 재원은 아까의 출혈이 우연이 아니란 생각을 하면서 연신 고개를 끄덕였다. 강혁은 그런 재원의 오른손을 왼손으로 잡았다.

"검지랑 중지 쫙 펴."

"네."

"내가 손 빼면서 네 손을 안으로 넣어줄 테니까 그대로 누르고 있어. 알았지?"

"네."

강혁은 방금 예고했던 대로, 자신의 오른손을 빼내는 동시에 재원의 손을 잡아서 환부에 쑥 집어넣었다. 손이 들어가자마자 재원은 손끝에 무언가 딱딱한 것이 만져지는 걸 느꼈다. 강혁은 그의 얼굴에 떠오른 호기심 어린 표정을 보며 말했다.

"그거 총알이야."

"아……."

강혁은 사고 현장을 떠올렸다.

'경찰 특공대가 없었어.'

기껏해야 권총 사격을 했다는 건데, 아무리 마약 수사대라고 해도 지급되는 권총이 형편없는 모양이었다.

'그래도 9mm라니.'

상대가 조금 멀리, 조금 더 두툼한 옷을 입고 있었다면 잡기 쉽지 않을 터였다.

'뭐……. 지금은 다행이지.'

보통은 총알이 박히는 것보다 관통상이 덜 위험했지만, 복부를 그렇지 않았다. 특히 지금 재원의 손이 들어가 있는 부위는 더욱 그랬다. 만약 총알이 관통했다면 '무조건'이라고 해도 좋을 확률로 복부 대동맥이 터졌을 것이고, 지금 침대에 누운 것은 환자가 아니라 시신이었을 것이다

"꽉 누르고 있어."

강혁은 그 말을 남기고 서둘러 수술실에서 빠져나왔다.

'찜찜하네.'

상처가 없다는 것은 확인했지만, HIV의 감염력이 강한 것 또한 잘 알고 있었다. 강혁은 시리아와 아프리카 등지를 돌면서 HIV로 인한 에이즈 환자를 꽤 많이 보았다. 아무리 강혁이 외상 외과 의사로서 험한 환자들을 많이 봤다 해도, 에이즈 환자의 최후와는 비교도 할 수 없었다.

"괜찮으세요?"

뒤따라 나온 최하림 감독이 물었다. 돌아보니, 그녀의 얼굴엔 진심으로 걱정이 묻어나오고 있었다.

"찜찜하긴 하죠."

"괜찮은 거죠? 이 수술 그냥 포기하면 안 되나요?"

최하림 감독은 자신의 불안을 강혁이 해소해주길 바라며 물었다. 이제 겨우 며칠 동행했을 뿐이지만 그녀는 확신할 수 있었다.

'이 사람은 대한민국에 필요한 사람이야.'

그리곤 자신도 모르게 수술실 쪽을 돌아보았다. 마약 사범이자, 국내 마약 유통을 책임지고 있는 환자. 아니, 악마가 누워 있는 곳을.

'저런 놈을 살리기 위해 이런 사람이 위험해진다고?'

그런 일은 있어서는 안 된단 생각이 들었다. 하지만 강혁의 생각은 조금 달랐다. 수술실 안에 들어간 이상 저 인간은 환자일 뿐, 다른 무엇이어서는 안 되니까.

"그럴 순 없죠. 저 사람은 삽니다."

강혁은 그렇게 말한 후, 명한 얼굴이 된 최하림 감독을 남겨둔 채 탈의실로 들어갔다. 탈의실 내 샤워실로 들어가 물을 들었다. 따뜻한 물이 적당한 수압으로 쏟아져나오며 강혁의 몸을 씻어내렸다.

강혁은 그렇게 씻겨 나가고 있는 자신의 몸을 가만히 들여다보았다. 조금은 과하다 느껴질 만큼 열심히, 그러나 빠르게.

'상처는 없어.'

상처가 없다는 건 감염의 위험이 낮다는 뜻이었다. 홀로 일반 장갑만 끼고선 환자의 상처를 누르고 있을 때 느껴졌던 찜찜함이 따뜻한 물과 함께 씻겨 내려가는 기분이었다. 그제야 강혁은 완전히 안심한 채 새 수술복으로 갈아입고 탈의실을 나섰다.

"벌써 씻은 거예요?"

비누 냄새를 옅게 풍기며 나타난 강혁을 보며 최하림 감독이 물었다. 아직 물기가 남은 머리를 털고 있는 강혁의 모습이 왠지 섹시하게 느껴져 차마 똑바로 바라보지 못했다.

'어쩌면 이번 다큐멘터리는 평단에서만 좋은 평을 받는 게 아닐 수도 있겠는데.'

이런 외모를 가진 의사가 매스컴을 타면 어찌 되겠는가. 이미 지금도 알게 모르게 강혁의 팬이 생긴다는 말이 있는데, 영화까지 만들어지면 상당히 거대한 팬덤이 형성될 수도 있었다.

"네. 박 반장 아직 거기 있죠?"

강혁은 머리에 묻은 물기를 마저 털어 내면서 물었다. 미처 박 철순 반장까지 챙길 생각은 하지 못했던 최하림 감독이 고개를 저었다.

"잘 모르겠는데요."

"그럼 일단 가보죠."

강혁은 대기실을 향해 걸었다.

"어? 백 교수님?"

마치 환자이자 용의자의 가장 가까운 보호자인 양 초조하게 수술 결과만 기다리고 있던 박철순 반장이 고개를 들었다. 바닥을 보니 빈 종이컵만 벌써 세 잔이 놓여 있었다. 컵마다 갈색 물이 말라 있었는데, 커피만 계속 마시고 있던 모양이었다.

'아직 모르고 있구만.'

만약 부하 형사들이 HIV에 노출되었다는 것을 알고 있다면 이렇게 한가로운 인사를 건네진 못했겠지. 강혁은 이 무거운 소식을 직접 전해야 한다는 사실이 마음에 들지 않아 언짢은 얼굴이 되었다. 그 모습을 본 박철순 반장은 용의자가 잘못되기라도 한 줄 알고 다짜고짜 물었다.

"뒈졌습니까?"

강혁은 즉시 고개를 저었다. 이대로 시간이 지나면 뒈지겠지만, 아직은 아니었으니까.

"아뇨."

"그럼……?"

"현장에 있던 요원은 다 복귀했습니까?"

강혁의 말에 박철순 반장은 뭔가 쎄한 기분을 느꼈다. 의사가 왜 이런 것을 물을까. 자연스럽게 시선을 최하림에게로 돌렸다. 최하림 감독은 더없이 어두운 얼굴로 고개를 끄덕였다. 묻는 말에 답이나 하라는 뜻이었다. 그리 좋은 말이 나오진 않을 거라는 뜻이기도 했고.

"아뇨. 아직 몇 명은 남아 있습니다."

하긴, 대한민국에서 총질을 그렇게까지 성의 있게, 열심히 했는데 바로 복귀한다는 건 있을 수 없는 일이었다. 총으로 방 하나를 아주 걸레짝으로 만들어놓았으니, 반장이나 그 밑의 형사들이나 각오는 해야 할 일이었다.

"그럼……. 용의자 상처 누르고 있던 사람들은요?"

"아, 장 형사랑 김 형사요?"

박철순 반장은 질문인지 아닌지 모를 말을 해놓고 잠시 생각하더니 대답했다.

"아직 장 형사는 남았을 겁니다."

강혁은 어차피 두 사람 다 몰랐다. 남은 사람이 누군지도 중요하지 않았다. 그저 두 사람 모두 즉시 병원으로 와야 한다는 사실이 중요했다. PEP에 있어서 시간은 그 무엇보다 중요하니까.

'벌써 그 둘은 우리보다 훨씬……. 오래됐어.'

그 둘은 장갑도 끼지 않고 맨손으로 틀어막고 있었다.

'얼굴에 피가 튀었던가?'

두 사람 모두 마스크는커녕 안경도 끼지 않은 채였다. 만약 조금이라도 피가 튀었다면 둘은 심각하게 감염을 걱정해야 할 상황이다.

"바로 불러주셔야겠습니다."

"왜죠?"

박철순 반장은 바로 삐딱선을 탔다. 열심히 하면 할수록 욕먹는 집단의 수장다운 태도라 할 수 있었다. 언제 어디서건 부하 직원을 보호하려는 의지로 가득한 사람이라 본능적으로 먼저 까칠함이 튀어나오는 것이다. 그런 의지가 없다면 이 집단을 유지할 수 없기 때문이다. 대한민국의 마약 수사대는 그런 입장에 처해 있었다. 강혁은 그런 박철순 반장을 충분히 이해할 수 있었다. 강혁과 강혁의 팀도 같은 입장이니까.

"저 환자 말입니다."

"저 새끼가 왜요? 얼굴이나 보자고 합디까?"

"에이즈입니다. HIV 양성 환자예요."

"뭐⋯⋯. 뭐라고요?"

성난 얼굴로 강혁을 마주하고 있던 박철순 반장은 이제 무슨 표정을 지어야 할지 모르겠다는 얼굴로 멈춰 있었다. 에이즈라니. 어디선가 들어본 적은 있는데 이런 데서 들으리라고는 상상도 안 해본 질병이었다. 강혁은 그렇게 멍한 얼굴이 된 박철순 반장을 향해 말을 이었다.

"지금 빨리 치료를 받지 않으면 감염의 위험이 있어요. 그 두 사람 외에도 접촉한 사람이 있으면 지금 바로 말해주셔야 합니다."

"어⋯⋯. 아니⋯⋯."

"박 반장님."

"어……. 네."

강혁은 멍해진 박철순 반장의 양 볼을 쥐고 자신을 똑바로 바라보게 했다. 경찰이 되기 전부터도 워낙 험악한 인상이라, 누군가가 두 볼을 감싸 쥐는 상황은 겪어본 적 없는 그에게는 퍽 신선한 경험이었다. 그 덕에 제정신이 돌아온 듯했지만, 다른 의미로 여전히 당황스러워 굳어져 있었다.

"지금 그 두 사람 즉시 병원으로 오라고 해야 합니다. 치료를 시작하지 않으면 감염의 위험이 점점 커집니다."

"그……. 아, 알겠습니다."

박철순 반장은 마약 수사대 반장으로서 산전수전 다 겪은 몸이었다. 이러한 종류의 위기는 비록 처음 겪어보지만, 정신을 차리는 데 걸린 시간이 아주 길진 않았다.

"오면 수술실로 연락주십쇼."

강혁은 그렇게 말한 후 수술실로 뛰어갔다. 최하림 감독 또한 부리나케 그의 뒤를 따랐고, 다시 대기실에 박철순 반장 홀로 남았다. 자리에 앉지 못하고 어디론가 전화를 걸었다. 한 자리에 서 있지 못하는 게 정말이지 불안해 보였다.

강혁은 다시금 손을 닦은 후 곧장 수술실로 들어섰다. 안은 고요했다. 얼핏 보면 평화롭게까지 느껴질 정도로.

"피는 어때?"

강혁은 괜찮을 거라 예상하며 질문을 던졌고, 재원은 자신 있게 고개를 끄덕였다.

"괜찮습니다."

확실히 실력이 늘긴 는 모양이었다. 출혈이 지속되고 있어 때때로 손가락 위치를 미세하게 바꿔야 했을 텐데, 아직 괜찮은 걸 보면 잘 대처하고 있었다는 증거다. 맨날 구박하긴 하지만, 역시 1호가 괜히 1호인 게 아니었다.

강혁은 서둘러 수술 가운을 걸쳤다. 감염 방지용이었기 때문에 일반 가운과 무게 자체가 달랐다. 이건 그래도 괜찮은데, 장갑이 문제였다. 너무 두껍고, 너무 질겼다.

'로봇 수술이 가지지 못한 인간만의 장점이 사라지는 셈이로구만.'

강혁은 둔해진 손끝의 감각을 느끼며 고개를 가로저었다. 환자를 살리기 위해서라면야 일반 장갑을 끼는 게 더 나을 것이다. 하지만 그보다 우선해야 할 것은 역시 의료진의 안전이었다. 특히 강혁처럼 대체 불가능한 사람이라면 더더욱 그래야 했다.

"일단 그렇게 손으로 막고 있어."

강혁은 재원에게 그렇게 말한 후, 곧장 메스를 집어 들었다.

"2호는 여기, 위아래로 당겨."

"넵."

"그럼 가른다."

강혁은 메스를 이용해 재원이 손으로 막고 있는 상처를 우측으로 길게 늘였다. 피가 주르륵 흘러나왔으나 아까처럼 당황하는 사람은 없었다. 이 장갑이 뚫리려면 메스로 작정하고 그어야 한다는 것을 잘 알고 있었기 때문이다.

강혁은 성의 있게 거즈로 피를 닦아내는 2호의 도움을 받아 절개를 좀 더 깊숙이 진행했다. 전기칼을 이용해서였는데, 누가 마약 중독자 아니랄까봐 배도 비쩍 말라 있었다. 다른 욕구가 억제된 채 오직 마약에 의한 쾌락에만 집중하다보니 몸이 이 지경이 된 것이었다.

'망할.'

강혁은 살집이 조금이라도 더 있었다면 지금 상황보다는 나았을 텐데 생각하며 복막을 마저 갈랐다. 그러자 안쪽에 부어 있던 소장이 왈칵 쏟아져나왔다.

"음."

아무래도 이러한 광경을 오랜만에 보는 2호는 머뭇거렸고, 강혁은 전혀 망설이지 않고 남는 손으로 소장을 다시 집어넣는 동시에 총알이 박힌 곳이 잘 보이게끔 위치시켰다.

"2호. 넌 내가 잡고 있던 대로 딱 고정해."

"아, 네."

"똑바로 봐. 총상 환자 수술하는 거, 그리 흔한 일이 아냐."

대한민국에서는 특히 그러했다. 이 사실을 모르지 않는 강행은 고개를 끄덕인 채 눈 깜빡이는 횟수를 최소화했다. 강혁의 수술을 최대한 눈에 담기 위함이었다.

"역시…… 혈관이 다쳤어. 흠."

강혁은 총알에 의해 파열된 혈관을 보며 잠시 생각에 잠겼다. 이걸 도로 이어줄까, 아니면 묶을까를 고민했다.

'일단은 묶어야겠어.'

강혁은 다른 두 곳의 상처 또한 상당히 심각하다는 것을 떠올린 후, 최대한 빨리 출혈을 잡아나가기로 마음먹었다. 만약 소장을 너무 많이 잘라내야 하는 상황이 오면 그때 다시 계획을 수정하면 될 일이었다.

"교수님, 환자 소변이 거의 안 나옵니다."

원래 엉망이었던 몸인 만큼, 오랜 시간을 견딜 수가 없었다. 특히 신장과 간 기능이 떨어져 있었는데, 지금은 신장이 제일 말썽이었다. 출혈로 인한 혈류량 감소에 가장 빨리 영향을 받는 장기였기 때문이었다. 강혁은 고개를 들어 경원을 바라보았다.

"투석기라도 돌려."

"HIV 환자라……. 꺼릴 겁니다."

바이러스에 감염된 환자에게 투석기를 달면 다른 환자에게 사용하기 전 완전히 분해해서 소독해야만 했다. 의학적으로도 옳은 조치였고, 나라에서도 그렇게 규정하고 있었다. 물론 그 조치에 대한 수가는 전혀 책정되지 않았다.

"일단 돌려! 그런 것까지 따지면 이 환자 수술을 어떻게 해! 그냥 죽게 둬?"

그 말을 들은 경원과 장미는 저도 모르게 눈을 마주쳤다. 외상외과의 재정과 병원 내 입지를 생각하면 반대하는 게 맞았다. 하지만 때론 머리보다 가슴이 먼저일 때가 있는 법이었다.

"알겠습니다, 교수님."

경원은 답한 후에도 잠시 머뭇거렸지만 이내 결심한 듯 장미에게 고개를 끄덕여주었다.

"신장내과……. 연결 부탁드립니다."

경원은 달갑지 않은 목소리로 전화를 받은 신장내과 펠로우에게 수술실 상황을 설명한 뒤 투석 기기를 요청했다.

"HIV요? 그거 한 번 사용하면 최소 일주일은 못 쓸 텐데요? 게다가……."

펠로우의 목소리는 달갑지 않은 수준을 넘어 어느새 짜증이 묻어 있었다. 경원은 당연한 반응이라고 생각하고 적절한 대답을 찾고 있는데, 그사이 상대는 방금 경원이 알려준 '신원미상의 남성' 차트를 클릭해 검사 결과를 띄웠다.

"선생님."

그리곤 아까보다 확연히 낮아진 목소리로 경원을 불렀다.

"네."

"지금 이 환자 수술…… 중이에요?"

약간 믿기 어렵다는 듯 물었다. 검사 결과가 정상은 하나도 없고 모두 붉은색 글씨로 적혀 있었다. 아마 보통의 마취과 의사라면 이 결과를 보자마자 일단 마취를 거부했을 것이다. 수술이 문제가 아니라, 마취 때문에 환자가 죽을 수도 있을 수준이었기 때문이다.

"네. 지금 수술 중입니다. 활력 징후는 안정적입니다만……. 소변이 안 나옵니다."

"그야……!"

신장내과 펠로우는 '그럴 수밖에 없겠지!'라는 말을 하려다 말았다. 얼마나 상황이 급했으면 이런 환자를 끌고 갔을까 하는 생각이 들어서였다. 게다가 그는 최근 중증외상센터의 활약상에 감명받은 젊은 의사 중 하나이기도 했다.

"알…… 겠습니다. 근데 검사 결과만 보면 투석을 하루 이틀 해서 될 것 같지는 않습니다. 신장 초음파 보면서 면밀하게 봐야 할 거 같아요."

이리저리 말이 길어지기는 하지만 해주긴 해주겠단 뜻이었다.

"감사합니다, 선생님."

"아닙니다. 필요하면 해야죠. 나중에 교수님 앞으로 정식 의뢰서만 좀 남겨주십쇼. 백강혁 교수님 이름으로."

백강혁은 지금 병원에서 일종의 상징적인 의미를 가진 사람이었다. 이제 원장단뿐만 아니라 재단 이사들도 백강혁만큼은 건드리지 못한다는 소문이 돌았다.

'백 교수님 이름을 팔면……. HIV 양성 환자에게 투석기를 쓸 수밖에 없었다는 걸 교수도 인정해야겠지.'

경원은 그렇게 되면 결국 신장내과 교수의 반발을 사게 될 것이란 것을 잘 알고 있었다.

'교수님한테 말해봐야 무조건 진행하라고 할 거야.'

"알겠습니다. 저희가 정식으로 의뢰를 올리겠습니다."

"그럼, 준비되는 대로 내려가겠습니다."

"네, 선생님."

경원은 임무를 완수했다는 안도감과 또다시 자신의 스승에게 짐을 지게 했다는 부담감을 동시에 느끼며 전화기를 내려놓았다. 강혁은 경원이 전화기를 붙잡고 씨름하는 사이, 총알 하나를 제거하여 기구대 위에 떨어뜨렸다.

"약간 깨졌어."

그리곤 아무리 봐도 흠이 보이지 않는 총알을 가리키며 말했다. 보조에 열중하고 있던 재원과 강행은 제거된 총알을 유심히 살피기 시작했다.

'가끔 이러신단 말이야.'

재원은 총알과 함께 강혁이 다시 뒤적거리기 시작한 환부를 번갈아 바라보았다. 그의 눈에는 총알의 깨진 흔적 같은 건 보이지 않았지만. 강혁의 말을 의심하지 않았다. 강혁이 그렇다고 하면 그런 것이니까.

반면 팀에 합류한 지 얼마 되지 않은 강행은 고개를 갸웃거리고 있었다.

'뭐가 어쨌단 거지?'

강혁은 평범한 사람들은 상상도 하지 못할 만큼 뛰어난 의사였다. 강행도 그 사실을 분명하게 알고 있었다. 하지만 그는 아직 재원만큼 기적을 많이 접하진 못했기에 의심을 확신으로 바꾸지는 못하고 있었다. 강혁이 마침내 티끌만 한 조각을 찾아내 핀셋으로 집어내기 전까지는 말이다. 아까와 비교하면 들리지도 않을 정도로 작은 소리가 들렸다. 소리는 작았지만 분명 금속 조각이 스테인리스 위에 떨어져 울리는 소리였다.

'미친…….'

강행은 그 기구대 위에 놓인 작은 물체를 바라보았다. 작다는 말도 과분하다 싶을 정도로 작은 금속 조각이었다. 이걸 저 상처 속에서 찾았다고? 미쳤다는 생각밖에 안 들었다. 강혁과 재원은 그저 별일 아닌 듯 수술을 이어나갔다.

"일단 총알은 제거됐고……. 혈관도 묶기는 했는데. 흠."

강혁은 눈 깜짝할 새에 출혈까지 처리해놓고도 뭔가 불만족스러운 얼굴이었다.

"다른 두 군데도 소장이 이 지경이면 다 묶었다가는 금방 죽겠는데요?"

"그러니까. 흠."

재원의 의견에 강혁은 연신 고개를 끄덕이다가 자신도 모르게 환자의 얼굴을 돌아보았다. 얼굴만 봐도 약에 찌든 사람이라는 것을 알 수 있을 정도로 많이 상해 있었다. 수술을 위해 드러난 몸 여기저기엔 누군가 공들여 새겼을 문신이 있었고, 그 문신 이곳저곳엔 상처까지 나 있어 더욱 험해 보였다.

'나쁜 짓 어마어마하게 했겠지.'

아마 세상에 죽어 마땅한 사람이 있다면 이런 사람이 아닐까, 하는 생각이 잠재의식 아래 어딘가에서 스멀스멀 올라오는 듯했다.

'아니야, 아니지.'

의사는 생명의 가치를 두고 판단하는 짓을 해서는 안 된다. 그런 짓을 하기 시작하면 그건 의사가 아니라 괴물이 될 테니까. 살아난 후에 비난한다면 얼마든지 할 수 있겠지만, 그전까지는 그저 한 사람의 환자로만 대해야 했다.

'에이, 시발.'

물론 쉬운 일은 아니었다. 강혁의 의사가 아니었으니까. 게다가 방금 이 환자 때문에 제자들까지 위험에 빠졌으니까. 하지만 강혁은 평생을 지키고자 하는 가치를 위해 초인적인 인내심을 발휘하여 메스를 들었다.

"일단 다른 상처들 보고 정하지. 여기서 시간 끌기엔 다른 곳이 불안해."

"아, 네. 교수님. 그게 좋겠습니다."

다행히 재원이나 강행은 방금 그들이 HIV가 잔뜩 든 혈액을 뒤집어썼었다는 사실을 잊은 듯했다. 도리어 강혁이 겪은 내적 갈등 따위는 안중에도 없는 듯했다. 지금 이 순간 환자와 이 수술에 오롯이 집중하고 있는 건 집도의 강혁이 아니라 두 보조의가 아닌가 하는 생각마저 들 지경이었다. 강혁은 자신에게 맡겨진 두 제자가 천하에 둘도 없는 바보라는 것에 감사함을 느꼈다.

물론 그의 입에서 나간 말은 속과는 전혀 다른 종류의 것이었다. 아니, 어쩌면 일맥상통한다고 봐야 옳을는지도 몰랐다. 이렇게 혹독하게 대하지 않으면, 결코, 강혁과 같은 의사가 되지 못할 테니.

"정신 차려! 너도 똑바로 당기고!"

"네, 교수님. 죄송합니다."

강혁은 후련함과 동시에 안쓰러움을 느끼며 손을 더 빠르게 움직였다.

'소변이 안 나오는데'

경원이 투석기를 요청할 때까지만 해도 한 방울씩 떨어지고는 있었는데, 지금은 아예 멎어버렸다. 수혈은 물론이고 많은 양의 수액이 들어가고 있는데도 소변은 나오지 않았다.

'폐에도 물이 조금은 찼겠지.'

군이 엑스레이를 보지 않아도 알 수 있는 일이었다. 그 외의 다른 장기들에도 부정적인 영향이 끊임없이 쌓이고 있을 것이다. 수술을 최대한 빨리 끝내는 것만이 그 악순환을 끊을 수 있는 유일한 방법이었다.

"빨리, 최대한 빨리 따라붙어!"

"네, 네!"

강혁은 점점 더 서두르기 시작했다. 어느새 그의 머릿속에는 이 환자가 HIV 환자라는 사실도 마약 사범이라는 사실도 지워져 있었다. 오로지 살리겠다는 일념만 가득했는데, 그 덕에 속도는 말도 안 되게 빨라지고 있었다.

'벌써……'

메스를 대나 싶었는데, 총알이 빠져나왔다. 그 잔해들 또한 마찬가지였다. 강행은 마치 꿈을 꾸는 듯한 그런 기분이었다.

'어떻게 이렇게 빠르지?'

강행의 눈에 빠르기는 재원도 마찬가지였다. 자신이 재원과 같이 보조의 역할을 있다고 하기에 민망할 정도로 차이가 났다.

"야, 야! 왜 이렇게 느려!"

"죄송합니다."

두 사람의 속도를 정신없이 따라가다보니 또 하나의 총알이 빠져나왔다. 어느새 재원은 강혁이 총알을 제거한 곳 주변에 손상된 조직들을 묶고 있었다.

"이제 나름 포인트를 잘 잡네."

강혁은 몇 달 사이 발전한 재원을 보며 흡족한 표정을 지었다.

"역시. 제가 좀 빨리 늘죠?"

"빨리 늘기는. 너는 인마, 나 3년 차 때보다도 못해."

"교수님하고 비교하면 어째요…….."

"나랑 비교하지, 그럼 누구랑 해. 아무튼, 다행이네."

"아, 네. 다행입니다."

강혁의 말에 재원이 고개를 끄덕였다.

"뭘 알면서 끄덕이는 거냐?"

"아, 아뇨…….."

"잘라야 할 소장이 적잖아, 2호. 그래서 다행이라고 한 거야."

강혁이 말하며 장미를 향해 손을 내밀었다. 장미는 기다렸다는 듯 가위를 건네주었다.

"조폭이 어째 수술을 제일 잘 이해하고 있는 거 같아?"

별말도 없이 딱 필요했던 기구를 건네준 장미를 보며 말했다. 갑자기 칭찬을 받은 장미는 쑥스러운지 어색하게 웃었다. 그 모습을 보고 있던 재원은 또 말도 안 되는 생각을 했다.

'진짜 좋아하는 거야? 그런 거야?'

말도 안 되는 망상과 함께였다. 강혁은 두 사람의 반응에 관심이 없었고, 무심한 얼굴로 수술을 계속했다. 환자의 손상된 소장을 가위로 싹둑 자르며 지민을 향해 말했다.

"박 반장한테 전해. 얼마나 살지는 아직 확신 못 하겠는데, 뭐 물어볼 시간은 번 것 같다고."

수술을 마치고 나오자, '신원미상의 남성'으로 접수되어 있던 용의자의 이름이 변경되어 있었다.

'유지상.'

강혁도 언젠가 한 번쯤은 들어본 적 있는 이름이다. 한때 뉴스에서 시도 때도 없이 등장했던 이름이었으니까. 중국과 미얀마, 태국 등지를 돌며 마약을 밀수하는 조직의 수장이라고 했었다. 강혁이 방금 살려낸 인간은 직접적으로나 간접적으로나 수많은 사람을 해치고 악행을 저지르며 살아온 악마 그 자체였다.

"와……. 우리 엄청 거물을 수술했네요."

재원은 배에 거즈를 붙인 채 중환자실 침대에 누워 있는 깡마른 사내를 내려다보며 말했다. 상체를 심하게 다친 데다가 이것저것 연결된 라인이 많아서 환자복 상의는 거의 풀어헤쳐 있었는데, 맨살이 거의 안 보일 정도로 문신 투성이었다.

"그러게."

강혁은 아직 정신을 차리려면 한참 남은 유지상에게서 눈을 뗀 채, 뒤에 서 있는 박철순 반장을 돌아보았다. '눈에서 불이 난다'라는 표현이 딱 어울릴 만한 표정이었다. 바로 뒤에 서 있는, 아까 유지상의 혈액에 노출되었던 두 형사 때문인 듯했다.

"망할 새끼."

그는 짤막한 욕설을 내뱉었다.

"약 왔습니다!"

지민은 응급실 입구에서 질병관리본부 당직자가 전달해준 약을 가지고 숨을 헉헉대며 뛰어오는 중이었다. 그냥 약만 있는 게 아니라 응급으로 검사해볼 수 있는 키트도 들어 있었다.

"아. 자, 잘 봐요. 그냥 무턱대고 먹지 말고."

강혁은 지민에게 약을 받은 후, 같은 처지의 일행들에게 약을 나눠주었다. 김 형사에게만큼은 아직 약을 주지 않은 상태였는데, 눈알이 이리저리 튀고 있는 것이 확실히 이상했기 때문이었다.

"이제부터 이 약을 약 한 달간 복용해야 합니다."

"한 달이요?"

그 말에 장 형사의 눈이 동그랗게 떠졌다. 마약 수사대 일이 급한데 한 달이라니. 있을 수 없는 일이었다. 하지만 그런 장 형사의 어깨를 박철순 반장이 툭툭 두드려주었다.

"휴가 받을게. 병가로. 어차피 저 새끼 일어나고 취조하려면 시간 많다."

"반장님……."

"새끼야, 네 몸 걱정이나 해."

강혁은 장 형사가 풀 죽은 얼굴로 고개를 끄덕일 때까지 기다렸다가, 약의 복용법을 설명해주었다. 이미 노출이 된 상황인 만큼, 노출 후 예방을 제대로 하는 것만이 최선이었다.

"약간 메슥거리거나 구토 증세가 있을 수도 있어요. 하지만 반드시 다 먹어야 합니다. 현재까지는 이게 그나마 감염의 위험을 줄일 수 있는 유일한 방법이니까."

"김 형사라고 했나요? 이거 일단 드시죠."

"어……. 네, 네."

"그리고 숨 천천히 쉬어요. 지금처럼 숨 쉬면 더 심해져."

"으……."

강혁은 일단 김 형사에게 약을 먹인 후, 자신도 약을 먹었다. 자신과 제자들은 안전할 거란 생각을 하고는 있었지만, 그래도 찜찜

했다. 어서 지옥 같은 한 달이 지나고 확정 검사를 받고 싶은 마음뿐이었다.

최하림 감독은 여느 때처럼 그 광경을 카메라에 빠짐없이 담고 있었다. 그리고 그들과 조금 떨어진 곳에서 카메라 한 대가 더 돌아가고 있었다.

'백강혁과 붙어 있으면 특종이 터진다'라는 굳은 믿음으로 병원에 상주하다시피 하는 TV 고려의 박상은 기자의 카메라였다. 그녀는 정말이지 가슴이 터질 것 같은 흥분에 휩싸여 있었다.

'이거……. 이거 터뜨리면 대박이다.'

저 사람들이 왜 저렇게 심각한지는 자세히 알 수 없었다. 그저 지금 중환자실에 누워 있는 저 환자, 유지상이라는 이름의 마약 괴수의 존재가 그녀의 심장을 달뜨게 했다.

"참."

어딘가에서 카메라가 몰래 돌아가고 있을 때, 박철순 반장이 입을 열었다.

"뭡니까?"

"이 환자 말입니다."

"아, 네."

"이름 바꾸는 게 좋지 않을까요? 백 교수님이 경찰 관련한 일로 헬기 출동한 건 이미 알려져 있긴 하지만……. 저 이름이 떠 있으면 좀 위험할 거 같아서요."

아끼는 두 부하가 HIV에 노출되는 바람에 경황이 없어 미리 처리하지 못한 일이었다. 그 말을 들은 강혁 또한 아차 싶은 생각이 들었다.

"그게 좋겠네요. 이름을 바꾸죠. 그리고……. 중환자실 앞에는 경찰 인력 좀 붙여주십시오."

"당연하죠. 지원 요청은 진즉에 보내놨습니다."

"잘됐군요."

"모쪼록 치료만 잘 부탁드립니다. 이 녀석들이나, 저 새끼나."

"네, 환자가 누구든……. 최선을 다합니다."

둘의 대화가 무색하게도 박상은 기자는 이미 기사 초고 작성에 들어갔다. 사무실에 갈 필요도 없이, 병원 구석에서 휘갈기듯 쓴 기사였지만 편집장 허락만 있으면 인터넷 기사로 띄울 수 있었다.

'특종이다, 특종.'

'*21세기 대한민국 마약왕 유지상, 한국대학교 병원 중환자실에서 치료 중(1보)*'

얼마 후 딱 한 문장으로 이루어진 기사가 인터넷에 떴다. TV 고려라고 해봐야 트래픽이 아주 많은 편은 아니었다. 게다가 새벽에 올라온 1보 기사였기에 본 사람은 거의 없었지만, 볼 만한 사람들은 다 보았다. 사건이 터진 직후 계속 유지상의 이름을 검색해보던 이들이었다.

"한국대학교 병원?"

유지상이 입을 열면 무척 곤란해질 사람이 입을 열었다. 그러자 역시 함께 곤란해질 사람이 말을 받았다.

"어디에 있는 줄은 압니다만, 기사가 뜨다니. 이상한 일 아닙니까?"

경찰청 내에 심어둔 프락치들을 통해 백방으로 놈의 행방을 알아보기 시작한 지도 벌써 여덟 시간째인데도 흔적 하나 잡히지 않았다. 마약 수사대 놈들이 의도적으로 막았거나, 뜬금없이 뜬 이 기사가 함정일 가능성도 있었다.

"함정일 수도 있겠지. 하지만 그래도 애들 보내. 탈 안 날 만한 애들로."

"안 날 만한……. 연변 애들 보낼까요?"

"뭐가 됐든. 그 새끼 죽여. 방해하는 놈들도 죽이고. 무조건 해외로 빼준다고 하면 나설 놈들 많을 거야."

무조건 해외로 빼 줄 수 있다는 말은 정말이지 함부로 입에 올릴 만한 말이 아니었다.

'하지만 이 사람이라면 할 수 있을 테지.'

"알겠습니다."

어딘지 모르게 피 냄새가 나는 듯했다.

"환자 혈압이 조금 흔들립니다."

장미가 활력 징후 모니터를 가리켰다. 새벽 3시였다. 장미에게 호출을 받고 자다가 나온 강혁과, 강혁이 움직이는데 감히 가만히 있을 수 없었던 1호와 2호, 그리고 최하림 감독이 나란히 서서 거의 동시에 하품을 했다.

"흠."

혈압은 장미의 말대로 아주 조금 흔들리고 있었다. 90에 60을 유지하던 혈압이 80까지 떨어져 있는 정도? 이 정도면 의사를 콜할 정도는 아니었기에 2호 강행은 무슨 상황인가 싶은 얼굴이었다. 하지만 강혁이나 재원은 아무 불평 없이, 오히려 심각한 표정으로 환자 상태를 살피고 있었다.

"드레인 양은 어때?"

강혁은 환자의 배에 연결된 수류탄 모양의 주머니를 가리켰다. 붉은색의 액체가 아주 조금 채워져 있었다.

"양도 약간 늘었습니다. 시간당 10cc에서 30cc 정도? 색도 빨개 졌고요."

"흠."

"이런 지 얼마나 됐다고?"

"두 시간이요."

"두 시간이라……."

강혁은 마음에 안 든다는 표정을 짓고는 환자 옆을 바라보았다. 시끄러운 소리를 내며 돌아가고 있는 투석 기기, 그게 원인인 듯했 다. 투석기를 통과하는 동안 혈액이 굳으면 안 되니까 혈전 용해제 를 쓸 수밖에 없었다. 문제는 그 용해제로 인해 출혈이 생긴다는 것 이었다.

"신장내과에 콜 해서 약 줄일 수 없는지 문의해봐."

"네, 교수님."

강행은 놀란 표정으로 둘의 대화를 지켜보았다. 처음에는 장미가 별것 아닌 일로 깨웠다고 생각했지만, 언짢다는 생각은 사라진 지 오래였다.

'백장미 간호사 콜 씹으면 안 되겠구나.'

재원은 신장내과와 통화하는 중이었고, 강혁은 장미를 보며 계속 말을 이었다.

"혹시 모르니까, 여차하면 배 열 수 있게 기구 좀 꺼내줘."

"무슨 세트로 열까요? 그냥 절개 배농 세트?"

"음."

강혁은 잠시 고민에 빠졌다.

'어차피 그 이상의 세트가 필요한 상황이면……. 아무리 급해도 수술실로 가야 해.'

중환자실도 어느 정도 조명과 세트가 구비되어 있기는 하지만, 괜히 수술실이 마련되어 있는 건 아니지 않은가. 강혁은 고개를 끄덕였다.

"그래. 절개 배농. 메스는 블레이드 끼워놓고. 10번…… 이면 되겠다."

"네, 교수님."

장미는 대답하고는 중환자실에 마련되어 있는 절개 배농 세트를 풀기 시작했다. 그 모습을 바라보고 있던 강혁의 한쪽 눈썹이 휘어져 올라갔다.

'이상한데?'

달그락. 분명 장미가 만지고 있는 기구에서 나는 것과 약간 다른 소리였다.

"야, 들리냐?"

강혁은 뒤에 있던 재원과 강행에게 물었다. 하지만 그 둘은 무슨 말인지 전혀 알아듣지 못했다.

"뭐요? 기계 돌아가는 소리요?"

"아니, 방금……."

"네?"

"아니다, 됐다."

강혁은 아무것도 모르겠다는 표정으로 서 있는 둘을 보며 고개를 가로저었다.

'하긴 그럴 리가 없지.'

여긴 대한민국이다. 그중에서도 서울 한복판 아닌가. 여기서 권총 장전하는 소리가 들리다니, 말이 안 되었다.

'그래도 알리기는 할까.'

평상시라면 망상이라고 생각하고 넘겼겠지만, 지금은 대한민국에서 제일 골치 아픈 용의자를 환자로 두고 있는 상황이었다. 경고해서 나쁠 것은 없을 것이다.

"여보세요?"

과연 박철순 반장은 잠들지 않고 있었다. 강혁의 협조를 얻어, 그가 반강제적으로 구해 온 응급의학과 의국을 임시 상황실로 쓰고 있었다. 어차피 김 형사나 장 형사 모두 HIV에 대한 약을 먹어야 하는 상황이기도 했으니, 누이 좋고 매부 좋은 일이 된 셈이었다. 물론 의국을 뺏긴 응급의학과 레지던트들에게는 안된 일이었지만.

"아, 네."

이 시간에 어쩐 일이십니까? 그 새끼 무슨 일 생겼습니까?"

"아, 방금 좀 이상한 소리가 들려서요. 혹시 그 자식 여기 있는 거 누구 아는 사람이 더 있습니까?"

강혁의 말에 박철순 반장의 눈이 날카로워졌다.

'우리 팀……. 우린 아니야, 깨끗해. 국장님? 아냐. 국장님은 그럴 리가 없어.'

"제가 아는 선에는 없습니다."

"그래요? 이상하네. 착각인가."

강혁은 아까 자신이 들었던 소리의 진원지로 의심되는 곳을 바라보았다.

'분명……. 권총 소리였는데.'

"혹시 모르니까, 한 번 더 확인을 해보시죠. 중요한 용의자 아닙니까?"

"음. 알겠습니다."

전화를 마친 박철순 반장은 간땡이가 오그라든 의사의 부탁이라고 생각했다. 하지만 강혁에게 받은 은혜가 적지 않은 상황이라 한 번 움직이는 것도 나쁘지 않겠다는 생각으로 장 형사와 함께 중환자실로 향했다. 그때였다.

탕! 박철순 반장의 귀에도 총소리가 들렸다. 소음기를 달았는지 아주 조용하긴 했지만, 영화에서처럼 아예 소리가 안 날 수는 없었다. 게다가 이 병원처럼 사방이 울리는 구조물에서는 작은 소리도 크게 들렸다.

"이런 시발. 빨리 와. 김 형사랑 나머지 애들도 다 오라고 해!"

박철순 반장은 차고 있던 권총을 꺼내며 외쳤다.

"최대한 빨리! 거기 앞에 총에 대응할 수 있는 병력이 없어!"

기껏해야 삼단봉으로 무장한 형사 하나와 순경 하나가 지키고 있을 뿐이었다. 방금 소리 난 그 총에 맞고 쓰러지지나 않았으면 다행이었다. 박철순 반장은 쿵쾅대는 심장 소리를 애써 무시한 채 앞으로 내달렸다.

탕! 중환자실 안에 있던 의료진들은 확실하게 총소리를 들을 수 있었다. 무의식중에 사람들은 모두 몸을 낮췄다.

"뭐, 뭐죠?"

"뭐긴 뭐야. 총이지."

다들 긴장한 상황에서 강혁만이 침착했다.

"니들은 가만히 있어. 괜히 나서다 죽지 말고."

공교롭게도 강혁이 그 말을 하는 순간 총소리가 한 번 더 울렸다. 그리고 굳게 닫혀 있던 중환자실 문에 무언가 부딪히는 소리가 들렸다. 삼단봉으로 무장하고 있던 형사가 쓰러졌다.

'망할.'

강혁은 어느새 꺼내 들고 있던 메스를 고쳐 쥐며 아랫입술을 꼭 깨물었다.

'몇 명이지? 여럿이 오진 않았을 거다. 총으로 무장한 데다가 경찰을 아무 망설임 없이 죽일 수 있는 놈들이라면.'

그때, 중환자실 입구에 설치된 통제 기기가 부서지는 소리가 났다.

"열어."

그리고 곧 문이 삐걱대며 열렸다. 열린 틈새로 보이는 범인의 수는 2명이었다.

"에이, 깜깜한데?"

다행히 눈치 빠른 장미가 문이 열리기 전에 불을 꺼둔 상황이었다. 병원에서 근무해본 경험이 없는 이상 어떻게 불을 켜는지 모를 테니 시간을 좀 번 셈이었다.

"빨리 처리해야 해. 찾아내는 즉시 긋고 튄다."

뒤이어 들어온 놈이 권총을 든 채 말했다. 안쪽이 아니라 밖을 주시하면서였다. 안으로 들어온 녀석은 권총을 뒤춤에 꽂아 넣은 뒤, 칼을 빼 들었다. 말 그대로 발견 즉시 죽일 셈인 듯했다. 깜깜한 곳에서 상대방 얼굴을 식별하려면 가까워야 할 테고, 그렇게 근거리에서 상대를 죽이는 데는 총보다 칼이 나을 테니까.

'프로는 아니야.'

강혁은 칼잡이의 자세를 보며 생각했다. 용병들은 절대 저렇게 칼을 잡지 않고, 저렇게 발을 옮기지 않는다. 놈은 천천히, 그러나 정확히 유지상을 향해 다가가고 있었다. 강혁의 시선도 자연스레 그의 뒤를 따랐다.

'저 새끼 때문에 HIV에 감염될 위험에 처한 사람이 무려 5명……'

심지어 그 다섯 명 중 자신의 두 제자가 끼어 있었다. 그렇게 살린 놈을 그냥 죽게 놔둔다고?

'안 되지, 그건.'

강혁은 고개를 한 번 젓더니, 아주 조용히 몸을 일으켰다.

'미치셨나?!'

재원은 가만히 잘 엎드려 있다가 슬금슬금 몸을 일으키는 강혁을 놀란 눈으로 바라보았다. 기껏 총소리 듣고 잘 숨었으면 그냥 그대로 있을 것이지, 왜 움직인단 말인가.

'오른손잡이, 칼은 역날로 쥐고 있어.'

강혁은 이미 중환자실 안으로 들어온 칼잡이의 뒤를 밟고 있었다. 놈은 칼을 든 채 중환자실 침대를 이리저리 뒤적거리고 있었다. 불이 완전히 꺼진 상태라 얼굴을 확인하는 데 시간이 걸리는 듯했다.

'반드시 죽이겠다, 이건데.'

칼을 역날로 쥐었다는 것은 근거리의 상대를 단칼에 죽이겠다는 의도로 해석할 수 있었다. 내려찍을 때 다른 어떤 자세보다 더 힘을 실을 수 있으니까.

'대신 돌발 변수에 대응하기는 어렵지.'

강혁은 왼손에 쥔 메스를 만지작거리며 중환자실 밖을 경계하고 있는 다른 범인을 보았다. 여전히 총구를 바깥으로 향하고 있었는데, 어지간히 긴장한 모양이었다.

'토가레프.'

강혁은 그가 들고 있는 권총을 알아보았다. 소리만 듣고는 긴가민가했는데, 모양을 보니 확실했다. 무기 밀매라고 해봐야 러시아나 일본 마피아들이 쓰던 구형 토가레프가 최선이었을 테니까. 토가레프는 총구 속도가 빨라서 관통력은 강하지만 살상 능력은 낮은 총이었다.

"크으……."

그것을 증명이라도 하듯 아까 총에 맞아 쓰러져 있던 형사의 입에서 신음이 흘러나왔다. 빨리 처치만 해주면 죽지는 않을 것이다. 하지만 먼저 총에 맞은 순경은 어찌 되었을지 장담할 수 없었다.

그때 강혁의 귀에 누군가 복도를 따라 다가오는 소리가 들려왔다. 다행히 총을 든 놈이나, 칼을 쥔 놈이나 그걸 듣진 못한 것 같았다. 중환자실에서 흘러나오는 낯설고도 신경을 거슬리게 하는 소음이 그들의 귀를 방해하고 있었다. 반면 중환자실 소음이 익숙하다 못해 일상이 되어버린 강혁의 귀에는 전혀 방해되지 않았다. 게다가 이 공간은 그가 자기 집처럼 파악하고 있는 곳 아닌가.

'거리는 10m 이내.'

덕분에 중환자실로 다가오는 박철순 반장의 위치를 대충 파악할 수 있었다.

'아마도 이놈이 보이는 곳에 숨어 있겠지.'

마약 수사대 반장이라면 총격전 경험이 제법 있을 것이다. 구조 현장에 있던 시신들과 흔적만 봐도 알 수 있었다. 벽에 난사된 총알은 대부분 죽은 이들이 쏜 것이었고, 상대방 몸에 제대로 박힌 것은 박철순 반장의 팀이 쏜 것이었다.

그사이 칼을 쥔 놈은 드디어 유지상 근처로 다가갔다. 겨우 그의 생명을 이어주고 있는 인공호흡기의 소리가 유독 시끄럽게 느껴지는 순간이었다. 범인과 거리가 가까워진 강혁으로서는 더 망설이고 있을 시간이 없었다. 순간 한껏 치켜들었던 오른손으로 칼잡이를 내리쳤고, 다소 섬뜩한 충격음과 함께 놈의 쇄골이 부러졌다. 통증도 통증이겠지만, 쇄골이 부러진 상태에서는 팔을 쓰기가 어려웠다. 위팔뼈를 잡아주는 근육들은 대부분 쇄골에 붙어 있기 때문이다.

"컥."

칼잡이는 비명과 함께 들고 있던 칼을 떨어뜨렸다. 칼이 바닥에 떨어지며 나는 쨍그랑 소리와 함께 바깥으로 총을 겨누고 있던 놈이 다급히 안쪽을 향해 몸을 틀었다. 하지만 그의 눈에 보이는 건 놈의 동료를 품에 잡고 목덜미에 메스를 겨눈 강혁의 모습이었다. 칼잡이의 뒤에 아주 교묘하게 몸을 숨기고 있어서 총을 쏠 수도 없었다.

"너 여기 볼 때가 아닐걸."

강혁은 그리 말하면서 턱으로 바깥을 가리켰다. 범인의 얼굴이 무의식적으로 뒤를 향했다.

"손 들어!"

그가 망설이고 있던 사이 박철순 반장과 여러 형사들이 우르르 중환자실 입구로 달려왔다. 박철순 반장을 비롯한 형사들 전원이 총을 든 채였다.

'저 새끼 대체 뭐야?'

땡그랑 소리를 내며 떨어진 칼에는 아쉽게도 피가 전혀 묻어 있지 않았다. 유지상을 죽이는 데 실패했다는 뜻인데, 그건 다 메스를 쥐고 있는 강혁 때문이었다.

'잠복 중이었나……'

무슨 놈의 의사가 칼 든 사람을 순식간에 제압할 수 있단 말인가. 그런 생각에 놈들의 머리가 어지러워진 사이, 조용히 다가온 박철순 반장이 범인의 손에서 총을 낚아챘다.

"윽."

그리곤 재빨리 팔을 뒤로 꺾어 수갑을 채웠다. 그 흔한 미란다 고지도 없었다. 완전히 범인들이 제압된 것을 확인한 장미가 재빨리 중환자실의 불을 켰다. 그제야 박철순 반장은 강혁에게 제압된 범인 하나를 더 발견할 수 있었다.

"배, 백 교수님?"

믿기 어려운 광경이었다. 범인을 의사가 제압하다니. 강혁은 태연할 따름이었다. 그는 자신의 품에 사로잡혀 있던 범인을 앞으로 툭 밀면서 왼쪽 팔을 꺾고, 무릎을 꿇렸다.

"우, 으아악!"

어깨 관절을 빼는 방법이었기 때문에 놈은 어마어마한 통증을 느꼈다. 보통 경찰들보다 훨씬 우악스러운, 전쟁터에서나 쓰일 법한 그런 방식이었다.

"오른쪽은 어차피 쇄골 부러져서 움직이지도 못할 겁니다."

강혁은 여전히 놀란 얼굴의 박철순 반장을 보며 말했다.

"허……."

"그래도 수갑은 채워야죠?"

"아, 네. 백 교수님. 와……. 아니, 무슨……. 어떻게 하신 거예요?"

"그냥 뭐 배운 대로 한 거죠."

"이런 걸 의대에서도 배웁니까?"

박철순 반장은 너무나 완벽하게 제압된 범인을 내려다보다가 말고 재원을 돌아보았다. 재원은 말없이 손사래를 쳤다. 의대는커녕 군대에서도 배운 적이 없었으니까.

"그냥 개인적으로 배운 겁니다."

강혁은 태연하게 대답하면서 범인을 완전히 박철순 반장에게 인계했다. 어깨를 만지는가 싶었는데, 어느새 부러진 쇄골이 제자리로 돌아와 있었다.

"1호, 너는 이거 고정하고 바로 따라와."

"어, 어디로요?"

그의 말에 박철순 반장과 재원 모두 동시에 물었다. 이 사달이 벌어진 마당에 위험하게 대체 어딜 간단 말인가.

"총 맞았잖아, 경찰 두 명. 정신 안 차려?"

강혁은 재원에게 말했다.

"아, 아!"

그제야 중환자실 입구 근처에 피를 흘리며 쓰러져 있는 형사가 눈에 들어왔다.

"우측 가슴."

강혁은 먼저 쓰러진 순경에게 다가갔다. 눈을 뜨고는 있었는데 초점이 전혀 잡히질 않았다. 아무리 토가레프라 해도 근거리에서 맞게 되면 살상력은 극대화될 수밖에 없었다. 강혁은 여태 들고만 있던 메스를 순경의 목에 대고 세로로 그었다. 일반적인 기관 절개 술보다 훨씬 더 무식하지만, 훨씬 더 빠르고 효과적인 방법이라고 보면 되었다. 가로로 그을 때에 비해 더 많은 손상이 있지만, 무조건 기도를 확보할 수 있는 방법이었다.

"튜브! 삽입하고 주머니 쥐어짜! 분당 10회 이상!"

그 말을 들은 장미가 부리나케 달려왔다. 재원은 아직 부러진 쇄 골을 고정 중이라 움직이지 못하고 있었고, 이 정도는 장미 혼자 할 수 있을 정도로 훈련이 되어 있었다.

"네, 교수님!"

"신규, 전화해서 수술실 두 개 다 열라고 해! 경원이도!"

"네!"

"2호! 넌 뭐하냐! 빨리 이리로 안 와?"

강혁의 말에 멍하니 있던 강행도 정신을 차릴 수 있었다. 총소리가 나서 몸을 숙인 뒤로 아무 생각도 하지 못하고 있었는데, 이제야 정신이 드는 기분이었다.

"네, 네!"

"제가 단독으로 취재해서 알아낸 정보입니다. 범인이 이미 잡힌 상태에서 위치를 알려주는 건 기자의 본분입니다!"

"본분? 니미 시발. 얼어 뒈질 본분 좋아하시네."

"방금 욕하신 거예요? 이 통화 녹음 중입니다?"

"녹음? 해, 시발. 얼마든지 해. 네 기사 때문에 지금 내 부하 둘이 죽게 생겼다고!"

"네?"

"유지상이 어떤 사람인지 기자면 잘 알 거 아냐! 그 새끼 입 열면 뒈질 새끼가 한둘이 아닌데, 그걸 속보랍시고 내보내? 경찰 내부에서도 쉬쉬하고 있는 걸? 누가 처리하러 올 거라는 건 생각 못 하나? 엉?"

"어……."

TV 고려의 야심 있는 기자 박상은은 차마 말을 더 잇지 못했다. 백강혁과 박철순 반장의 대화를 듣고 있을 때만 해도 특종을 잡았단 생각으로 벅차올랐었다. 한때 대한민국을 떠들썩하게 만들었던 VIP 클럽 마약 사건의 주인공이면서, 동시에 수사망을 유유히 빠져나가 잡히지도 않았던 마약왕 유지상이라니, 그럴 수밖에 없었다.

"듣고 있어? 너 내 눈에 띄기만 해봐, 아주! 일단 기사부터 내려! 당장!"

유지상 관련 속보를 단독으로 냈다는 단꿈에 취해 있던 박상은 기자의 귀에는 편집장의 칭찬이 아니라 박철순 반장의 욕이 꽂혔고, 입은 헤벌린 채 움직일 수 없었다.

"뭐야. 전화 끊겼나?"

박상은 기자의 대답이 없자 박철순 반장은 짜증 난 얼굴로 핸드폰을 바라보다가 이내 옆에 있던 형사에게 넘겨주었다.

"TV 고려 편집장한테 바로 연락해."

"그래서, 사과를 하러 오셨다?"

박철순 반장은 자기 앞에 서 있는 TV 고려의 박상은 기자를 노려보며 물었다. 평생을 현장에서 구른 사람 특유의 거친 표정은 박상은 기자를 얼게 만들었다. 게다가 대기실과 중환자실 입구엔 박철순 반장의 요청으로 출동한 기동타격대가 줄지어 서 있었기 때문에 분위기는 더더욱 무거울 수밖에 없었다.

"네, 그……. 제가 경솔했습…… 니다."

사실 박상은 기자는 여전히 자신이 크게 잘못했다고 생각지는 않았다. 경찰 둘이 다친 거야 물론 안된 일이긴 했지만.

'내가 쏜 건 아니잖아…….'

게다가 명색이 경찰인데 그런 놈들에게 당하다니, 경계 소홀로 인한 사고가 아닌가 하는 생각도 들었다.

어찌 되었건 사회부장이 가서 사과하라고 했기에 와서 고개를 조아리고 있었다. 맨손으로 오기는 좀 그런가 해서 병원 지하 마트에서 파는 쿠키도 사 왔고.

'이만하면 좀 봐주라……. 할 일이 얼마나 많은데.'

어찌 된 게 최근 거의 매일 사건 사고가 터지고 있었다. 누가 일부러 그러는 게 아닌가 싶을 정도로 연이어 터지고 있었지만, 불행히도 그 사건들의 보도 대부분은 타 방송사나 언론사가 가져가고 있었다. 다시 말하면 이번 유지상 사건이 그녀 손에 들어온 것이 천재일우의 기회처럼 여겨질 수밖에 없었다.

'대강 사과해서 일 수습하고, 후속 기사 미리 만들어놔.'

다른 사람의 말도 아니고, 사회부장의 말이었다. 이런 사건의 경우, 당연히 경찰청 허가가 있고 나서 보도하는 것이 원칙이기는 하지만, 언제 대한민국이 원칙대로 흘러간 적이 있던가. 사회부장도 박상은 기자도 그다지 큰일로 여기지 않았다.

"경솔이라, 경솔. 댁은 참 좋겠어."

하지만 박철순 반장의 생각은 전혀 달랐다.

'가뜩이나 시발……. 장 형사, 김 형사 에이즈 걸릴까 봐 후달리는데. 이 미친 기자 때문에 두 명이 더 다쳤어.'

그것도 그냥 적당히 다친 수준이 아니라 거의 죽을 뻔했다. 아니, 강혁이 아니었다면 적어도 둘 중 하나는 지금쯤 장례를 치르고 있었을지도 몰랐다.

"시발."

박철순 반장은 욕설과 함께 중환자실 입구를 돌아보았다. 청소 여사님이 부지런히 닦은 덕에 핏자국은 사라진 지 오래였지만. 아직도 박철순 반장의 눈에는 피 웅덩이가 아른거리는 듯했다. 그게 다 그가 아끼던 부하 녀석들의 피라고 생각하니 부아가 치밀었다.

"네?"

반면 별생각 없이 고개를 숙이고 있던 박상은 기자는 눈을 동그랗게 뜨고 박철순 반장을 마주 보았다. 이제 슬슬 여기 온 지 10분이 다 되어 가는 참이었다. 약간이나마 가지고 있던 미안한 감정은 놀랍도록 금세 마모되어 사라졌고, 짜증만이 솟구치고 있었다.

'빨리 들어가서 후속 기사 써야 하는데……. 어차피 이제 장소 알려진다 해도 상관없을 거 같고.'

"팬대 굴리는 게 직업이라 그런가, 사람 목숨이 존나 우스워 보이나 본데……. 지금 당신 때문에 두 명이 총에 맞았다고. 하나는 중환자실에 있고, 다른 하나는 일반 병실에 있고."

"죄송합니다, 경솔했습니다."

"나한테 할 소리가 아니잖아! 그리고 왜 당신만 와서 이러고 있어?"

"제가……. 기사를 써서 올렸으니까요."

"검토도 안 받고 올렸다고? 내가 그래도 경찰밥 먹은 지가 몇 년인데, 기자들 그렇게 일 안 하잖아! 특히 사회부!"

지금은 거의 다 사라졌다고는 하지만. 사회부 기자가 되면 처음 1년 동안은 경찰청 옆에 마련된 돼지우리 같은 방에서 먹고 자고 하며 정보를 수집해야만 했다. 그렇게 모은 정보는 곧장 기사화되는 대신 윗선에 보고되고, 매만져진 후 대중에 공개되었고. 아무리 세상이 변하고 있다고 해도 이러한 절차가 변했을 리는 없었다.

"그……. 부장님 허가를 받기는 했는데, 새벽이라 경황이 없으셨을 겁니다."

"아하……. 그러서? 새파랗게 어린 기자 혼자 친 사고다?"

'새파랗게 어린'이라는 말이 심기를 건드린 모양이었다. 이마에 핏줄이 투둑 하고 돋아나는 것을 보면. 하지만 그녀가 미처 뭐라 하기 전에 박철순 반장이 말을 이었다.

"잘됐네. 그럼."

"뭐가 잘돼요?"

"허락도 없이 혼자 친 사고라며? 고소할 테니까, 혼자 잘 방어해

보셔. 어디."

"무, 무슨 죄로요!"

"공무집행 방해죄! 공공이익을 위한 엠바고 파기 죄!"

"그……."

기분이 언짢긴 했지만, 그녀가 아직 새파랗게 어린 기자라는 건 부정할 수 없는 사실이었다. 박철순 반장의 입에서 그럴싸한 단어들이 쏟아져나오자 움찔할 수밖에 없었다. 박철순 반장은 아까보다 확연히 움츠러든 그녀를 죽일 듯이 노려보았다.

"감히 경찰 둘을 다치게 하고 이렇게 당당해? 사람들이 기자라고 껌뻑 죽어주니까 진짜 뭐라도 된 거 같아? 제대로 된 기자면 말도 안 해. 어디 천지 분간도 못 하는 놈이 말이야."

박상은 기자는 이제 더 할 말이 떠오르지도 않았다. 그냥 무섭기만 했다. 눈앞의 반장이, 그리고 이 반장이 벌일 것 같은 일들이. 하지만 박철순 반장은 그녀가 생각하는 것만큼 유치한 사람은 아니었다. 금세 탈출구를 만들어주었다.

"사회부장, 그 사람도 오라고 해. 와서 제대로 사과하라고 해! 나한테가 아니라, 다친 애들한테."

"어……."

"싫어? 그럼 바로 고소해?"

"아, 아닙니다. 오라고 하겠습니다!"

박상은 기자는 그 길로 핸드폰을 들고 복도를 향해 내달렸다. 그 모양새가 마치 이제 막 훈련소에서 나온 신병 같았다. 때마침 강혁이 중환자실에서 나왔다. 얼굴을 보아하니, 입구 뒤에 서서 둘의 대화를 다 듣고 있었던 모양이다.

"잘하시는데요? 기자 상대로."

강혁은 박상은 기자가 사라져 간 복도 쪽을 내다보며 입을 열었다.

"뭐, 한두 번 싸웠겠습니까. 별로 좋은 일은 아니죠."

욱하는 성질 좀 죽일걸 하고 후회했던 적이 한두 번이 아니었다. 그 성질 때문에 칭찬받을 만한 일을 하고도 욕만 처먹었던 걸 생각하면 지금도 후회가 되었다. 특히, 반장 잘못 만나서 가뜩이나 험하고 고약한 마약 수사대 일을 하면서 진급까지 꼬인 부하 녀석들을 볼 때면 늘 빚이라도 진 기분이었다.

'실제로 빚을 졌지.'

특히 이번 일은 더더욱 그러했다. 아마 유지상을 잡은 공에 대한 상급은 자신이 제일 많이 받아가지 않겠는가. 하지만 정작 다치고 위험하게 된 이들은 모조리 부하들이었다. 강혁은 어두워진 얼굴의 박철순 반장의 어깨를 툭툭 두드려주었다.

"이왕 사회부장도 부르신 거 제대로 한번 이용해볼까요?"

강혁은 어이없다는 얼굴의 박철순 반장을 마주한 채 말을 이었다. 박철순 반장으로서는 잘 이해가 가지 않는 말이었다. 이용이라니. 이게 대체 무슨 소리란 말인가.

"에?"

아까 박상은 기자가 자신 앞에서 했던 말로 강혁의 말에 대한 답을 대신했다.

"반장님. 이번 일로 부하들 엄청 다치고……. 또 위험해지지 않으셨습니까?"

강혁은 방금 그가 진찰하고 나온 순경을 떠올렸다. 아직 인공호흡기를 달고 있어서 숨을 헐떡이고 있지는 않지만, 모니터에 뜬 커브만 봐도 알 수 있었다. 그의 폐 기능은 정상인의 절반이 채 되지 못했다.

"그야……. 그렇죠."

박철순 반장은 마치 강혁이 자신의 상처를 후벼 파는 듯한 느낌을 받았다. 그럼에도 화를 내지 못한 것은, 실제로는 강혁이 그 부하들 전부를 돌보고 있기 때문이었다.

'우 형사도 이 사람 덕에 산 거야.'

박철순 반장은 중환자실 바로 옆에 위치한 중증외상센터 일반 병실을 바라보았다. 말이 일반 병실이지 실제론 거의 중환자실이나 다름없어 보였다. 24시간 '띠띠'거리는 경보음이 울리고 있어 오히려 더 무서워 보이기도 했다.

"그럼 승진이라도 해야 하지 않겠습니까?"

"승…… 진이요? 그건 위에서 결정할 일이지, 제 소관은 아닙니다."

"그야 당연하죠."

강혁은 거칠지만 고지식하기 그지없는 박철순 반장을 보며 고개를 끄덕였다. 어떻게 봐도 자신과 비슷한 것 같아 정이 가는 인물이었다.

"하지만 압박은 할 수 있죠."

"누구를요? 위를?"

"그렇죠."

"그……. 그건 불가능한데요?"

"아뇨. 언론을 이용하면 됩니다."

강혁은 박상은 기자가 사라진 복도를 가리켰다. 그럼에도 박철순 반장은 딱히 감을 잡은 것 같은 얼굴은 아니었다. 도리어 조금 전보다도 더 멍해져 있었다.

"언론을……?"

"고소하겠다고 하셨잖아요."

"그거야 그냥 해본 말이죠. 이게 뭐 실제 처벌로 이어지겠습니까?"

경찰이 기자를 고소한다. 각 사주의 입장에 맞추어 대립하고 있던 언론사들이 하나로 모이는 기적을 볼 수 있을 터였다. 언론탄압이니 독재 경찰이니 뭐니 하는 단어들이 벌써 어지럽게 떠도는 기분이었다.

"하지만 고소를 당할 수도 있겠단 생각은 했겠죠. 실제로 둘이나 크게 다쳤으니까요."

"그야……. 그건 그렇겠죠."

눈앞에서 고소할 거란 말을 들었으니 당연한 일일 터였다. 사회부장까지는 몰라도 박상은 기자 입장에서는 꽤 무서울 수밖에 없었다.

"그걸 이용하자 이겁니다. 뭐, 어차피 까놓고 말해서 유지상이 여기 살아서 잡혀 있다는 건 이제 알 놈은 다 알지 않습니까?"

"그렇죠."

이미 히트맨까지 보내온 놈들이었다. 장소를 억지로 옮겨 봐야 일거수일투족이 전부 관찰될 것이 뻔했다. 박철순 반장의 예상으로는 대한민국 마약 범죄의 머리는 제법 위까지 이어져 있을 테니.

"그럼 아예 자랑하시죠. 우리가 이렇게 활약을 해서 잡았다. 그 와중에 이러이러한 어려움이 있었다고."

"인터뷰를…… 하라고요? 그건 안 됩니다. 경찰청의 허가가 있어야 합니다."

박철순 반장은 경찰이지 않은가. 경찰이 위의 허가도 없이 언론과 얘기하는 것은 무척이나 위험한 일이었다. 강혁은 다 알고 있다는 얼굴로 박철순 반장의 어깨를 다시 한번 두드려주었다.

"인터뷰는 반장님이 하시지 않을 겁니다."

"그럼……. 누가……?"

"아, 박 기자. 오랜만이네요. 이쪽이 사회부장님?"

강혁은 미소를 지으며 박상은 기자와 사회부장에게 인사를 건넸다. 그 둘은 강혁과 달리 똥 씹은 얼굴이었지만, 강혁이 얼마나 무서운 인간인지 알기에 억지웃음을 지었다.

"아, 네. 백 교수님."

"처음 뵙겠습니다. 김충만입니다."

강혁은 두 사람에게 어디 앉으란 말도 없이 중환자실을 바라보았다.

'뭐야, 이 사람.'

그 바람에 이 둘도 덩달아 강혁의 시선을 따라 중환자실을 바라보았다. 강혁은 자신의 의도대로 유지상과 순경이 있는 중환자실을 보고 있는 둘을 향해 입을 열었다.

"역시 걱정이 되시나 보군요. 어제 습격을 당하셨습니다. 젊은 분인데……. 직접 상태를 보시겠습니까?"

강혁은 습격을 당한 순경의 상태를 진지하게 염려하며 말했다. 특히 사과하러 온 두 사람에게는 더욱 무겁게 들렸다. 원인 제공을 한 것이나 다름없으니, 환자의 상태를 보기 싫다고 말할 수도 없는 상황이었다.

"저, 근데…… 박철순 반장님은 어디 계십니까?"

김충만 사회부장이 주의를 돌리려는 듯 물었다. 물론 강혁에게는 씨알도 먹혀들지 않았다. 이미 그들이 도착하기 전 시나리오가 짜

여져 있었기 때문이다.

"감정이 격해져서 잠시 식히러 가셨습니다. 이해해주시죠. 밤새 두 사람을 잃을 뻔했어요."

강혁은 박철순 반장의 부재를 그럴싸하게 설명하면서 동시의 둘의 마음을 더더욱 무겁게 만들었다. 특히 박상은 기자는 어쩐지 아까 박철순 반장을 마주하고 있을 때보다도 더욱 무거워져 있었다. 생각해보니 지금껏 살면서 중환자실에 들어가본 기억이 한 번도 없었다.

'중환자실에…… 꼭 들어가야 하는 건가.'

강혁은 그런 그녀의 마음을 아는지 모르는지, 중환자실 앞에 서서 들어오라고 손짓했다.

"오시죠."

"어……. 네."

분위기가 거절할 수 없게 만들어져 두 사람은 뭐에 홀린 듯이 중환자실로 향했다.

병실에 들어오기 전 거쳐야 하는 소독, 처음 입어보는 덧가운, 쉴새 없이 들려오는 인공호흡기의 소음과 활력 징후를 나타내는 모니터의 알람들. 그 모든 것들이 아니면 목숨이 위태로운 상태의 중환자들. 보통 사람이 이 안에 들어와 평소와 같은 마음을 유지한다는 건 불가능한 일이었다.

"저 새끼가 유지상이고요. 아, 죄송. 유지상 환자입니다."

강혁은 주눅 든 둘에게 한쪽 구석에 누운 유지상을 보여주었다. 배에 난 상처에 거즈가 단단히 붙어 있었고, 드레인을 통해 옅은 핏물이 흘러나오고 있었다. 다행히 별다른 조치를 취하지 않았는데도 피의 양은 점차 줄고 있었다. 투석을 위해 갑작스럽게 투여한 혈전

용해제가 문제였는지, 약의 용량을 줄이니 제법 안정적인 상태를 유지하고 있었다.

"허."

물론 안정적이라는 건 의료진에게나 그렇다는 소리였다. 일반인들이 보기엔 그저 황천길을 한창 건너고 있는 중환자로만 보였다.

"일단 지금 치료 중인데……. 어어, 가까이 가진 마시죠."

"왜…… 그러시죠?"

"저 환자 에이즈예요. 감염의 위험이 있어요. 저기 붙어 있는 거 보이죠?"

강혁은 유지상이 누운 침대 한쪽에 붙여져 있는 감염 주의 표시판을 가리켰다. 그곳에는 새빨간 글씨로 'HIV'라고 적혀 있었다. 의료진에게도 공포의 대상이었지만 일반인에게는 그보다 더한 것으로 인식되는 것이 HIV였다. 둘은 벌써 뭐가 튀기라도 한 것처럼 반대편 구석에 달라붙었다.

'등신들.'

강혁은 둘을 보며 고개를 저으며 마침내 순경을 가리켰다. 강혁이 현장에서 급하게 행했던 기관 절개 틈 사이로 튜브가 삽입되어 있었다.

"이쪽이 어제 습격을 당한 순경입니다."

"아."

거즈로 가려진 유지상의 상처를 보고도 놀랐던 두 사람은 순경의 한쪽 가슴에 길쭉하게 난 상처를 보고 더욱 놀랐다. 그 틈으로 흉관까지 삽입되어 있어 그 몰골이 유지상과 비교할 바가 아니었다.

조금 전까지만 해도 사과하러 오는 게 그저 귀찮은 일이라 여기고 있던 박상은 기자의 얼굴이 급속도로 어두워졌다.

"이 상처가 바로 총을 맞은 부위입니다."

아무리 살상력이 약한 총이라도 방탄조끼도 없이 맞으면 갈비뼈가 박살 나는 것이 정상이었다. 이번 경우도 예외는 아니어서 우측 갈비뼈가 연이어 세 개 정도 부러졌다. 오른쪽 폐 대부분이 제거되었기 때문에 딱히 갈비뼈를 복구할 필요가 없었다.

"그럼……. 그럼, 폐는 괜찮나요?"

"우측 폐의 중엽과 하엽은 제거했습니다. 도저히 살릴 수 없어서요."

"아."

박상은 기자는 이게 부디 거짓말이길 바라는 듯 간절한 눈으로 강혁을 바라보았다. 하지만 그녀도 강혁이 환자를 두고 거짓말할 사람이 아니라는 것을 알고 있었다.

"그래도……. 괜찮나요?"

"아뇨. 아마 환자는 평생 산소 공급기를 달고 살아야 할 겁니다."

"아……. 이런……."

박상은 기자는 그제야 자기가 저지른 일의 심각성을 깨달았다. 김충만 부장 또한 얼굴이 하얗게 질려 있었다. 물론 법적으로는 얼마든지 책임을 회피할 수 있을 터였다. 하지만 사회적인 지탄은 어찌해야 할까.

강혁은 둘의 표정을 지켜보다가, 이내 밖으로 향했다.

"이제 우 형사님 만나러 가시죠. 의식이 있으니 직접 사과드릴 수 있을 겁니다."

"아……. 네, 교수님."

둘은 강혁을 따라 도망치듯 중환자실을 빠져나왔다. 그리고 더는 뒤를 돌아보지 못했다. 중증외상센터 내에 중환자실과 일반 병실이 하나씩 있었는데, 바로 옆에 붙어 있어 강혁과 두 기자는 곧장 병실로 갈 수 있었다.

"후."

침대에 누워 강혁이 시킨 대로 깊은숨을 천천히 내쉬고 있는 우 형사가 보였다. 박철순 반장은 여기서도 눈에 띄지 않았다.

"괜찮습니까?"

"아, 교수님."

우 형사는 자신을 향해 걸어오는 강혁을 보며 어렵게 미소를 지어 보였다. 마약 수사대에서 잔뼈가 굵은 사람으로, 상당히 터프한 사람이었지만 통증에는 장사 없었다.

"으."

"움직이지는 말고요. 그러다 상처가 다시 벌어지면 어쩌려고 그럽니까."

"죄송합니다……."

우 형사는 강혁의 뒤에 낯선 사람 둘이 있다는 것을 깨달았다.

"이, 이분들은 누굽니까?"

애써 통증을 참아가며 던진 질문에 강혁은 기다렸다는 듯이 답해주었다.

"아, 직접 소개할 겁니다. 제 입으로 하긴 좀 그렇네요. 그렇죠?"

강혁의 말에 박상은 기자와 김충만 부장은 아랫입술을 질끈 깨물었다. 김충만 부장이 먼저 입을 열었다.

"그……. 저희가 섣불리 보도를 내서 어제 사고를 당하셨다고 들었습니다. TV 고려 사회부 부장 김충만입니다. 죄송합니다."

"박상은 기자입니다. 죄송합니다."

두 사람의 정체를 알게 된 우 형사의 얼굴이 조금 전보다 더 일

그러졌다. 통증보다 더한 분노가 느껴졌기 때문이었다.

"죄송……? 당신들 태수는 봤어?"

폐 절제술을 받은 순경의 이름이 김태수였다. 고개를 숙이고 있던 둘의 고개가 더더욱 깊숙이 내려갔다.

"죄송합니다."

우 형사는 둘의 정수리를 노려보다가 박철순 반장의 말을 떠올렸다.

'이미 벌어진 일이니……. 어쩔 수 없지 않냐. 이번 습격 봐서 알겠지만, 엄청 높은 놈이 얽힌 거 같아. 언론이라도 이용하자. 백 교수가 이런 거 도사래.'

그 말이 아니었다면 통증을 참고서라도 한 대 후려쳤을 터였다.

"에이. 듣기 싫으니까 나가세요!"

"죄송합니다. 뭐라 드릴 말씀이……."

"꺼지라고!"

"네, 네. 죄송합니다."

둘은 이번에도 도망치듯 병실을 빠져나왔다. 그런 둘 뒤를 느긋하게 따라 나온 강혁이 천천히 입을 열었다.

"사과가 제대로 받아들여지지 않는 거 같죠?"

"아……. 네, 그렇죠……."

"제가 좀 도와드릴 수 있을 것 같기는 한데."

"정말입니까?"

"대신 TV 고려도 이쪽을 좀 도와야겠습니다."

박상은 기자와 김충만 사회부장은 거의 동시에 강혁을 올려다보았다. 강혁은 아주 여유로우면서도 꽤 너그러운 표정을 하고 있었는데, 그래서 더 무서웠다. 이 인간이 어떤 인간인지 잘 알고 있었으니까.

"어, 어떻게 도와야…… 합니까?"

하지만 지금은 썩은 동아줄이라고 가릴 상황이 아니었다. 다친 순경과 우 형사를 보고 나니 단순한 문제가 아니라는 생각이 들었다.

"뭐 별거 아닙니다."

강혁은 진짜로 별거 아니라는 투로 어깨를 으쓱했다. 그리곤 중환자실 대기실의 빈자리를 가리켰다.

"앉으시죠."

"아……. 네."

어쩐지 얘기가 길어질 것 같은 분위기였다. 강혁과 오래 말을 섞어서 좋을 일 없다는 건 병원 사람들 사이에서만 통용되는 말이 아니었다. 오히려 강혁과 엮여서 좋은 꼴 본 언론인은 하나도 없었다.

"왜 서 있어요? 앉으시라니까?"

"네, 네."

하지만 지금은 강혁이 시키는 대로 고분고분 움직이는 수밖에 없었다.

"자, 저기 다친 두 분이 어떤 분들이지는 아시죠?"

강혁은 비척거리며 앉은 둘을 보며 말했다.

"네, 뭐……."

"경찰들이죠? 나쁜 놈들 잡는."

"그, 그렇죠."

"그것도 이번에는 정말 나쁜 놈을 잡았습니다. 엄청 고생했죠."

"아마……. 그랬겠죠."

"그게 우리 두 분 덕에 무산이 될 뻔하기는 했는데, 다행히 어떻게 막기는 막았어요."

강혁은 계속해서 은근히 둘의 죄책감을 자극했다. 사회부장 김충만은 그나마 괜찮았지만, 박상은 기자의 눈가엔 눈물이 맺히기 시작했다. 사회부 기자라 해도 어찌 되었던 사회 초년생이었다. 철 모르고 저지른 실수 때문에 두 사람이 죽을 뻔한 상황이었다.

"어어, 울지는 마시고. 뭘 잘했다고 울어요?"

물론 강혁은 배려 따위 없는 인간이었다. 중환자실 입구에 기댄 채 바라보고 있던 장미가 그 모습을 보곤 고개를 살살 저었다.

'좀 불쌍하긴 하네.'

저질러놓은 일이 좀 크기는 하지만, 일부러 그랬을 리는 없을 테니.

'그래도 뭐……. 좀 당해봐야지.'

강혁 손아귀에 들어갔으니 죽으라고 이용당할 공산이 컸다. 그리고 그 목적은 중증외상센터의 활성화에 있을 게 분명했다.

"계속 우시네. 뭐, 운다고 귀가 닫히는 건 아니니까 얘기는 계속 하죠. 제 말의 핵심은 두 분에게 이 잘못을 만회할 기회를 드리겠다. 이겁니다."

"만회? 어떻게 말입니까?"

김충만 사회부장은 울기 시작한 박상은 기자를 대신해 강혁의 말을 받았다.

"보도하시죠. 그냥 유지상이 여기 있다 정도가 아니라, 어떤 과정을 거쳐서 어떻게 잡았는지 아주 심도 있게, 시리즈로, 매일, 특보로."

"에? 지금 여기 있는 것만 알렸는데도 사달이 나지 않았습니까?"

"그야 댁들이 보도한 사실을 우리가 몰랐으니까 난 사고였죠. 지금은 대비가 되어 있지 않습니까."

강혁은 그렇게 말하면서 주변을 에워싸고 있는 기동타격대를 가리켰다. 전원 방탄조끼에 자동 소총까지 무장한, 그야말로 대한민국 경찰의 정예 부대였다. 여기가 남미라면 모르겠지만, 대한민국에서 이들이 지키는 곳까지 쳐들어올 집단은 없었다.

"그건……. 그렇군요. 근데 협조를 해주실까요? 단단히 화가 나 있던데……. 게다가 경찰 측은 윗선의 허가가 있어야 할 겁니다."

김충만은 강혁의 제안이 솔깃하긴 했지만, 선뜻 받아들이지는 못했다. 잠깐만 생각해봐도 걸림돌이 한두 개가 아니었기 때문이었다.

"저랑 하면 되죠. 인터뷰를."

"백……. 교수님이랑요?"

"제가 제보자가 되는 겁니다. 이 사건의."

"아."

김충만은 강혁의 말을 듣는 순간 소위 말하는 '와꾸'가 딱 잡히는 것을 느꼈다. 안 그래도 핫한 관심 인사인 중증외상센터의 백강혁이 마약 사건의 제보자가 된다? 이건 실수를 만회하는 일이 아니라, 무조건 대박이 날 소재였다.

"단 몇 가지 알아두셔야 할 점이 있습니다."

당연히 강혁은 이 둘에게만 좋은 제안을 할 생각 따위 없었다.

"네? 뭐……. 뭘 알아야 합니까?"

"보도 전, 저와 박철순 반장의 검열을 거쳐야 할 겁니다. 조금이라도 왜곡될 여지가 있으면 못 내보냅니다."

"아."

김충만 사회부장은 아까와 비슷한 탄식을 내뱉었다. 그 안에 담긴 의미는 많이 다르긴 했지만.

'역시 만만한 놈은 아니야…….'

'아' 다르고 '어' 다르단 말이 왜 있겠는가. 제아무리 팩트에 기반한 보도라 해도 그 보도를 하는 사람이 어떤 의도를 가지냐에 따라 얼마든지 왜곡될 수 있는 것이 바로 뉴스였다. 그 때문에 언론사들이 권력을 휘두를 수 있는 것이고, 강혁은 그 권력을 자신들이 대신 휘두르겠다고 말하는 것이었다.

'그래도……. 이 제안은 물어야 해. 무조건 시청률은 보장된다.'

더군다나 이걸 물지 않으면 큰 곤욕을 치르게 될 가능성이 컸다.

"아, 알겠습니다. 그렇게 하시죠, 그건."

"좋군요. 말이 잘 통하네. 거기 박 기자, 당신도 그만 울고……. 카메라나 들고 와요. 일해야지, 일."

거래는 성사되었고, 인터뷰를 준비했다. 출연자는 제보자인 강혁과 그를 인터뷰하게 된 박상은 기자 둘이었다. 악연이라면 악연이라고 할 수 있는 둘의 조합은 상당히 어색했다. 특히 늘 피해자 포지션에 있었으나 결국엔 승자가 되었던 강혁보다는 박상은 기자가 무척 껄끄러워하고 있었다.

"부장님, 이거 꼭 제가 해야 하나요?"

"결자해지라고 하잖아……. 자네가 해야지, 별수 있어?"

징징대던 박상은 기자는 반쯤 체념한 얼굴로 취재 장소인 중증외상센터 의국으로 향했다. 거의 돼지우리나 다름없는 곳을 카메라에 찍히는 곳만 깔끔하게 정리를 해둔 참이었다. 그곳에서 강혁은 여느 때와 같이 여유로운 모습으로 기다리고 있었다.

'내가 미쳤지.'

박상은 기자는 뒤늦은 후회를 하며 강혁 옆자리에 앉았다.

"안녕하세요, 백 교수님. 오랜만입니다. 제보하실 일이 있으시다고요?"

그렇게 완성된 인터뷰 영상은 곧 전국에 방송됐고, 시청률은 당연히 대박이었다. 중증외상센터와 마약 수사대 콜라보라니, 이보다 더 자극적인 소재가 있겠는가. 게다가 제보자는 그 유명한 백강혁이었다.

- 이거 시리즈임?
- ㅇㅇ 시리즈.
- 내일 본격적으로 마약왕 얘기 나온다는데.
- 뉴스 본방 사수하게 생겼네.

"유지상 검거 당시 현장은 참혹했습니다."

다음 날, 강혁은 어제보다도 더 많은 시청자들이 보는 TV 고려 뉴스에 얼굴을 내밀었다. 이미 사전 검열이 끝난 상황이었기 때문에 다른 누군가의 의도가 들어갈 여지도 없었다.

"피가 샘솟고 있었고, 두 형사분이 그 피를 틀어막고 있었습니다. 이 유지상이라는 자의 입을 열어야 우리나라 마약 범죄의 뿌리를 뽑아낼 수 있기 때문입니다."

강혁은 마치 연습이라도 한 사람처럼 아주 절절한 목소리로 말을 이어나갔다.

"우리 중증외상팀도 이에 깊은 공감을 했기에, 헬기로 이송하여 응급 수술에 들어갔습니다. 국민 여러분들의 동의로 지을 수 있게 된 헬기 이착륙장이 아주 큰 도움이 된 셈입니다."

게다가 은근슬쩍 중증외상센터 활성화의 필요성을 집어넣기도 했다. 이 모든 것이 아주 자연스러워서 듣는 사람들은 그저 고개를 끄덕이고만 있었다.

- ㄹㅇ 참의사.

- 마약왕도 그분 앞에서는 한낱 환자…….

커뮤니티에는 강혁에 대한 칭송이 넘치고 있었다. 그를 향한 칭찬이 일종의 밈이 되면서, 온라인상에서 퍼지는 속도는 점점 더 빨라졌다.

"그리고 수술 도중, 유지상 환자가 HIV 감염 환자였다는 사실을 알게 되었습니다."

HIV 감염 사실까지 전해지자 대중의 반응은 짐작할 수 없을 정도로 뜨거웠다.

"당시 망치로 머리를 얻어맞은 듯한 그런 기분이었습니다. 저 혼자라면 모를까……. 다른 이들이 위험해졌으니까요. 수술실에 있던 보조의들과 두 형사님들까지……."

그 순간 시청자들은 자신들의 눈을 의심했다. 한결같이 강한 모습만 보여주었던 강혁의 눈가에 눈물이 맺혔기 때문이다.

'눈물이 그렇게 안 나와요? 아니, 뭔 사람이 이래? 저희 진짜 감염 위험에 노출된 거잖아요!'

실은 재원이 이렇게 타박하며 중간에 안약을 넣어주는 장면은 아예 편집되었다.

"사실 우리 중증외상팀은 환자의 혈액 검사 결과를 미처 알지 못한 채로 수술에 들어가는 경우가 아주 많습니다. 감염 위험에 알게 모르게 지속적으로 노출이 되는 셈입니다. 때문에 어느 정도의 보호 장구를 지급 받아야 하는데, 현재로서는 지원이 전무한 상황입니다."

강혁은 중간에 중증외상센터에 대한 지원이 필요하다는 식의 내용을 끼워 넣었다.

"그럼 감염의 위험은 어떻게 된 건가요? 검사 결과는 언제 나오나요?"

박상은 기자가 시치미를 뚝 떼고 물었다. 그러자 강혁은 애써 자신의 눈을 콕콕 찍어내고 답했다.

"앞으로 한 달간 더 치료를 받아보고, 반년 정도가 지나야 확실한 감염 여부를 알 수 있습니다. 저는 어떻게 되어도 상관없습니다. 중증외상센터를 택할 때 어느 정도 각오한 몸이었으니까요. 하지만……. 두 제자를 생각하면……. 그리고 아무 보호 장구도 없이 그 위험에 노출된 두 형사님을 생각하면……."

그리곤 차마 말을 잇지 못하겠다는 듯 손을 홰홰 저었다. 현장에 있던 박철순 반장이 "니미 시벌. 이 정도까지는 할 줄 몰랐네" 하고 고개를 돌렸던 바로 그 순간이다. 편집은 교묘했고, 시청자들은 진실을 볼 수 없었다.

"그, 그렇군요……. 조금 쉬었다 할까요?"

"아닙니다. 제가 환자가 언제 올지 모르는 사람이라서요."

"알겠습니다. 그럼 계속하죠."

"다행히 질병관리본부에 약이 마련되어 있어서 형사님들과 의료진 모두 노출 후 예방 치료를 신속하게 진행할 수 있었습니다."

"다행이군요."

"유지상은 총 세 발의 총알을 맞았는데 저희 팀에서는 그보다 더한 총상 환자를 봤던 경험이 있어서 치료가 그렇게까지 어렵진 않았습니다."

"아, 그럼 수술이 잘되었나요?"

"제가 집도의일 때는 환자가 제때 들어가기만 하면 삽니다."

다행히 그의 시건방짐은 이미 꽤 유명한 터였던지라, 마지막 멘트가 밉게 보이지는 않았다.

- 저래야 백강혁이지.
- ㄹㅇ 세계 최고일 수도 있음.

"그렇군요……. 네. 그럼 그 유지상 환자는 지금 회복 중인가요?"

"환자는 회복 중입니다만……."

강혁은 그 말을 하면서 박상은 기자에게서 눈을 뗀 후, 카메라를 응시했다. 사실 카메라가 아니라 그 뒤에 있는 박철순 반장을 바라본 것이었다.

"계속하시죠."

편집된 영상에서 박철순 반장은 이렇게 말했다. 강혁은 그와 사전에 작당했던 내용을 떠올리며 말을 이었다.

"이 유지상이라는 자가 입을 열면 다칠 만한 사람이 아주, 아주 많은가 봅니다."

"그럴 수 있죠. 당시 클럽 마약 유통 사건 때만 해도 어마어마하지 않았습니까? 그때 당시 연루되어 있다고 했던 사람 중에는 유명 연예인들뿐 아니라 심지어 정치권, 재계 인사들도 있었으니까요. 그들 모두의 리스트를 유지상이 가지고 있다는 말이 파다했었습니다."

그때 당시 박상은 기자는 아직 기자가 아니라 기자를 꿈꾸던 지망생이었다. 열정만큼은 현역 기자 못지않아서 거의 모든 사회면 기사들을 스크랩하고, 나름대로 짜깁기를 하기도 했는데 그 사건은 정말이지 이상했다. 누구라도 유지상을 지목할 수 있을 만큼 사건의 중심이 명확한데, 수사의 방향이 자꾸 엇나가기만 했었다. 누군가 의도적으로 틀었다고밖에 생각이 들지 않았다.

'그때 진짜 무던히도 고생했지, 박 반장님.'

그때를 추억하는 이는 박상은 기자만이 아니었다. 당시 박철순 반장을 취재하던 최하림 감독 역시 마찬가지였다. 모두 안 된다고 할 때 혼자 유지상을 추적하다가 총알까지 맞았으니까. 그 사건으로 지금까지 반장에 머물러있다는 것 정도는 경찰청 내 사람이라면 모두 아는 사실이었다. 그나마 국장이 그를 내치지 않아 경찰옷을 벗지 않을 수 있었다.

"그래서일까요, 병원에 누군가 습격을 했습니다. 유지상을 죽일 목적으로요."

박상은 기자는 원래 예정되어 있던 '정말요?'라는 대사를 치진 못했다. 자기 때문에 벌어진 일인데 어찌 그렇게 태연하게 나설 수 있겠는가.

"그걸 막는 과정에서 두 명의 경찰이 크게 다쳤습니다. 한 분은 김태수 순경, 한 분은 우창윤 형사입니다. 다행히 바로 수술에 들어가긴 했지만……. 두 분 모두 일상생활에 지장이 있을 가능성이 있습니다. 도움이 필요한 상황이죠."

"그, 그렇군요. 저희 방송국에서 도울 수 있는 일이 있으면 돕겠습니다. 후원금을 모으는 방식이 됐든 뭐가 됐든지요."

사실 이미 후원금 모금을 위한 방송이 준비되어 있었다. 인터뷰 화면의 상단에도 모금을 위한 ARS 번호가 떠 있었다.

'이걸로……. 어려움을 덜 수는 있겠지.'

박철순 반장은 휠체어를 탄 채 자기 옆에 나와 있는 우창윤 형사를 바라보았다. 박철순 반장 밑에 있다는 이유로 가지고 있는 재능에 비해 진급이 느린 녀석이었다.

"고맙다."

박철순 반장은 차마 우창윤 형사를 보지는 못한 채 그의 등을 두드려주었다. 우 형사는 그런 박철순 반장을 어이없다는 눈빛으로 올려다보다가 이내 피식하고 웃어버렸다.

"뭘요. 저 기자 상대로 화 풀어봐야……. 뭐 하겠습니까. 기왕이면 치료비도 좀 벌고, 수사에 도움받는 편이 낫죠."

"도움이 되긴 하겠지?"

"이렇게까지 터뜨려놨는데 설마 윗선에서 어깃장 놓겠습니까? 세상이 달라졌는데."

"그래. 그래야지."

둘은 거의 동시에 고개를 끄덕이며 다시 TV를 향해 고개를 돌렸다.

"아무튼, 그 정도로 수사에 난항을 겪고 있습니다. 감히 경찰을 공격하다니요."

"앞으로는 이런 방해가 없을까요?"

"방해는 계속 있겠죠. 바로 그것 때문에 제가 이 방송을 요청드린 겁니다. 온 국민이 이 사건의 중대함을 알 수 있도록요."

강혁은 재차 카메라를 바라보았다. 덕분에 시청자들은 강혁과 눈을 맞춘 듯한 느낌을 받을 수 있었다.

"국민 여러분. 대체 이 사건의 배후에 누가 있는지 모르겠지만, 누군가 이 사건을 덮으려 한다는 건 아주 분명한 사실입니다. 유지상이라는 자를 체포하고, 또 치료하는 과정에서 마약 수사대와 의료진들이 위험에 노출되고, 큰 부상을 입었습니다. 그중 김태수 순경은 아직 중환자실에 누워 있습니다."

강혁은 아까 했던 말을 반복함으로써 중증외상센터와 마약 수사대의 노고를 다시 한번 주지시켰다.

"여러분, 마약 수사대와 의료진의 목숨을 건 노력이 헛수고가 되지 않도록 이번 사건에 관심을 기울여주시기 바랍니다."

그의 목소리에는 진심이 담겨 있었다. 그 마음은 지금 이 방송을 보고 있던 모두에게 전해졌을 뿐만 아니라, 미처 생방송으로 보지 못했던 이들에게도 전해졌다.

"이런 망할."

물론 모두에게 동일한 영향을 준 건 아니었다.

맨 처음 유지상이 잡혔단 소리를 들었을 때부터 노심초사하던 한 중년 사내가 테이블을 쾅 소리가 나게끔 후려쳤다.

"그건……. 걱정 마십쇼. 어르신 이름 나올 일은 없습니다."

"수사가 진행되잖아, 수사가! 내 쪽에서 막는 건 한계가 있다고! 저 백강혁이라는 새끼 때문에 손발 묶였다고, 방금!"

그는 곱게 빗어넘긴 머리가 출렁이도록 화를 내고 있었다. 그의 앞에 서 있던, 국내 마약 유통의 대부 또한 당황한 것은 마찬가지였다.

"어떻게든…… 방법을 찾아보겠습니다."

"눈에…… 눈에 띄는 방법은 안 돼. 총질하지 말란 얘기야, 알아들어?"

"네. 알겠습니다. 어르신. 이번에는 실망하시게 하지 않겠습니다."

"와…… 후원금 봐라, 이거. 야, 우 형사. 다친 보람 있다?"

박철순 반장은 단 하루 만에 모인 후원금을 보면서 혀를 내둘렀다. 부상 당한 경찰 두 명이 나눠도 각 1억은 족히 넘는 후원금이 모인 것이다.

"다친 보람이 있다뇨? 총 맞은 사람한테 못 하는 말이 없으셔."

우 형사는 조금 전까지만 해도 금액을 보며 웃어놓고 이렇게 받아쳤다.

"새끼. 아직도 광대 승천하고 있거든?"

"그거야, 우리 태수가 눈을 떠서 그런 거죠. 가만 보면 사람이 참 정이 없어."

"정이 없어? 내가 인마, 너희 둘 때문에 태운 담배가 한 보루가 넘어. 아마 나도 폐 망가졌을 거다."

"제가 피라고 했습니까, 뭐."

"와……. 백 교수님. 한 대만 쳐도 됩니까? 다친 데는 배니까 머리는 괜찮을 거 같은데."

박철순 반장은 더없이 간절한 눈빛으로 강혁을 바라보았다.

"말도 안 되는 소리는 마시고요. 김태수 환자분, 좀 어때요?"

강혁은 방금 목에서 튜브를 제거한 김태수 환자를 바라보았다. 폐는 절제했지만 다행히 기도에는 손상이 없었고, 머리나 다른 장기로 영향이 가기 전에 산소가 공급되어서 호흡 자체에는 문제가 없었다.

"흡. 괜…… 찮습니다. 숨, 이 좀……. 흡."

역시 숨이 찰 수밖에 없었다. 총알에 폐를 맞았으니 당연한 일이었다.

"일단은 이거 대고 계세요. 한결 나을 겁니다."

강혁은 산소 마스크를 환자 코 가까이에 대주었다. 그러자 아무래도 농도 짙은 산소가 흘러 들어가서 그런가, 김태수 환자의 얼굴이 다소 편해 보였다.

"시간이 지나면 지금보다는 나아질 겁니다. 지금보다는."

"아……. 교수님, 지금…… 그게 무슨 뜻인가요."

김태수 환자와 그의 옆을 지키고 있던 보호자가 동시에 강혁을 바라보았다. 이제 막 순경을 단 김태수 환자가 앳된 만큼 그의 부모도 젊어 보였다. 자식이 어딘가 잘못됐다는 소식을 듣기엔 너무 이른 나이였다.

강혁은 잠시 뒤에 서 있는 재원을 돌아보았다. 자신이 말하는 것보다는 아무래도 재원이 말을 해주는 것이 나을 터였다.

"네, 아버님. 어머님."

다행히 재원은 강혁과 손발을 맞춘 지 제법 오래된 파트너였다. 눈치 좋게 슥 하고 앞으로 나섰다.

"지금 김태수 환자의 폐를 절제했다는 건 설명을 들어서 알고 계시죠?"

상황이 상황인지라 미처 보호자 동의를 받지 못하고 수술을 진행했다는 것까지도 모두 설명이 된 참이었다. 다행히 김태수 환자나 보호자 모두 이것을 문제 삼지는 않았다.

'좋은 분들이야…….'

큰 부상을 입은 환자의 목숨을 살렸다는 사실과 별개로, 후유 장애가 생기면 수술이 잘못된 탓이라고 생각하는 사람들이 많았다. 이미 여러 차례 그런 환자나 보호자들에게 시달렸던 경험이 있는 재원은 진심으로 앞에 있는 셋에게 감사한 마음을 가지고 있었다. 사고와 후유 장애로 충격이 클 텐데 의료진 멱살 한번 잡지 않았다.

"알고…… 있습니다. 우측 폐에 총을 맞았다고……."

차마 말을 잇지 못하는 어머님을 대신해 아버님이 대답했다.

"네. 바로 그것 때문에 지금 숨이 찬 겁니다. 총알이 폐 일부분을 완전히 망가뜨리는 바람에 제거할 수밖에 없었거든요."

"그럼……. 그래도 계속 이렇게 살아야 하는 건 아니죠?"

아버님은 조금 전에 김태수 환자가 헐떡이던 모습을 떠올리며 물었다. 다시 생각해도 안쓰러웠기에 인상을 잔뜩 찌푸릴 수밖에 없었다. 재원은 잠시 아버님과 김태수 환자를 번갈아가며 바라보았다. 둘 다 아주 간절하고도, 걱정스러워하는 얼굴이었다.

'교수님이……. 너무 희망을 주지는 말라고 했었는데.'

"우선 지금보다는 나아질 겁니다. 별다른 치료를 하지 않아도요."

환자와 보호자에게 상당히 불안한 말이었다. 다시는 정상으로 되돌아가지 못할 것이란 뜻이 내포되어 있으니. 김태수 환자의 어머님은 참았던 눈물을 터뜨렸고, 아버님과 김태수 환자의 얼굴 또한 울상이 되었다. 재원은 재빨리 말을 이었다.

"하지만 재활 치료를 얼마나 열심히 하느냐에 따라 달라질 수 있어요."

"재활이요? 폐도 재활이 됩니까?"

"물론이죠. 심폐 재활이라고 따로 있을 정도고, 저희 병원 재활의학과 수준이 아주 대단합니다. 이미 백 교수님이 연락을 취해두셔서, 거동만 가능해지면 차근차근 재활에 들어갈 겁니다."

"그렇군요……. 감사합니다. 네, 감사해요."

김태수 환자가 산소 호흡기를 떼면 숨이 차다는 현실은 변하지 않은 상황이었다. 하지만 환자나 보호자는 이제 더 절망만 하고 있지는 않았다. 희망을 품게 되었다.

'노예가 제법이야.'

강혁은 갖지 못한 재주였다.

"담배도 끊으셔야 하고요. 이 정도는 알고 계시죠?"

재원은 무려 미소를 지으며 김태수 환자의 어깨를 두드려주었고, 보호자들 역시 웃으며 말할 수 있었다.

"그래, 이놈이 아주 골초라니까요. 이참에 끊어버려. 속이 다 시원하다, 아주."

"그러게. 애미가 끊으라고 할 때는 죽어도 안 듣더니."

강혁은 그 모습을 보며 잠시 고개를 젓고는 입을 열었다.

"재원아, 네가 좀 더 말씀드리고 나와. 나는 의국에 가 있을게."

"네. 교수님."

환자 앞에서는 노예라고 부르지 않는 강혁이었다. 재원에게 환자와 보호자를 맡기고 강혁은 중환자실을 빠져나왔다. 최하림 감독은 물론, 박철순 반장과 우창윤 형사와 함께였다.

"백 교수님, 간만입니다."

그런 일행 앞에 잘 차려입은 사내가 서 있었다. 바로 박성민 의원이었다.

"어, 의원님?"

"방송 아주 잘 봤습니다. 확실히 교수님은 방송을 알아요."

박성민 의원이 강혁을 보며 호탕하게 말했다.

"김 비서."

박성민 의원의 말에 김 비서가 서류를 가져와 펼쳤다. 한동안 거의 끊기다시피 했던 중증외상센터 후원금 계좌의 내역이었다. 어제 하루 동안에만 거의 1억이 모금되어 있었다.

"이걸 기억하고 또 후원을 해주시더라고요."

"오……. 이것 참, 감사한 일이네요. 근데……."

강혁은 조금은 이상하다는 표정을 지은 채 박성민 의원을 바라보았다. 제1야당 원내대표는 거의 강혁만큼이나 바쁜 사람이 아니던가. 그런 사람이 고작 이런 사실을 알려주러 왔을 리 없었다.

"이것만 알려주러 온 건 아니시죠? 어디, 의국으로 가실까요? 아니면 카페?"

"제가 이래서 교수님을 좋아합니다. 하하. 가시죠."

박철순 반장은 여러 가지 이유로 정치인이라면 학을 떼는 사람이었으므로 슬며시 뒤로 빠지며 입을 열었다.

"그럼 두 분 말씀 나누시죠. 저는 우 형사 병실에 데려다주겠습니다."

"아뇨, 아닙니다. 박철순 반장님도 같이 가시죠."

그런 그를 박성민 의원이 말렸다.

"네?"

박철순 반장은 어리둥절한 표정으로 되물었다. 박성민 의원은 벌써 특유의 사람 좋은 미소를 지으며 박철순 반장을 잡아끌고 있었다.

"고생하시는데, 위로받으셔야죠."

그 말을 듣고 있자니 뭔가 안 좋은 느낌이 들었다.

'이 인간……. 뭐가 좀 구린 게 있나?'

그렇지 않고서야 원내대표씩이나 되는 사람이 일개 형사 반장에게 이렇게 친근하게 대해줄 리가 없었다.

'설마, 아니겠지?'

강혁의 머릿속에도 이런 생각이 스쳐 지나갔다. 만약 그렇다면 중증외상센터 활성화에도 엄청난 타격이 있을 터였다. 든든한 아군이라 생각했던 사람이 실은 마약 사건에 연루되어 있다면 말이다.

"자자. 갑시다, 가."

둘이 이런 생각에 휘말려 정신을 못 차리고 있는 사이, 박성민 의원은 어느 틈엔가 양쪽에 팔짱을 끼고 의국으로 향했다. 의국에 직접 와본 적은 딱 한 번뿐인데도 헤매는 기색도 없었다. 최하림 감독은 어리둥절한 채로 카메라를 들고 열심히 쫓았다.

뭐라 대답할 새도 없이 끌려 들어온 강혁과 박철순 반장은 의심 가득한 눈으로 박성민 의원을 바라보았다. 그는 여전히 태연한 얼굴이었다. 쩔리는 게 단 하나도 없다는 듯.

"앉죠. 앉아요."

그리곤 마치 이 의국이 자기 방이라도 되는 양 의자에 털썩 앉고는 강혁과 박철순 그리고 그림자처럼 강혁을 따르고 있는 최하림에게 의자를 건네주었다.

"감독님. 이 방에서 나누는 얘기는 촬영까지는 안 됩니다."

카메라를 슬며시 치워두면서였다.

'이 새끼, 설마.'

당연히 박성민 의원에 대한 의심이 커질 수밖에 없었다. 박성민 의원은 자신을 향한 세 쌍의 의심스러운 눈동자를 보면서 너털웃음을 터뜨렸다.

"무슨 생각을 하고 계시는지 압니다. 그런 건 아니에요. 관련이 완전히 없다고는 할 수 없지만."

"관련이…… 있다고요?"

박철순 반장은 으르렁거리듯 물었다. 박성민 의원은 박철순 반장의 반응을 보고도 태연하게 대답했다.

"네. 저도 그 사건에 관심이 있어서 아주 깊게 팠었거든요. 근데…… 안 되더라고요."

"안 돼요? 원내대표가 파는데?"

"저보다 위에서 지시가 내려간 모양이에요. 말을 안 듣더라고요. 그 누구도."

"허⋯⋯."

원내대표보다 위라면 거의 대한민국 최고위층이라는 얘기였다. 아주 무서운 존재라는 의미였지만, 어떻게 보면 용의자가 극도로 좁혀진다는 뜻이기도 했다.

'마약 수사가 잘되는 것도 좋지. 하지만⋯⋯.'

그에게 중요한 것은 역시나 중증외상센터 활성화였다. 그게 뒤로 물러나는 일이 있어서는 안 될 터였다.

"박 의원님. 이거 하다가 우리 일이 엎어지는 건 아니죠?"

그 말에 박성민 의원은 허허 웃었다.

"오히려 도움이 될 겁니다. 교수님. 제가 반드시 그렇게 만들겠습니다."

강혁은 박성민 의원의 대답에 비로소 안심했다는 얼굴로 고개를 끄덕였다. 그때, 강혁의 핸드폰 벨소리가 요란하게 울렸고, 아주 다급한 내용의 전화를 받았다.

환자라면 그게 누구건

강혁과 중증외상팀이 탑승한 구급차는 어느새 병원을 빠져나와 개포동 인근에 접어들고 있었다. 이제 우회전하면 대로가 나오고, 그 길로 쭉 직진하면 코엑스였다. 상황을 더 자세히 알고 있는 재원이 설명했다.

"이번에 코엑스 컨벤션 센터에서 세계 아동 인권 관련한 포럼이 열리고 있나 봐요."

"포럼? 컨벤션 센터 얘기하는 거지?"

코엑스는 교통도 좋고 근처에 호텔이 많아 국제 학회가 많이 열리는 곳이다. 학회에 참석할 일이 많은 강혁이나 1호, 2호 모두에게 익숙한 장소였다.

"거기 유엔 사무총장도 왔나 봐요. 인권에 관해 얘기하는 곳이니까."

강혁은 유엔 사무국과 접촉한 적은 없었지만, 그들이 어떤 활동을 하고 있는지는 잘 알고 있었다. 비록 예전과 같은 힘은 없어도 명분은 있는 집단이었다. 그리고 그 명분을 유지할 만큼 좋은 일을 하고 있기도 했고.

'유엔이 없었으면 아프리카나 중동은 지금보다 더 혼란스러웠겠지.'

"근데 사고가 났대요."

"뭐……. 사무총장이?"

"네. 그래서 지금 난리 났다고 하더라고요. 최필두 보건복지부 장관도 현장으로 오는 중이라고."

"그 양반은 나한테 직접 전화를 하지, 뭐 하고 있는 거야?"

"전화했다고 하던데요? 근데 교수님이 안 받았대요. 그래서 저한 테 전화했다고."

"아. 맞다."

강혁은 그제야 자신이 최필두 장관 번호를 차단해놓았다는 사실을 떠올렸다. 이현종 대위 일로 사사건건 전화를 해대는 통에 귀찮아서였는데, 이런 일이 터질 줄이야.

"상태는 어떻다는데?"

"일단 근처 대기 중이던 의료진이 출동하기는 했는데……. 아직 구조도 안 된 모양이에요."

"구조가 안 돼? 교통사고가 얼마나 크게 났길래?"

"신호 위반하고 달려온 트럭이 박았다는데……. 정확한 사정은 가봐야 알 것 같습니다."

대강 어떻게 된 일인지 알 것 같았다. 보통 유엔 사무총장 정도 되는 귀빈이 오게 되면 교통정리를 했어야 마땅한 일이었다. 지금처럼 사고라도 나게 되면 유엔에 폐를 끼치는 것을 넘어 전 세계적인 망신을 당하는 셈이었으니까.

'심지어 신호 위반한 트럭이라니.'

사고는 트럭 기사 개인의 잘못이겠지만 교통 시스템이나 운전 행태 등으로 대한민국 전체가 비난받을 가능성이 컸다.

'그래서 상황을 따지기도 전에 날 불렀구나.'

최필두 장관 측은 현재 상황이 중증외상인지 아니면 그저 경상 인지도 모르고 있을 게 뻔했다. 하지만 만에 하나라도 문제가 생긴다면 너무 큰일이 되기 때문에 최필두 장관이 아는 한 최고의 의사인 강혁에게 연락한 것이다. 한편으로는 인정받은 기분이 들 수도 있는 상황이지만, 입맛이 개운치는 않았다.

'환자가 유엔 사무총장이 아니더라도 이렇게 신속하게 일이 돌아갔을까.'

그냥 그 트럭 기사 혼자 다쳤다면 이렇게 신속한 진행은커녕 환자는 강혁을 만나지도 못했을 게 뻔했다.

강혁이 쓰디쓴 입맛을 다시고 있는 사이에 구급차는 무사히 코엑스 사거리에 들어섰다. 사고 지점이 어디인지 확인할 필요도 없었다. 거대한 트럭에 옆구리를 받힌 채 우그러진 에쿠스 차량이 한눈에 들어왔다. 사고 현장과 가까이 있었던 건지, 아니면 학회에 참석한 건지 몰라도 최필두 장관이 벌써 에쿠스 차량 앞에 서 있었다.

"빨리 내려!"

강혁은 이동하는 내내 머릿속을 가득 메우고 있던 잡생각을 떨쳐버리고 도착하자마자 차에서 내렸다. 강혁은 환자가 유엔 사무총장이든, 트럭 기사든 최선을 다하는 사람이었으니까.

"네!"

강혁의 뒤를 이어 재원과 강행이 차에서 뛰어내렸다. 그들을 본 최필두 장관이 헐레벌떡 뛰어왔다.

"아, 오셨군요! 교수님!"

"장관님."

강혁은 박성민 의원에게 들었던 말을 떠올리며 최대한 정중하게 고개를 숙였다.

'이제 최 장관님은 좋으나 싫으나 중증외상센터 활성화에 좀 더 관심을 기울여야 하는 입장이 되었으니, 잘 지내시는 게 좋을 겁니

다.'

박성민 의원의 의도대로 헬기 이착륙장 완공 행사 이후 최필두 장관은 중증외상센터 활성화에 앞장서야 할 사람이 되었다. 자신의 입지를 다지기 위해 써먹는 수단이 아니라, 진짜 중증외상센터 활성화에 힘을 써야 하는 사람이 된 것이다. 그런 사람과 굳이 척을 져서 좋을 건 없었다.

"오."

최필두 장관은 웬일로 이 양반이 공손하게 나오나 하는 표정을 지었지만, 이내 에쿠스 차량을 가리키며 급하게 말을 이었다.

"교수님. 얘기는 들으셨겠지만……. 저분은, 저분은 반드시 살리셔야 합니다."

"저야 누가 됐든 늘 최선을 다하지 않습니까."

의사가 환자를 대하는 데 있어 '저분은'이라는 단어를 쓰는 건 부적합한 태도가 아니겠는가. 하지만 최필두 장관은 자신의 잘못된 단어 선택에 대해 전혀 자각하지 못했다. 이 사고의 여파가 심히 두려웠기 때문이었다. 그렇지 않아도 정권 말기에 다다르면서 레임덕 현상이 두드러지고 있는데, 만약 유엔 사무총장이 죽기라도 한다면 어떻게 될까.

'국제 행사를 치르면 뭐하나, 안전이 뒷전인데'

'보건복지부 주관 행사에서 일어난 교통사고, 인재였나'

최필두 장관의 머리에 신문 1면에 날 만한 기사 제목들이 떠올랐고, 동시에 등줄기를 타고 식은땀이 주르륵 흘렀다.

"아무튼, 환자 상태는 어떻습니까."

"아, 아직……. 구조가 안 되었습니다."

"아직도?"

"네. 차 문이 완전히 틀어져서……. 그나마 중앙 구조단에서 바로 와줬으니까, 곧 구출되긴 할 겁니다."

최필두 장관은 김강률 팀장과 안중헌 단장을 가리켰다. 중앙 구조단 요원들과 함께 지금 막 차 문을 잘라내고 있었다.

'우리나라에 그나마 저런 사람들이 있다는 건 다행이지.'

사명감으로 똘똘 뭉쳐서 그 어떤 어려운 상황에서도 최선을 다하는 요원들. 그들은 문을 잘라낸 후 안에 갇혀 있던 유엔 사무총장을 구출해냈다. 강혁은 곧장 사무총장에게 달려가려다 말고 최필두 장관을 돌아보았다.

"근데, 피해 차량 기사는 어찌 되었습니까?"

트럭이 받은 것은 차의 왼편 옆구리였다. 손상 정도가 트럭에 가려져 잘 보이진 않았지만, 오른쪽 뒷자리에 앉아 있던 사무총장보다 기사가 받은 충격이 훨씬 심했을 것이다. 최필두 장관은 구조대 뒤편을 가리켰다. 머리까지 지퍼가 올라간 들것이 쓸쓸히 놓여 있었다.

"아."

"즉사했어요."

"저만한 트럭이 옆에서 박았으니……. 그럼 트럭 기사는?"

"그분은 괜찮습니다. 그냥 경상이에요. 앞으로가 문제겠죠."

신호 위반에 사망 사고까지 냈으니. 인생 고달파지지 않겠냐는 뜻이었다. 강혁은 고개를 한 번 털어낸 후, 멈췄던 발걸음을 재촉했다.

"의식은?"

김강률은 이미 사무총장을 들것에 옮긴 참이었다.

"없습니다. 동공 반사는 있는데…… 약합니다."

"머리를 다쳤군."

옆쪽에서 가해진 강력한 충격으로 유리창에 옆통수를 부딪친 모양이었다. 단단한 유리창에 금이 쩍쩍 가 있었고, 사무총장의 머리에서는 피가 뚝뚝 떨어지고 있었다.

"얼굴도……. 음. 이런 젠장."

안전띠를 매고 있어 흉부나 복부에는 눈에 띄는 손상이 없었다. 하지만 뒷자리에서 커피라도 마시고 있던 것인지 얼굴에 깨진 잔이 틀어박혀 있었다. 정확한 손상 정도는 더 자세히 봐야 알 수 있겠지만, 괜찮아 보이지는 않았다.

"일단 수액부터 달고, 응급 처치를 대강이라도 하고 가야겠는데."

"네, 교수님."

잔이 박힌 상처의 출혈량이 심상치 않았다. 어쩌면 얼굴 내부의 동맥이라도 다쳤을지도 몰랐다. 잘못 건드려서 잔 파편이 그냥 빠지기라도 하면 어떻게 될까. 잘못된 처치로 사무총장을 죽인 의사가 될 것이 뻔했다.

"1호, 2호! 너희는 장비 가져와! 수액 달고, 안면부 완전 고정하고 간다!"

"네, 교수님!"

강혁이 한창 사무총장을 살리기 위해 열중하고 있는 사이, 장미는 지민과 함께 중환자실에 남아 있었다. 아직 지민 혼자에게 환자들을 맡길 수는 없었다.

"뭐야, 당신 누구야."

중환자실에서 환자들을 돌보고 있던 장미의 눈에 낯선 남자 하나가 들어왔다.

"아. 말씀 못 들으셨구나. 지원 나온 간호사예요."

그는 장미의 다소 날카로운 질문에 너털웃음을 터뜨렸다. 푸근해 보이는 인상과 부드러운 미소까지. 누군가의 경계를 풀기에 이보다 좋은 얼굴은 없을 것 같았다. 하지만 장미에게까지 통하진 않았다.

"이상한데? 백 교수님은 지원 나올 일이 있으면 반드시 제게 알려주시는데."

아니, 애초에 간호부에서 강혁에게 연락하는 일 자체가 드물었다. 일단 연락 자체가 잘 안 되는 인간이기 때문이었다. 허구한 날 수술실에 들어가거나 헬기를 타는 인간이었으니까.

"아…… 백 교수님 통해서 말씀드리진 않았을 거예요. 그냥 정기적인 지원이라고 듣고 왔습니다."

상대는 여전히 자연스럽게 대응했다. 이쯤 되니 장미도 긴가민가한 느낌이 들었다.

'그런가……?'

그녀가 보기에도 강혁은 정말 바쁜 사람이지 않은가. 매일 전쟁 통보다 더하단 생각이 들 만큼.

"흠……. 근데 왜 지원을 오셨어요? 오늘은 저랑 지민이 둘 다 비번 아닌데."

"아, 제가 말씀을 잘못 드린 것 같습니다. 지원이 아니라……. 저희 병동에서 중증외상센터 중환자실은 어떻게 돌아가는지 좀 배우라는 지시가 있어서요."

"배워요……? 아, 혹시 일반 외과에서 오셨어요?"

"네, 네."

"흠."

비슷한 공문이 있긴 했었다. 실제로 한유림 과장이 수간호사에게 말해 간호사를 보내기도 했었다. 강혁이 자기 환자를 병동으로 올려보냈을 때 제대로 케어하길 바란다고 말했기 때문인데, 그 덕에 간호사들 사이에서도 원성이 자자했다. 누구 하나 지금 눈앞에 있는 남자처럼 생글생글 웃고 있진 않았다.

'진짜 이상한데…….'

하지만 계속 이런 생각을 이어나가기엔 장미도 너무 바쁜 사람이었다. 일단 그녀가 맡고 있는 유지상, 김태수 환자 모두 중환자였으니까.

"알겠어요. 그럼 옵저(Observation: 관찰)하시고 궁금한 거 있으면 물어보세요."

"감사합니다."

사내는 더없이 감사하다는 얼굴로 고개를 끄덕였다. 그리곤 잠시 섬뜩한 눈빛으로 유지상이 누워 있는 쪽을 바라보았는데, 장미도 지민도 눈치채지 못했다. 때마침 구급차 소리가 요란하게 들려왔기 때문이었다.

"아, 왔나 보다. 나가볼게."

"네, 선배."

"그쪽은 같이 나가요. 이것도 관찰의 일환이니까."

장미의 말에 사내가 잠시 움찔했다.

"아……. 그럼 여기는 아무도 지키지 않나요?"

"지민이 있잖아요."

"신규…… 라고 들었는데요."

"하루만 있어보시면 알 거예요. 우리 신규는 다른 데 신규랑 다를 수밖에 없어요."

근무 계약서 내용이 무색하게 느껴질 정도로 험하게 구르는 곳이 아니던가. 사실 다른 곳 같았으면 벌써 노동청에서 나와 조사에 들어갔어야 할 근무지라 할 수 있었다.

"아……."

사내는 잠시 머뭇거리다 이내 고개를 끄덕였다. 여기서 더 버티면 수상하게 여길 것이라 생각한 모양이었다.

'그래. 수술실 들어가면……. 그때를 노리면 되겠지.'

그사이 응급실 입구에 도착한 구급차에서 강혁과 요원들, 그리고 재원이 후다닥 뛰어내렸다. 사무총장을 실은 침대를 끌고 검사실로 향했다. 컵 파편이 박힌 사무총장의 얼굴 위에 붕대가 감겨 있었다. 어차피 수술실에 들어가기 전까지는 제거하기 힘들 것이므로 예기치 않게 파편이 빠져나오지 않도록 고정해둔 드레싱이었다.

"어, 조폭!"

강혁은 마중 나온 장미를 향해 손을 번쩍 들었다.

"네!"

"수술실 준비! 안면 골절 및 출혈 대비하고! 머리 열 수도 있어!"

"아……, 네!"

강혁은 그렇게 장미에게서 고개를 돌리려다가, 그 뒤에 서 있는 건장한 체구의 간호사를 발견했다.

"누구지?"

"안녕하세요, 백 교수님. 일반 외과에서 교육 관련해서 지원 나온 남윤석 간호사라고 합니다."

"아……."

"저는 그럼 이만 중환자실로……."

"아니, 잠깐!"

강혁은 인사를 하고 돌아서는 남윤석을 불러세웠다. 뭔가 들킨 사람처럼 놀라서 돌아보는데, 이미 강혁이 바로 옆에 와 있었다. 심지어 몸 이쪽저쪽을 함부로 만져대기까지 했다.

"와 몸 좋네? 운동해요?"

"네? 아, 네."

"잘됐네. 오늘 힘쓸 일 많은데."

"네……?"

"일단 따라오시라고."

강혁은 그렇게 남윤석을 제멋대로 끌고 검사실로 갔다.

'뭐야 이거……'

얼떨결에 검사실 안에 들어간 남윤석은 CT실 안을 가득 메우고 있는, 높은 분들을 보고 움찔했다. 보건복지부 최필두 장관부터 행정안전부 장관에 우연히 병원에 와 있던 박성민 의원까지 죄 CT실 안에 들어와 있었다.

'시발, 뭔데.'

유지상한테 대강 약이나 주사하고 튈 요량으로 왔다가 뭔가 아주 중요한 일에 끼어들게 된 느낌이었다. 강혁은 당황한 남윤석을 보며 이제 막 CT 검사대 위로 옮겨지고 있는 환자를 가리켰다.

"유엔 사무총장인데, 심하게 다쳐서. 꽉 잡고 있어요."

"네? 뭔 총장이요?"

"유엔 사무총장. 뭘 그렇게 눈을 휘둥그레하게 뜨고 그래. 하긴, 뭐 여기 다들 놀랐지. 그러니까 잘 잡아요. 떨어지기라도 하면……. 어휴. 알죠?"

"어……. 이……."

남윤석은 '시발'이라는 단어를 겨우겨우 삼키고는 검사대 위에 누운 사람을 돌아보았다. 컵이 박힌 데다가 붕대까지 감아놓아서 얼굴을 알아볼 수는 없었다.

'뭐야, 이거……. 일이 왜…….'

주머니 안에 넣어둔 주사기를 매만지고 있으려니, 맞은 편에 슬리퍼를 질질 끌고 들어온 인턴이 말을 걸어왔다.

"제가 호흡기 짤 테니까, 그쪽은 환자 잘 잡아요."

"어……. 네."

"근데 납복은 안 입어요?"

"납복?"

남윤석은 잠시 당황스러운 표정을 짓고 있다가 인턴이 특이한 옷을 입고 있다는 것을 깨달았다. 실제 간호사는 아닌지라 무슨 옷인지는 몰랐지만, 눈치는 있었다.

"입, 입어야죠."

"당황하셨구나. 하긴 저도 놀랐어요. VIP도 이런 VIP가 다 오나 그래……."

다행히 조금 어리버리하게 있어도 다들 상황 때문에 놀랐다고 알고 넘어가고 있었다.

"자, 그럼 검사 시작합니다."

정신을 차려보니, 천장에 달린 스피커에서 방사선사의 목소리가 들려왔다. CT실 안에 있던 사람들은 모두 나간 뒤였다.

'뭐지, 왜 다 나갔지.'

영문을 모르겠다는 얼굴을 하고 있는데, CT 검사기기가 돌아가기 시작했다. 인턴이 언짢은 얼굴로 고개를 저으며 말했다.

"아, 이거 자꾸 맞으면 진짜 고자 된다는데……."

"에?"

"그렇잖아요. 이게 다 방사선인데……. 우리 지금 엑스레이 100 장도 넘게 찍고 있는 거예요. 전 뭐 요새 거의 매일 방사선으로 샤워하고 있습니다."

"허……."

'고자가 될 수도 있는 일을 시켰다 이거지?'

남윤석이 남몰래 아랫입술을 깨물고 있는 동안에도 CT 기기는 계속해서 돌아가고 있었다. 그냥 뇌출혈 정도만 의심되는 상황은 아니었기에, 이번에는 혈관 조영제도 들어갔다. 얼굴에 박힌 컵 조각이 대체 어떤 혈관을 건드렸는지 알기 위함이었다.

"이런 젠장."

검사실에서 실시간으로 전송되어 오고 있는 화면을 보고 있던 강혁의 입에서 대번에 욕설이 튀어나왔다.

"상악 동맥……."

재원의 얼굴색도 하얗게 질렸다. 컵 파편이 어찌나 깊숙이 틀어박혔는지, 거의 얼굴 중앙까지 들어가 있었다. 그냥 박히기만 했으면 그나마 나았을 텐데, 끝에 위치한 상악 동맥을 푹 찌르고 있었다. 손상된 혈관에서는 조영제가 새어 나오고 있었는데, 다시 말하면 피가 흘러나오고 있다는 뜻이었다.

'인터벤션을 부탁해볼까?'

이렇게 깊은 혈관의 출혈은 아무래도 영상의학과에 의뢰하는 것이 나을 수 있었다.

'아냐……. 아냐. 머리도 정상이 아니었어.'

복합적인 부상을 입은 상황이었다. 안면부 출혈을 잡으려다가 머리가 잘못되면 어찌 되겠는가.

'어떻게든 수술실에서 해결을 봐야 한다는 건데.'

강혁은 검사가 끝나자마자 깊은 한숨을 내쉬며 CT실로 향했다. 그리곤 환자를 침대로 옮긴 뒤 이동했다. 부지런히 발을 움직여 강혁의 뒤를 바짝 쫓아온 박성민 의원이 아주 조심스럽게 입을 열었다.

"상황이 안 좋습니까?"

"아."

강혁은 그제야 이 환자의 상태와 회복 여부를 궁금해하는 사람이 수도 없이 많다는 사실을 떠올렸다.

"안 좋습니다. 안면부 동맥 중에 제일 굵고 깊숙이 있는 혈관을 다쳤어요. 머리 쪽에도…… 출혈이 있고요. 다행히 뇌막하 출혈이기는 하지만, 이것도 방치하면 큰일 납니다."

"허."

강혁의 말에 박성민 의원이 탄식을 내뱉었다.

"후……."

본인도 의사인지라 어느 정도 상황을 인지하고 있던 최필두 장관의 표정도 더없이 어두워졌다. 우려하고 있던 것을 강혁의 입을 통해 들으니 더 절망적으로 들렸다. 누군가 귀에다 대고 '망했다'고 외쳐대는 듯했다.

'교통 통제를 할걸……'

최필두 장관이 뒤늦은 후회를 하는 사이, 강혁과 환자가 수술실 앞에 도착했다.

"자, 여기부터는 우리 팀만 들어갑니다. 대기실에서 기다려주세요."

"알겠습니다. 교수님. 모쪼록 잘 부탁드립니다."

"네, 교수님. 부탁드립니다."

다들 수술실 앞에서 돌아서는 분위기라 남윤석도 돌아서려고 하는데, 강혁이 그의 어깨를 붙잡았다.

"뭐 해요? 환자가 이렇게 심각한데, 손 보태야지."

"어······."

사내는 당황스러운 얼굴이 되었다. 분명 한국대학교 병원의 간호사복을 입고 있긴 했지만, 실제로는 간호학의 'ㄱ'도 모르는 사람이었다.

"어는 무슨? 빨리 와요."

하지만 강혁의 커다란 손에 어깨를 붙잡히는 바람에 도망은커녕 돌아서지도 못했다.

'이게 무슨 일이야······.'

남윤석이 그의 인생에 느닷없이 들이닥친 폭풍에 당황하고 있는 사이 경원은 마취 준비를 마친 뒤 말했다.

"약 들어갑니다."

이미 강혁이 현장에서 기도 삽관을 해놓았기 때문에 딱히 시간이 걸리지는 않았다. 더군다나 유엔 사무총장이라는 직함에 걸맞게, 그에게는 비서가 있었다. 비서는 그의 기저질환은 물론이고 어떤 약을 먹는지까지 세세하게 알고 있어서 마취의에게 큰 도움을 주었다.

"당뇨 전 단계라고 하셨죠? 고지혈증이 있고."

경원은 어깨와 뺨 사이에 전화기를 낀 채 사무총장의 비서와 통화를 했다.

"네! 선생님. 그······. 고혈압도 있어서 이뇨제를 먹고 있습니다!"

수화기 너머 비서는 매우 격앙된 목소리로 멀리 떨어져 있는 강혁에게도 다 들릴 만큼 크게 답했다. 당연한 일이었다. 자신이 모시던 사무총장이 자기 나라도 아닌 대한민국에서 큰 사고를 당해 수술실에 들어갔으니까.

"알겠습니다. 그럼 또 도움이 필요하면 전화 걸겠습니다."

"그…… 네! 잘 부탁드립니다!"

'혹시 실수라도 해서……. 살 수 있는 상태인데 돌아가시면 어쩌지?'

그런 일은 절대로 있어서는 안 될 일이었다.

'그, 그래……. 여긴 한국이잖아.'

이곳은 동북아시아의 화약고 같은 곳이었고, 상당히 커다란 미군 기지가 있는 나라였다. 그중 현재 가장 가까운 곳은 오산이었다.

"네, 네, 꼭 좀 부탁드립니다. 현지 병원에 오기는 했는데……. 아무래도 좀……. 네. 감사합니다."

비서는 그의 연줄과 사무총장의 연줄까지 총동원해서 오산 기지에 협조 요청을 보내놓았다. 쓸데없는 짓인 줄도 모르고 비서가 일하는 사이에도 수술은 한창 진행 중이었다.

"머리 잡아, 머리."

일단 안면부 출혈은 컵의 파편으로 고정을 해놓았기 때문에 당장 건드리지 않았다.

"엇. 네."

"아니……. 뭔 머리를 그렇게 잡아. 니킥하려고?"

강혁은 자신의 말을 듣고 사무총장의 머리를 움켜쥐듯 잡은 남윤석을 어이없다는 듯한 표정으로 내려다보았다.

"안 되겠어. 야, 1호. 네가 잡아. 내가 밀 테니까……. 그쪽은 이름이 뭐랬지? 남윤석?"

"네. 남윤석입니다."

"나가서 손 닦고 들어와. 2호랑 같이."

"아⋯⋯. 네."

남윤석은 그나마 한시름 놓았다는 얼굴로 강행과 함께 수술실을 빠져나왔다. 환자를 따라온 수많은 관계자들은 대기실로 쫓겨난 뒤로 수술실 입구에는 아무도 남아 있지 않았다. 남윤석과 이강행 딱 둘 뿐이었다.

'이 새끼를 확 눕히고 중환자실로 가?'

순간 이런 생각이 들었지만 이내 고개를 가로저었다. 병원에서 소동을 벌이면 문제가 커질 수 있었다. 특히 지금 중증외상센터 중환자실 앞에는 기동타격대가 쫙 깔려 있었다.

'일단⋯⋯. 얌전히 손 닦고 들어가자⋯⋯.'

복잡하게 머리를 굴리며 손을 닦고 있는데, 강행이 말을 걸어왔다.

"손을 그렇게 닦아요?"

뭔가 잘못되었다는 투였다. 옆을 보니 강행은 웬 솔을 들고 손을 닦고 있었다.

"어⋯⋯?"

"머리 열잖아요. 손 진짜 빡세게 닦아야죠. 수술실은 처음이신가 보다."

"아⋯⋯. 네. 네."

남윤석은 멋쩍은 미소를 지으며 눈치 빠르게 강행이 쓰는 것과 같은 일회용 솔을 뜯어 손을 닦기 시작했다. 어차피 강행은 남윤석에 대한 의심이 전혀 없었기 때문에 그 후로는 별 문제가 없었다.

'사무총장의 머리를 연다 이거지⋯⋯.'

손을 다 닦고 수술실로 돌아가자, 강혁과 재원은 이미 환자의 머리를 다 밀고 고정까지 마친 상태였다. 아무것도 모르는 남윤석의 눈에도 엄청나게 빠른 속도였다.

"어, 드랩 치고. 나 손 닦고 들어올 때까지 준비 완료해놔."

"넵."

강행은 남윤석과 함께 드랩을 치기 시작했다.

"아니, 아니. 거기……. 아, 그거 버려요. 진짜 수술실 처음이시구나."

남윤석은 처음부터 실수 연발이었다. 간호사가 아니니 당연한 일이었다.

"이상하네. 처음 교육받을 때 전 부서 오리엔테이션 정도는 들을 텐데."

장미가 못 쓰게 된 드랩을 떼다 버리며 투덜거렸다. 별 뜻 없이 하는 말이었지만 남윤석으로서는 식은땀이 줄줄 날 수밖에 없었다.

'임무고 뭐고 도망이나 갈까…….'

이러다 들키면 어떻게 되는 걸까. 아마 조폭이 간호사로 잠입했다가 들켰다는 소문이 퍼지면 감방에 가도 왕따 확정이었다. 하지만 강혁과 재원이 손 세정을 마치고 다시 수술실로 들어오는 순간, 도망갈 마지막 기회도 산산조각 나는 느낌이었다.

"뭘 쭈뼛거리고 서 있지? 빨리빨리 안 움직여?"

"아……. 네, 네."

"아니 그쪽으로 가지 말고. 거긴 1호, 2호가 맡아서 할 거야. 남윤석이라고 했지? 그쪽은 나랑 같이 얼굴 해야지, 얼굴."

"어…….."

그러고보니 수술대 두 개가 펼쳐져 있었다. 머리 쪽에는 장미와 재원과 강행이 자리를 잡았고, 얼굴 쪽에는 강혁과 지민, 그리고 남윤석이었다.

'왜 내가 이 사람이야.'

남윤석으로서는 하늘이 무너져 내리는 듯한 느낌이었다. 망연자실한 표정을 짓고 있으려니, 장미가 낄낄 웃었다.

"일반 외과 병실에서 온 건 맞나보네요. 백 교수님 보조 맡게 되자마자 울상인 거 보니까."

그런 거 아니라고 말하고 싶었지만 차마 입이 떨어지지 않았다.

"뭐 인마. 내가 얼마나 신사적인데."

"신사……. 네 뭐. 아무튼, 건투를 빕니다. 남 간호사님."

"잡소리 그만하고 머리나 열어. 야, 1호. 할 수 있지?"

강혁은 장미의 말에 고개를 젓고는 재원을 바라보았다. 여기서 재원이 맡은 임무는 두피를 절개하고, 아까 CT에서 확인한 출혈 부위 바로 위의 두개골에 구멍을 내는 것이었다. 강행에게는 아직 절대 무리일 술기였지만 재원에게는 그렇게 어려운 일은 아니었다. 누워 있는 환자가 사무총장만 아니라면 진짜 그랬다.

"그……. 부담이 좀."

"부담은 개뿔. 너 맨날 하던 거야."

"그래도……. 이 사람 사무총장이잖아요……."

"말이 어째 이상하다? 그럼 다른 사람이면 부담 없이 머리 열고, 이 사람은 아니야?"

재원은 흉신악살 모드로 변한 강혁의 눈을 보면서 자신이 말을 잘못했다는 것을 깨달았다.

'환자는 다 똑같다는 게 교수님 지론이지.'

아마 모든 의사가 그렇게 배웠을 터였다. 하지만 강혁처럼 정말 그렇게 행동하는 사람은 극히 드물었다.

"그…… 아닙니다. 열심히 하겠습니다."

"새끼. 운 좋은 줄 알아. 환자 좀만 덜 급했으면 뒈졌다, 진짜."

"수술실에서 뒈졌다는 말은 좀……."

"아, 죽고 싶구나?"

"아뇨. 아닙니다. 네, 네. 하고 있겠습니다."

"잘해. 사고 치지 말고."

"네……."

재원은 이게 격려인지 협박인지 모르겠다고 중얼거리며 칼을 집어 들었다. 강혁 또한 재원에게서 시선을 떼어 낸 후, 사무총장의 얼굴을 내려다보았다. 코 바로 왼쪽에 컵 절반가량이 미묘한 커브를 그리며 틀어박혀 있었다. 그나마 눈동자를 직접 찌르지 않은 게 다행인 상황이었다.

"남."

강혁은 잠시 사무총장의 얼굴을 내려다보다 말고 입을 열었다. 시선은 그대로 얼굴 쪽을 향하고 있었기 때문에 대체 무슨 뜻으로 입을 연 건지 분간이 어려웠다. 적어도 강혁을 겪은 지 얼마 안 되는 남윤석으로서는 그러했다.

"……."

"그쪽 부르는 건데. 남."

"아, 네."

"이제부터 그렇게 부를 테니까, 뭐 하라고 하면 바로 해요."

"네."

강혁은 얼빠진 얼굴이 된 남윤석을 뒤로하고 장미를 돌아보았다.

"조폭. 피는 충분히 있지?"

"네. 사무총장이라고 하니까 혈액은행에서 묻지도 따지지도 않고 올려주던데요?"

그뿐만이 아니었다. 심지어 최조은 원장을 비롯해서 병원 내 내로라할 수 있는 모든 교수가 죄 1층에 내려와 있었다. 그 덕에 대기실은 기동타격대에 밖에서 온 VIP들, 그리고 병원 VIP까지 한데 모여 거의 시장 바닥이었다.

　"거참. 그건 다행이군."

　강혁은 일이 돌아가는 꼴은 마음에 안 들었지만, 뭐가 되었든 간에 환자를 살리는 데는 제법 유리한 상황이라고 생각하며 고개를 끄덕였다. 그리곤 장미를 향해 손을 내밀었다.

　"칼."

　"네."

　"오."

　강혁은 자신이 말도 하지 않았는데 얼굴 절개에 주로 쓰이는 15번 블레이드를 준비해준 장미를 한 번 더 바라보았다. 장미는 재원과는 달라서 입을 터는 대신 어깨를 으쓱해 보였다. 강혁이 볼 때 이게 재원처럼 떠드는 것보다는 훨씬 있어 보였다.

　"좋아. 남."

　"……아, 네."

　"그쪽은 이 컵 있지? 이거 잘 잡고 있어. 혹시라도 흔들리면 환자 그대로 저승 갈 공산이 크거든? 그러니까 딱 잡고 있어."

　"어……. 네……."

　남윤석은 자신이 어쩌다 이렇게 중요하고도 큰 수술에 들어오게 된 걸까 생각하면서도 일단은 시키는 대로 했다. 그러지 않으면 죽을 것 같았다. 환자보다는 자신이 먼저.

　"그럼 절개한다."

　"어우."

"뭘 그리 놀래? 간호사가."

"아니……. 네. 죄송합니다."

강혁은 간신히 마음을 다잡고 있는 남윤석의 앞에서 사무총장의 코 옆을 따라 칼을 그었다. 얼굴에 영구적인 흉터를 남길 수밖에 없는 아주 거친 절개였지만 지금은 어쩔 도리가 없었다. 강혁은 코 옆에부터 시작해 좌측 콧구멍 밑을 따라 이은 후, 인중까지 죽 내려그었다.

"으…….."

"뭘 자꾸 놀라고 그래? 당길 거."

강혁은 질색하고 있는 남윤석을 꼬나보더니, 후크를 절개면에 걸어 잡아당겼다. 사무총장의 광대뼈와 비골 사이의 접합면이 드러나는 순간이었다.

"어우…….."

"벌써 그러면 안 돼. 흔들리지 않게 딱 잡고 있어."

"네…….."

"조폭. 정이랑 망치 줘."

"정이랑 망치요?"

"뼈 부수고 들어갈 거야."

'하……. 농담이겠지?'

정과 망치라는 단어를 들은 남윤석은 저도 모르게 고개를 가로저었다. 너무 이상한 일 아닌가. 수술실에서 정과 망치라니. 어디 목공소나 조폭 사무실도 아니고. 하지만 장미인지 조폭인지는 기어코 정과 망치를 강혁에게 건네주었다. 비록 크기는 좀 작았지만 모양만은 아주 훌륭한 정과 망치였다.

"오케이. 남."

"네, 네."

아무래도 남윤석의 목소리는 처음과는 많이 달라져 있었다. 마치 군대 갓 들어온 신병처럼 씩씩하기가 이루 말할 수 없을 지경이었다. 눈앞에서 유엔 사무총장이란 사람을 수술하고 있는데, 교수라는 인간이 그 사람의 얼굴을 째고는 뼈를 드러내는 것도 모자라 정을 들이대고 있으니 당연한 일이었다.

"이거 딱 내가 대주는 곳에 잘 대고 있어."

"네?"

"귀가 어둡나? 안 들려?"

"아니……."

"아 그냥 못 알아들은 거구나. 약간 모자라는구나, 그치?"

눈치 하나로 이렇게 중한 임무까지 맡게 된 것이 남윤석이었다. 기분이 썩 좋지는 않았다.

"아, 아닙니다. 알아들었습니다."

"오. 파이팅 있네. 좋아. 그 정도는 해야 외상 외과 수술에 들어오지."

"네……."

"자, 이거 딱 잡으라고. 컵 파편은 아까보단 더 고정됐잖아."

강혁의 말대로 틀어박혀 있던 파편은 절개면이 당겨지면서 좀 더 빡빡하게 조여진 참이었다. 모두 강혁의 계산대로였는데, 이러한 것을 알 리 없는 남윤석으로서는 그저 어리둥절할 뿐이었다.

"그, 그렇네요."

"그러니까 한 손으로 파편 잡고. 한 손으로는 정 잡아. 오케이?"

"네, 넵."

"자 딱 잡아. 흔들리면 안 돼. 뒈져."

"네……."

강혁은 그렇게 말한 후 정의 머리 부분을 망치로 톡톡 내려쳤다.

"허."

그 모습을 바라본 남윤석의 입에서 감탄이 쏟아져나왔다.

'계속 같은 부위만 때리고 있어…….'

의사가 맞기는 하는 건가 하는 생각조차 들 지경이었다. 만약 이 사람이 자기 보스고, 빠따로 엉덩이를 친다고 하면 반드시 뼈가 부러지고야 말 터였다. 계속 일정하게 타격점을 가져가고 있었으니까. 당연하게도 사무총장의 광대뼈 또한 부러지고야 말았다. 강혁은 의도한 바 대로 되었기 때문에 전혀 놀라지 않았고, 남윤석은 입을 다물지 못하고 있었다.

"뭘 멍하니 있어. 왜 이래? 일반 외과 맞아?"

하지만 강혁이 그의 존재를 의심하는 듯하자 곧장 정신을 차렸다.

"아, 아닙니다. 너무 잘하셔서요."

"아……. 내 수술 처음 보는구나. 그럼 그럴 수 있지. 그냥 그러려니 해. 난 천재니까."

"네……."

강혁은 도저히 자기 입으로 하기는 좀 많이 어려워 보이는 말을 지껄이고는 망치질을 반복하며 광대뼈에 골절을 만들었다. 그 과정이 한 다섯 번가량 반복되자, 비로소 남윤석도 백강혁이 뭘 하려는 것인지 알게 되었다.

'부러뜨리는 게 아니라……. 뼈를 자르고 있던 거구나.'

뼈는 아까 칼로 피부에 낸 절개선과 같이 일직선으로 잘려 있었다.

"좋아."

강혁은 자신이 만든 절개선이 퍽 마음에 드는지 씩 미소를 짓고는 피부 절개 면에 걸었던 후크를 뼈에 새로 생긴 절개 면에 걸어 옆으로 당겼다.

"오……."

그러자 안쪽으로 파고 들어간 컵의 파편이 눈에 들어왔다. 광대 안쪽엔 상악동이라고 하는 공간이 있어 가능한 일이었다.

"저기……. 파편 끝이 코 안쪽 뼈를 뚫고 들어간 거 보여?"

강혁은 머리에 쓰고 있던 헤드라이트를 이용해 상악동 내부를 비춰주었다. 의학 용어를 잔뜩 섞어서 말했다면 단 한 개도 못 알아들었을 텐데, 설명이 직관적이다보니 남윤석도 알아먹을 수 있었다.

"아, 네. 보입니다."

"저기서 상악 동맥이 찢긴 거야. 잘 보면……. 지금도 피가 흘러나오고 있지."

"아……. 저게 그럼……."

남윤석은 상악동 뒤편에 몽글몽글해 보이는 빨간 덩어리를 가리켰다. 원래대로라면 하부에 쌓여야 했을 테지만, 구조 이후 계속 누워 있어서 피가 한쪽에 모여 굳은 것이다.

"그래, 핏덩이지. 이렇게 보면 별거 아닌 거 같아 보여도……. 상악 동맥이 굵기가 볼펜 심보다 굵거든? 그게 저기서 터진다고 생각해봐. 못 잡는다고 그거."

그만한 혈관이 팔이나 등처럼 노출된 부위에서 터진다면 별일 아니었겠지만, 상악 동맥이라는 건 상악동에서도 가장 뒤편에 있는 혈관이었다. 이게 터지면 일반적인 상황에서는 접근조차 어려웠다. 더구나 기도로 바로 피가 넘어갈 수 있어서 예상보다도 더 빠르게 사망할 수도 있었다.

"그렇군요……."

남윤석은 비록 의료에 관해 아는 것이라고는 쥐뿔도 없었지만, 손도 안 들어갈 만큼 좁고 깊은 곳에서 굵은 혈관이 잘리다니 무서운 상황이구나 정도는 이해했다.

"그러니까, 이거랑 파편 딱 잡고 있어. 흔들리면 절대로 안 돼. 알았지?"

강혁은 남윤석에게 뼈의 절개면에 걸어둔 후크를 넘겨주며 말했다. 이제 남윤석은 자신이 왜 이 수술실에 들어왔는지 고민하기를 멈추고, 뭔가에 홀린 듯 고개를 끄덕였다.

"좋아. 그럼…… 칼."

"네, 교수님."

그렇지 않아도 피가 나는 와중에 칼이라니. 장미와 남윤석의 고개가 거의 동시에 삐딱해졌다. 의심이 아니라 정말 궁금해서 어떻게든 강혁의 손끝을 보기 위함이었다. 아쉽게도 칼이 들어간 곳은 너무 좁은 공간이라 강혁의 손에 가려져 아무것도 보이지 않았다.

'흐음.'

강혁은 그 작은 틈새를 들여다보며 메스를 슬쩍 그었다. 오직 그에게만 허락된 색각 과민증 덕에 가능한 일이었다.

'혈관은 대략 2mm 안쪽……. 뼈에 살짝 가려져 있지만, 메스로 충분히 제거할 수 있어.'

코에서 보면 외측 벽, 광대에서 보면 내측 벽을 이루는 뼈는 아주 얇아서 메스로도 자르는 것이 가능했는데, 뒤쪽의 상악 동맥이라도 건드리게 되면 재앙이 일어날 테니 자주 시행하는 술기는 아니었다. 하지만 강혁은 위험을 무릅쓰고 상악 동맥이 다쳤을 거라 예상되는 지점보다 더 깊은 쪽을 파고 있었다. 평소의 당찬 절개음 대신 소심하기 그지없는 소리만이 들려왔다. 강혁은 지금 메스를 거의 mm보다 작은 단위로 움직이고 있었다. 의술에 관해서는 하나도 모르지만, 남부럽지 않게 칼을 다뤄본 남윤석은 덩달아 긴장이 되었다.

'안 움직이는 듯하지만 움직이고는 있어……. 손목이 축이 되고, 손가락은 고정한 채 아주 조금씩……'

어쩐지 이 백 교수란 사람이 조폭 세계에 입문했다면 역사에 길이 남을 칼잡이가 되지 않았을까 하는 생각이 들 지경이었다.

'뭐가 뭔지는 몰라도 고수야. 방해해서는 안 되겠지……'

어쩐지 존경스럽다는 생각까지 들었기 때문에 그는 정말이지 최선을 다하고 있었다. 덕분에 틀어박힌 파편은 강혁이 끊임없이 칼질을 하는 중에도 전혀 움직임이 없었다.

'잡는 거 하나는 끝내주네.'

강혁은 이게 얼마나 어려운 일인지 아주 잘 알고 있었다. 아마 1호나 2호가 직접 나섰다고 해도 지금처럼 완벽하게 잡고 있지는 못했을 터.

'좀 모자란 사람인 줄 알았는데, 쓸 만하네.'

강혁은 고개를 끄덕이며 메스를 계속해서 움직였다. 그리고 그가 메스를 멈추자, 무언가 탱탱해 보이는 구조물이 상악동 내부로 모습을 드러냈다. 상악 동맥이었다. 다시 말해 다친 부위보다 훨씬 안쪽에 있는 혈관이었다.

'이걸 묶으면……. 지혈이 되겠지.'

대개 혈관 손상을 처음 접했거나, 경험이 부족한 외과 의사들이 저지르기 쉬운 실수 중 하나가 바로 손상된 부위 그 자체에 집착하는 것이다. 물론 그게 더 효과적일 때도 있겠지만 지금 같은 상황에서는 사고로 이어지기 쉬웠다.

'이걸 가르쳐준 사람이…… 이비인후과 이낙준이었나…….'

계속 시리아에 있던 강혁과는 달리, 잠깐 봉사활동 차 시리아에 왔던 친구였는데 솜씨가 제법 좋았다. 한번은 상악 동맥 손상으로 인해 발생한 코피 때문에 진땀을 뺀 적이 있었는데, 그때 그 친구가 이 방법을 알려주었다. 당시에는 그저 '덕분에 케이스 하나 잘 넘어 갔네' 생각했는데, 그게 이렇게 도움이 될 줄이야. 강혁은 이런 생각을 하며 장미를 향해 손을 내밀었다. 실크로 타이를 할 요량이었다.

그때 수술실 문이 열리고 몇 명의 사람들이 안으로 들이닥쳤다. 원래 대기실에 와 있던 사람들은 아니었다. 그들에게는 강혁이 수술실 안으로 들어오지 말라고 경고했고, 그들 모두는 강혁의 성질머리를 아주 잘 알고 있었다.

"뭐야?"

강혁은 내밀었던 손을 거둔 채 뒤를 바라보았다.

"저, 저는 톰 커크먼 사무총장님의 비서 제임스입니다."

그러자 덧가운을 입고 있는 사내가 우물쭈물 답했다. 영어가 유창한 것으로 볼 때 원어민이 분명해 보였다. 국적은 아마도 미국이겠지.

"얘기 못 들었나? 분명히 수술 도중엔 누구도 들이지 말라고 했는데."

"듣기는 들었습니다만……. 그……."

제임스, 즉 사무총장의 비서는 잠시 망설이다가 마른침을 삼키고는, 뭔가 중대한 결심을 했는지 거침없이 말을 이어나갔다.

"기분 나쁘게 듣지는 마십시오. 사실 한국의 중증외상센터의 의료 수준이 그렇게 수준 높은지 확신할 수 없어서요."

"그건 사실이지."

강혁은 틀린 말은 아니었기에 심드렁한 얼굴이 되어 고개를 끄덕였다.

"그……. 그에 반해 미군 군의관들은 세계 제일의 외상센터에서 수련을 받습니다. 알고 계시죠."

"그것도 사실이지."

"그래서 말인데……. 사무총장님 수술을 여기 이분이 하는 게 어떨까 합니다. 오산 기지 병원 외과 과장을 맡고 계시는 아단 컨트 소령입니다."

"어이구……."

그 말에 한창 머리에 구멍을 내고 있던 재원이 한숨을 쉬었다. 감히 강혁에게 환자를 넘기라는 말을 하다니. 이제 저 비서는 뒈졌다 싶었다.

"오."

그런데 강혁은 화를 내기는커녕 눈을 동그랗게 뜨고는 비서 바로 옆에 서 있는 덩치 큰 사내를 바라보았다.

"아단 컨트?"

그리곤 그 사내를 향해 입을 열었다.

"네, 제가 아단 컨트입니다. 기분 나쁘시겠지만……. 저도 제임스 비서의 말에……."

아단 컨트가 꽤 조심스럽게 말하는 중이었는데, 강혁이 중간에 끼어들었다.

"너 나 몰라?"

상당히 무례한 말투였다.

"백 교수님! 지금 너무 무례하지 않습니까?"

당연하게도 비서가 화를 냈는데, 이상하게도 당사자인 아단 컨트 소령은 꿀 먹은 벙어리가 되어 있었다.

"어……."

"많이 컸네. 나랑 처음 봤을 땐 중위였는데."

"백, 백 교수님이라는 사람이……. 설마 백강혁?"

"그래. 나 백강혁이야. 이제 실력 좀 늘었나 봐? 외과 과장도 하고."

강혁의 빈정거리는 말투에 꼿꼿하게 서 있던 거구의 아단 컨트 가 90도보다 더 깊이 고개를 숙이며 쩔쩔맸다.

"죄, 죄송합니다. 선생님. 제가 감히……."

비서는 이게 대체 무슨 상황인지 이해할 수 없었다. 아단 컨트는 미 육군 병원에서 수련받은 후 미 해군 화상센터에서 펠로우십까지 밟은, 외상 외과계에서는 엘리트 중의 엘리트였다. 그런 아단을 마치 어린애 대하듯 할 수 있는 의사가 대한민국에 있다니? 비서가 어리둥절한 얼굴로 두리번거리고 있으려니, 아단 컨트 소령이 그의 어깨를 살며시 잡아당겼다.

"제임스. 백강혁 교수님께서 수술을 맡고 계시는데, 대체 절 왜 부른 겁니까?"

"네?"

올려다보니 더없이 원망스럽단 표정을 짓고 있었다.

"여기 백 교수님은……. 세계적인 외상 외과 전문의시란 말입니다. 모르셨어요?"

"어……. 그……."

'아니……. 그런 말은 하나도 없었잖아!'

보건복지부 최필두 장관도 최조은 원장이란 사람도, 그저 백강혁이 한국에서는 제법 실력이 괜찮은 의사니까 믿고 맡겨보라는 말만 했다. 백강혁의 실력과 국제적 명성에 대해 언급했다면 제임스도 굳이 아단 컨트를 부르진 않았을 터였다. 유엔 사무총장의 비서로서 누구보다 예의 바르고 정중한 사람이었으니까.

"뭐, 기왕 여기까지 온 거 오랜만에 내 수술이나 보고 가지. 울보."

강혁은 실랑이를 벌이고 있는 제임스와 아단 컨트를 지그시 바라보고 있다가 입을 열었다. 약간은 짓궂은 표정을 짓고 있었는데, 그와 반대로 아단의 얼굴은 발에 밟힌 알루미늄 캔처럼 요상하게 찌그러졌다. 그는 아주 다급한 얼굴로 뒤에 서 있던 다른 군의관들을 돌아보며 강혁에게 말했다.

"저, 선생님. 그……. 우, 울보라는 말은 좀……."

"왜? 6개월 내내 그 말 들었었잖아."

"아니……. 저도 이제 소령입니다. 나름……. 외상 외과 과장이라고요."

"그래? 첫날 수술장에서 울던 놈이 그런 말 하니까 믿기지 않는데."

"서, 선생님!"

아단의 얼굴이 삽시간에 붉게 달아올랐다. 뒤에 서 있던 두 군의관도 내색은 하지 않았지만, 무척 놀란 듯했다. 아단은 당황한 나머지 강혁과의 대화에 말려들다가, 오래된 격언 하나를 떠올렸다.

'백강혁하고는 말을 길게 섞지 말 것.'

강혁은 그렇게 입을 다물어버린 아단을 보며 말을 이었다.

"아무튼, 기왕 들어온 거……. 간단히 설명이나 해주지. 어차피 거기 비서도 나가서 한 마디라도 전하려면 뭔가 정보가 필요한 거 아냐?"

"아…… 네. 그렇게 해주시면 감사하겠습니다."

"그래."

강혁은 고개를 끄덕이며 경원 쪽을 바라보았다. 소란스러운 와중에도 계속 활력 징후를 살피고 있던 경원은 말없이 오케이 사인을 보냈다. 아직 괜찮단 뜻이었다.

"시간이 좀 있네. 자 저기 띄워놓은 게 이 환자……. 아까 이름이 뭐라고?"

"톰 커크먼 사무총장님입니다."

"그래. 톰. 톰 환자의 머리고, 그 옆이 얼굴이야."

"아."

그제야 강혁 말고 다른 것이 눈에 들어오기 시작한 아단의 표정이 기묘하게 변했다. 머리 쪽의 부상은 경막하 출혈로, 빨리 처치만 해주면 크게 위험하지 않을 상황이었다. 보아하니, 강혁의 제자쯤으로 보이는 의사가 이미 드릴 질을 하고 있었고, 크게 걱정할 필요는 없다는 뜻이었다.

"저거……. 상악 동맥입니까?"

하지만 얼굴 쪽 손상은 끔찍할 정도였다. 일단 표면의 손상도 심각했지만, 상악 동맥까지 터질 정도로 깊은 상처였다.

"그래. 그건 내가 잡았어."

"어……. 어떻게……."

아단은 아직 얼굴에 틀어박혀 있는 컵의 파편을 바라보다가 이내 고개를 끄덕였다.

"아, 손상 전 부위를 잡으신 거군요."

"실력이 늘었다더니 거짓말은 아닌가 보네."

"교수님하고 보낸 6개월 덕이죠."

정말이지 지금 생각해도 이가 갈리는 6개월이었다. 한창 미 육군 병원에서 레지던트로 근무하고 있던 시절이었다. 외과 과장이자 그의 스승이기도 한 제롬 대령이 아단에게 시리아로 6개월간 연수를 가라고 했을 땐 정말이지 황당하기만 했더랬다.

시리아에 도착하자마자 폭격에 맞아 우측 다리가 날아가고, 배가 찢어진 환자를 마주해야만 했는데. 백강혁이라는 인간은 배려라는 게 아예 없는 사람이었다. 지나고보니, 조금 다른 종류의 배려였다는 걸 알게 되긴 했지만, 당시 한창 배우는 입장에선 치가 떨리도록 힘들기만 했다.

"하긴 그때 많이 배웠지. 애들도 한 3개월만 시리아 데리고 가면 팍팍 늘 텐데."

강혁은 아단에게 향해 있던 시선을 돌려 재원과 강행을 보았다.

"아무튼, 일단 혈관 좀 묶고."

강혁은 그리 말하면서 손을 장미에게 내밀었다. 장미는 아까부터 들고 대기하고 있던 실크를 즉시 건네주었다.

"좋아."

굵기도 길이도 깊숙이 숨어 있는 혈관을 묶기에 딱 알맞은 실이었다. 강혁은 그렇게 장미에게 건네받은 실로 즉시 혈관을 묶었다.

'이게 되는구나.'

워낙에 키가 큰 아단과 바로 옆에 붙어 있던 남윤석은 강혁의 손놀림을 고스란히 바라볼 수 있었다. 손가락 하나 들어가기도 벅찰 정도로 좁은 상악동 내에서 어떻게 기구를 놀리는가 싶었는데, 순식간에 상악 동맥이 '꾹' 소리를 내며 묶였다.

"자, 이제 이거 빼."

강혁은 타이를 완료하자마자 남윤석을 돌아보았다. 잠시 넋을 놓고 있던 남윤석은 그제야 자신이 이 수술에 보조로 들어왔다는 사실을 떠올렸다.

"아, 아 네."

남윤석은 서둘러 잡고 있던 컵의 파편을 천천히 뒤로 빼냈다. 그 모습을 지켜보던 강혁의 눈이 가늘어졌다는 건 아무도 깨닫지 못했다.

'흔들지도 않고…… 그냥 빼? 운동했나……?'

뼈를 부수고 들어가 박힌 파편이었다. 그걸 그냥 잡아 빼려면 팔뚝의 힘이 어마어마해야 할 뿐 아니라, 그 힘을 제대로 쓸 줄 알아야만 했다.

'남윤석이라…….'

아깐 경황이 없어서 미처 깨닫지 못했는데, 분명 한유림 과장이 건네준 병동 간호사 목록에 있던 이름이었다. 하지만 얼굴이 달랐다. 그것도 아주 많이.

'일단……. 이 환자부터 살리고 알아보지, 뭐.'

지금 다른 일에 신경을 쓰기에는 너무 급박한 상황이었다. 강혁은 애써 원래 남윤석과 눈앞의 남윤석이 전혀 다른 사람이라는 어마어마한 사실을 작은 문제로 생각하고 수술부터 진행하기로 결심했다.

"좋아, 잘했어."

"피……. 피가 막 나는데요?"

"새어 나오는 것 정도는 문제가 안 돼. 일단 상처 부위 당겨봐."

"아……. 네."

남윤석은 강혁의 말에 따라 후크를 당겼다. 그러자 컵의 파편에 의해 손상된 안쪽 부위가 보다 잘 드러났다. 아무것도 모르는 사람이 봐도 심각한 상태였다. 특히 뭔지는 몰라도 다발 모양으로 툭툭 끊어져 있는 건 기이해 보일 지경이었다.

"아……. 내직근(Medial rectus muscle), 하직근(Inferior rectus muscle), 하사근(Inferior oblique muscle)이……. 나갔군요."

그 모습을 한참 위에서 내려다보던 아단이 중얼거렸다.

"흠."

강혁은 제법이라는 기색으로 아단을 올려다보았다. 끊어진 근육 다발만 보고 그게 어떤 근육인지 알아맞히는 건 꽤 어려운 일이었으니까.

확실히 미군은 외상 외과 전문의 육성의 달인이라는 소리를 들을 만하다는 생각이 들었다.

'이제 우리나라도 그렇게 되어야지.'

언제까지고 다른 나라를 부러워만 하고 있을 수는 없는 노릇 아닌가. 머지않은 미래에는 대한민국 또한 중증외상센터의 선진국이 되어야만 할 터였다.

'그러려면 저놈들 실력이 더 빨리 커야 하는데.'

강혁은 잠시 두 제자를 바라보았다.

'뒈지게 굴려야겠어.'

한창 머리에 구멍 내고 있던 재원과 그런 재원을 돕고 있던 강행은 갑자기 알 수 없는 한기를 느꼈다.

"유엔 사무총장이면……. 다른 사람들 앞에 자주 서겠지?"

강혁은 제임스를 향해 물었다. 제임스는 강혁의 질문에 하마터면 헛웃음을 터뜨릴 뻔했다.

"다, 당연하죠……. 그게 일이신데요."

"눈이 한쪽으로 돌아가 있으면 좀……. 많이 이상하려나?"

지금 톰이 다친 근육들은 주로 눈을 안쪽, 그리고 아래쪽으로 끌어당기는 일을 하는 녀석들이었다. 우리 몸의 근육들은 가만히 있는 동안에도 일정 수준의 긴장도를 유지하고 있었다. 그러니 한쪽으로 끌어당기는 근육이 손상되면, 반대쪽으로 당기는 근육을 따라가게 되어 있었다.

"이상하죠……. 안 됩니다, 그건. 톰 사무총장님은 훌륭하신 분이고, 앞으로도 할 일이 정말 많으십니다. 덕분에 이제야 겨우 유엔이 유엔다운 일을 할 수 있게 되었는데……. 도와주십시오……."

"흠……."

강혁은 잠시 사무총장의 끊어진 근육을 내려다보았다.

'이거……. 이어주려면 내 눈알이 빠질 거 같은데.'

그렇게 고민을 하고 있으려니 아단이 말을 걸어왔다. 그는 강혁의 진짜 실력을 직접 본 몇 안 되는 의사 중 하나였다. 현대 의학으로 불가능하다고 규정한 것을 강혁이 해내는 것도 바로 옆에서 보았다.

"선생님. 저도 좀 부탁드립니다."

"응?"

"이번 사무총장님……. 들러리 아닙니다. 특히 아동 인권 문제에 앞장서고 계시는 분입니다. 이번 포럼에서 남미 아동 납치에 대한 심도 있는 토론이 열릴 예정이고, 실제로 국제 사회를 통한 압박에 들어갈 거라 들었습니다. 대강 아시잖습니까, 선생님도. 아동 문제가 어떤지는."

"흠……."

강혁은 잠시 시리아를 떠올렸다. 법규가 사라진 곳에서 가장 먼저 희생을 당하는 사람들은 노약자였다. 그중에서도 특히 아동은 거의 물건처럼 취급되었다. 그런 아동 문제에 관심이 많은 사무총장이라면, 앞으로 할 일이 아주 많을 것 같았다.

'할 수 없지…….'

강혁은 어깨를 한번 풀고는 장미를 향해 말했다.

"미세 접합 기구."

"후우."

강혁은 잠시 미세 봉합사를 든 채 한숨을 쉬었다. 체념이나 포기의 의미가 아니라 심기일전을 위한 한숨이었다.

이전에도 강혁의 이런 모습을 본 적 있는 아단은 그저 고개를 숙이는 것으로 감사 인사를 대신했다.

"아단?"

아무것도 모르는 제임스는 그저 의문스러운 표정으로 아단을 바라보았다. 아단은 그런 제임스의 귓가에 대고 이렇게 속삭여주었다.

"이제 사무총장님은 괜찮을 겁니다."

"아……."

"백강혁 교수님은 그냥 천재가 아니라……. 괴물이거든요."

"그, 그렇군요."

제임스는 확실히 와닿는 느낌은 아니었지만, 일단은 고개를 끄덕였다. 그가 아는 의사 중 가장 뛰어난 의사가 아단인데, 그런 그가 스승이라고 부르는 백강혁의 실력이 대체 어느 정도일지 감히 상상할 수 없었다.

곧 수술실에는 침묵이 깔렸고, 강혁은 천천히 손을 움직여 미세 봉합 기구에 물린 바늘을 근육에 찔러 넣었다. 그리곤 그 근육이 잘리기 전 연결되어 있었을 반대편 부위에 연달아 바늘을 찔러넣었다. 그렇게 들어간 바늘을 당기자, 근육 다발 중 하나가 서로 맞물렸다. 강혁은 얼마간 바늘을 움직였고, 근육 하나의 봉합을 마무리했다. 이렇게만 보면 한 번도 끊긴 적이 없는 것처럼 보일 정도로 봉합은 완벽했다.

"허."

아단은 벌써 몇 번인가 봤던 묘기였지만 이번에도 감탄을 흘렸다. 현대 의학으로는 끊어진 신경 다발이나 근육을 완벽히 복원해 낸다는 건 불가능했다. 언젠가 수술용 로봇이 극도로 발달하거나, 줄기세포를 이용한 재생이 가능해지면 모르겠지만, 아직은 아니었다. 강혁의 수술 실력은 의술이라는 말보다 마법, 혹은 기적이라는 말이 더 어울릴 정도였다.

강혁은 아단이 감탄을 터뜨리고 있는 중에도 끊어진 근육을 계속해서 이어 붙여나갔다. 처음엔 내직근을 완벽하게 이어 붙였다.

'이게……. 이게 시발 말이 되나.'

내내 상처 부위를 당기고 있던 남윤석은 마치 끊어진 적이 없는 것처럼 보이는 근육을 보며 혀를 내둘렀다. 마음 같아서는 아단처럼 감탄도 좀 내뱉고 싶었지만. 혹시 그랬다가 강혁의 시선을 끌까 봐 애써 참고 있었다.

"실 하나 더."

수술실의 모두가 놀라움에 휩싸여 있을 때, 오직 강혁만이 담담한 얼굴로 봉합을 이어나가고 있었다.

'이제……. 하사근까지 완성되었군…….'

아단은 강혁의 손을 바라보며 저도 모르게 손을 움직이고 있었다. 언젠가 강혁이 해주었던 말이 떠올랐기 때문이었다.

'내 손이라도 보면서 따라해봐. 흉내는 낼 수 있겠지.'

강혁의 손을 결코 망설이는 법 없이 계속 움직이고 있었다. 봉합이 계속될수록 톰 사무총장의 안구를 둘러싸고 있던 근육들은 원래의 모습을 되찾아갔다.

"후."

그리고 대략 30분이 지났을 때쯤, 강혁이 손을 멈추었다.

"다…… 됐군요."

"그래. 어우."

그제야 강혁은 뻣뻣해진 고개를 이리저리 돌려댔다. 두둑거리는 뼈 소리가 사방으로 울려 퍼졌다.

"아야……."

동시에 긴장하고 있을 땐 미처 깨닫지 못했던 근육통이 여기저기서 느껴졌다. 목이나 어깨뿐만이 아니었다. 등, 허리 심지어는 종아리까지 아팠다. 집도의들은 수술을 하다보면 알게 모르게 버릇처럼 특유의 자세를 취하게 된다. 통증을 느낄 수 없을 정도로 집중해서 수술을 마치고 나면 온몸이 혹사당한 듯했다.

"괘, 괜찮으십니까. 선생님."

아단은 일전에 강혁이 이 비슷한 술기를 마치고 기절, 거의 혼절이라고 표현할 수 있는 상태에 빠졌던 것을 기억했다. 이번에도 혹시나 하는 마음에 언제든 쓰러지는 그를 붙잡을 수 있도록 뒤로 급히 이동했다.

"괜…… 찮지는 않은데. 죽을 정도는 아냐."

다행히 강혁은 쓰러지지 않았다. 눈이 빠질 듯이 아프긴 했지만 버틸 수는 있었다.

'그래도……. 수술을 이어나가는 건 좀 어렵겠는데.'

애초에 상악 동맥을 찾다가 묶는 과정부터가 상당히 어려운 일이었다. 거기에 더해 근섬유까지 이어 붙였으니 체력이 남아 있는 게 오히려 이상할 정도였다.

'이 새끼들은 잘하고 있나.'

하지만 수술이 아직 안 끝난 마당에 딱 손을 놓을 수는 없는 노릇이었다. 강혁은 급격히 나빠지는 컨디션을 애써 무시하며 천천히 재원에게로 이동했다.

"아, 교수님."

"어떻게 됐어?"

재원은 갑자기 뒤로 다가온 강혁을 돌아보았다.

'지치셨네.'

남들이 볼 땐 맨날 투닥거리는 사이 같겠지만, 재원에게 강혁은 그냥 교수가 아니라 진짜 선생님이었다. 외상 외과의로서 갖춰야 할 의술만이 아니라, 의사로서 지녀야 할 마음가짐까지 가르쳐주는 진짜 선생님.

'짐을 좀 덜어드려야겠네.'

재원은 언젠가 한번 강혁이 쓰러졌던 일을 떠올렸다. 그땐 정말 어떻게 되는 줄 알고 마음을 졸였었다. 또다시 그런 일이 발생하게 둘 수는 없는 일이었다.

"다행히 동맥이 터진 게 아니라 정맥이었습니다. 안쪽 혈관 묶고, 끝은 지졌습니다. 지금 물 뿌리면서 관찰 중인데 더 이상의 출혈은 없습니다. 이미 굳어 있던 핏덩이도 모두 제거했고요."

"음."

강혁은 재원의 설명을 들으며 수술 부위를 차근차근 살펴보았다. 다행히 재원이 말한 그대로였다. 놓친 부분이 아예 없었다.

"잘했네."

"네, 그럼 닫을까요?"

"드레인만 달고 닫아. 어차피 머리는 좀 기다려야지, 뭐."

"네, 교수님."

재원은 빈정대지 않고 곧장 할 말만 하는 강혁을 보며 역시 많이 지쳤다는 걸 깨달았다.

'거의 쓰러지기 직전이구만.'

그렇지 않고서야 순순히 칭찬을 할 리가 없었다. 그 모습을 본 재원은 일단 머리 부분만큼은 단독으로 해결하리라 마음먹었다.

그리고 강혁을 돕기로 마음먹은 이가 하나 더 있었다. 바로 아단이었다.

"교수님. 얼굴 부분……. 나머지는 제가 할까요?"

그는 정말이지 아주 조심스럽게 강혁의 눈치를 살폈다. 이 백강혁이라는 인간은 천성이 나쁜 사람은 아니었지만, 솔직히 또라이라고 부를 만큼 거친 부분이 있기 때문이었다.

"아, 음……."

강혁은 아단의 말을 듣고는 잠시 고민에 빠졌다. 하지만 그 고민은 오래 이어지지 않았다. 고민하는 와중에도 다리가 휘청거렸으니까.

"그래, 그럼 우리 울보 실력이 얼마나 늘었는지 좀 볼까."

"그……. 울보 얘기는 좀……."

"이번 수술하는 거 봐서 결정하지, 뭐."

"알겠습니다. 얼마나 늘었는지 보여드리죠."

이미 아단은 최조은 원장과 최필두 장관에게 이 수술의 집도를 허가 받은 상태였다. 그가 손을 닦기 위해 방 밖으로 나서자, 여태 밖에서 노심초사하며 대기 중이던 이들이 우르르 몰려들었다.

"아단 선생님, 왜 이제야 손을 닦습니까?"

일단 최필두 장관의 질문이 제일 빨랐다. 다음은 최조은 원장이었다.

"혹시 수술이 잘못되었습니까? 백 교수가 실수한 건 아니죠?"

아단은 두 사람의 걱정 가득한 얼굴을 보고 있자니 어처구니가 없었다.

'이 사람들……. 설마 백강혁 교수님이 어떤 사람인지 잘 모르나?'

아주 가능성이 없는 얘기는 아니었다. 강혁은 주로 외국에서만 활동해온 데다가, 대한민국이라는 나라는 이상할 정도로 외상 외과에 대한 관심이 적었으니까.

'그래도 그렇지……. 세계 최고의 외상 외과의를 고용해놓고도 그 사람이 어떤 사람인지 모르고 있다니.'

아단은 고개를 가로저으며 뭔가를 말해주려다 말았다.

'아니……. 아니야. 백 교수님이 다 생각이 있으시겠지.'

만약 강혁이 다른 생각을 품고 있는데, 아단이 말 한마디로 망치게 된다면 어떻게 될까. 상상만으로도 소름이 오소소 돋았다.

"수술은 잘되고 있습니다. 마무리만 제가 하려고 합니다. 백 교수님께서 너무 지치셔서요."

아단은 이 정도만 말해두고는 손을 닦고 다시 수술실로 들어왔다. 밖에 남겨진 이들은 더 묻고 싶은 말이 많았지만, 감히 그를 따라 들어가진 못했다.

"교수님, 그럼 제가 마무리하겠습니다."

아단은 어느새 의자에 털썩 앉아 쉬고 있는 강혁을 향해 이렇게 말한 후, 본격적인 봉합에 들어갔다. 그는 장미에게 건네받은 봉합 기구를 이용해 언젠가 강혁에게 배웠던 대로 상처 부위를 봉합하기 시작했다. 강혁이 직접 절개를 해둔 부위의 봉합은 수월하다 못해 너무 쉬워서 하품이 나올 지경이었다.

'절개가 이토록 깔끔하다니⋯⋯.'

아단의 실력도 늘었겠지만, 강혁 또한 그때보다 실력이 늘어 있었다. 그때도 정점에 달했다 여길 정도로 완벽했는데, 이젠 완벽을 넘어선 무언가가 되어 있었다.

잠시 앉아서 쉬고 있다가 아단의 뒤로 다가온 강혁 또한 딱히 아단의 봉합을 중단시킬 생각이 들진 않았다.

'확실히 늘기는 늘었구나.'

봉합이 한 땀 한 땀 진행될수록 상처 부위가 단단하게 닫혔다. 아단은 레이어 바이 레이어 개념을 충실히 지켜가면서 봉합 중이었다. 다시 말하면 근육층은 근육층끼리, 연결 조직은 연결 조직끼리, 피부는 피부끼리 닫고 있단 뜻이었다.

"잘하네, 이제."

"그럼⋯⋯. 별명 바꿔주시는 겁니까?"

아단은 일말의 기대를 품고 강혁을 바라보았다. 이제 마흔을 넘긴, 덩치 큰 백인 의사의 큼지막한 눈망울은 어딘가 심금을 울리는 구석이 있었다.

"그래. 그럼 아단이라고 부르지."

"감사합니다, 선생님."

아단은 당연한 일을 가지고 진심으로 기뻐하며 봉합을 마무리했다.

"교수님, 저희도 끝났습니다."

마치 짜 맞춘 것처럼 재원의 봉합도 동시에 마무리되었다.

"그럼 나갈까요?"

경원은 밖에 와 있는 중환자실 침대를 가리키며 말했다. 보아하니 이미 나갈 준비가 끝난 모양이었다. 과연 경원의 수술 읽어 내는 솜씨는 일품이라 할 만했다. 강혁은 비로소 만족스럽다는 미소를 지으며 수술대를 두드렸다.

"그래, 수고했어. 나가자."

"수고하셨습니다."

"수고하셨습니다, 교수님!"

워낙에 어려웠던 수술이라 수술실 안에 있던 사람들은 서로에게 수고했다는 말을 건넸다. 그중에는 남윤석도 끼어 있었다. 스스로도 어이없는 상황이었지만 그 어느 때보다 정말 수고했다는 생각이 들었다.

그때 제임스가 강혁과 아단에게 조심스럽게 말을 건넸다.

"지금…… 외신 기자들까지 다 와 있습니다. 혹시 수술 결과에 대해 간략하게라도 설명해주실 수 있을까요?"

생각해보면 당연한 일이었다. 유엔 사무총장이 쓰러졌으니, 얼마나 난리가 났겠는가. 강혁은 잠시 사무총장과 의료진을 번갈아 바라보고는 고개를 끄덕였다.

"그러죠. 환자 일단 중환자실로 옮기고, 다 같이 갑시다. 수술에 참여했던 사람 한 사람도 빠짐없이."

어쩐지 남윤석을 눈여겨보면서였다.

강혁은 그대로 침대를 끌고 중환자실로 향했다. 평상시에는 그렇게 본관 중환자실을 달라고 해도 안 주더니, 유엔 사무총장이 오니까 대번에 자리가 났다. 덕분에 의식을 회복한 김태수 순경은 본관 중환자실로 전실을 가게 되었고, 그가 있던 자리에 사무총장이 들어갈 수 있었다.

'평소에도 이렇게 해주면 얼마나 좋나?'

수술할 의사도 수술실도 있는데 중환자실에 자리가 없어서 환자를 받지 못한 날도 꽤 있었다. 그때마다 성질 급한 강혁은 직접 온 병원을 돌며 남은 중환자실을 찾아냈지만, 돌아오는 대답은 한결같았다. 그 자리는 다른 과에 배정된 자리고, 그 과에 환자가 생기면 즉시 사용하기 위해서는 비워두어야 한다는 얘기였다.

'이해가 안 가는 건 아니지만.'

중증외상센터에만 중환자가 발생하는 건 당연히 아니었다. 오히려 내과계 병동에서 발생하는 환자 수가 훨씬 많을 것이다. 그리고 신경외과, 흉부외과, 일반외과, 심지어 두경부외과로 대표되는 이비인후과도 매주 두 자리가량의 중환자실을 채우고 있었다.

'애초에……. 중환자실이 너무 적은 거지.'

중환자실에 딱 한 번이라도 들어가본 사람은 알겠지만, 중환자실은 수없이 많은 의료 기기가 돌아가는 곳이고, 간호사 한 명당 배정된 환자 수가 극히 적은 곳이었다. 다시 말하면 돈이 어마어마하게 들어가는 곳이라는 것. 하지만 그 돈을 온전히 보전해주면 큰일 나는 줄 아는 것이 현재의 수가 제도 아니겠는가. 아직 중환자실은 많으면 많을수록 재정에 보탬이 되기는커녕 적자만 끼치는 곳이었던지라, 대다수의 병원에서는 중환자실 증축을 몹시 꺼리고 있었다.

환자는 무사히 중환자실 안으로 들어설 수 있었다. 대한민국 마약왕이라 불리는, 그야말로 인간쓰레기 유지상의 바로 건너편 자리가 비어 있었다. 유엔 사무총장이 들어갈 자리였다.

'그림이 좀 웃기게 됐구만.'

한 사람은 역대 유엔 사무총장 중 가장 뛰어난 인물이라고 평가 받는 톰 커크먼이고, 다른 한 사람은 마약왕 유지상이라니. 이 사실을 알게 되면 모두들 헛웃음을 터뜨릴 것 같았다.

"교수님, 인공호흡기기 연결하겠습니다."

"응. 바로 연결하고, 조폭이 신규한테 상처 부위 인계 좀 해줘. 오더는 내가 낼게. 1호, 2호는 와서 오더 어떻게 내는지 좀 봐."

"네, 교수님."

강혁은 중환자실에 비치된 컴퓨터를 이용해 톰 커크먼에 대한 처방을 내기 시작했다.

"우선 항생제는, 얼굴과 머리 쪽이 다쳤지? 어떻게 해야 해?"

물론 강혁이 그냥 오더를 내는 법은 없었다. 그는 가능한 한 모든 순간을 교육의 일부로 활용하고자 했고, 실제로도 그러고 있었다.

"음."

제임스는 밖에 불러둔 기자들이 염려스러웠지만, 함부로 나서진 못했다. 아단 컨트를 부른 것으로 이미 강혁에게 한차례 큰 실수를 했기 때문이다. 게다가 짧은 시간이지만 수술장에서 겪은 강혁은 그야말로 만만한 사람이 아니었다. 심기를 거스르게 될까 봐 너무나도 조심스러웠다.

"세프트리악손, 레보플록사신, 메트로니다졸. 이렇게 세 개를 써야 한다고 생각합니다."

다행히 1호 양재원 선생이 아주 똑똑하게 답했다.

"좋아. 그럼 진정 마취는 뭐로 할래?"

"음."

이번 질문에는 재원도 잠시 침묵을 지켰다. 2호 강행은 애초에 딱히 입을 열 생각이 없었기 때문에 중환자실은 갑자기 아주 조용해졌다.

"몰라?"

당연히 강혁의 눈썹이 휘어져 올라갔고, 그의 입에서 큰 소리가 나오기 전에 재원이 입을 열었다.

"아뇨, 아뇨……! 저 같으면 레미펜타닐을 쓰겠습니다."

답하는 데 시간이 걸린 까닭이 따로 있는 게 아니었다. 이건 정해진 답이 없었으니까. 그래도 정답에 가까운 답은 있었다. 재원이 말한 답은 강혁의 의견과도 일치했다.

"많이 늘었네. 이유는?"

"머리를 다치긴 했지만, 그 정도가 심하진 않습니다. 얼굴의 손상도 혈관을 제대로 잡았으니 생명에는 지장이 없고요."

"그래서?"

"그럼 빨리 깨우는 것이 이후 회복에 유리하다고 판단했습니다. 그러기 위해선 진정 작용이 강한 미다졸람보다는 진통 작용이 메인인 레미펜타닐이 나을 겁니다. 반감기도 짧고요."

"이야. 야, 2호. 너 얘한테 처방 제대로 배워라. 그냥 내는 게 아니라 이유를 안다는 거, 이게 중요한 거야. 알았어?"

묵언 수행 중이던 강행은 갑자기 자신에게 향한 시선에 당황했지만, 즉시 대답했다.

"네, 네! 교수님."

"그리고 수액은 이렇게 내고……. 중간중간 소변량 잘 봐. 안 나오면 라식스 반 앰풀 넣고."

"네."

"그럼……."

강혁은 오더 완료 버튼을 클릭한 후, 경원 쪽을 바라보았다. 인공

호흡기기 조정은 이제 거의 완벽하다고 할 수 있었다.

"다 됐네."

강혁은 만족스럽다는 뜻의 미소를 지은 채, 제임스를 돌아보았다. 그가 설명을 늘어놓는 동안 그야말로 노심초사하는 얼굴로 기다리고 있던 제임스는 무척 반갑다는 표정을 지어 보였다.

"다……. 된 건가요?"

"됐습니다. 나가죠."

"네, 교수님."

"아, 근데 기자들은 어디에 있죠?"

"대기실에는 사람들이 너무 많아서, 응급실 로비에 있습니다."

"하긴, 그렇겠네."

현재 중환자실 대기실에는 사고 초기부터 있었던 보건복지부 장관, 행정안전부 장관, 박성민 의원을 포함해 병원의 원장단 몇 명, 그리고 수술이 진행되는 사이 찾아온 청와대 비서실장, 주한 미국 대사, 주한 중국 대사 등 내로라하는 인물들이 빽빽하게 들어차 있었다. 이미 기동타격대까지 와서 지키고 있던 와중인지라 남는 자리는 아예 없었다.

"그럼 응급실 쪽으로 가야겠네."

강혁은 그리 말하며 중환자실 문을 열었다.

"뭐해? 다 안 따라오고?"

강혁이야 언제나 당당한 위인이었지만, 나머지는 그렇지가 못했다. 그나마 장미나 재원은 이제 제법 면역이 되기는 했는데. 강행은 이런 스포트라이트가 부담스럽기만 했다. 물론 남윤석이 느끼고 있는 당혹스러움 정도는 아니었다.

'뭔데……. 갑자기…….'

강혁과 중증외상팀이 중환자실을 나서자 대기실 쪽에서 기다리고 있던 사람들도 그들을 따라 응급실로 이동하기 시작했다. 어차피 주요 브리핑은 거기에 가야 들을 수 있다는 걸 잘 알고 있었기 때문이었다.

　남윤석도 하는 수없이 그들 무리에 껴서 이동했다. 수술실에 들어가서 사무총장 수술을 보조하게 되었을 때까지만 해도 인생에서 이렇게 황당한 일은 없을 것이라고 믿었다. 그런데 정신을 차리고 보니, 수없이 많은 기자들 앞에 서 있는 자신을 발견했다.

　'시발.'

　기자들에게 둘러싸인 모습을 난 한 번도 상상해본 적이 없는 건 아니다. 물론 이렇게 당당히 얼굴을 드러내고 있는 모습은 아니었다. 지금도 얼굴을 가려야 하나 말아야 하나 고민이 됐지만, 한 가지 다행스러운 건 그나마 스포트라이트가 자신이 아니라 강혁과 아단 그리고 제임스에게 집중되어 있다는 점이었다. 재미난 것은 국내 언론들은 대개 아단에게 초점을 맞추고 있었고, 해외 언론들은 대개 강혁에게 초점을 맞추고 있었다.

　"안녕하십니까, NBC 뉴스 박종철 기자입니다. 아단 소령님께 질문이 있습니다."

　찬물도 위아래가 있는 법인지라, 대한민국에서는 CNN보다 NBC였다. 먼저 발언권을 얻은 박종철 기자가 아단을 향해 질문을 던졌다.

　"저 말씀입니까?"

　아단은 다소 황당하다는 얼굴로 그를 바라보았다. 눈치가 빠른 사람이었다면 뭔가 잘못되었다는 것을 알았을 텐데, 아쉽게도 박종철은 그렇게까지 눈치가 빠르진 않았다.

"네. 아단 소령님. 현재 사무총장님 상태가 어떤지 궁금합니다."

아단은 박종철의 질문을 듣자마자 제임스와 강혁을 돌아보았다. 제임스는 자신이 아단을 부르는 바람에 기자들이 오해하게 됐단 생각에 민망한 표정이 되었다. 그에 반해 강혁은 그저 재미있다는 듯 씨익 웃을 따름이었다. 아단은 박종철 기자의 부족한 눈치에 대해 걱정하며 입을 열었다.

"수술을 한 건 제가 아니라, 백 교수님입니다. 백 교수님께 질문하시는 게 맞을 것 같습니다."

"네? 하지만 아단 소령님은 미 해군 화상센터에서도 복무하신 아주 우수한 외상 외과의로 알고 있습니다. 소령님이 수술실에 들어갔다는 사실을 전달받은 바 있는데……. 그럼에도 백 교수님이 수술을 진행했다는 말씀입니까?"

뉘앙스가 어째 강혁이 실력이 부족한데도 고집을 부렸다는 투로 들렸다. 그럼에도 강혁은 웃고 있었고, 아단은 점점 더 불안해졌다.

'이러다 달려들어서 패는 건 아니겠지.'

그나마 한국에 와서는 성질머리를 많이 고쳐먹은 것 같긴 했다. 일단 그의 제자랍시고 뒤에 서 있는 재원과 강행이 이따금 웃고 있었으니까. 시리아에서 제자였던 의사들은 상상도 할 수 없는 일이었다.

'그만해라……. 기자야……'

아단은 속으로 제발, 제발 하면서 재차 입을 열었다.

"제가 미 해군 화상센터에서 복무했던 것은 맞습니다. 외상 외과의로서 자부심이 있는 것도 맞고요. 하지만 백 교수님에 비하면……. 저는 아무것도 아닙니다. 오늘도 참관하면서 많이 배웠습니다."

"네……? 백 교수님한테 배웠다고요?"

"백 교수님이 어떤 분이신지 잘 모르시는군요."

아단은 이대로 입을 다물까 말까 하다가 그냥 계속 말을 이어나가기로 했다. 어찌 되었든 강혁은 그의 스승이었고, 그에게 배운 것이 지금의 아단을 만들었다 해도 과언이 아니었다.

'이 사람은 세계 최고라고.'

이 사람은 그냥 의사가 아니라 기적을 행하는 난폭한 천사였다.

"저는 백 교수님에게 6개월간 가르침을 받았습니다. 저뿐만 아니라 미군 군의관 중 외상 외과를 다뤄야 하는 사람들은 대부분 백 교수님에게 직접 가르침을 받거나, 수술 영상을 보고 배웠습니다. 지금도 그렇고요. 대체 왜 한국에서만 백 교수님의 실력을 잘 모르고 있는지 이해가 안 가는군요."

"어……. 아단 소령님이……. 백 교수님께 배웠다고요?"

박종철 기자는 말도 안 되는 말이라도 들었다는 듯 고개를 갸웃거렸다. 그게 어지간히 눈꼴사나웠는지, 잠자코 있던 CNN 기자가 나섰다.

"오랜만입니다, 백 교수님. 시리아에서 뵈었던 토마스입니다."

"아. 기억은 안 나요."

"교수님다우시네요."

토마스 기자는 그런 강혁의 모습이 반가운 듯 말을 이었다.

"뭐, 아는 사람은 알 겁니다. 백 교수님 실력이 어떤지는. 아니, 모르는 게 이상하죠. 국제 외상 외과 학회에서 벌써 여러 차례 강의까지 하셨는데요."

토마스는 그리 말하면서 사방을 둘러보았다. 한국 기자 중엔 단한 사람도 그러한 사실을 알지 못하는 듯했다. 중증외상센터에 대해 떠들어대기만 했지, 실제로 관심은 없으니 그럴 수밖에 없었다.

"아무튼, 현 톰 커크먼 사무총장님 상태는 어떻습니까?"

토마스는 책망하는 듯한 눈빛으로 한국 기자들을 돌아본 후, 강혁을 향해 물었다. 강혁은 기다렸다는 듯 입을 열었고, 그제야 한국 기자들의 카메라 또한 그를 잡았다. 워낙 큰 사안이었기 때문에 대부분의 채널에서는 이를 생방송으로 내보내는 중이었다. 이 사건이 있기 전부터 한국대학교 병원을 주시하고 있던 사람들 또한 이 방송을 보고 있었다. 그들 중 한 명이, 강혁 뒤에 서 있는 남윤석을 가리켰다.

"저 미친놈이……? 사람 죽이랬더니 왜 저기 가서 서 있어?"

"그……. 저도 잘 모르겠습니다."

건너편에 앉아 있는 사람이 쩔쩔매며 대답했다. 그도 그럴 것이 지금 역정을 내는 사람은 현 대한민국 권력의 정점에 섰다고 해도 과언이 아닌 인물이었고, 남윤석을 한국대학교 병원에 보낸 사람이 바로 자신이었기 때문이다.

"몰라? 모른다고 하면 다야? 너 미쳤어?"

"그……. 바로 알아보겠습니다."

"알아보긴 뭘 알아봐! 저 병원에 지금 유엔 사무총장이 입원했잖아! 여기서 일 치렀다가 걸리기라도 하면……."

국내 언론뿐 아니라, 외신들까지 주목하는 상황이었다. 아니, 외신 정도가 아니라 각국 정상들의 관심이 쏠려 있었다.

"철수…… 입니까?"

"그래. 일단 다 빼. 대기 중이던 새끼들도 다 빼."

"하지만……. 유지상이 입을 열면……."

"걸리면 죽는다고! 이 멍청아!"

"알겠…… 습니다."

역정을 내는 사내의 말에 남윤석을 보냈던 국내 마약 유통의 대부는 뒷걸음질을 쳐서 물러났다. 그리곤 조용히 방에서 빠져나가 남윤석에게 전화를 걸었다.

'돌아오면……. 이 자식은 죽여야겠지.'

일에 실패할 수는 있었다. 일을 해본 입장에서 그건 누구보다 잘 알았다. 하지만 숨어도 모자랄 판에 TV에 나와? 그것도 전 세계가 주목하고 있는 사람 옆에 서서? 이런 개념 없는 새끼는 죽여야 마땅한 일이었다.

그렇게 살심 가득한 이가 전화를 걸었고, 남윤석의 품에서 핸드폰 진동이 울렸다. 마침 기자회견이 끝난 상황이라, 그는 별생각 없이 주머니에 손을 넣었다. 그 순간 누군가 남윤석의 손목을 덥석 잡았다. 강혁이었다. 강혁은 눈을 무척이나 가늘게 뜨고 있었는데, 마치 남윤석을 꿰뚫어 보는 듯한 느낌이 들었다.

"그거, 안 받는 게 좋을걸."

누가 건 전화인지 남윤석조차 모르고 있었다. 순간 강혁이 눈치챘다는 것을 깨달은 남윤석의 얼굴이 핼쑥해졌다.

'치고…… 튈까……?'

이런 생각이 들었지만, 강혁 뒤에 턱 버티고 선 아단이 눈에 들어왔다. 게다가 강혁 혼자만 해도 만만해 보이진 않았다. 일단 덥석 잡힌 손목에서 느껴지는 힘이 심상치가 않았으니까.

'떨쳐낼 수가…… 없네?'

의사가 맞나 하는 생각이 들었지만 이내 아까 봤던 수술이 떠올랐다. 이런 사람을 의사라고 하지 않는다면 세상에 의사라고 할 만한 사람이 없을 터였다. 그렇게 시간이 흘러가는 동안 핸드폰의 진동이 끊겼다. 그제야 강혁은 반대편 손으로 남윤석의 주머니에서 핸드폰을 꺼냈다. 워낙 빨랐기 때문에 남윤석은 이렇다 할 대응조차 하지 못했다.

"어."

그저 헛바람 빠지는 소리나 냈을 뿐이었다.

"왜 그러십니까?"

영문을 모르는 아단은 난데없이 강혁이 직원의 핸드폰을 빼앗는 것을 보며 물었다. 강혁은 그에게 이렇다 할 답변을 해주는 대신 강행을 불렀다.

"2호. 너 가서 박철순 불러와."

"반장님이요?"

"눈치 없는 새끼. 불러와."

반장 얘기가 나오자마자 남윤석이 부리나케 튀었다. 아니, 튀려고 했다. 하지만 어느새 강혁의 발이 그의 다리를 걸었고, 남윤석은 바닥에 나뒹굴어야만 했다.

"아단, 쟤 좀 제압해. 나는 아까 수술하느라 지쳐서."

"어……. 네."

그러곤 100kg이 넘는 거구 아단의 밑에 깔려야만 했다. 아단은 그저 깔고 앉기만 한 게 아니라 남윤석의 팔 하나를 뒤로 꺾은 채였다. 뭐가 뭔지는 몰라도 강혁이 괜히 이러지는 않을 거라고 생각했기 때문이다.

"크어……. 왜, 왜 이러십니까!"

남윤석은 뒤늦게 순진한 척을 해봤지만 별 소용이 없었다. 생각보다 강혁은 예리한 사람이었다.

"왜 이러긴. 내가 아는 남윤석이랑 얼굴이 달라서 그렇지. 들어온

지 한 달도 안 된 직원 얼굴 아는 게 이상하지? 근데 난 사람 얼굴 이랑 이름 외우는 게 특기거든."

맨날 상대방 이름 모르는 척하고 별명 부르는 아주 고약한 버릇도 가진 강혁이었다. 그는 자신과 관련된 과에서 일하는 직원들에 대한 정보를 거의 매주 업데이트고 있었다. 그중에서 쓸 만한 사람이 있으면 뽑아 오겠다는, 아주 양아치 같은 의도를 가지고 있었는데, 그게 오늘은 요상한 방식으로 도움이 된 셈이었다.

"그……."

할 말이 없어진 남윤석은 뭐라 중얼거리다 말고 입을 다물었다. 그리곤 입속의 뭔가를 깨물려고 했는데, 그것도 여의치가 않았다. 입속으로 쑥 하고 들어온 플라스틱 때문이었다.

"이럴 줄 알았어. 이 새끼들. 아주 독한 놈들이라니까?"

고개를 들어보니, 강혁이 자신의 입에 플라스틱 조각, 좀 더 정확히 말하자면 기도 확보기를 쑤셔넣고 있었다. 이미 팔이 잡혀 있다 보니 저항도 못 하고, 기도 확보기 때문에 제아무리 씹으려 해봐도 이가 닿질 않았다. 그사이 강혁은 장갑까지 낀 채로 남윤석의 입에서 작은 알약을 빼냈다. 씹는 순간 청산가리가 튀어나오는, 이른바 자살용 알약이었다.

"그건……."

아단 또한 그것을 알아볼 수 있었다. 미군 군의관은, 특히 아단처럼 파병 다니는 군의관은 테러 관련 교육을 필수적으로 받았다.

"그래. 이 새끼 뭔가 구리더라고. 아까 머리 잡을 때부터 알아봤지."

환자 머리를 니킥 날리기 직전 사람처럼 잡는 간호사가 세상천지에 어디 있단 말인가. 아무리 수술실과 관계없는 병동에 있다 해도 그건 말이 안 되는 일이었다.

"어? 무슨 일…… 이십니까?"

박철순 반장은 아주 황당하다는 반응이었다. 그도 그럴 것이 지금 외국인 밑에 깔린 채 숨을 컥컥거리고 있는 간호사는 분명 아까 TV에서 봤던 그 사람이었기 때문이다. 대체 왜 그 사람이 여기 깔려 있을까.

'심기를 거슬렀나?'

만약 강혁이 아니라 다른 사람이 이러고 있으면 뭔가 중대한 사건이 있었구나 싶었을 텐데, 강혁이 이러고 있으니까 어쩐지 자주 있을 법한 일로 느껴졌다.

"일단 이거 좀 보시죠."

하지만 강혁이 내민 알약을 보고 나니 생각이 많이 달라졌다. 일반적인 알약과는 생김새가 많이 다른 녀석이었는데, 일부러 씹지 않으면 말할 땐 결코 씹히지 않는 그런 약이었다.

"이거……."

"이 새끼 입에서 나온 겁니다. 남윤석이 아니에요."

"그럼……?"

"이 핸드폰 좀 받아보시죠."

강혁은 아까 남윤석에게서 빼앗던 핸드폰을 건네주었다. 부재중 통화가 와 있었는데, 저장된 이름이 '형님'이었다. 딱 봐도 수상하지 않은가. 21세기 대한민국에서 형님이라니. 어떤 특수한 계통에 계시는 분들이 주로 쓰는 호칭이었다.

"허. 이 개새끼들이 또 보냈어? 너 누가 보냈어?"

박철순 반장은 아직도 다쳐서 누워 있는 김태수 순경과 금세 회복되긴 했지만 제법 마음 졸이게 했던 우 형사를 떠올리며 물었다.

지금 당장이라도 남윤석의 옆얼굴을 잘근잘근 밟아주고 싶은 마음이 그대로 드러났다.

"……."

하지만 남윤석은 입을 꾹 다물었다. 생각해보면 당연한 일이었다. 청산가리라도 씹어서 죽을 생각을 했던 놈이었으니까. 하지만 강혁이 입을 열고 나서부터는 얘기가 조금 달라져 있었다.

"새끼. 너 이대로 버티고 있으면 걔들이 어이구, 잘했다 할 거 같지? 살려줄 거 같지? 아닐걸."

"……."

"너 아까 나랑 TV 나갔잖아. 내가 괜히 널 데리고 갔겠어? 신규는 중환자실에 두고 굳이 널? 네가 이뻐서 그랬을 거라고 생각한 건 아니지?"

"……."

남윤석은 여전히 입을 다물고는 있었지만 눈이 동그래져 있었다. 설마하니 강혁이 그런 것까지 염두에 두고 자신을 TV에 노출했으리라는 건 상상도 못했으니까.

'이…… 이 개새끼가…….'

욕을 속으로 삼키는데, 강혁의 말이 계속 이어졌다.

"아까 그 전화, 회견 딱 끝나자마자 왔지? 우연일까? 너희 형님인지 뭔지……. 그거 본 거야. 네가 전 국민 아니, 전 세계 앞에 얼굴 드러내는 걸."

"그……."

"무사히 도망갔으면 가서 죽었을 거야. 그리고……."

강혁은 이 녀석이 망설임도 없이 청산가리를 물려고 했던 일을 기억했다. 이 비슷한 일을 시리아에서는 숱하게 보아왔던 이가 바로 강혁이었다.

'다른 누가 걸려 있을 수 있지.'

가령 부모님이라든가, 동생이라든가.

"가족도 죽일걸? 넌 역적 정도가 아니라 수치고, 이제 반드시 죽여야 할 리스트에 올랐을 거거든."

"이……. 이 개새끼야!"

"누가 누굴 보고 개새끼래, 이 새끼가. 사람 죽이러 온 놈이 말이야."

"그……."

"그래도 내가 진짜 착한 사람이거든. 여기 박철순 반장님도 그렇고."

강혁은 짐짓 사람 좋은 미소를 지으며 박철순 반장의 어깨를 두드렸다. 박철순 반장은 강혁의 모습에서 오래 현장에서 굴러먹은 요원의 향기를 느꼈다.

"에?"

다소 얼빠진 얼굴로 그를 돌아보았는데, 그게 강혁의 마음에는 들었다.

"이것 봐. 이래서 어디……. 뭐 사람이 너무 순해서 탈이라니까."

"뭔……. 뭔 개소리야."

"기회를 주겠다, 이거야. 너 사실 지금은 그렇게 큰 죄를 저지른 건 아니거든. 그렇죠?"

강혁의 말에 그제야 정신을 차린 박철순 반장이 황급히 고개를 끄덕였다.

"그, 그렇죠. 뭐……. 살인미수도 아니죠, 이건."

"그러니까. 아직은 아무것도 아닌데……. 제 증언에 따라서는 또

바뀔 수도 있는 거잖아요?"

강혁은 급격하게 변하고 있는 남윤석의 표정을 내려다보며 말을 이었다. 그러자 박철순 반장 또한 베테랑답게 받아쳤다.

"당연하죠. 살인미수에 마약에 뭐 걸고넘어질 거 많죠. 일단 이게 있으니까요."

그는 남윤석의 입에서 나온 청산가리 알약을 가리켰다. 강혁은 그걸 장갑에 감싼 채 고개를 끄덕였다.

"게다가 그 살인의 대상이 유지상이 아니라, 톰 커크먼 사무총장 이었다니. 이거야 원……. 가만히 안 있을 겁니다."

"야, 야! 그, 그건 아니지!"

"어허. 가만히 있어. 영원히 입 다물 것처럼 있더니 갑자기 왜 이래?"

"어……. 억울하잖아, 그건!"

"그럼 안 억울하게 만들어줄 수도 있어. 네가 어떻게 하느냐에 따라서."

강혁은 그렇게 껄껄 웃고는 남윤석의 눈을 똑바로 바라보았다. 강혁의 눈빛은 뭔가 좀 달랐다. 정말로 꿰뚫린다는 느낌이 들 지경 이었다.

"그……. 어, 어떻게 하면……. 어떻게 하면 되는데……."

"일단 아는 거 다 털어놓아야지."

"그……. 음."

남윤석은 잠시 고민에 빠졌다. 하지만 고민의 결과는 너무나도 뻔한 것이었다. 강혁의 뒤로 보이는 TV에는 지금도 남윤석의 얼굴 이 나오고 있었으니까. 불안 요소가 된 그를, 조직에서는 절대로 살 려두지 않을 터였다.

"대, 대신……. 우리 엄마……. 엄마 데려와줘……. 내가 전화해서 시간을 벌 테니까."

"어려운 일은 아니죠?"

강혁의 말에 박철순 반장이 즉시 고개를 끄덕였다. 어차피 강혁이나 박철순 반장이나 해야 할 일을 할 땐 딱히 법을 중요시하는 사람들이 아니지 않은가. 유지상의 입을 열 뿐 아니라, 다른 정보까지 얻을 수 있다면 경찰력을 동원해 범죄자의 어머니 구해주는 것 정도는 충분히 할 수 있었다. 강혁은 곧 박철순 반장이 어디론가 전화하는 것을 보며 미미한 미소를 지어 보였다.

'뭐……. 박 의원 말대로 정적이 엮여 있으면 좋고, 아니더라도 좋고.'

전자에 해당한다면 자신에게 우호적인 박성민 의원이 대통령이 될 가능성이 올라갈 테니 강혁에게 가장 좋은 일이었다. 후자라면 약간은 아쉽긴 하겠지만 어찌 되었든 대한민국이 좀 더 깨끗한 나라가 되는 데 보탬이 될 것이고.

'그거면 됐지.'

4권에서 계속

중증외상센터 골든 아워 III

초판 1쇄 발행 2020년 8월 18일
초판 5쇄 발행 2021년 12월 28일

지은이 한산이가(이국종)
펴낸이 김선식

경영총괄 김은영
책임편집 한나래 **디자인** 박수연
콘텐츠사업6팀장 이호빈 **콘텐츠사업6팀** 임경섭, 박수연, 한나래, 정다움
마케팅본부장 권장규 **마케팅3팀** 이미진, 배한진
미디어홍보본부장 정명찬 **홍보팀** 안지혜, 김민정, 이소영, 김은지, 박재연, 오수미
뉴미디어팀 허지호, 박지수, 임유나, 송희진, 홍수경 **리드카펫팀** 김선욱, 염아라, 김혜원, 이수인, 석찬미, 백지은
저작권팀 한승빈, 김재원 **편집관리팀** 조세현, 백설희
경영관리본부 하미선, 박상민, 윤이경, 김재경, 이소희, 최완규, 이우철, 이지우, 김혜진

펴낸곳 다산북스 **출판등록** 2005년 12월 23일 제313-2005-00277호
주소 경기도 파주시 회동길 490 다산북스 파주사옥
전화 02-704-1724 **팩스** 02-703-2219
이메일 dasanbooks@dasanbooks.com
홈페이지 www.dasan.group **블로그** blog.naver.com/dasan_books
종이·출력·제본 ㈜갑우문화사

ISBN 979-11-306-3082-3(04810)
 979-11-306-3079-3(세트)

다산북스(DASANBOOKS)는 독자 여러분의 책에 관한 아이디어와 원고 투고를 기쁜 마음으로 기다리고 있습니다.
책 출간을 원하는 아이디어가 있으신 분은 다산북스 홈페이지 '투고원고'란으로 간단한 개요와 취지, 연락처 등을 보내주세요.
머뭇거리지 말고 문을 두드리세요.